Lucinde Hutzenlaub ist Autorin, Kolumnistin bei der *DONNA* und managt eine Großfamilie mit vier Kindern. Zusammen mit ihren Co-Autorinnen ist sie regelmäßig zu Gast auf den Bestsellerlisten, zum Beispiel mit Heike Abidi und ihrem gemeinsamen Buch *Ich dachte, älter werden dauert länger.*
Sie lebt und arbeitet im Süden Deutschlands, ganz in der Nähe von Stuttgart – wo auch ihr neuer Roman spielt.

Vier Frauen und ein Garten voller Glück in der Presse:

»Ein gefühlvoller Roman über Mütter und Töchter, tiefe Freundschaft und natürlich über die Liebe – und eine Geschichte, die man unbedingt mit der besten Freundin teilen möchte.«
DONNA

Außerdem von Lucinde Hutzenlaub lieferbar:

Pasta d'Amore - Liebe auf Sizilianisch. Roman

Drei Frauen und ein Sommer. Roman

Ich dachte, älter werden dauert länger. Ein Überlebenstraining für alle ab 50

Ich dachte, sie ziehen nie aus. Ein Überlebenstraining für alle Eltern, deren Kinder flügge werden

Ich dachte, wir schenken uns nichts!? Ein Überlebenstraining für Weihnachtselfen und Festtagsmuffel

Ich dachte, ich bin schon perfekt. Ein Überlebenstraining für alle, die herrlich normal bleiben wollen

Lucinde Hutzenlaub

Vier Frauen und ein Garten voller Glück

Roman

Sollte diese Publikation Links auf Webseiten Dritter enthalten,
so übernehmen wir für deren Inhalte keine Haftung,
da wir uns diese nicht zu eigen machen, sondern lediglich
auf deren Stand zum Zeitpunkt der Erstveröffentlichung verweisen.

Penguin Random House Verlagsgruppe FSC® N001967

1. Auflage 2022

Neumarkter Straße 28, 81673 München
Lektorat: Lisa Wolf
Umschlaggestaltung: www.buerosued.de
Umschlagabbildung: www.buerosued.de
Satz: Buch-Werkstatt GmbH, Bad Aibling
Druck und Bindung: CPI books GmbH, Leck
Printed in the Czech Republic
ISBN 978-3-328-10704-0
www.penguin-verlag.de

»Alter ist irrelevant, es sei denn, du bist eine Flasche Wein.«

(Joan Collins, Pollys Lieblingszitat)

»Am Ende bereuen wir nicht die Dinge, die wir getan,
sondern die, die wir versäumt haben.«

(Martha von Hellbach, aus Gründen)

Mutter

Pauline Engländer (67)
POLLY

Gefärbte rote Locken, große graue Augen, sehr kreativ. Ein Schmetterling, sagt Martha. Dass durch das löcherige Sieb ihres Gedächtnisses so viel durchrutscht, ist ihr selbst sehr peinlich, aber sie hat ja eine wunderbare Tochter, die auf sie aufpasst, zwei Freundinnen und Nic, der einen großartigen Schwiegersohn abgeben würde. Wenn sie sich nur seinen Namen merken könnte.

Ersatzmutter

Martha von Hellbach (78)
MARTHA

Glücklich verwitwet, oh ja. Manchmal etwas einsam. Aber das ändert sich. Und wie. Dass so viele Menschen plötzlich in ihre Villa einziehen, war zwar nicht geplant, ist aber großartig. Ja, es wirft auch Probleme auf und … erfordert leider Illegales. Aber wozu gibt es Regeln, wenn nicht, um sie zu brechen?

Nicola Ferdinand Kramer (43)
NIC

Kreativer Koch, geduldiger Zuhörer, aktiver Katzensucher und ausgezeichneter Gesellschafter. Eigentlich wollte er in Ruhe darüber nachdenken, was er nun mit dem Rest seines Lebens anfangen soll – aber zum Denken kommt er in den nächsten Wochen kaum.
Diese drei alten Ladies sind großartig und ziemlich unkompliziert, zumindest bis Juli auftaucht und alles durcheinanderbringt. Nicht nur sein Leben, sondern auch seine Gefühle.

Miles

Schnauzer-Pudel-Mischling, hellgraues Wuschelfell, 3 Jahre alt. Hellbraune Augen. Nics Familie. Mag Katzen. Sogar Elvis, obwohl der das nicht verdient hat. Hat den totalen Überblick. Meistens.

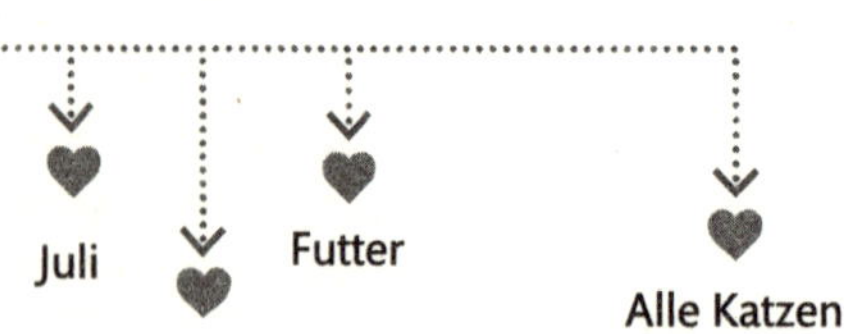

Elvis

Kater – hat es sehr gut bei Martha. Trotzdem: Die spinnen, die Menschen. Da wird man sich doch noch mal woanders umschauen dürfen.

Ersatzmutter

Elisabeth Hengenreuder (76)
LISSI

*Trauernde Witwe von Richard,
ehemalige Chefsekretärin beim Süddeutschen Rundfunk.
Sehr korrekt. Spricht nach wie vor mit Richard. Die Ideen, die Martha und Polly haben, findet sie manchmal ganz schön verrückt. Andererseits: Mit einem ausgestopften Eberkopf umzuziehen ist auch nicht gerade normal. Oder was sagst du dazu, Richard, Liebster?*

Dr. Wilhelm Wenzelsberger (78)
WILLI

*Großmütig, geduldig und sehr klug.
Isst gern und findet Nic großartig.
Er denkt, bevor er spricht, hilft beim Katze suchen und lässt seine Lieblingsnachbarin auch nicht im Stich, als sie auf Abwege gerät. Einmal Richter, immer Richter. Und außerdem: Endlich mal was los hier!*

Juliane Romy Englaender (42)
JULI

*Arbeitet seit 2004 für Alexander.
Wurde im selben Jahr geboren wie der Zauberwürfel, wenn das mal kein gutes Omen ist.
Blonde Locken, graue Augen.
Stellt ihr eigenes Leben komplett hinten an. Eigentlich will, ja muss sie ihrer Mutter helfen, die im WG-Chaos zu versinken droht, aber um was es dabei wirklich geht, sieht sie erst ganz am Schluss.*

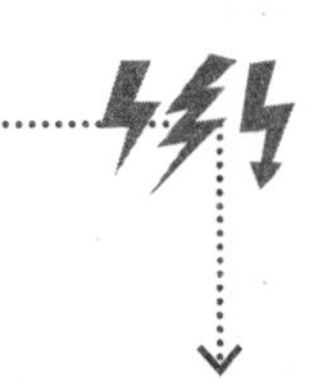

Erik Neumann (44)
ERIK

Polizist – mittlerweile sogar Oberhauptkommissar. Liebt Juli immer noch. Irgendwie. Was soll man auch machen? Außer zu hoffen, dass sie eines Tages wieder auftaucht. Allerdings ohne diesen Typen im Schlepptau und ohne … Moment, was ist das für Kraut?!

Alexander Jakov Wassiljew (38)
SASCHA JAKOV

*Heldentenor-Diva. Liebt sich. Und wie.
Begnadeter Sänger, Soziopath. Leider.
Aber dann auch wieder fabelhaft.
Gibt den Don Ottavio in Don Giovanni, nicht die Hauptrolle. Das muss sein Ego erst mal verkraften. Wie so vieles.
Die Welt ist einfach verrückt geworden.
Sie dreht sich nicht mehr nur um ihn.
Ist das zu fassen?!*

Prolog

Samstag, 17. Juli 2004, Stuttgart

»Das ist nicht dein Ernst!«

Völlig schockiert sah Juli zu, wie Erik vor ihr auf die Knie sank.

Sie hatte schon ein mulmiges Gefühl gehabt, als er ihr zu Hause die Augen verbinden wollte. Dann, als er ihr das Tuch abgenommen hatte, waren gleichzeitig sehr viele sehr unterschiedliche Dinge passiert: Sie hatte das liebevoll zusammengestellte Picknick samt Teelichtern, einer Tischdecke und vier kleinen Sonnenblumen in einer Vase entdeckt. Sie hatte wahrgenommen, dass die Spaziergänger, die ebenfalls den lauen Juniabend nutzten, um den fantastischen Blick vom Birkenkopf aus über die Stadt zu genießen, stehen blieben und sie beobachteten. Sie begriff, wie perfekt sowohl dieser Hügel oberhalb des Stuttgarter Westens als auch der Moment war, und sie wunderte sich, dass sie keine freudige Aufregung verspürte, sondern nur den dringenden Wunsch davonzulaufen. Schnell und weit weg, fort von ihrem Freund, mit dem sie bereits seit zwei Jahren zusammenlebte und der diese wunderschöne Überraschung für sie vorbereitet hatte.

Aber fürs Davonlaufen war es zu spät, denn Erik, der beste

Erik, den man sich nur wünschen konnte, treu, liebevoll, interessiert, zuverlässig und aufstrebender Polizeikommissar mit sicherem Einkommen und verheißungsvollen Karrierechancen, nahm ihre rechte Hand und hielt ihr in diesem Augenblick ein samtbezogenes Schächtelchen entgegen.

»Juli!«

Sie hörte, wie er trocken schluckte. Das machte er immer, wenn er aufgeregt war. Sie starrte auf seinen Adamsapfel, um ihm nicht in die Augen sehen zu müssen. *Schluck.*

»Juliane Romy Englaender, … du … möchtest du … willst du mich … willst du meine Frau werden?«

Schluck.

Sie hörte, was er sagte, aber es dauerte ewig, bis es in ihrem Gehirn ankam. Ein bisschen kam es ihr vor, als hätte jemand den Film langsamer gedreht, der hier gerade ablief. Eriks Frage hatte irgendwie zombiemäßig geklungen, als ob er jedes Wort unnatürlich in die Länge ziehen würde.

Juuuuuliiiiii mööööchtest duuuuuuu …

An den Rändern ihres Sichtfeldes flimmerte es, was ebenfalls sehr gut zu diesem Zombiefilmgedanken passte. Sie fragte sich, ob sie im Begriff war, in Ohnmacht zu fallen, und wenn ja, warum eigentlich. Erwartungsvoll sah Erik zu ihr auf. Juli hörte das kollektive Seufzen der weiblichen Spaziergänger im Hintergrund. Es fühlte sich an, als würde jeder Einzelne gespannt die Luft anhalten und auf die einzig mögliche Antwort auf diese Frage warten, nämlich auf ihr freudig gehauchtes »Ja«.

Aber es ging nicht. Ihr Mund war staubtrocken und ihr Sprachzentrum bis auf Weiteres ausgefallen, dafür sah sie auf einmal glasklar, was sie in den letzten Monaten ignoriert hatte.

Sie liebte Erik nicht. Zumindest nicht genug, um ihn zu heiraten. Sie wollte überhaupt gar niemanden heiraten, schon gar nicht jetzt, mit gerade mal vierundzwanzig Jahren und ganz am Anfang eines Lebens, das sie nicht jetzt schon *bis dass der Tod sie schied* planen, sondern auf sich zukommen lassen wollte. Es tat ihr nur leid, dass es einen Heiratsantrag gebraucht hatte, um das zu begreifen.

»Nein!«, sagte sie vielleicht ein wenig zu laut und deutlich. Das hinterhergeschobene und erschrocken gestammelte »Es tut mir leid, aber ich kann nicht, Erik!« fühlte sich schrecklich falsch und gleichermaßen sehr erleichternd an.

Als sie seinen geschockten Gesichtsausdruck sah, war sie für einen Moment versucht, es zurückzunehmen, aber bevor sie aus den falschen Gründen das Falsche tun konnte, drehte sie sich auf dem Absatz um und rannte, begleitet von den enttäuschten Oooohs eines faszinierten Publikums, davon. Das war zwar nicht besonders erwachsen, aber in dieser Situation in Julis Augen der einzige Ausweg.

Beinahe hätte sie eine nicht mehr ganz so junge Frau in viel zu knappen Shorts und mit knallrot gefärbten Haaren über den Haufen gerannt, die das ganze Drama kopfschüttelnd beobachtete.

»Also, ich hätte mir den ja nicht entgehen lassen, Süße!«, rief sie Juli missbilligend hinterher.

»Ja, aber Sie hat er nicht gefragt, *Süße*,« rief Juli atemlos zurück und stolperte an ihr vorbei, ohne sich noch einmal umzudrehen. *Hatten die Leute kein eigenes Unglück, an dem sie sich erfreuen konnten?*

Juli rannte die Serpentinen in Richtung Parkplatz hinunter, so schnell es eben in ihren Flip-Flops ging, und erreichte schließlich völlig atemlos Eriks Auto. Sie lehnte sich für einen Augenblick gegen das heiße Blech seines dunkelblauen Golf und schloss die Augen. *Was jetzt, Juli Englaender?*

Man konnte nicht einen Heiratsantrag ablehnen und dann in die gemeinsame Wohnung spazieren, als wäre nichts passiert. Man konnte nicht »Nein« sagen, und dann im nächsten Moment fragen, ob der andere Lust auf einen Salat am Abend oder daran gedacht hatte, den Müll runterzubringen. Und schon gar nicht konnte man seinen Golf entführen, während der andere noch in Schockstarre unter dem Gipfelkreuz stand und um Fassung rang. Es ging nicht. Nichts davon. Sie hatte nicht nur den Heiratsantrag abgelehnt, sondern ihr komplettes bisheriges Leben. Juli fühlte sich schrecklich, weil sie Erik Neumann, den perfekten Mann und Vater ihrer zukünftigen Kinder, sitzen gelassen hatte, während gleichzeitig unbändiges Glück über ihre neue Freiheit ihren kompletten Körper flutete. Ihr war nicht bewusst gewesen, wie groß ihre Sehnsucht gewesen war, das alles hinter sich zu lassen.

Sein Auto ließ sie selbstverständlich stehen. Ein junges Paar, das gerade ausparkte, war bereit, Juli ein Stück mit in die Stadt zu nehmen, und so stand sie keine Stunde nach ihrem Aufbruch wieder in der kleinen Küche ihrer gemeinsamen Wohnung.

Nachdem sie zwei Jahre gebraucht hatte, um an diesen Punkt zu gelangen, konnte sie jetzt keine Sekunde länger warten.

Während der kurzen Fahrt hierher hatte sie mit ihrer besten

Freundin Pia eine sehr wesentliche und grundsätzliche Entscheidung getroffen. Sie brauchte eine neue Wohnung und einen neuen Job. Vor allem Letzteres war sehr wichtig, denn Juli arbeitete als Landschaftsgärtnerin in der Firma von Eriks Vater. Und weil Erik sie von nun an hassen würde, was sie mehr als verdient hatte, würde sie sich eine Weile verstecken und dann neue Pläne schmieden. Wenn ein wenig Zeit vergangen war, könnte sie versuchen, mit Erik zu sprechen und ihm ihre Gründe zu erklären – wenn er das denn wollte.

Da sie so schnell keine Umzugskisten organisieren konnte, stopfte Juli alle Klamotten in ihren Lieblings-Bettdeckenüberzug und stapelte ein paar Bücher und CDs in ihren Einkaufskorb. Sie legte sowohl Eriks Autoschlüssel als auch den für die Wohnung auf den Küchentisch und rief sich ein Taxi, das sie sich ab jetzt, da sie wieder auf sich allein gestellt sein würde, eigentlich nicht mehr leisten konnte.

Drei Tage später joggte Juli die Zeppelinstraße bergauf in Richtung Kräherwald, während sie die Musik auf ihrem pinkfarbenen iPod bis zum Anschlag aufdrehte. »Shut Up« von den Black Eyed Peas dröhnte in ihren Ohren. Mit dem Auto und bergab war es ihr bei Weitem nicht so steil vorgekommen, aber im Grunde kam ihr diese Steigung sogar ganz gelegen, denn sie erfüllte ihren Zweck absolut: Sie zwang Juli, sich auf ihre Atmung zu konzentrieren und sämtliche Grübeleien einzustellen.

Die letzten Tage hatte Juli auf der Couch ihrer besten Freundin Pia verbracht und herauszufinden versucht, was sie nun mit ihrem neuen Leben anfangen wollte. Die Freude und der Tatendrang vom ersten Tag waren genauso schnell verschwunden, wie sie aufgetaucht waren, und selbst das Glück über ihre Freiheit war längst der verzweifelten Frage gewichen, wie es denn nun weitergehen sollte.

Sie hatte sich krankgemeldet und war weder an die Tür noch an Pias Telefon gegangen, wenn es klingelte, aus lauter Sorge, dass Erik dran sein könnte. Ob er tatsächlich anrief oder vor der Tür stand, wusste sie natürlich nicht, und auch wenn es ihr Ego gestreichelt hätte, wenn er um sie gekämpft hätte, so war sie doch für sie beide sehr froh, dass er es nicht tat. Dabei wäre sie immer wieder beinahe selbst schwach geworden und hätte fast bei Erik angerufen, aber dann siegte glücklicherweise doch jedesmal die Vernunft. Ja, Erik war der beste Zuhörer, Ratgeber und Freund, den man sich wünschen konnte, aber das gab ihr noch lange nicht das Recht, ihn dafür auszunutzen und mit seinen Gefühlen zu spielen. Sie sehnte sich regelrecht nach Liebeskummer, weil es bedeutet hätte, dass Erik und sie möglicherweise doch noch eine Chance gehabt hätten, wenn nicht als Ehepaar, dann vielleicht als Freunde. Aber ihr Herz wollte da nicht mitspielen. Und auch in ihren unsichersten Momenten war sich Juli sicher, dass ihre Trennung die beste Idee war, die sie in den letzten Jahren gehabt hatte.

Außer Pia wusste bisher nur ihre Mutter Pauline von der Trennung. Martha und Lisbeth, Paulines beste Freundinnen, hatten aber wahrscheinlich auch längst davon erfahren.

»But it still ends up the worst, and I'm crazy«, brüllte Fergie voller Inbrunst in Julis Ohr.

Das fasste es ganz gut zusammen.

»Shut up! Just shut up, shut up!«, fiel Juli laut in den Refrain mit

ein und erschreckte damit prompt einen Mann, der mit seinem Hund ebenfalls in Richtung Kräherwald unterwegs war. Im Singen war sie anscheinend genauso eine Niete wie dabei, rechtzeitig ihre Gefühlslage zu analysieren, bevor sie damit den einzigen Menschen fürchterlich vor den Kopf stieß, dem sie niemals hatte weh tun wollen. Und ihn damit sehr schnell, gründlich und nachhaltig aus ihrem Leben verbannt hatte.

Noch ein paar Hundert Meter und sie war endlich oben am Waldrand. Wenn sie es bis dorthin schaffte, dann würde ihr alles gelingen. Dann würde alles gut werden, und eines fernen Tages würde sie sich selbst wieder im Spiegel begegnen und vielleicht davon überzeugt sein können, dass ihr »Nein« tatsächlich die beste Entscheidung ihres Lebens gewesen war. Und für Eriks sowieso. Dort oben in einem der reichsten Wohnviertel Stuttgarts mit dem atemberaubenden Blick über die ganze Stadt konnte sie dann auch gleich bei Martha vorbeigehen und eine Limonade oder irgendwas mit Schuss trinken. *Oder auch mit zwei Schüssen.*

Noch ein paar Meter und sie musste sich entscheiden. Geradeaus in den Wald oder links zu Martha? Sport oder Schweinehund?

Links. Eindeutig. Der Schweinehund hatte gewonnen. Außerdem musste sie dringend mit Martha sprechen. Immerhin war die beste Freundin ihrer Mutter schon immer diejenige gewesen, die sie um Rat gebeten hatte, wenn es um wichtige Entscheidungen ging. Wobei Martha liebend gern auch Ratschläge verteilte, wenn man sie nicht darum bat. Aber immerhin hielt sie nie mit ihrer ehrlichen Meinung hinterm Berg, was in diesem Fall schmerzhaft werden konnte, denn Martha war ein ausgesprochener Erik-Fan. Juli hoffte nur, dass Marthas Mann Arthur nicht zu Hause war. Er war ein arroganter Snob, und Juli versuchte immer, ihm möglichst aus dem Weg zu gehen. Aber wenn er zu Hause war, konnte sie ja auch wieder verschwinden.

Endlich mal eine Entscheidung, die wirklich leicht zu treffen war.

Die riesigen Grundstücke der Villen lagen zwischen dem Sternsingerweg und der Leibnizstraße direkt oberhalb von vielen kleinen und dicht bewachsenen Schrebergärten, die sich an den steilen Hang über Stuttgart schmiegten. Manche waren modern und von hohen Mauern umgeben, andere, zu denen Marthas gehörte, stammten aus den zwanziger oder dreißiger Jahren und versprühten den Charme längst vergangener Zeiten.

Juli entschied sich, den Hintereingang zu nehmen, und stieg die zwölf schmalen Sandsteinstufen in der Gartenmauer hinauf. So viele Male war sie die schon gegangen, seit sie überhaupt laufen konnte und jedesmal wieder freute sie sich darüber, dieses Paradies an den Hängen der Stadt betreten zu dürfen.

Sie drückte das kleine morsche Holztor am oberen Ende auf, zu dem es längst keinen Schlüssel mehr gab. Es war wirklich unglaublich, wie modern und prachtvoll der offizielle Zugang von der Leibnizstraße mit seiner Buchenhecke, den weißen Säulen dazwischen und dem weißen hohen Tor mit modernster Gegensprechanlage war. Der gepflasterte Weg von dort bis zum Haus war von akkurat geschnittenen Buchsbaumhecken gesäumt und mündete in einen runden Vorplatz, auf dem ein kleiner dreistöckiger Springbrunnen munter vor sich hin plätscherte. Von dort führten drei Stufen zu dem halbrund überdachten Eingang hinauf, an dessen Seiten jeweils üppige rosafarbene Hortensien in riesigen Kübeln standen.

Die Villa war riesig und für zwei Personen eigentlich viel zu groß, aber Arthur von Hellbach war hier aufgewachsen und fand, dass das Anwesen seinem Erfolg als Inhaber der viertgrößten Küchengerätefirma in dritter Generation angemessen war. Außerdem brauchte er den Platz für seine umfangreiche Kunstsammlung. Das untere Stockwerk stand komplett leer, bis auf die riesige Waschküche, die sich links neben dem Eingang befand, und zwei voneinander unabhängigen Wohnungen rechts davon.

Der hintere Eingang war jedenfalls ein gehöriges Sicherheitsrisiko, zumindest, wenn man Angst vor Einbrechern hatte, denn hier konnte jeder einfach so hereinspazieren, ohne gesehen zu werden. Es sei denn, Martha saß an ihrem Lieblingsplatz im halbrunden und vollverglasten Wintergarten, der einem einen herrlichen Blick über den alten Garten und über ganz Stuttgart ermöglichte.

Juli mochte den anderen Eingang lieber. Sie ging auf den alten Steinplatten durch den prächtigen, aber komplett verwahrlosten hinteren Garten rechts am Wintergarten vorbei und als sie dort niemand sitzen sah, lief sie weiter um die Ecke in Richtung Küche. Unterwegs sog sie tief den intensiven Duft der weißen trichterförmigen Blüten des Trompetenbaumes ein, der sich links an die Hauswand schmiegte, und freute sich über das bunte Beet zu ihrer Rechten aus alten Stockrosen, Marienglockenblumen, Johanniskraut,

Rittersporn und Fingerhut, die sich nicht darum scherten, dass sich niemand um sie kümmerte, oder vielleicht auch gerade deshalb unglaublich üppig blühten. Juli war trotzdem versucht, die eine oder andere verblühte Rose abzuzupfen, Pfingstrosen aufzurichten oder mit dem Schuh Moos von den Platten zu schieben, aber sie wusste, dass dieser Garten ein Fass ohne Boden war und Martha darauf empfindlich reagierte, wenn jemand gegen ihren Willen Dinge veränderte. Dennoch: Ihr Landschaftsgärtnerinnenblick sah, was man aus diesem Garten machen könnte, und in ihren Fingern kribbelte es. Eines Tages würde sie aus diesem Rohdiamant ein Juwel zaubern, schwor sie sich wie jedesmal, wenn sie durch den Garten ging.

Die Küche, über die sie die Villa zu betreten gedachte, war Marthas Reich, zumindest, was die Planung der Speisen anging. Sie kochte zwar gern, aber sie überließ es ebenso gern Sonja Hofmann, Haushälterin und gute Seele der von Hellbachs. Dafür liebte sie ihren Garten und pflanzte an allen möglichen und unmöglichen Stellen Gartenkräuter. Sehr oft hatte Juli sie schon mit der Gartenschere bewaffnet durch den Garten pilgern sehen, während sie leise murmelnd den unauffindbaren Thymian fragte, wo er sich denn nun schon wieder versteckt hatte. Ihre Kräuterleidenschaft hatte aber immerhin dazu geführt, dass es seit Neuestem einen Durchbruch mit einer Glastür von der Küche nach draußen gab und nun vier Holzstufen nach unten in den Garten führten, die breit genug waren, um sich darauf niederzulassen. Juli hatte dort für Martha die wichtigsten Kräuter in Töpfe gepflanzt, damit die Suche ein Ende nahm. Zumindest, bis Martha Juli endlich gestattete, den Garten umzugestalten, was wiederum nicht an ihr, sondern an Arthur hing, der solchen Firlefanz für vollkommen überflüssig hielt. Umso dankbarer war Juli wieder einmal für diesen Hintereingang, über den sie ungesehen ins Haus gelangen konnte.

Oder auch nicht. Denn bevor sie die erste Stufe erklommen hatte, wurde die Küchentür so schwungvoll aufgerissen, dass Juli erschrocken zusammenzuckte. Ihre Mutter Pauline streckte den Kopf nach draußen und strahlte ihre Tochter begeistert an. Sie hätte es sich denken können. Wann auch immer irgendetwas im Leben von Martha, Lisbeth oder Pauline geschah, eilten die anderen herbei. In guten Zeiten, um sich gemeinsam zu freuen, in schlechten, um zu helfen, und wenn weder noch erforderlich war, einfach nur, um zu lästern, zu lachen, eine Runde Bridge zu spielen (wobei meist Marthas Nachbar Dr. Wilhelm Wenzelsberger als vierter Mann herhalten musste) und ein Glas Champagner auf das Leben zu trinken. Sie nannten sich selbst die Bridge-Ladies und Juli wartete auf den Tag, an dem sie sich – vermutlich seidene – Freizeitanzüge mit einem passenden Bridge-Ladies-Logo bedrucken ließen.

Als die Jagdleidenschaft von Lisbeths Mann Richard beispielsweise dazu geführt hatte, dass er einen ausgestopften Eberkopf über den Kamin hängte, hatten Martha und Pauline mit Lisbeth auf der Couch gesessen und ihre Hand gehalten, bis sie sich wieder beruhigt hatte. Auch bei jeder einzelnen Affäre von Arthur oder seinen berüchtigten Wutanfällen waren sie jeweils tage- und nächtelang in der Villa geblieben. Und weil Pauline abends oft im Theater war, hatten sie abwechselnd auf Juli aufgepasst, bis Martha irgendwann für sie kurzerhand ein Zimmer bei sich eingerichtet hatte.

Bei Lisbeth hatte Juli kein Zimmer, denn sie fürchtete sich zu sehr vor dem Eberkopf.

»Hallo, Kind!«, rief Pauline und streckte die Arme nach ihr aus.

Juli wusste nicht genau warum, aber plötzlich wäre sie am liebsten doch wieder gegangen. Vielleicht lag es daran, dass sie dringend eine Dusche brauchte und ihre Mutter wie immer herausgeputzt war wie ein Filmstar. Doch dafür war es jetzt zu spät. Ihre Mutter und die anderen beiden würden das niemals zulassen. Ein gutes Drama ließen sie sich keinesfalls entgehen.

Und zumindest Pauline trug sehr gern ein wenig dazu bei. Sie hatte diese unnachahmliche Fähigkeit, aus allem einen Auftritt zu machen. Das lag vermutlich daran, dass sie als Maskenbildnerin selbst tagein, tagaus am Staatstheater mit Schauspielern, Sängern und Tänzern zu tun hatte. Es hatte auf sie abgefärbt. Und wie. Sie sah immer aus, als wäre sie geradewegs aus einem Theaterstück oder einer Oper dahergeschwebt. Ihr heutiger Anblick bildete da keine Ausnahme.

Die roten Locken, die sie mit einem seidenen Tigerprint-Tuch nach hinten gebunden hatte, der wehende, mit bunten Dschungelmotiven bedruckte Kaftan, der ihre zarte Figur umflatterte und nicht zuletzt die Pose, mit der sie sich an die Küchentür schmiegte, als wäre sie ihr Liebhaber und Pauline in Leidenschaft zu ihr entflammt.

»Hallo, Mutter.« Juli versuchte zu lächeln, während Pauline nun mit ausgebreiteten Armen die Holztreppe hinunterstieg, als wäre sie gerade zur Miss Killesberg gekürt worden.

»Nenn mich Polly, Schätzchen, ja?« Sie warf ihrer Tochter zwei Luftküsse zu, bevor sie sie an der Hand nahm und nach oben in die Küche zog.

Innen lehnte Lisbeth an der Arbeitsplatte und winkte Juli lächelnd zu. »Hallo, Juli, Liebes, schön, dich zu sehen.«

Lisbeth Hengenreuder war definitiv die schüchternste und zurückhaltende der drei, einer ihrer größten Vorzüge, wie Juli fand. Dennoch wurde ihr bei ihrem Anblick ein wenig flau zumute. Dass alle drei hier waren, bedeutete, dass sie sich nicht nur Sorgen machten, was ja im Grunde eigentlich ganz schön war, sondern dass sie vermutlich bereits konspirativ und selbstverständlich, ohne vorher mit Juli darüber zu reden, nach einer Lösung suchten. Einer Lösung, die sie selbst für genial hielten und gegen die selten jemand Einwände erheben konnte. Schon gleich gar nicht Juli.

»Da bist du ja endlich!« Martha schob sich an Lisbeth vorbei und blieb schließlich direkt vor Juli stehen. Als ihr deren Sportdress und die verschwitzten Haare ins Auge fielen, verrutschte ihr Strahlen für einen Augenblick ein wenig. Sie atmete vorsichtig ein und rümpfte dann die Nase. »Nun, ich denke, wir könnten heute auch mal … draußen bleiben«, sagte sie und warf einen bedeutungsvollen Blick auf Julis Laufschuhe, als wäre Juli zu einer festen Verabredung absichtlich in den falschen Klamotten aufgetaucht und nicht zufällig vorbeigekommen. Aber Martha von Hellbach würde vermutlich auch nach einer Joggingrunde aussehen und riechen wie frisch geduscht. Wenn joggen nicht unter ihrer Würde wäre, wie beinahe alles, was zur Folge hatte, dass eine Frau nicht mehr aussah wie frisch aus dem Ei gepellt.

In ihrer rechten Hand hielt sie eine Flasche ihres Lieblingschampagners und in der linken vier Sektflöten.

»Also, Kind, wir müssen reden! Die Bridge-Ladies haben einen Plan.«

Juli hatte es befürchtet.

Martha strahlte. Kurzerhand drückte sie Pauline sowohl die Flasche als auch die Gläser in die Hand. »Geht schon mal voraus. Ich muss noch was holen«, sagte sie und verschwand im Flur.

Julis Mutter und Lisbeth machten sich sofort in Richtung Wintergarten auf, nur Juli konnte sich nicht so richtig aufraffen. Ein wenig unentschlossen stand sie auf der unteren Treppenstufe. Jetzt wäre ein geeigneter Moment gewesen, um irgendeinen mehr oder weniger sinnvollen Grund vorzutäuschen, um das Grundstück in Lichtgeschwindigkeit wieder zu verlassen.

Andererseits … manchmal waren die Ideen der Bridge-Ladies gar nicht mal so schlecht, und ein Glas Champagner mit Menschen, die ihr halfen, sich gedanklich nicht immer weiter im Kreis zu drehen, war womöglich sogar genau das, was sie jetzt brauchte.

Pauline wandte sich an der Hausecke noch einmal zu ihrer Tochter um, wobei die Sonne wie zufällig durch die grüne Seide ihrer langen Kaftanärmel schien.

»Kommst du?«, fragte sie.

Es war mehr ein Befehl mit sanfter Stimme als eine Frage. Das Glitzern in ihren Augen verhieß nichts Gutes. In diesem Moment bereute Juli es, dass sie sich für ihren Schweinehund entschieden hatte.

I

Mittwoch, 20. April 2022, Stuttgart – ziemlich genau 18 Jahre später

»Elvis?«

Martha schüttelte ein bisschen Katzenfutter in das hübsche blau-weiße Porzellanschälchen, das ihr Lisbeth zu ihrem Fünfundsiebzigsten vor drei Jahren geschenkt hatte, nicht ohne zu betonen, dass es aus *der* Meissner Manufaktur kam und genauso alt war wie Martha selbst.

Sie ging den Gartenweg entlang, durch das morsche Törchen und über die Straße, dorthin, wo die Schrebergärten begannen.

»ELVIS!«

Martha schüttelte den Kopf. Was war denn so toll daran, achtundsiebzig zu sein? Gut, vielleicht war es das für ein Schälchen, aber für eine alte Schachtel wie sie selbst war es einfach nur alt. Nicht kostbar, sondern zerbrechlich. Lisbeth würde die Hände über dem Kopf zusammenschlagen, wenn sie die Gedanken ihrer Freundin hören könnte. Sie würde sich vermutlich furchtbar aufregen, vor allem darüber, dass Martha den wahren Wert des Geschenks so wenig zu schätzen wusste, dass sie sogar ihre Katze daraus fressen ließ. Aber genau deshalb bereitete es Martha ja so eine diebische Freude. Außerdem war die Schüssel tatsächlich ziemlich hübsch. Genau wie ihr kleiner Kater.

Alle Menschen, die ihr etwas bedeuteten, bis auf Pauline und Lisbeth, waren längst tot. Juli reiste in einer Geschwindigkeit in der Weltgeschichte umher, die Martha schon immer schwindelig gemacht hatte, und dachte nicht im Geringsten daran, einmal zurückzukommen, sesshaft zu werden oder eine Familie zu gründen – wofür es im Übrigen natürlich ohnehin schon viel zu spät war, denn Juli war mit ihren zweiundvierzig Jahren auch nicht mehr die Jüngste. Natürlich war Martha auch daran nicht unschuldig, immerhin hatten die Bridge-Ladies damals diese geniale Idee gehabt … Aber wer hätte denn damit gerechnet, dass Juli so lange dabeibleiben würde.

Nein, wie man es drehte und wendete, Martha war so einsam, dass sie sich manchmal sogar Arthur zurückwünschte. Altern war einfach nur was für Porzellanschüsseln.

Ihr Leben war ihr viel zu groß geworden und passte nicht mehr zu ihr, wie ein alter Pullover, der aus der Mode gekommen und löchrig geworden war. Ein Fall für den Kleidersack. Sie hatte keine Kraft mehr, ununterbrochen die Fassade der klugen, bissigen und unabhängigen Unternehmergattin aufrechtzuerhalten und auch die ihrer riesigen Villa begann zu bröckeln. Wenn sie Kinder hätte, wäre das alles anders. Hatte sie aber nicht. Hatte sie auch nie gewollt. Bis eben … gerade jetzt. Ein bisschen spät dafür. Nun, wenigstens gab es ja Juli.

Wenn sie nicht einmal im Jahr für eine komplette Woche bei Martha einziehen würde, um ihren Garten wieder einigermaßen in Schuss zu bringen, dann würde sie längst in einem

Dschungel leben. Eine Schande war das. Alles. Und das einzige Lebewesen, das sie daran hinderte, sich von ihrem drei Millionen Euro teuren Balkon zu stürzen, war Elvis. Der kleine Kater, den Max, ihr ehemaliger Untermieter und in Ungnade gefallener ewiger Student, einfach so bei seinem Auszug in seiner Wohnung »vergessen« hatte. Wie auch seinen Müll. Und die merkwürdigen Kräuter, die fein säuberlich in Portionsbeutel verpackt hinter den Schuhschrank gerutscht waren. Nicht einmal eine Adresse hatte er ihr hinterlassen, an die sie die Briefe hätte weiterschicken können, die für ihn eintrudelten. Aber kein Wunder, dass er die nicht haben wollte – sie sahen alle höchst offiziell und nicht wirklich erfreulich aus. Letztlich war es gut, dass er weg war. Vielleicht verschwand irgendwann ja auch der seltsame Geruch, der immer noch in seiner Wohnung hing. Spätestens hoffentlich, wenn sie sie nächste Woche streichen lassen würde.

Martha hatte noch nie ein Tier gehabt, geschweige denn gewollt. Eine Katze schon gleich gar nicht. Die machten schließlich immer nur, was ihnen gefiel. Sah man ja an dieser hier. Und trotzdem hatte Martha nicht verhindern können, dass sich der kleine Kater zuerst auf ihr Lieblingskissen auf der Couch, dann auf ihren Schoß und schließlich in ihr Herz geschlichen hatte. Und nun war er weg.

»Elvis?«

Martha hörte selbst, wie verzweifelt sie klang. Er musste einfach wieder zurückkommen. Er und die Bridgenachmittage mit Willi, Lisbeth und Pauline hielten sie schließlich am Leben. Das musste man sich auch erst einmal eingestehen.

»Elvis, verdammt! Wo bist du denn, du kleiner Streuner?«

Sie drehte sich zum Nachbarsgrundstück, um zu sehen, ob ihr Nachbar Willi, aka Doktor Wilhelm Wenzelsberger, der alte Richter a.D., Marthas Fluchen gehört hatte, aber noch nicht einmal er stand wie sonst irgendwo in seinem Garten herum und schnippelte, sägte oder mähte. Oder langweilte sich, wie sie selbst.

Martha kickte einen kleinen Stein vom Gehweg, und lächelte kurz, als sie sich vorstellte, was er wohl dazu sagen würde. Oder Lisbeth. Sie hätte bestimmt Angst um den Lack an all den Luxuskarossen, die hier herumstanden. Pauline hingegen würde lautstark »Tor!« brüllen und irgendeinen verrückten Siegestanz aufführen, wenn sie getroffen hätte, so viel war klar.

Doch Marthas Fröhlichkeit verflog so schnell, wie sie aufgeflackert war, und machte Platz für etwas, das sie nicht so richtig greifen konnte. Sie schluckte die Tränen herunter, die sich hartnäckig ihren Weg nach außen bahnten, und schalt sich selbst als alte, sentimentale Frau, die so dumm war, einem Kater hinterherzulaufen, der vermutlich einfach nur das tat, was Kater eben so tun.

Martha räusperte sich und wischte sich unauffällig über die Augen. Sie hätte die Katze einfach sofort ins Tierheim bringen sollen. Sie griff in die Tasche ihres hellgrauen Kaschmir-Strickmantels und erschrak über ihre Nachlässigkeit. Dass sie kein Taschentuch dabeihatte, war unerhört. Dafür fand sie wenigstens ihr Handy und drückte auf Paulines Nummer.

»Englaender?« Pauline meldete sich sofort.

»Elvis ist weg!«, rief Martha ins Telefon anstelle einer Begrüßung. Es hörte sich immer noch ziemlich verzweifelt an.

»*Wer* ist da?«, fragte Pauline verwirrt.

»Nein, nicht da, sondern weg!« Martha schniefte.

Ungeduld mischte sich in ihren Kummer. Dass man auch immer alles erklären musste. Pauline war seit einiger Zeit einfach nicht mehr so richtig auf Zack.

»Es geht um Elvis«, wiederholte sie und bemühte sich um Geduld.

»Englaender«, sagte Pauline hartnäckig.

»Ich weiß, wie du heißt, Pauline.«

»Das ist ja schön.« Pauline lachte. »Sag doch gleich, dass du es bist, Martha!«

Natürlich hatte sie recht, andererseits war Martha davon ausgegangen, dass Pauline ihre Nummer erkannte oder wenigstens ihren Namen eingespeichert hatte. Sie irrte sich offensichtlich.

»Wenn du dich mit deinem Namen gemeldet oder mich sofort angeschnauzt hättest, dann hätte ich auch gleich gewusst, wer dran ist«, setzt Pauline fröhlich nach.

Im Hintergrund klapperte es. Pauline konnte einfach nicht still sitzen. Vermutlich dekorierte sie gerade zum hunderttausendsten Mal ihre Wohnung um oder probierte irgendein dramatisches Make-up aus, das sie dann vergaß abzuwischen, wenn sie nach draußen ging. Es war in all den Jahren ihrer Freundschaft nicht selten vorgekommen, dass Pauline mit einem zur Katze geschminkten Gesicht, einem Schnurbart oder blutunterlaufenen Augen zum Bridge und einmal auch auf Julis Elternabend erschienen war, weshalb Juli nur mit Mühe davon überzeugt werden konnte, überhaupt jemals wieder in die Schule zu gehen.

»Hast du mich denn nicht eingespeichert?«, fragte Martha missbilligend.

Bei so etwas fiel es ihr schwer lockerzulassen, und außerdem konnte sie es nicht leiden, wenn sich ihr Gesprächspartner nicht auf sie konzentrierte. Wenn bei Martha das Telefon klingelte, wusste sie sofort, wer dran war. Juli hatte es so eingerichtet, dass nicht nur der Name erschien, sondern auch ein Foto des Anrufers. Nicht, dass das von Belang war. Letztlich wusste sie, wie die Menschen aussahen, deren Nummer sie eingespeichert hatte.

Abgesehen davon telefonierte Martha sowieso viel lieber mit dem Festnetztelefon, da hatte sie wenigstens nicht das Gefühl, nebenher gleich noch ihr Gehirn zu grillen. Man musste schließlich auf seine grauen Zellen umso mehr aufpassen, je weniger davon noch übrig waren. Pauline ganz besonders. Sie schien schon einige davon über die Jahre verloren zu haben.

»Selbstverständlich habe ich dich eingespeichert, Martha«, erwiderte Pauline. »Aber ich kann doch nicht auf mein Display schauen, während ich mir das Ding ans Ohr halte, nicht wahr? Am besten wäre es, das Telefon würde den Namen des Anrufers nennen, anstatt so plötzlich und laut loszuschellen, dass man einen Herzinfarkt bekommt.« Sie kicherte.

»Ich kann ja in Zukunft leiser klingeln, wenn das für deine empfindlichen Ohren besser ist«, grummelte Martha.

»Das würdest du für mich tun, Martha? Also, wenn das geht … dann danke sehr!« Sie glaubte es wirklich. »Aber jetzt sag schon: Warum hast du mich überhaupt angerufen?«

Sofort kehrte der Kummer über die verschwundene Katze zurück. »Elvis ist weg«, wiederholte Martha leise.

Kurz blieb es still am anderen Ende, bevor Pauline auf ihre

unnachahmliche Art und Weise losplapperte. »Wie meinst du das? Der Sänger? Und wieso weg? Ich dachte, er ist tot! Das heißt, man weiß es natürlich nicht. Vielleicht ist er ja auch …« Pauline räusperte sich und stimmte ein sehr tiefes »… In the Ghetto« an, bevor sie wieder zu lachen begann.

Wenn man sie nicht sah, konnte man meinen, sie sei immer noch fünfundzwanzig. Oder fünfzehn. Und wenn man sie sah und nicht zu nah ranging, dachte man zumindest nicht, dass sie schon siebenundsechzig war. Für einen winzigen Moment war Martha neidisch auf Paulines unbekümmertes Lachen und ihr fröhliches Wesen, das sie sich über die Jahre bewahrt hatte. Sie war immer noch ein hauchzarter, wunderschöner und sehr flatterhafter Zitronenfalter. Und Martha das genaue Gegenteil. Sie seufzte. Was war noch mal das Gegenteil von einem Schmetterling?

»*And his Mama cries* …!«, trällerte Pauline mitten in Marthas Überlegungen.

»Pauline, doch nicht dieser Elvis! Ich spreche von meiner Katze!« sagte Martha genervt. »Und ich finde das auch überhaupt nicht lustig!«

»Oh.« Das Kichern war weg. Sogar das Klappern hatte aufgehört. »*Der* Elvis.«

»Ganz genau.« Martha ließ das Katzenfutter noch ein bisschen in der Schüssel klimpern. Beide schwiegen für einen Moment.

»Und jetzt?«

»Keine Ahnung.« Martha schniefte noch einmal so unauffällig wie möglich. Heulen und kein Taschentuch dabeihaben … Sie war wirklich tief gesunken.

»Soll ich kommen und suchen helfen?«

»Das wäre … das wäre …« Martha spürte, wie ihr schon wieder die Kehle eng wurde. Es war eine Sache, dass Pauline unpünktlich, vergesslich, dauernd pleite und einfach völlig verrückt war – sie war auch die beste Freundin, die man haben konnte, und immer sofort zur Stelle, wenn sie gebraucht wurde. »Das wäre wirklich großartig, Polly.«

»Alles klar, bin quasi unterwegs. Ich muss nur noch …« Es schepperte laut. »O nein, hat sich erledigt. Ich wollte mein Regal mit den Tassen neu sortieren, aber wie es aussieht, muss ich das nicht mehr.« Sie lachte. »Scherben fegen kann ich auch später.« Pauline war einfach durch nichts aus der Ruhe zu bringen.

»Oh … okay.«

»Hast du Lisbeth schon Bescheid gesagt?« fragte Pauline, als ob ihr nicht gerade die halbe Kücheneinrichtung vor die Füße gefallen wäre. Martha wollte sich gar nicht vorstellen, wie es gerade auf dem Fußboden der winzigen Zwei-Zimmer-Wohnung aussah.

»Nein, das mache ich jetzt sofort.«

Einerseits hätte Martha Pauline als Unterstützung völlig gereicht, andererseits wäre Lisbeth sicherlich beleidigt, wenn Martha sie nicht anrufen würde, zumal ihr ebenfalls des Öfteren die Decke auf den Kopf fiel, seitdem Richard im Januar gestorben war und sie mit den schrecklichen Jagdtrophäen alleingelassen hatte. Martha schüttelte sich. Schon allein wegen dem Eberkopf mit dem starren Blick musste sie Lisbeth anrufen und zu Hilfe bitten. Sie musste da unbedingt mal wieder raus.

Pauline hatte offensichtlich vergessen aufzulegen und so wurde Martha unfreiwillig Zeugin, wie sie ihre Wohnung verließ, noch einmal zurückkehrte, weil sie irgendetwas vergessen hatte, und schließlich ihr Fahrrad aufschloss, während sie weiterhin »In the Ghetto« trällerte.

Nachdem sie ein paarmal versucht hatte, ihre Freundin darauf hinzuweisen, indem sie laut Paulines Namen ins Telefon brüllte (was selbstverständlich ebenfalls unter ihrer Würde war, aber Gott sei Dank keiner hörte), legte sie auf und rief stattdessen Lisbeth an, die sehr erfreut versprach, sofort zu kommen. Trotz Kummer über den verlorenen Kater wurde es Martha gleich sehr viel leichter ums Herz. Sie kehrte ins Haus zurück, um dort auf ihre Freundinnen zu warten und eine Flasche Champagner auf Eis zu legen. Wenn sie schon zusammen waren, konnten sie später ja noch eine Runde Bridge spielen, auch wenn nicht Freitag war. Vielleicht war es Zeit, ein wenig entspannter mit der Einhaltung von Regeln, die das gesellschaftliche Miteinander betrafen, umzugehen.

Was für ein Glück, dass sie diese beiden Freundinnen hatte, dachte Martha, als sie Paulines Gesang schon vom anderen Ende der Straße hörte, bevor sie sie sah. Auch wenn sie es ihnen vermutlich noch nie gesagt hatte. Sie waren wichtiger, als jeder Mann es je hätte sein können. Ohne sie wäre dies nur ein weiterer trostloser und sehr langweiliger Tag gewesen. Gemeinsam war man definitiv weniger einsam. Schon allein das war doch ein Grund, mit dem Trübsalblasen aufzuhören. Dann musste nur noch Elvis wieder auftauchen und alles war gut.

2

Samstag, 23. April 2022, Stuttgart

Was Martha am Sternsingerweg hinter ihrem Haus immer besonders gemocht hatte, war, dass er mittendrin in einen Fußweg überging, der nicht befahren werden durfte, bevor er dann, nach ungefähr zweihundert Metern, wieder zu einer richtigen Straße wurde. Es war etwas Besonderes und es sorgte dafür, dass sich nicht allzu viele Autos hierher verirrten. Dementsprechend lebten nicht nur die Anwohner, sondern auch deren Katzen in einem kleinen Paradies. Aber Elvis war trotzdem immer noch nicht wieder aufgetaucht. Seit vier Tagen war er nun schon verschwunden. Martha dachte jeden Morgen gleich nach dem Aufwachen an ihn und hörte nicht damit auf, bis sie abends wieder einschlief. Es war Frühling, überall duftete es für so eine kleine Katze sicher verheißungsvoll nach Abenteuer, und Martha konnte es ihm nicht verdenken, dass er seiner neugierigen kleinen Katzennase folgte. Sie hoffte einfach nur, dass ihm nichts passiert war oder dass er aus Versehen in einer Garage oder einem Keller gelandet war, wo ihn niemand miauen hörte.

Sie waren beinahe eine kleine Karawane, die seit ein paar Tagen allabendlich den Sternsingerweg entlangwanderte. Martha mit Lisbeths Keramikschüssel vorneweg, dahinter Pauline, Lisbeth und mittlerweile sogar Willi, der zwar Katzen nicht besonders mochte, Abendspaziergänge und Damengesellschaft aber schon. Pauline hatte sich bei ihm eingehängt und redete ohne Punkt und Komma, was Martha beides unangemessen fand. Dass er sie dabei so anstrahlte, war ebenfalls völlig übertrieben. Immerhin war Willi *ihr* Nachbar und so etwas wie ihr Freund. Sie siezten sich zwar wie am ersten Tag ihrer Begegnung vor etwas mehr als vierzig Jahren, aber sie benutzten die jeweiligen Vornamen. Wenn sie noch weitere vierzig Jahre warten würden, wären sie vermutlich beim Du. Dass es Pauline gelang, ihn so für sich einzunehmen, störte Martha gewaltig, und sie suchte nach etwas, womit sie ihn von Paulines rot lackierten Fingernägeln und den knallroten Lippen ablenken konnte, an dem er so gebannt hing.

»Aber Willi, sagen Sie, auch Katzen haben doch irgendwann mal Hunger, oder etwa nicht?«, fragte sie ihn einigermaßen verlegen. Nicht, weil sie sein Gespräch mit Pauline unterbrach, sondern weil ihr nichts Besseres einfiel.

Sie waren beinahe schon wieder auf dem Rückweg. Noch zwei Häuser bis zu Marthas morschem Gartentor und ein weiterer Abend würde vergangen sein, ohne dass Elvis wieder aufgetaucht war.

»Ich denke schon, Martha«, antwortete Willi freundlich wie immer. »Allerdings gibt es hier doch so viele Mäuse, da wird er sicher nicht so schnell hungrig.« Er lächelte sie kurz an, und wandte sich dann aber gleich wieder Pauline zu, um deren Hand zu drücken, die auf seinem Unterarm lag.

»Willi!«

Es war ihr nur so rausgerutscht, wirklich. Sie konnte sich selbst nicht erklären, warum sie sich über ihn so aufregte, aber Willi hatte glücklicherweise gar nicht bemerkt, dass sie sein Getätschel und nicht etwa seine Antwort meinte. Wobei die natürlich auch überflüssig gewesen war.

»Was denn?« Nun sah er Martha doch an. Wenigstens hatte er auch seine Hand von Paulines genommen. »Aber Martha, so aufgewühlt kenne ich Sie ja gar nicht?« Er lächelte. »Elvis ist ein Kater. Und die fressen nun mal Mäuse! Für ihre Nahrungsvorlieben bin ich glücklicherweise nicht verantwortlich!« Er zuckte mit den Schultern.

Pauline kicherte glockenhell über seinen Scherz und klatschte begeistert in die Hände. Martha ballte die Hände zur Faust. So lustig war es dann auch wieder nicht. Schlimmer als Teenager, dachte sie. Wenn das überhaupt ging.

»Wenigstens frisst er die Mäuse nicht von meiner kostbaren Keramik«, schaltete sich nun auch noch Lisbeth mit ein.

Das hatte Martha gerade noch gefehlt. Schlimm genug, dass der Kater fehlte, jetzt ging ihr auch noch die halbe Welt auf die Nerven. Pauline, Willi und jetzt auch noch Lissi, die immer noch beleidigt war, weil Martha Elvis aus ihrem kostbaren Geburtstagsgeschenk fressen ließ. Martha beschloss, ab morgen alleine nach ihrem Kater zu suchen.

»Wenn schon, dann frisst er von *meiner* Keramik, Lisbeth. Oder willst du sie vielleicht doch wieder zurück?« Martha streckte ihr die Schüssel entgegen.

»Nein, schon in Ordnung«, sagte Lisbeth gepresst. »Zu deinem nächsten Geburtstag bekommst du einfach einen Fressnapf aus Plastik, den kannst du ja dann für dich benutzen.

Oder für mich, wenn es sowieso keinen Unterschied macht, ob man jetzt ein Mensch ist oder eine Katze.«

»Meine Güte, Lissi, bist du etwa eifersüchtig? Nun sei doch nicht so empfindlich!«, gab Martha zurück, während sie ein wenig schneller als sonst die Straße überquerte, sodass die anderen Mühe hatten, Schritt zu halten. Diesen Blödsinn würde sie sich nicht länger als unbedingt nötig anhören, so viel stand fest. Wie konnte man denn auf eine Katze eifersüchtig sein, fragte sie sich – und schob das unangenehme Gefühl beiseite, dass sie selbst auch ein wenig eifersüchtig war. Wobei, es war keine Eifersucht, sondern pure Scham über das irritierende und beschämende Verhalten ihrer verrückten Freundin und ihres alten alleinstehenden Nachbarn. So sah es nämlich aus. Eifersucht war ihr fremd. Sie war maximal die Hüterin des guten Benehmens.

»Und natürlich macht es durchaus einen Unterschied, ob man ein Mensch oder eine Katze ist. Zumindest, was die Kommunikation angeht.« Martha lächelte süffisant und kniff die Augen ein wenig zusammen. »Deshalb muss ich mir auch unbedingt überlegen, welche Gesellschaft mir lieber ist.«

Treffer, versenkt. Martha liebte gut gezielte spitze Bemerkungen. Lissi hielt sie dafür kaum aus.

»Also, wenn das so ist …«, Lisbeth verschränkte die Arme vor der Brust, »… dann kann ich ja auch gehen!«

»Meine Damen!«, unterbrach Willi das Gespräch mit seiner lauten Richterstimme.

Jede Freundlichkeit war daraus verschwunden. Er klang streng und – wenn Martha ehrlich war – auch ein wenig furchteinflößend. Wenn er seinen Gerichtshammer dabeigehabt hätte, hätte er ihn sicher benutzt, um für Ruhe zu sorgen. Martha beobachtete mit Genugtuung, wie er Paulines Arm losließ, nachdem sie bei seinen Worten zusammengezuckt war, dabei ging es endlich einmal nicht um sie. Warum nicht gleich so? Willi sah empört von Lisbeth zu Martha. »Ich muss doch sehr bitten! Sie sind schon so lange befreundet. Martha kenne ich nun schon über vierzig Jahre und fast so lange kenne ich auch Sie beide.« Er machte eine ausholende Handbewegung in Richtung Talkessel. »Das ist meine Stadt, mein Ausblick und, wenn man es so will, auch mein Leben. Ich habe immer nur gearbeitet und keine Zeit für eine Familie gehabt oder auch nur für Freundschaften wie die Ihre. Ich habe Sie über all die Jahre hinweg immer dafür bewundert, wie sehr Sie sich gegenseitig unterstützt haben. Und nun, im Spätherbst Ihres Lebens, riskieren Sie all das für … für … was? Einen Teller? Eine Katze?« Empört schüttelte er den Kopf. »Nein, das lasse ich nicht zu und …«

Pauline begann zu lachen. Irritiert hielt Willi mitten in seiner Ansprache inne. »Was ist denn so komisch, meine Liebe?«

»*Im Spätherbst unseres Lebens*, Willi«, zitierte sie ihn. »Das hast du aber schön gesagt! Hach, der Spätherbst meines Lebens! Da komme ich mir doch gleich vor wie ein Ahornblatt im Wind«, ergänzte sie und streckte die Arme aus, drehte sich mehrmals im Kreis und flatterte dann regelrecht auf die Straße, um auf die andere Seite zu gelangen, wo sie auf dem Bürgersteig weitertanzte.

Sowohl Martha als auch Lisbeth und Willi sahen ihr mit offenem Mund hinterher, bis sie einen SUV mit schwarz getönten Scheiben umrundet hatte, der dort parkte, und wieder zu ihnen zurückgeflattert war.

»Was? Was schaut ihr so?« Pauline streckte ihre Hände noch einmal mit nach oben gewandten Handflächen in den Himmel und drehte eine letzte schwungvolle Pirouette. »Ich finde, ihr tanzt zu wenig. Allesamt! Wenn ihr mehr tanzen würdet …« Sie nahm Willis Hände in ihre und versuchte, ihn zu einer Drehung zu bewegen, die er ein wenig unbeholfen mitmachte. »… dann wärt ihr viel besser drauf! Los, kommt schon!«

Es wurde immer schlimmer mit ihr. Kopfschüttelnd beobachtete Martha ein paar weitere von Paulines Flugübungen. Aber schließlich war wohl auch sie müde geworden und kehrte zu den dreien zurück.

»Hach, herrlich.« Pauline seufzte glücklich. »Ein Ahornblatt im Wind …« Sie strich sich lächelnd eine rote Locke aus der Stirn, bevor sie ihre Hand wieder auf Willis Arm legte. »Entschuldige. Was wolltest du sagen?«

Es dauerte einen Moment, bis Willi sich gefangen hatte.

»Wie dem auch sei«, fuhr er dann nach wie vor ein wenig irritiert fort und schüttelte den Kopf. »Das Leben ist viel zu kurz für Streit. Und dennoch gibt es genug davon.« Er seufzte. »Glauben Sie mir. Ich saß an der Quelle.« Sein Blick wanderte wieder zu Pauline und zu ihrer Hand auf seinem Arm. »Sie sollten Ihre Zeit nicht damit verschwenden. Wer weiß, wie viel davon noch übrig ist?«

Martha schluckte. Plötzlich war all der Ärger, den sie bis gerade eben noch so gespürt hatte, verschwunden. Auch Lisbeth sah betreten auf ihre Schuhspitzen. Noch nicht einmal Pauline sagte etwas. Willi hatte recht. Martha war wirklich nicht besonders nett zu ihren Freundinnen gewesen. Ganz besonders nicht zu Lisbeth. Dabei hatte sie es bestimmt gerade von ihnen allen am schwersten. Vorsichtig berührte sie ihre Freundin am Arm. Sie selbst hätte ganz sicher sehr unwirsch auf diese Form der Annäherung reagiert, aber Lisbeth war nicht nachtragend.

»Es tut mir leid, Lissi«, sagte Martha leise und meinte es auch so.

»Ist schon gut, Martha.« Lisbeth lächelte sie vorsichtig an. »Das Leben spielt uns ab und zu ganz schöne Streiche, nicht wahr? Aber eine Katze ist wirklich noch lange kein Grund für so einen Streit!« sagte sie versöhnlich.

»Nein, da hast du recht, Lissi. Und ein Teller erst recht nicht«, erwiderte Martha und biss sich sofort auf die Zunge.

Dass das nun wirklich nicht nötig gewesen wäre, sah sie an Lisbeths Gesichtsausdruck. Was war nur los mit ihr? Martha war schon immer bissig gewesen, das schon, aber nie bösartig. So wie sie jetzt gerade mit den liebsten Menschen, die sie noch hatte, umging, so konnte sie sich selbst nicht leiden. Martha machte nicht gern Fehler. Und auch nicht oft. Noch viel weniger konnte sie es ausstehen, sich zu entschuldigen. Es machte sie so durstig.

»Gehen wir rein. Ich habe uns was zu Trinken kalt gestellt. Und dann sollten wir uns überlegen, was wir Sinnvolles mit unserer Zeit anstellen können. Sinnvoller jedenfalls, als uns zu streiten.«

Sie wusste, dass sie selbst meistens diejenige war, die den Unfrieden anzettelte. Lisbeth war einfach zu gutmütig und Pauline zu leicht abzulenken, um ihr das auf Dauer übel zu nehmen. Vermutlich war sie eben einfach nur einsam und verbittert, wofür die beiden ja nun wohl am wenigsten konnten. Aber es war kein Zustand. Sie brauchten eine Aufgabe. Etwas, das ihnen allen Halt gab, und das Gefühl, nicht nur darauf zu warten, bis sie irgendwann ins Gras bissen.

Sie mochte vielleicht Entschuldigungen nicht, aber Pläne dafür umso lieber. Und schon allein das Wissen, dass sie das Problem identifiziert hatte, sorgte dafür, dass sich Martha gleich viel besser fühlte. Lebendiger. Geradezu energiegeladen. Ja, auch wenn sie Willis Geschmachte in Richtung Pauline beschämend fand und er ihr ab und zu mit seiner »Ich bin das Gesetz«-Tour gehörig auf den Keks ging, so hatte er doch auch manchmal recht. Sie lächelte, als sie sich auf der einen Seite bei Lisbeth und auf der anderen bei Pauline einhängte, während sie die Stufen zu ihrem Gartentor hinaufstiegen.

Eine Aufgabe. Genau. So trostlos, wie sich das Leben in den letzten Tagen angefühlt hatte, war es doch gar nicht. Und auch wenn ihr Lächeln sie noch ziemlich anstrengte, so fiel es ihr doch von Sekunde zu Sekunde leichter.

3

Samstag, 23. April 2022, immer noch Stuttgart

»A votre santé!«

Martha erhob formvollendet und mit abgespreiztem kleinen Finger ihre Champagnerflöte, um Lisbeth, Pauline und auch Willi zuzuprosten, den sie ja nun schlecht ausladen konnte, nachdem er sich schon so um sie verdient gemacht hatte. Sie wollte ihn auch auf keinen Fall loswerden, es war nur so, dass sie nach einem Blick auf die Flasche mit Bedauern festgestellt hatte, dass gerade noch ein Bodensatz darin war, und sie überlegte, ob sie schnell aufstehen und eine zweite auf Eis legen sollte. Lisbeth bemerkte ihren Blick und runzelte die Stirn, ohne etwas zu sagen.

»Was denn?«, fragte Martha gereizt.

Sie wusste, dass Lisbeth ein etwas schwieriges Verhältnis zu Alkohol hatte, seit sich ihr heiß geliebter Richard, der eine gewisse Vorliebe für Hochprozentiges hatte, mal bei einem Jagdausflug in den Fuß geschossen hatte. Aber das gab ihr noch lange nicht das Recht, sich als Moralapostel aufzuspielen.

Pauline und Willi ließen die Gläser wieder sinken, die sie schon erhoben hatten. Trotzig hob Martha ihres noch ein wenig höher.

»Auf uns, auf die Gesundheit und darauf, dass wir so viel trinken dürfen, wie wir wollen.« Sie leerte das Glas in einem langen Zug. »Und auch, wann wir wollen.« Herausfordernd sah sie Lisbeth fest in die Augen, während sie sich den Rest der Flasche eingoss.

Sie hatte sich ihr Leben an Regeln und Konventionen gehalten, die ihr Mann und die Stuttgarter Gesellschaft ihr auferlegt hatten, und sie hatte sich nie darüber beschwert. Nun war sie zwar alt genug, um auf all das zu pfeifen, aber selbst auch überrascht, wie tief all diese Regeln in ihr steckten. Es gab nicht viel und hatte auch nie viel gegeben, was sie aus purem Vergnügen tat. Aber Champagner zu trinken gehörte dazu. Und wenn sich Martha Emilie von Hellbach mit achtundsiebzig Jahren endlich ein Laster gönnte, dann wollte sie sich das nicht ausgerechnet von ihrer Freundin vermiesen lassen, verdammt noch mal.

Martha bekreuzigte sich für das »verdammt noch mal«, obwohl sie es noch nicht einmal laut gesagt hatte, während die anderen drei sie erstaunt anstarrten. Das Sankt Agnes, das katholische Gymnasium für Mädchen, hatte seine Spuren hinterlassen. Sie setze das Glas an die Lippen und trank.

Pauline nahm ebenfalls einen großen Schluck. »Auf die Bridge-Ladies!«, sagte sie fröhlich und prostete Martha und Lisbeth zu. »Und natürlich auch auf Willi«, ergänzte sie und klimperte mit den Wimpern.

»Herzlichen Dank, liebe Polly«, antwortete er. »Ich fühle mich geehrt.«

Wie bitte? Er nannte sie schon bei ihrem Lieblingsspitznamen? Täuschte sich Martha, oder wurde der alte Richter dabei rot?

Lisbeth trank einen winzigen Schluck. Dann stellte sie ihr Glas auf den Tisch ab und fuhr und mit dem Fingern über den Rand, bis es quietschte und sie es erschrocken sein ließ.

»Weißt du, Martha«, sagte sie nachdenklich, »es geht ja nicht darum, wann wir wie viel trinken, sondern aus welchem Grund.« Sie versuchte zu lächeln, aber in Marthas Augen sah es eher aus, als würde sie schon wieder gleich zu weinen anfangen. »Richard hat immer gesagt …«

Der Seufzer war Martha entwischt, ohne dass sie es verhindern konnte. Wenigstens hatte sie nicht auch noch die Augen verdreht. Die Haltung zu verlieren war in Marthas Wahrnehmung eine große Schwäche, allerdings hatte sie auch bemerkt, dass das Alter und Alleinleben einen nicht unbedingt zu einem toleranteren und geduldigeren Menschen machte. Ganz im Gegenteil. Erstaunlich war es dennoch, dass ausgerechnet die sanftmütige Lisbeth Martha mit einer Leichtigkeit aus der Fassung brachte, die sie selbst schockierte. Nun musste sie nicht nur mit einer Standpauke rechnen, sondern auch mit einer weiteren Litanei darüber, wie sehr Lisbeth ihren Mann vermisste und wie schwierig das Leben ohne ihn war. Dabei war er in Marthas Augen der langweiligste Mensch aller Zeiten gewesen. Bei Richard hörte Lisbeths Sanftmut nämlich auf. Am liebsten hätte Martha noch einmal geseufzt, aber das zornige Funkeln in Lisbeths Blick verhinderte das.

»Ich weiß, dass du Richard nicht mochtest, Martha, und damit kann ich leben«, brach es auch schon aus ihr heraus. »Aber ich habe ihn geliebt, und es ist mein gutes Recht zu trauern. Wenn schon nicht wegen ihm, dann könntest du das wenigstens mir zuliebe akzeptieren. Und mir außerdem, wie es für eine Freundin angebracht wäre, zur Seite stehen. Aber vielleicht sind wir ja gar keine Freundinnen, Martha. Vielleicht gibt es in deinem Leben niemanden, der dich wirklich interessiert, außer … dir selbst!«

Lisbeth war aufgestanden. Ihre Wangen hatten eine rosige Farbe bekommen, ihre Augen funkelten und ihre Haare lagen längst nicht mehr in ganz so festzementierten grauen Wellen um ihr schmales Gesicht. Martha fand, sie hatte schon lange nicht mehr so gut ausgesehen.

»… und vielleicht dieser Kater mit dem dümmsten Namen der Welt!«

Lisbeth schob ihren Stuhl an den Tisch und versuchte, ihre Handtasche von der Lehne zu nehmen, wobei sich der Taschenbändel verhakte und sie den kompletten Stuhl umwarf.

Martha kicherte.

»Aber eines sage ich dir, Martha von Hellbach …!« Sie stellte den Stuhl wieder auf.

»Was denn?« Marthas Kopf fühlte sich angenehm leicht an, wie immer, wenn sie Champagner getrunken hatte. Fehlte noch, dass ihre miesepetrige Freundin ihr die Laune verdarb.

»Also, was sagst du mir denn?«, wiederholte sie, nachdem Lisbeth keine Anstalten machte, ihren Satz zu Ende zu sprechen. Martha stützte ihr Kinn auf ihre Hände und klimperte erneut mit den Wimpern. »Du traust dich ja doch nicht!« Das war gemein, das wusste sie. Aber es stimmte auch.

»Martha!«, schaltete sich Pauline ein, die bisher nur stille Beobachterin gewesen war.

Und auch Willi schüttelte empört den Kopf. »Was ist denn nur los mit Ihnen?«

Meine Güte. Da saßen sie alle drei, an ihrem Tisch, in ihrem Haus, tranken ihren Champagner, verbündeten sich gegen sie und fragten dann, was los war?

»Nichts? Was soll denn mit mir los sein? Ich wollte mit meinen Freunden anstoßen und einen schönen Abend verbringen. Und nun muss ich feststellen, dass meine Freunde da ganz anderer Meinung sind. Oder …«, sie machte eine kleine Pause und sah alle drei der Reihe nach mit zusammengekniffenen Augen an, »… dass wir vielleicht gar keine Freunde mehr sind.« So. Jetzt war es raus.

»Martha! Jetzt hör aber auf!« Pauline stieß Marthas aufgestellten Arm an, sodass Marthas Kinn nach unten abrutschte und sie unfreiwillig heftig nickte. Peinlich. Pauline kicherte. »Bist du betrunken?«

Martha sah sie böse an. »Natürlich nicht.«

Wenn man mal von dem leichten Gefühl im Kopf absah. Aber betrunken? Sie doch nicht. Sie trank nicht viel. Gut, in letzter Zeit vielleicht ein wenig öfter oder auch regelmäßiger oder auch schon mal früher, aber nie so, dass es auffiel. Sie hatte keinen Kater und überhaupt gab es keinen Grund, sich zu rechtfertigen. Sie konnte allerdings nicht verhindern, dass ein winziger Hauch eines schlechten Gewissens sich in ihre Wahrnehmung stahl.

Sowohl Lisbeth als auch Pauline und Willi sahen sie aufmerksam an.

»Was denn?«, fragte sie zum dritten Mal. Waren sie wirklich schon wieder beim selben Thema?

»Ich kann doch trinken, so viel ich will!«

Sie sah, wie Lisbeth Willi einen Blick zuwarf, den Martha

nicht deuten konnte, bevor sie sich wieder hinsetzte und ihre Hand sanft auf Marthas legte.

»Du kannst zwar trinken, so viel du willst, Martha, aber wir machen uns trotzdem Sorgen um dich.« Lisbeth hielt einen kurzen Moment inne, als ob sie abwarten wollte, ob Martha ihr nicht doch ins Gesicht sprang, bevor sie fortfuhr. »Das machen Freunde so.« Sie betonte das Wort »Freunde« ganz besonders. »Was ich vorher sagen wollte, war, dass es schon möglich ist, dass du glaubst, Spaß zu haben. Aber braucht es dazu unbedingt Champagner?«

Lisbeth schluckte. Willi tätschelte aufmunternd ihre Hand, und Martha wurde sich plötzlich bewusst, wie viel Überwindung es sie gekostet haben musste, ihr das so direkt ins Gesicht zu sagen.

»Und weißt du, Martha,« fuhr sie fort, »ich beobachte das schon eine Weile.« Sie sah schuldbewusst aus, vermutlich fühlte sie sich auch nicht gut dabei. »Es ist immer alles gut, wenn Juli hier ist. Aber das ist sie nicht mehr sehr oft.« Lisbeth zuckte mit den Schultern. »Was ich auch sehr schade finde. Aber so ist das nun mal.« Bedauernd sah sie zu Pauline. »Ich weiß, dir fehlt sie auch. Schon klar. Wenigstens hattest du ja dann Elvis.« Sie schüttelte den Kopf und grinste. »Meine Güte, der Kater ist ja wirklich niedlich, aber können wir ihn denn nicht umbenennen? Ich finde es gruselig, so über ihn zu sprechen! Hat jemand Elvis gesehen? Elvis, Süßer, komm lass dich kraulen!« Sie verdrehte die Augen. »Ich meine, wer nimmt uns denn noch ernst? Drei alte Weiber, die durch Stuttgart laufen und nach einem toten Sänger rufen, als würden sie glauben, dass er lebt und sich hier versteckt hält!«

Obwohl sie wütend auf die drei war, konnte Martha nicht verhindern, dass sich ihre Mundwinkel nach oben zogen. Und ihre Fantasie spuckte sofort ebenfalls Sätze aus, die man besser nicht in der Öffentlichkeit sagte: »Elvis, mein Guter, du darfst heute bei mir schlafen!«, ergänzte sie und fing an zu kichern. »Also ganz unter uns, ich finde ja, Elvis hat einen prächtigen Schw …«

Bevor Martha den Satz zu Ende sprechen konnte, fing Pauline bereits an, laut zu lachen. »Also, wenn jemand so etwas sagen kann, dann ja wohl ich!«

»Wieso?«, fragte Lisbeth sofort. »Hast du ihn denn persönlich gekannt?«

»Wen? Elvis?« Pauline grinste. »Selbstverständlich. Ihn und seinen …«

»Pauline!«

»… Friseur, wollte ich sagen!« Sie probierte einen unschuldigen Augenaufschlag, der ihr gründlich misslang.

Nun lachten alle drei. Nur Willi war die ganze Zeit sehr still gewesen. Ihm war das alles offensichtlich äußerst peinlich.

Martha schob ihm die Schale mit Salzmandeln rüber, die sie noch in der hintersten Ecke ihres Küchenschrankes gefunden hatte. Da legte Lisbeth erneut ihre Hand auf Marthas.

»Weißt du, als Max hier eingezogen ist, dachte ich, es wird besser, aber … Wie gut, dass er verschwunden ist, Martha. Sonst hätten wir alle früher oder später angefangen zu trinken«, sagte sie. »Ich weiß, wir streiten. Ich weiß auch, du findest mich langweilig. Aber wenn ich nicht so langweilig wäre, würde ich dich keinen Tag aushalten, Martha von Hellbach, das lass dir mal gesagt sein.« Sie hob ihr Champagnerglas.

»Wie war das vorhin? Trinken wir auf die Freundschaft, die wir haben, auf das Leben, das uns bleibt, und die Abenteuer, die vor uns liegen. Und lasst uns dafür sorgen, dass es noch welche gibt.«

Das war sehr weise und kein bisschen langweilig, das musste Martha zugeben. Sie hob ihr Wasserglas, anstelle der Champagnerflöte, und prostete Lisbeth und den anderen beiden zu.

»Ab jetzt trinken wir Tee!«

Sie hatte da auch schon eine ganz bestimmte Mischung im Hinterkopf.

4

Montag, 25. April 2022, Hamburg

Juli sammelte seufzend ihr Handy, den Kalender, den Füller und die Textmarker vom Tisch in Alexanders überaus luxuriöser Garderobe der Elbphilharmonie ein. Er bog sich förmlich unter frischen Früchten und einem Orchideenbouquet, und sie hatte schon Mühe gehabt, überhaupt ein Plätzchen zu finden, wo sie ihre Sachen ablegen und mit Alexander dessen Termine durchsprechen konnte. Sie sah auf die Uhr und seufzte wieder. Sie würde nun doch keine Zeit mehr haben, Pia wenigstens auf einen Kaffee zu treffen, obwohl sie sich schon ewig nicht gesehen hatten, seitdem sie vor ein paar Jahren von Stuttgart nach Hamburg gezogen war. Juli hatte extra einen Zeitpuffer von einer Stunde eingebaut, aber trotzdem hatte Alexander mal wieder viel zu lange gebraucht, um so wesentliche Entscheidungen zu treffen, wie die, ob er nun in Sydney, ihrem nächsten Stopp in einer Woche, lieber gern vor oder nach der ersten Aufführung seines Gastspiels dort mit dem Kulturbürgermeister der Stadt dinieren wollte. Er hatte sich schließlich für keine der beiden Optionen entscheiden können, aber selbst wenn ihm das gelungen wäre, so hätte er seine Meinung noch bis zum Tag ihrer Ankunft hundertmal geändert. So war er eben. Ein wandelndes Künstlerklischee. Und das, obwohl er bereits neununddreißig war.

Juli seufzte wieder. Sie kannte Alexander Jakov Wassiljew, berühmt geworden als der Millenniumstenor Sascha Jakov, schon viel zu lange, um sich wegen ihrer verpassten Verabredung oder der Zeitverschwendung Gedanken zu machen. Achtzehn Jahre lang, um genau zu sein. So lange, wie es gedauert hätte, zu heiraten und vielleicht ein Kind großzuziehen. Mit Erik. Und somit der Grund, warum sie so schnell und dringend einen Job gesucht hatte, der sie weit weg brachte.

Wenn man es so wollte, war sie schneller zu einem Kind gekommen als erwartet. Wenn es auch kein Neugeborenes war, sondern ein immerhin schon einundzwanzigjähriges, verwöhntes, egozentrisches, in klassischem Gesang ausgebildetes Wunderkind, das Juli nie aus den Augen lassen durfte.

Es hatte keine neun Monate gedauert, sondern nur ein von ihrer Mutter arrangiertes Gespräch mit Alexander, weil er sie beim Schminken für die Hauptrolle als Tristan in *Tristan und Isolde* angefleht hatte, jemanden zu finden, der seine klassisch ausgebildeten Schultern lockern und sein Leben jenseits der Bühne organisieren konnte. Reisen um den kompletten Globus inklusive. Er hatte sicher nicht richtig zugehört, aber als Pauline ihm von Juli vorgeschwärmt hatte, die aufgrund ihrer Trennung von Erik quasi heimatlos war und sowieso so schnell und weit wie möglich weg wollte und laut Pauline über genügend Körperkraft verfügte, um »alles zu lockern, was Alexander gelockert haben wollte«, bat er sie sofort in seine Garderobe. Pauline hatte zweifelsohne bei ihrer Beschreibung an Lehmböden und Beete gedacht. Was Alexander gedacht hatte, war nicht überliefert. Aber trotz des unfreiwillig zweideutigen Angebotes und Julis Offenbarung, dass sie weder Physiotherapeutin noch sonst körpertherapeutisch versiert sei, war Alexander von Juli so begeistert gewesen, dass er sie sofort als Assistentin einstellte, was ihre brennende Leidenschaft für die Oper noch einmal befeuerte, dafür aber fortan sowohl ihren Nachtschlaf als auch ihr Nervenkostüm nachhaltig beeinträchtigte. Sie hatte sehr oft daran gedacht, ihren Job als Alexanders Mädchen für alles aufzugeben und wieder als Landschaftsgärtnerin zu arbeiten, aber dazu liebte sie das Reisen zu den Opernhäusern dieser Welt, den Gesang und die Bretter, die die Welt bedeuten, viel zu sehr. Diesen Tag kurz nach Eriks Heiratsantrag im Mai 2004, als ihre Mutter ihr davon erzählte und Martha ihr die linke Wohnung direkt neben dem Eingang anbot, für die sie keine Miete zahlen, sondern nur den Garten der von Hellbachs in Ordnung bringen sollte, würde sie trotzdem nie vergessen. Zuerst war sie skeptisch gewesen, wie bei allen Plänen der Bridge-Ladies, aber dann waren ihr Alexanders Suche und Marthas Angebot wie eine Fügung des Himmels erschienen. Vielleicht fiel es ihr deshalb auch so schwer, sich einzugestehen, dass sie den Job als Sascha Jakovs Kindermädchen satthatte. Oder vielleicht lag es daran, dass ihr beim besten Willen keine Alternative einfallen wollte.

Energisch schob sie die Gedanken an all ihre vergangenen und zukünftigen Entscheidungen beiseite und warf sich die Jeansjacke über die Schultern. Sie hatte zwar nur eine halbe Stunde, bis Alexander sie wieder hier erwartete, aber eine halbe Stunde an der frischen Frühlingsluft war definitiv besser als nichts.

Bevor sie die Garderobe verließ, überprüfte sie ihr Aussehen im Spiegel von Alexanders Schminktisch. Sie sollte sich dringend auch ein bisschen mehr um sich selbst kümmern, sagte ihr das hell ausgeleuchtete Gegenüber. Ein Haarschnitt wäre super. Und vielleicht endlich mal eine Nacht mit mehr als fünf Stunden Schlaf.

Als ihr Handy klingelte, überlegte sie kurz, ob sie es einfach ignorieren sollte, aber dann sah sie den Namen ihrer Mutter auf dem Display. Sie nahm den Anruf an und angelte nach einer Nektarine, bevor sie endlich die Garderobe verließ.

»Mutter!«

»Du sollst mich doch nicht Mutter nennen, Juliane! Nenn mich Pauline!«, sagte sie anstelle einer Begrüßung. »Oder noch besser Polly. Früher haben mich alle …«

»Ich weiß doch, *Pauline.*«

Juli betonte den Namen extra, um ihrer Mutter eine Freude zu machen und weil sie dann aufhörte, Juli Juliane zu nennen. Zu Polly konnte sie sich allerdings nicht durchringen. Es klang in ihren Ohren viel zu jung und zu sehr nach Hollywood, was vermutlich der Grund war, warum Pauline den Namen so mochte. Mittlerweile machte Juli das alles nichts mehr aus, aber früher hätte sie sehr gern eine *Mutter* gehabt, noch lieber eine *Mama*, und keine Pauline oder Polly, einen Paradiesvogel, der auf keinen Elternabend oder eine andere Schulveranstaltung gehen konnte, ohne dass die komplette Lehrer- und Schülerschaft am nächsten Tag über sie tuschelte. Lange her. Oft genug hatte sie behauptet, dass Martha ihre Mutter war, weil sie in ihrer kindlichen Sehnsucht nach Stabilität einfach gern eine Mutter wie sie gehabt hätte: Wohlhabend. Strukturiert. Mit klaren Regeln und gewissen Vorstellungen, was für ein Kind oder einen Teenager gut oder eben nicht so gut war. Wenn es was zu feiern oder Ärger gegeben hatte, hatte Juli deshalb auch nie ihre Mutter, sondern immer Martha angerufen. Pauline hätte sich vermutlich über jede Verfehlung ihrer Tochter gefreut und den Lehrern sofort von ihren eigenen Abenteuern erzählt – etwas, das Juli unbedingt vermeiden wollte. Sie liebte ihre Mutter ohne Zweifel. Als Respektsperson taugte sie allerdings nicht.

Und irgendwann hatte Juli für sich selbst beschlossen, dass sie eben zwei Mütter hatte, wenn es schon keinen brauchbaren Vater (oder überhaupt einen) in ihrem Leben gab.

»Also, erzähl, Pauline, wie geht es dir?«, fragte Juli, während sie nach draußen trat und sich sofort bemühte, den Wind daran zu hindern, ihr ihre Locken ins Gesicht zu wehen.

»Gut! Es geht mir gut!«

Pauline klang fröhlich. Das tat sie immer. Sofort breitete sich auch ein Lächeln auf Julis Gesicht aus. Es war einfach schön, mit ihrer Mutter zu plaudern. Wenn sie anrief, dann nicht, weil sie wollte, dass Juli ein Problem für sie löste, sondern einfach so. Zum Vergnügen. Oder …

»Ich habe meine Küche umgeräumt. Und ausgemistet. Na ja, eher unfreiwillig, aber …«

Pauline lachte, aber Juli blieb das Lachen im Hals stecken. Sie kannte dieses ganz spezielle Pauline-Lachen. Es bedeutete nichts Gutes. Wenn sie ehrlich war, rief Pauline zwar nie wegen Schwierigkeiten an, aber in letzter Zeit häuften sich die Vorkommnisse, die zumindest Juli durchaus als Schwierigkeiten bezeichnen würde und die ihre Mutter jedesmal runterspielte, als sei nichts gewesen.

»Was meinst du damit?«

Das letzte Mal, als ein Anruf so harmlos angefangen hatte, war die Fensterscheibe in Paulines kleinem Küchenerker zu Bruch gegangen, weil Pauline eingefallen war, dass sie doch früher abends immer von ihrem Dach aus die Lichter über Stuttgart bewundert hatte, und »nur mal ausprobieren wollte, ob sie noch durch das Küchenfenster passte«. Sie hatte am Daumen genäht werden müssen und Glück gehabt, dass sie nicht abgestürzt war. Sie war zwar erst siebenundsechzig, aber das bedeutete ja nicht, dass man jeden Blödsinn mitmachen musste.

»Also los, Mu … Pauline, was ist passiert?«, fragte Juli erneut.

»Ja, na ja, ich hatte eben eine Hand zu wenig, als Martha angerufen hat, und dann ist das Regal mit dem Geschirr runtergefallen. Einfach so. Von der Wand weg. Aber weißt du Juli: Im Alter braucht man sowieso nicht mehr so viel.« Juli hörte ihr Grinsen regelrecht durchs Telefon. »Mir reicht auch die eine Tasse, die ich bisher immer für die Blumen genommen habe. Muss man schon nicht mehr so viel abspülen.« Ihre Mutter konnte wirklich an jedem Missgeschick etwas Gutes finden. »Und jetzt habe ich wenigstens wirklich nicht mehr alle Tassen im Schrank.« Sie lachte laut über ihren eigenen Scherz und brachte damit auch Juli zum Schmunzeln.

»Und du? Was treibst du so? Wie geht es dir?«, fragte sie dann, ehe Juli weiter auf die Küche eingehen konnte.

»Mir geht's auch gut.« Juli hoffte, dass ihre Mutter gedanklich noch so mit ihren Tellern und Tassen beschäftigt war, dass sie nicht bemerkte, wie lahm ihre Antwort klang.

»Du klingst müde, Süße.«

»Ich *bin* müde.« Auf einmal fühlte sie sich sogar noch müder, als hätte das Zugeben eine Schleuse geöffnet. Am liebsten hätte sie sich auf den überdachten Platz vor der Elbphilharmonie mit Blick auf die Elbe gelegt und geschlafen.

»Du solltest dich ausruhen.« Sagte die siebenundsechzigjährige Mutter zu ihrer Tochter.

Juli hatte sofort ein schlechtes Gewissen, weil sie nicht in der Lage war, die verantwortungsvolle Tochter zu sein, die sie gerne gewesen wäre. Auch wenn Pauline nie die Mutter gewesen war, die sie gern gehabt hätte. Vermutlich waren sie quitt, aber das brachte Juli auch nicht wirklich weiter. Sie fühlte sich immer schlecht, wenn sie daran dachte, dass sie ihre Mutter so selten sah. Jedesmal, wenn sie miteinander sprachen, versuchte sie, sich selbst damit zu beruhigen, dass ihre Mutter wohl der unabhängigste Mensch des kompletten Universums war. Außerdem war sie diejenige gewesen, die Juli Alexander vorgestellt hatte.

»Schaffst du es denn dieses Mal, wenigstens für einen kurzen Besuch nach Stuttgart, wenn du schon in Deutschland bist?«, fragte Pauline mitten in ihr schlechtes Gewissen hinein.

»Nein, ich …«

Juli dachte an den Bürgermeister von Sydney, dem sie am besten jetzt gleich Bescheid sagen sollte, wann Alexander mit ihm zu speisen gedachte, und machte sich auf den Rückweg in die Garderobe, um ihm gleich im Anschluss an das Telefonat mit ihrer Mutter eine Mail zu schreiben. Aber bis zu diesem Essen lagen noch vier Tage Hamburg vor ihr und dann die zweitägige Reise nach Australien über Singapur, wo Alexander unbedingt eine Nacht in diesem Skypark Hotel übernachten wollte, weil es einen Pool auf dem Dach hatte – in zweihundert Meter Höhe. Juli wurde allein bei dem Gedanken daran schon schlecht. Stuttgart war dieses Mal einfach nicht drin.

»Nein, Mu … Pauline, ich … Es tut mir leid.«

Dank Alexanders Allüren hatte sie für einen Besuch keine Zeit, auch wenn sie in letzter Zeit immer häufiger das Bedürfnis nach Ruhe, viel Grün und einer alexanderfreien Zone spürte.

»Aber ab dem 20. Mai sind wir in Stuttgart, spätestens da sehen wir uns ja.«

Es waren weniger als zwei Monate. Die sich allerdings länger anfühlten als ein komplettes Jahr. »Vielleicht kannst du ja das nächste Mal einfach nach Hamburg kommen. Und dann bringst du Martha und Lisbeth mit. Ihr bucht euch ein nettes Hotel, und ich besorge dir …« Juli wusste schon, während sie es sagte, dass ihre Mutter ablehnen würde. Und so war es auch.

»Nein, nein, Kindchen, lieb von dir, aber das geht doch nicht«, unterbrach sie Pauline. »Lissi ist frisch verwitwet und bewegt sich kein Stück von ihrem Eberkopf weg, und Martha hat diese Katze, wegen der sie kaum das Haus verlässt. Buddy Holly oder so ähnlich. Nein, warte …«

»Martha hat eine Katze?«

Jetzt musste Juli doch lachen. Sich Martha mit einem Tier vorzustellen war in etwa so schwierig wie die Vorstellung von Pauline als treu sorgende Ehefrau mit Mann, Haus und Kindern. Und was war das überhaupt für ein bescheuerter Name? Marthas Katze müsste mindestens Schopenhauer heißen oder Schiller oder …

»Jetzt hast du mich unterbrochen!« Pauline klang ein wenig beleidigt. »Sie heißt natürlich nicht Buddy Holly. Sie heißt … jetzt hab ich es: Elvis! Die Katze heißt Elvis.«

Juli konnte den Stolz ihrer Mutter durchs Telefon hören, weil ihr der absurde Name von Marthas Katze wieder eingefallen war, und sie musste erneut lachen. Es war wirklich allerhöchste Zeit, wieder einmal nach Stuttgart zu fahren, schon allein, um Martha und die Katze zu besuchen. Mit dem Ellenbogen drückte sie die Tür zu Alexanders Garderobe auf und schob sich durch den Spalt.

»Wenn ich im Mai komme, bleibe ich auch ein bisschen länger, versprochen.«

Sie musste Alexander nur noch davon überzeugen, die Zusatzkonzerte anzunehmen, die man ihm angeboten hatte. Am liebsten hätte sie sich schon jetzt in ihrer kleinen Wohnung in Marthas Haus versteckt und wäre erst wieder herausgekommen, wenn sich Alexander zu dem souveränen, klugen und aufmerksamen Menschen entwickelt hatte, als der er sich vor laufenden Kameras und eingeschalteten Mikrofonen präsentierte. Doch das würde vermutlich erst passieren, wenn die Hölle zufror.

Versuchen musste sie es trotzdem.

Juli liebte ihre Wohnung in Marthas Villa, die sie komplett nach ihren eigenen Vorstellungen gestaltet hatte. Den alten Parkettboden hatte sie abgeschliffen und lackiert, die Wand zwischen Wohnzimmer und Küche herausgerissen und nur durch eine gemauerte Bar mit dahinterliegender Küchenzeile getrennt. So hatte sie auch in der Küche das komplette Licht der großen Glasschiebetüren, die nach draußen in den wundervollen Garten führten. Davor gab es eine kleine, ebenfalls mit Holz ausgelegte überdachte Terrasse, die sie sich mit der Wohnung nebenan teilte. In ihrer Küche befand sich nicht viel, aber worauf Juli niemals verzichtet hätte, war eine Siebträger-Espressomaschine und ein sehr guter Backofen. Backen war neben dem Reisen, der Oper und dem Gärtnern Julis viertgrößte Leidenschaft und wenn sie zu Hause war und Zeit hatte, erfüllte der Duft von Zimtschnecken das Haus und Julis Seele. Es beruhigte ihre Nerven besser als jedes Luxus-Spa. Dass es so wenig Hotelzimmer mit Backöfen gab, fand Juli äußerst schade.

Das Herzstück ihres Wohnzimmers bildete das gemütliche hellgraue Sofa mit den vielen weißen Kissen und der dazu passende Sessel, und an der Wand links davon hingen dicht an dicht verschiedene Gemälde in unterschiedlichen Größen und Rahmen, die sie über die Jahre von ihren Reisen mitgebracht hatte und die allesamt Pflanzen oder Tiere zeigten. Diese Wand liebte sie besonders. Wenn Juli zu Hause war, füllte sie erst einmal sämtliche Vasen mit blühenden Ästen oder Blumen, die sie in kleinen Inseln rund um die Villa gepflanzt hatte. Sie hatte dafür gesorgt, dass beinahe zu jeder Zeit etwas wuchs, das in einer Schale oder einem hohen Gefäß hübsch aussah.

Ihr Schlafzimmer war ebenfalls schlicht gehalten. Ein breites Bett mit ebenfalls vielen großen und kleinen weißen Kissen, hinter dem Kopfteil ein Porträt einer skeptisch schauenden jungen Frau im schwarzen Tank Top der holländischen Malerin Anett Nederveld, dem sie nicht hatte widerstehen können, weil es so hinreißend gut zu Julis nicht vorhandenen

Sexualleben passte, ein weiß-grauer Überwurf, ein weißer Kleiderschrank und ein brauner Kleiderständer reichten völlig aus. Sie mochte es clean und neutral, was womöglich daran lag, dass Alexander ein kaum bezwingbares Faible für luxuriöse und überladene Hotelzimmer hatte. Der Kontrast tat ihrer Seele einfach gut.

Nachdem sie mit der Einrichtung fertig war, hatte Martha Julis Wohnung so gut gefallen, dass sie sie bat, die andere genau gleich herzurichten, auch wenn Arthur deshalb damals mehrere Tage lang mit ihr kein Wort sprach. Juli war es egal. Sie blieb einfach unten in ihrer Wohnung oder im Garten, solange er da war, und wenn er ging, verbrachte sie Zeit mit Martha. Mittlerweile lebte er schon so lange nicht mehr, dass sie sich kaum noch an ihn erinnern konnte. Nur ab und zu drang noch einmal seine scharfe Stimme in ihr Gedächtnis, die sich immer gemeldet hatte, wenn jemand die Schuhe nicht ausgezogen hatte oder zu laut durchs Haus gestampft war.

Dass ausgerechnet ein merkwürdiger Typ wie dieser Max in die kleine Einliegerwohnung direkt daneben eingezogen war, hätte jetzt nicht sein müssen, aber irgendwie hatte er Martha rumgekriegt. Vielleicht war es auch nur eine späte Rache an Arthur. Denn Max verkörperte so ungefähr alles, was er zutiefst verabscheut hatte, und glücklicherweise war er ja offenbar schon wieder ausgezogen.

»Aber Elvis ist ja nun mal leider weg«, sagte Pauline mitten in Julis Heimwehattacke hinein.

Sie brauchte eine Sekunde, bis sie wieder wusste, dass ihre Mutter von Marthas Katze sprach. Sofort schaltete sich ihr

Aktionsreflex ein, den sie sich dank Alexander und all seinen ausgefallenen und plötzlichen Bedürfnissen angeeignet hatte.

»Oh, das tut mir leid. Habt ihr schon Plakate aufgehängt?« Das machte man doch so, oder?

»Für was noch mal?«

»Mutter! Für die Katze?«

»Ach ja, ja!« Ihr Lachen klang gekünstelt, so als wollte sie irgendetwas überspielen. »Ich habe mich nur kurz gewundert. Alexander kommt ja erst in ein paar Monaten nach Stuttgart, oder … nicht?«, schob Pauline schnell hinterher.

Wie konnte man nur von einem auf den anderen Augenblick so abwesend sein?

»Wir suchen jeden Abend nach Elvis. Martha, Lissi und ich. Gestern war sogar Willi dabei.« Pauline machte eine bedeutungsvolle Pause. »Also, wenn du mich fragst, er steht auf Martha.« Sie kicherte.

»Mutter!« Allein die Vorstellung war gruselig. Und dann auch noch die Wortwahl. *Er steht auf sie.* Juli schüttelte sich.

»Was denn? Jedenfalls treffen wir uns heute wieder. Zuerst suchen wir ein bisschen, dann spielen wir und dann trinken wir …«

»Ihr trinkt?«

Sofort schrillten bei Juli die Alarmglocken. Es wurde ja immer besser. Zuerst Paulines merkwürdige Abgelenktheit und jetzt das. Die Bridge-Ladies waren einem Gläschen oder zwei noch nie abgeneigt gewesen, aber wenn sie angefangen hatten, sich zum Trinken zu verabreden, musste Juli vielleicht doch noch vor Australien nach Hause und nach ihnen sehen.

Hektisch ging Juli in Gedanken ihren Kalender durch. Sie war schließlich verantwortlich. Irgendwie. Und sie konnte nicht zulassen, dass die drei aus purer Langeweile irgendwelche Dummheiten begingen.

»Jetzt beruhige dich mal wieder, Juli! Wir trinken doch keinen Alkohol! Jedenfalls nicht mehr … so oft. Seit Neuestem gibt es meistens Tee!«

Juli sah ihre Mutter regelrecht vor sich, wie sie empört den Kopf schüttelte, weil ihr einziges Kind so eine misstrauische Spaßbremse war.

»Tee?« Zu Recht. Wer es glaubte …

»Ganz genau. Marthas berühmten Schlummertee«, ergänzte Pauline stolz. »Aus Frauenmantel, Johanniskraut, Brennnessel und noch irgendwas Geheimes, was sie uns nicht erzählen wollte. Ganz ehrlich: Ein trockener Weißwein wäre mir tatsächlich lieber. Er schmeckt wirklich nicht besonders. Aber danach schlafe ich wie ein Baby. Wenn du mich fragst, sie hat es echt drauf mit ihrem Tee.«

Ein simpler Tee war tatsächlich nicht verwerflich, und Martha kannte sich mit Kräutern sehr gut aus, das wusste Juli. Abgesehen davon hatte sie selbst den Kräutergarten nach Marthas Wünschen angelegt. Aber irgendetwas war dennoch seltsam an dieser Teegeschichte, das sagte Juli ihr Instinkt und wenn es nur die geheime Zutat war – oder gerade die. Juli kannte Martha nämlich tatsächlich sehr gut.

Bevor sie allerdings nachfragen konnte, wurde die Tür schwungvoll aufgerissen und Alexander betrat mit großen Schritten den Raum, während er seinen riesigen roten Schal von seinem Hals nahm und ihn in hohem Bogen auf den

Boden segeln ließ. Er seufzte theatralisch und legte die Hand an seine Stirn.

»Julitschka! Darling! Ich bin total erledigt! Diese Stadt macht mich völlig verrückt! Nicht einen Laden habe ich gefunden, in dem es anständige Schuhe gibt. Und es ist noch so ewig lang hin, bis wir in England sind und ich mir wieder welche anfertigen lassen kann. Du musst mich begleiten! Wir müssen etwas tun! Ich kann doch nicht barfuß auf die Bühne!«

Er ließ sich in einen der Stühle fallen und legte seine Beine auf den kleinen Tisch daneben. Kummervoll blickte er auf seine perfekt geputzten und glänzenden schwarzen Chelsea Boots. Juli konnte keinen Makel an ihnen erkennen, aber sie hatte bereits nach ein paar Tagen an Alexanders Seite aufgegeben, mit ihm über irgendetwas zu diskutieren. Wenn die Schuhe in seinen Augen nicht mehr tragbar waren, dann würde niemand ihn vom Gegenteil überzeugen können.

Dass sie telefonierte, hatte er nicht bemerkt, oder, was wahrscheinlicher war, er ignorierte es einfach.

»Ich muss auflegen, Mu … Pauline, tut mir leid.«

Sofort setzte sich Alexander aufrecht hin.

»Oh, ist da deine wunderbare Mutter am Apparat, Julitschka? Warum sagst du das nicht gleich? Wie geht es ihr? Bitte richte ihr die besten Grüße aus! Und dann komm …!«

Sie verkniff sich alles, was sie am liebsten über Marthas Schlummertee und Alexanders Schuhe gesagt hätte, stattdessen nickte sie dem Opernsänger lächelnd zu und verabschiedete sich von ihrer Mutter, nicht ohne sich noch einmal vorzunehmen, gleich nachher in ihren Kalender zu schauen.

»Alexander lässt grüßen, Pauline. Grüß du auch Lissi und Martha von mir.«

Ein merkwürdiger Schmerz griff nach ihrem Herz und sie wäre am liebsten in der Leitung geblieben oder noch besser, gleich nach Hause gefahren. Nur für einen Moment. Um Elvis zu bewundern, der hoffentlich bis dahin wieder aufgetaucht war. Einen Schlummertee von Martha zu trinken und herauszufinden, was sie alles hineingemischt hatte. Um zu spüren, dass alles so war, wie es sein sollte, und dass ihre Mutter einfach nur ein wenig zerstreut war, damit sie nicht ständig ihrem Gewissen sagen musste, dass es gefälligst die Klappe halten sollte.

»Mach's gut, Schätzchen«, sagte Pauline fröhlich. »Grüß Elvis von mir!«

Elvis?!

Es machte keinen Sinn, ihr zu sagen, dass Elvis Marthas Kater und der den sie grüßen wollte, Alexander hieß und Julis Heldentenor war, denn ihre Mutter war gedanklich schon längst weitergezogen, das wusste Juli. Allerdings wunderte es sie schon sehr, dass Pauline jemanden, den sie schon so oft vor einem Auftritt frisiert und geschminkt hatte, mit einem Rock'n' Roller verwechselte, dessen Style sie schon immer zum Lachen gebracht hatte.

Ach, es war und blieb alles merkwürdig.

Und das unpraktische Heimweh, das sie seit Neuestem hatte, wurde dadurch auch nicht besser.

5

Freitag, 29. April 2022, Sidney

Von all den großen Opernhäusern der Welt mochte Juli das Sydney Opera House am liebsten. Seine fächerförmige Architektur hatte sie immer schon begeistert, und jedesmal, wenn sie wieder hier war, buchte sie sofort eine Schiffstour durch den Hafen, um nicht nur das Opernhaus, sondern auch die Harbour Bridge vom Wasser aus zu bewundern. Sie hatte festgestellt, dass Jetlag sich am leichtesten überwinden ließ, wenn man in Bewegung blieb, und auf dem Wasser zu sein half ihr noch zusätzlich.

Juli ließ sich den Fahrtwind des kleinen Touristenschiffes um die Nase wehen und bemühte sich, in Sydneys Zeitzone anzukommen. Ganz oben auf dem Stahlbogen der Harbour Bridge konnte sie die winzigen Menschen sehen, die es wagten, mit einem Führer bis zum höchsten Punkt auf hundertvierunddreißig Meter Höhe zu steigen. Sie wusste es deshalb so genau, weil sie schon wieder den Flyer des Anbieters zum sogenannten Bridge Climb in den Händen hielt und sich schwor, es nächstes Mal doch endlich einmal selbst zu probieren. Der Ausblick von dort oben musste fantastisch sein. Doch auf der anderen Seite war Höhe einfach nicht so ihr Ding, sodass ihr allein schon bei dem Gedanken daran, dass sie selbst dort oben stand, die Knie weich wurden.

Vielleicht das nächste Mal … Vorerst war sie glücklich, einfach nur hier zu sein und nach dem langen Flug auch wieder einigermaßen festen Boden unter den Füßen zu haben.

Der andere große Vorteil dieser Bootsfahrt war, dass Alexander behauptete, sofort seekrank zu werden, wenn er nur Wasser sah, weshalb er sie auch auf keinen Fall begleiten wollte. Er war gestern wie zu erwarten in Darling Harbour hängen geblieben, einem der angesagtesten Day- und Nightlife-Viertel Sydneys, und würde sich heute voll und ganz auf sein persönliches Wellnessprogramm konzentrieren. Inklusive eines ausgedehnten Besuchs im Spa, beim Friseur und bei »einer alten Freundin, die dich gar nichts angeht, Julitschka, Schätzchen«. Als ob es Juli interessierte, mit wem er schlief – oder ob überhaupt. Sie schüttelte sich. Was für ein Glück, dass sie sich erst am Abend für einen Fototermin in seiner Suite verabredet hatten.

Schnell wandte sie ihren Blick wieder aufs Wasser und ihre Gedanken von Alexanders Leben abseits der Bühne ab. Der leicht salzige Geruch nach Meer strömte in ihre Lungen, und Juli hatte sofort das Gefühl, tiefer atmen zu können. Ein und aus.

Sie schloss die Augen und genoss die Wärme der Sonne auf ihrer Haut. Jetzt die Zeit für ein paar Stunden anhalten können …

Ein leichtes Lächeln schlich sich auf ihr Gesicht.

Jetzt und hier. Mitten im Frieden. Einfach nur sein.

»Nicht bewegen! O bitte, bleiben Sie so! Das ist … wunderbar! Bleiben …!«

Juli riss die Augen auf und schaute direkt in die Linse einer überdimensionalen Kamera, die jemand auf sie gerichtet hatte.

»Entschuldigung?« Irritiert stieß sie sich von der Reling ab und kniff die Augen zusammen. »Sie können mich doch nicht einfach so fotografieren!«

Hinter der Kamera tauchte ein verwuschelter hellbrauner Haarschopf mit einer dunkelgrauen Schiebermütze auf, der zu einem jungen Typen gehörte, der das Klischee des Touristen-Fotografen perfekt erfüllte. Nur sein schuldbewusster Blick passte nicht so richtig dazu.

»Sorry, natürlich. Du hast ja recht«, antwortete er in fehlerfreiem Deutsch. Juli registrierte sofort, dass er sie geduzt hatte. »Aber du hast so schön ausgesehen! Deine Locken im Wind, dein Gesicht … so friedlich und … hätte ich dich vorher gefragt, wäre all das verschwunden«, rechtfertigte er sich. »Es tut mir wirklich leid.« Er versuchte, ihren Blick aufzufangen. »Nein, eigentlich tut es mir nicht leid.« Ein Strahlen breitete sich auf seinem Gesicht aus, als er Juli die Kamera unter die Nase hielt. »Schau mal. Die Bilder sind perfekt.«

Sie konnte nicht widerstehen und warf einen kurzen Blick auf das Display. Widerwillig musste sie zugeben, dass er recht hatte. Die Fotos waren gelungen. Mehr als das. Er hatte ihren inneren Frieden eingefangen, auch wenn er ihn damit gründlich ruiniert hatte, aber das Bild zeigte sie selbst in ihrer besten Version. Sie sah glücklich aus.

»Siehst du? Sie gefallen dir!« Er strahlte noch mehr, wenn das überhaupt möglich war, und streckte ihr die Hand hin.

»Darf ich mich vorstellen? Ich bin Matt, the Memory Man. Das hier ist meine Yacht, und das ist mein Mädchen.« Theatralisch breitete er die Arme aus und wies zuerst auf die Besucherterrasse des Touristenkahns und dann auf seine Kamera.

Juli runzelte die Stirn.

»Okay, okay, es ist nicht mein Schiff und das hier ist ein Fotoapparat, aber hey … die Bilder sind toll, oder?« Wieder hielt er ihr die Kamera hin.

»Stimmt. Sie sind echt gut geworden.« Juli hatte kein Problem damit, das zuzugeben. »Das heißt aber noch lange nicht, dass es okay ist, einfach so fremde Menschen zu fotografieren.«

»Da hast du recht, schöne fremde Frau. Vollkommen recht. Ich muss mich entschuldigen. Noch mal.« Er zog die Mütze vom Kopf und verbeugte sich tief. »Matt, the Memory Man, entschuldigt sich hiermit erneut und hochoffiziell. Aber weißt du, was?« Er zwinkerte ihr grinsend zu. »Dafür mache ich dir auch einen Sonderpreis. Sagen wir …«

»Danke, aber ich möchte das Foto nicht kaufen«, unterbrach sie ihn schnell.

Eigentlich wollte sie nur hier stehen, für sich sein und die Ruhe genießen, die das Alleinsein mit sich brachte. Diese Momente waren so rar.

»Warum denn nicht?«, fragte Matt verwirrt.

»Wirklich sehr nett gemeint dein Angebot, Matt, aber ich brauche kein Bild von mir. Wenn ich wissen will, wie ich aussehe, schaue ich beim Zähneputzen in den Spiegel«, sagte sie freundlich, aber bestimmt.

Nun schien Matt wirklich betroffen. »Ist das dein Ernst?

Das tut mir jetzt allerdings tatsächlich leid. Dass du weißt, wie du aussiehst, davon ging ich aus. Aber hast du denn niemanden, dem du ein Bild von dir schicken möchtest? Der sich darüber freuen würde, dass es dir gut geht? Hast du keinen Mann, keine Freunde, keine Familie?« Er sah so schockiert aus, dass Juli lachen musste.

»Schon gut, Matt. Du musst dir um mich keine Sorgen machen. Ich habe eine Familie, wenn es dich beruhigt.«

Keinen Mann. Immerhin eine Freundin – Pia –, die sie seit gefühlt hundert Jahren nicht gesehen hatte, weil Julis Boss selbst die Zeit in ihrem Leben für sich beanspruchte, die man normalerweise für sich hatte. Aber all das musste Matt ja nicht wissen.

»Danke dir jedenfalls für das tolle Bild, Matt. Mein Name ist übrigens Juli.«

Sie lächelte. Warum sie ihm gesagt hatte, wie sie hieß, wusste sie selbst nicht so genau. Aber vielleicht lag es daran, dass sie diesen Moment eben doch gerne mit jemandem teilen wollte. Und wenn es nur der Fotograf war, der ihn eingefangen hatte.

»Angenehm, Juli.« Er verbeugte sich wieder. »Dann schenke ich dir das Bild, Juli, damit du nicht vergisst, wie schön du bist.«

Bevor er sich von ihr verabschiedete, um weitere Touristen zu fotografieren, schickte er ihr das Bild via Bluetooth und drückte ihr seine Visitenkarte in die Hand, damit sie ihn finden konnte, wenn sie ihn brauchte. Was für ein Spinner! Lächelnd steckte sie die Karte ein. Matt, the Memory Man, hatte vielleicht den Moment ruiniert, aber dafür hatte er eine Erinnerung geschaffen. Das war doch keine schlechte Bilanz für den ersten Vormittag in Sydney.

6

Freitag, 29. April 2022, Sydney

Nach ihrer Bootstour beschloss Juli, ins Hotel zurückzukehren, um einen winzigen Mittagsschlaf zu halten – und war eingeschlafen, bevor ihr Kopf das Kissen berührte.

Als sie irgendwann wieder aufwachte, musste sie sich zuerst orientieren. Das Gute an Alexander war, dass er immer in denselben Hotels abstieg. In Sydney war es das Shangri-La, wo Alexander eine Suite mit einem unglaublichen Blick auf die Bay bewohnte. Selbst wenn Juli durchaus mit einem preisgünstigeren Hotel zufrieden gewesen wäre, so sorgte er doch dafür, dass sie im selben untergebracht war wie er. Am Anfang hatte sie noch über den üppigen Luxus gestaunt und sich kaum getraut, irgendeines der Produkte im Bad auszuprobieren oder die ganze Breite des Bettes zu benutzen, aber mittlerweile hatte sie sich daran gewöhnt und dachte kaum noch darüber nach. Dennoch war es luxuriöser als alles, was sie sich je selbst hätte leisten können oder wollen – und wenn sie die Wahl gehabt hätte, würde sie sich zumindest nachts immer noch in ihre kleine Wohnung nach Stuttgart zurückbeamen.

Als sie wieder wusste, wo sie sich befand, setzte sie sich kurz auf, um ihren Kreislauf wenigstens ein bisschen in Schwung zu bringen. Dieser elende Jetlag!

Sie ließ sich wieder zurück auf das Kissen fallen und tastete nach dem Handy. Es war kurz nach fünf Uhr am Nachmittag. Das Display zeigte vier Anrufe in Abwesenheit. Alle von Martha. Alle innerhalb der letzten Stunde. Juli sah auf die Uhr. Das schlechte Gewissen darüber, dass sie ihr Telefon ausgeschaltet hatte, meldete sich, und sofort begann sie zu rechnen. Wenn es hier fünf Uhr war, dann war es in Stuttgart sieben Uhr morgens. Nicht unbedingt eine Zeit, zu der man üblicherweise telefonierte. Andererseits war Martha eine Frühaufsteherin und … hoffentlich war alles in Ordnung, betete sie, während sie auf »Rückruf« tippte.

»Martha von Hellbach, guten Morgen?«, meldete sich die beste Freundin ihrer Mutter wie üblich.

Wenn sie ans Telefon ging, war zumindest sie schon mal nicht im Krankenhaus. In ihrer Stimme fand Juli auch sonst nichts, was auf eine Katastrophe hindeutete, aber darauf konnte man sich nicht verlassen. Juli musste es wissen. Sofort.

»Martha?«, rief sie atemlos. »Alles in Ordnung?«

»Ja, es ist alles …«, begann Martha, bevor ihre Stimme brach.

Die Geräusche, die aus dem Hörer kamen, hörten sich wie unterdrücktes Schluchzen an, und Juli erschrak furchtbar, als Martha am anderen Ende der Leitung laut nach Luft schnappte. Bis ihr klar wurde, dass Martha nicht mit den Tränen kämpfte, sondern einen amtlichen Lachanfall hatte.

»Entschuldige, Juli … aber ich …«, wieder rang sie nach Atem.

Verwirrt starrte Juli ihr Telefon an. Martha war die Selbstkontrolle in Person. Weder Gelächter noch Tränen waren etwas, das bei ihr häufig vorkam. Eine Champagnerlaune konnte es auch nicht sein, denn dem hatten sie schließlich abgeschworen – zumindest, wenn Juli Pauline glaubte, und das tat sie. Und morgens um sieben erst recht.

Glücklicherweise bekam sich Martha wieder einigermaßen schnell in den Griff.

»So. Jetzt. Hallo, Juli«, sagte sie und räusperte sich. »Entschuldige bitte. Es … es ist schön, deine Stimme zu hören.«

»Danke gleichfalls, Martha. Geht es dir gut? Was ist da los bei euch?«

»Mir geht es sehr gut, Juli. Danke der Nachfrage, es ist nur … deine Mutter … sie …«

Wieder war es um Marthas Fassung geschehen, wobei das Kichern beinahe schon ein wenig hysterisch klang. Ratlos stellte Juli das Telefon auf Lautsprecher. So langsam wurde sie ungeduldig.

»Also, was ist los, Martha?«

Womöglich half es, dass sie für diese Frage genau die laute und strenge Stimmlage gewählt hatte, die auch als einzige half, wenn sie Alexander zur Vernunft bringen wollte. Jedenfalls antwortete Martha sofort. »Zuallererst: Du musst dir keine Sorgen machen, Juli. Es geht uns allen gut. Auch deiner Mutter. Ganz ehrlich. Es ist nur so, dass wir neulich beschlossen haben, unsere Zeit ein wenig sinnvoller zu gestalten. Pauline, Lisbeth und ich. Das haben wir Elvis zu verdanken. Na ja, und Willi.«

Elvis und Willi. Nun gut. Es war sicher besser, Martha

nicht zu unterbrechen, selbst wenn sich die Kombination aus einem Kater und dem alten Richter äußerst merkwürdig anhörte.

»Uns war furchtbar langweilig«, fuhr Martha fort »und deshalb haben wir uns freiwillig bei der Vesperkirche gemeldet. Du weißt schon: Dieser Mittagstisch, den die Kirche über den Winter und bis in den Frühling veranstaltet und wo man essen kann, wenn man nicht so viel Geld hat, und bei Bedarf auch jemanden zum Reden findet.«

Okay. Das war schön, aber …

»Juli, Liebes, das ist natürlich nicht unbedingt ein Grund, bei dir anzurufen.« Womit sie recht hatte. »Aber ich muss dir unbedingt erzählen, was deine Mutter dort veranstaltet hat.« Sie kicherte schon wieder, sammelte sich aber sofort, als Juli nicht darauf einging. »Also: Deine Mutter hat Maria nachgeschminkt.«

Im ersten Augenblick verstand Juli nicht, was so spektakulär daran sein sollte. Sie schminkte doch schon ihr Leben lang irgendwelche Menschen, wann auch immer sie jemanden in die Finger bekam, der bereit war, sich auf Paulines »Kunst« einzulassen. Wenn es dort in der Vesperkirche eine Frau gab, die sich gerne von ihrer Mutter verschönern lassen wollte, so hatten doch sicher beide was davon gehabt. Kein Grund, so gespannt die Luft anzuhalten und auf ihre Reaktion zu warten.

»Äh, ja … und?«

»Maria? In der Kirche?«, sagte Martha ungeduldig. »Ich schiebe es mal auf den Jetlag, Juli. Sonst bist du doch auch nicht so schwer von Begriff. Also noch mal von vorne: Nicht irgendeine Maria. *Die* Maria! Wie in: Maria und Josef? Die etwa ein Meter fünfzig große Marienfigur mit dem blauen Schleier und dem demütigen Gesichtsausdruck, die in der Kirche gleich rechts neben der Kanzel steht? Die Maria, die nun sowohl dramatische Smokey Eyes, ziemlich viel Rouge, knallroten Lippenstift und sehr ausgeprägte Augenbrauen hat? Nicht zu vergessen, die großen goldenen Kreolen, die ich deiner Mutter zu ihrem sechzigsten Geburtstag geschenkt habe und die – ich zitiere – gar nicht mal so einfach durch den Gips zu bohren waren?«

Nun lachte Martha nicht mehr.

»Sie hat … was?« So langsam begriff Juli, was Martha ihr sagen wollte.

»Ja, du hast ganz richtig gehört, Juli. Deine liebe Mutter, meine Freundin Pauline, unser aller Polly ist nach dem Kochen einfach in die Kirche spaziert. Zuerst haben wir uns nichts dabei gedacht. Es gab auch kaum mehr was zu tun, sodass jeder einfach ein bisschen ausruhen konnte. Wir haben gedacht, sie beichtet. Genug zu erzählen hätte sie bestimmt. Egal. Lisbeth und ich haben uns unterhalten, aber als sie nach einer halben Stunde immer noch in der Kirche war – und du weißt ja genauso gut wie ich, dass ihr Draht nach oben nicht unbedingt der beste ist –, da sind wir auf die Suche nach ihr gegangen. Na ja. Und da war sie dann. Andächtig saß sie in der ersten Reihe und betrachtete stolz ihr Werk.« Martha schnaubte. »Es ist ja nicht so, dass es dafür keine Haftpflichtversicherung gibt, aber Pauline ist eine erwachsene Frau und kein fünfjähriges Kind, das nicht weiß, was es tut! Und trotzdem hat sie sich genau so verhalten! Von Reue keine Spur! Ganz im Gegenteil: Deine Mutter hat den Polizisten gesagt, dass sie Maria so viel schöner findet! Kannst du dir vorstellen, wie peinlich das war?«

Julis erster Impuls war ebenfalls gewesen zu lachen, aber dann war ihr jegliches Lachen im Hals stecken geblieben. Nein, ihre Mutter war keine fünf mehr. Und sie war vielleicht verrückt, aber so verrückt dann auch wieder nicht. Außerdem, die Pauline, die sie kannte, machte nicht absichtlich etwas kaputt, dafür hatte sie selbst viel zu wenig Dinge in ihrem Leben besessen, die wirklich kostbar waren, und außerdem hatte sie grundsätzlich viel zu viel Respekt vor dem Eigentum anderer Leute. Egal, ob sie es selbst schön oder hässlich fand.

Bevor der Verdacht, den sie in den letzten Wochen so oft verdrängt hatte, sich allerdings mit aller Macht zurück in ihr Bewusstsein schieben konnte, erzählte Martha weiter.

»Und dann, als es ihr dann doch irgendwann klar wurde, was sie da angestellt hatte, hat sie angefangen zu weinen, Juli.« Nun war jegliches Lachen aus Marthas Stimme verschwunden. »Sie hat so sehr geweint, dass wir unseren Einsatz dort abbrechen und sie nach Hause bringen mussten. Ich weiß einfach nicht, was ich machen soll! Man kann sie nicht aus den Augen lassen! Ich konnte zwar dank Willi und Lisbeths guten Kontakten zur Organisatorin alles wieder in Ordnung bringen, aber wer weiß, wann sie wieder eine solche Idee hat? Ich mache mir wirklich Sorgen um sie.«

Da war sie nicht allein. Heiß schoss das schlechte Gewissen durch Julis Adern, und sie spürte, wie ihr ebenfalls Tränen in die Augen stiegen. Sie schämte sich. Nicht nur, dass sie ihre Mutter so oft und lange alleine ließ, sondern sie schob auch die Verantwortung auf Martha ab, um die sie sich ja genauso kümmern wollte und sollte.

Sie sah auf die Uhr: Wenn sie alles hier in die Wege leitete, konnte sie vielleicht Alexander davon überzeugen, dass sie nach Deutschland fliegen und ihn dann bei seinem nächsten Stopp in Hongkong wieder treffen würde. Oder sie konnte noch Hongkong abwarten und dann vor Singapur … oder war es Tokio gewesen? Plötzlich konnte sie sich überhaupt nicht mehr konzentrieren. Der Jetlag, ihre Mutter, Alexander, Martha. Alles wuchs ihr über den Kopf. Sie konnte sich nicht zerreißen. Sie konnte aber auch nicht einfach so weg. Und ihre Mutter konnte sie auch nicht im Stich lassen. Sie konnte … Sie MUSSTE … eine andere Lösung finden.

»Juli? Bist du noch da?«

»Ja, ich … entschuldige …« In ihrem Kopf wirbelten tausend Ideen durcheinander, die alle nicht umsetzbar waren. Aber schlimmer noch, mindestens genauso viele Fragen, die sie bisher unterdrückt hatte. Aber sie musste sie jetzt stellen. Zumindest die eine. »Glaubst du …« Sie schluckte. Es half weder ihr noch Martha oder ihrer Mutter, den Kopf in den Sand zu stecken. Dennoch fiel es ihr unendlich schwer, die nächste Frage zu formulieren, denn sie wusste, die Antwort würde womöglich ihrer aller Leben verändern.

»Glaubst du, Pauline ist … hat … Probleme mit dem Gedächtnis?«

»Du meinst, Demenz?« Martha hatte offensichtlich keine Schwierigkeiten damit, das Kind beim Namen zu nennen. »Ich habe keine Ahnung. Aber eines weiß ich ganz sicher: Das Alleinsein und Alleinleben bekommt ihr überhaupt nicht. Das hat nichts mit dir zu tun, Juli, und du brauchst nicht gleich ein schlechtes Gewissen zu bekommen oder dir zu überlegen, wann der nächste Flieger geht.« Martha kannte sie ziemlich gut. »Es ist nämlich so: Denk ja nicht, dass du alle retten könntest, wenn du nur hier wärst. Oder dass es deine Aufgabe ist. Wir kommen schon klar, deine Mutter, Lisbeth und ich. Und ganz ehrlich: So schlimm war es dann auch wieder nicht. Im Grunde war es vermutlich das Lustigste, was ich in den letzten Wochen erlebt habe.« Sie begann schon wieder zu kichern, bevor sie sich zusammenriss und weitersprach. »Aber deine Mutter braucht jemanden, der dafür sorgt, dass sie keinen Blödsinn macht. Das war im Übrigen schon immer so. Nur eben nicht so … ausgeprägt. Stimmt's?« Da hatte Martha allerdings mehr als recht. »Und ich brauche diesen riesigen Kasten, den man nur putzen und in Schuss halten muss, eigentlich nicht.«

Auch das stimmte natürlich, auch wenn sich Juli nicht vorstellen konnte, dass Martha ihre Villa verkaufen wollte oder was das mit der geschminkten Maria ihrer Mutter zu tun hatte.

»Du bist so selten da, dass deine Wohnung quasi dauerhaft leer steht, und einen Untermieter wie Max für das andere Zimmer muss ich ehrlich gesagt auch nicht haben. Das Chaos ist immer noch nicht vollständig beseitigt. Das Einzige, was wirklich gut an ihm war, war Elvis. Und der ist jetzt auch weg.« Juli hörte, wie Martha völlig undamenhaft die Nase hochzog. »Nun, sei's drum. Was ich sagen will, ist: Selbst jenseits von diesen Wohnungen im Untergeschoss habe ich noch den komplett leeren ersten Stock. Ich habe Platz für fünf Paulines, wenn auch nicht die Nerven dafür. Ich hole sie zu mir, ich habe sie im Blick und ich schleife sie so lange zu irgendwelchen Experten, bis wir wissen, ob das die normal verrückte Polly ist, oder ob wir uns um die angesehene Stuttgarter Bürgerin Pauline Englaender Sorgen machen müssen.« Martha machte eine kurze Pause, um ihre Worte auf Juli wirken zu lassen. »Und das wollte ich mit dir besprechen. Also: Was sagst du?«

»Ich …« Juli war völlig überrumpelt. Am liebsten hätte sie sich das Kissen über den Kopf gezogen und für ein paar Stunden, ach was, Tage, versteckt. Wenn sie ehrlich war, wusste sie überhaupt nicht, was sie sagen sollte. Oder denken.

»Hast du dir das denn gut überlegt?«, war das Einzige, was ihr einfiel.

Martha am anderen Ende der Leitung schnaubte nur. »Kindchen, wenn ich hier noch länger sitze und über Dinge nachdenke, dann bin ich vielleicht gestorben, bevor ich eine Entscheidung getroffen habe, und habe es womöglich noch nicht einmal bemerkt! Und außerdem: Sie kann ja ihre Wohnung behalten, wenn sie will, und wenn es sie nach Hause zieht, binde ich sie nicht fest.«

»Und wenn es doch eine Diagnose gibt?«

»Dann, meine Liebe, überlegen wir neu. Okay? Und jetzt entspann dich, genieße Sydney und Sascha Jakovs Konzert!« Marthas Stimme wurde ganz weich, als sie Alexanders Namen aussprach. »Und ich gehe mal mit Willi los und schaue, ob deine Mutter schon gepackt hat.«

Es klang gut. Alles. Und gleichermaßen superkompliziert und viel zu einfach. Es nahm Juli die Last von den Schultern und den Druck, sofort in ein Flugzeug zu steigen und nach ihrer Mutter zu sehen. Andererseits ließ Marthas Entscheidung sie auch außen vor. So ganz und gar nicht gebraucht zu werden gefiel ihr nicht. Als Martha sich verabschiedete, blieb eine Leere zurück und eine Sehnsucht nach zu Hause, die nichts mit den Eskapaden ihrer Mutter zu tun hatte, sondern mit Julis eigenem Wunsch, dort zu sein, wo diese großartigen Frauen lebten. Ihre Familie. *Wenn ich hier noch länger sitze und über Dinge nachdenke, dann bin ich vielleicht gestorben, bevor ich eine Entscheidung getroffen habe, und habe es womöglich noch nicht einmal bemerkt,* hatte Martha gesagt. Was, wenn Juli eines Tages einen Anruf bekommen würde, bei dem es nicht mehr darum ging, eine Lösung für ein Problem zu finden, sondern Martha, ihre Mutter oder Lisbeth einfach nicht länger da waren? Der Tag würde kommen, das wusste Juli. Und dieser Anruf war eine Erinnerung daran gewesen, nichts selbstverständlich zu nehmen.

Gerade, als sie das Handy ausmachen wollte, erschien Matts Foto von ihr auf dem Display. Hatte sie sich wirklich erst heute Morgen so gefühlt? Dieser Moment war ein kurzes Geschenk des Universums gewesen und ein Zeichen dafür, wie sehr sie sich danach sehnte, genau so zu empfinden. Aber hier und jetzt und als ewig Reisende war es ihr wohl eher selten vergönnt. Vor allem in Gesellschaft von Alexander.

Alexander! Verdammt! Der Fototermin!

Selbst wenn sich das eine Problem vorerst von selbst gelöst zu haben schien, traf das auf das andere absolut nicht zu.

Ihr Auftrag war es nämlich gewesen, bis neunzehn Uhr für einen Fotografen zu sorgen, der Fotos von Alexander in seiner Suite machte. So wie er sich selbst am liebsten sah: Im Bademantel und Luxuspantoffeln, mit einem Glas Champagner in der Hand auf dem Sofa vor dem großen Panoramafenster.

Dazu musste das Licht stimmen, die Stimmung und – nun, ein Fotograf musste ebenfalls bereitstehen. Sie hatte komplett vergessen, einen zu buchen. Schnell sprang sie aus dem Bett und schlüpfte in ihre Flip-Flops. Was für ein Glück, dass sie heute Morgen Boot gefahren war. Matt, the Memory Man, würde ihr helfen müssen.

7

Freitagabend, 29. April 2022, immer noch Sydney

Als Juli ein wenig außer Atem und mit einem breit grinsenden Matt Alexanders Suite mit dem Zweitschlüssel öffnete, den er ihr genau dafür gegeben hatte, fand sie exakt das vor, was sie erwartet hatte: Alexander im dunkelblauen seidenen Paisley-Bademantel mit einer Champagnerflöte in der Hand auf der Couch liegend. Womit sie nicht gerechnet hatte, war die junge Frau, die ebenfalls einen von seinen Bademänteln trug und auf seinen Hüften saß. Es war ziemlich eindeutig, dass sie nicht die Visagistin war. Wobei, ganz sicher konnte man das bei dem Startenor mit der Anziehungskraft eines Millenniummagneten (seine Worte) nicht sagen. Gerade beugte sie ihren Kopf nach unten und Juli spürte, wie Matt hinter ihr die Kamera zückte. Während Juli sich laut räusperte, um die beiden auf sich aufmerksam zu machen, drehte sie sich blitzschnell um und schob Matts Hand mit der Kamera nach unten. Empört sah er sie an.

»Das wären super Fotos geworden!«, sagte er und versuchte, seine Hand aus ihrer zu winden. »Hattest du nicht gesagt, dass …?«

»Ah, da bist du ja! Guten Morgen, Julitschka!«, rief Alexander fröhlich von der Couch und setzte sich auf, während er die junge Frau von seinem Schoß schob, die das mit einem ziemlich undamenhaften Schnauben quittierte.

»Es ist sieben Uhr abends, Alexander«, sagte Juli, obwohl das für die Situation wenig relevant war.

»Morgen, Abend, Mittag – ist doch ganz egal. Irgendwo auf der Welt ist immer der perfekte Zeitpunkt für ein bisschen Spaß, nicht wahr?«, antwortete er, bevor er sich wieder an die junge Frau wandte. »Entschuldige, Lou, Darling, aber ich werde hier gebraucht!«, sagte er und warf ihr eine Kusshand zu.

Während sie aufstand und in Richtung Badezimmer ging, ließ er seinen Blick neugierig über Matt gleiten.

»Was hast du mir denn da Schönes mitgebracht?«

Juli kannte Alexander gut genug, um zu wissen, dass alles an diesem Schauspiel Absicht war. Das Ambiente, die Frau, er selbst – alles eine Inszenierung, um der Welt da draußen zu zeigen, wie unwiderstehlich Sascha Jakov war.

Dass er sofort begonnen hatte, mit Matt zu flirten, lag daran, dass es einfach seine Art war, jeden, der ihm begegnete und der einigermaßen in sein Beuteschema passte, zu umgarnen, gleichgültig, ob er wirklich an dieser Person interessiert war oder nicht. Er konnte einfach nicht anders, und er hatte es nie gelernt, jemanden jenseits dieser bunten Fassade von Schminke und Ruhm anzusprechen.

Juli fiel es kaum noch auf, es sei denn, derjenige, den er ansprach, war auf so etwas nicht vorbereitet. Wie Matt beispielsweise. Mit offenem Mund starrte er Alexander an, der aufgestanden war und mit ausgebreiteten Armen auf ihn zuging, wobei er völlig schamlos seinen Bademantel aufgleiten ließ. Immerhin trug er etwas darunter, was auch nicht unbedingt selbstverständlich war, aber selbst, wenn es sich dabei nur um einen viel zu engen Slip mit Tigermuster handelte, war Juli doch sehr erleichtert. Beinahe hätte sie allerdings doch laut aufgelacht, als er begann, lasziv mit den Hüften zu wackeln, und Matt einigermaßen angsterfüllt versuchte, den Rückzug anzutreten. Leider gelang es ihm nicht, denn die schwere Eingangstür war hinter ihm ins Schloss gefallen.

Wenn man es unter einem komödiantischen Gesichtspunkt betrachtete, war Alexander wirklich gut. Sollte ihm je die Stimme versagen, was Juli nicht hoffte, denn dann wären sehr viele Menschen sehr unglücklich, konnte er es immer noch mit dieser Nummer versuchen. Aber er war nicht unsensibel, sonst wäre er sicher nicht mit ausreichend Abstand am Fenster stehen geblieben, wo er allerdings seinen Fuß auf dem niedrigen Fensterbrett abstellte, das vermutlich als eine Art Sitzbank mit Ausblick gedacht war, wobei er seine behaarte Wade präsentierte.

»Kaffee?«, fragte er in Matts Richtung und lächelte entwaffnend.

Matt schluckte und sah Juli fragend an. »Sehr … sehr gern«, stotterte er.

»Sehr schön. Julitschka, unser Gast möchte Kaffee!«

Sofort sah sich Juli um, erleichtert darüber, dass er nicht das volle Programm abgeliefert hatte, denn das beinhaltete noch ein kurzes Ansingen einer seiner Lieblingsarien und war für schwache Nerven sehr laut und auf eine beunruhigende Weise beeindruckend.

Auf einem Tischchen neben der Couch entdeckte sie sowohl Kaffee als auch Zucker und Sahne und einen Berg frischer Früchte, Croissants, Honig und Marmelade, die liebevoll zu einem Frühstück arrangiert waren. Ihr lief das Wasser im Mund zusammen. Auch wenn es Abend in Sydney war, befand sich ihr Körper immer noch in der europäischen Zeitzone und da war es kurz nach neun Uhr morgens.

Für einen Augenblick wanderten ihre Gedanken vom europäischen Frühstück zu Martha und ihrem großzügigen Vorschlag, Pauline zu sich zu nehmen. Und wieder fragte sie sich, was ihr daran nicht gefiel. Es gab keinen Grund, skeptisch zu sein. Ganz im Gegenteil: Es war nicht nur großzügig, es machte auch wirklich Sinn. Denn es war nicht nur so, dass Pauline jemanden brauchte, der sie im Auge behielt, sondern vor allem brauchte Martha auch eine Aufgabe. An der Idee war überhaupt nichts falsch. Das Problem war Juli selbst. Sie war schlicht und ergreifend eifersüchtig darauf, dass es für die alten Damen offensichtlich einen Weg gab, der nichts mit ihr zu tun hatte und – schlimmer noch – bei dem sie noch nicht einmal wirklich gebraucht wurde. Außerdem wusste sie, dass dieses Gefüge mehr als zerbrechlich war und nur funktionierte, wenn alle gesund blieben, Pauline eine milde Diagnose bekam und keine weiteren unvorhersehbaren Katastrophen geschahen.

»Juli?« Alexanders Stimme riss sie aus ihren Überlegungen. »Bist du schon wieder eingeschlafen?« Er lachte dieses etwas gekünstelte Lachen, von dem er glaubte, dass es besonders anziehend war.

Juli schüttelte den Kopf. Schnell schenkte sie sowohl ihm

als auch Matt und sich selbst eine Tasse Kaffee ein, stellte Zucker und Milch auf das kleine silberne Tablett, das ebenfalls auf dem Tischchen lag, und trug alles zu den beiden ans Fenster.

Die Fotos, die Matt von Alexander machte, waren genau so, wie er sich das vorgestellt hatte, und sie würden Matt ein kleines Vermögen in die Portokasse spülen, wenn er sie an die gängigen australischen und deutschen Klatschzeitungen verkaufen würde. Was Alexander sich natürlich verbat. Mit einem Augenzwinkern. Nur, um sicherzugehen. Nachdem Juli irgendwann einmal festgestellt hatte, dass man ihn sowieso die ganze Zeit fotografierte, war es zu ihrer Aufgabe geworden, dafür zu sorgen, dass immer ein Fotograf bereitstand, der die richtigen Fotos machte. Damit wurde die Gefahr minimiert, dass irgendjemand ihn in einem ungünstigen Moment oder in der falschen Gesellschaft ablichtete. Dass er oft übers Ziel hinausschoss, wusste er zwar nur zu gut, aber es kümmerte ihn wenig. Er hatte ja Juli, die dafür sorgte, dass nichts geschah, oder zumindest das Schlimmste verhinderte. Einer der Gründe, warum Juli die schmollende Lou so rasch wie möglich aus der Suite geleitete, nachdem sie zumindest ihre Unterwäsche wiedergefunden hatte. Mehr trug sie jedenfalls nicht, als sie versucht hatte, sich auf ein Bild mit Alexander zu stehlen. Vielleicht hatte sie aber auch gestern schon nicht wesentlich mehr angehabt, wer wusste so was schon. Juli hatte diesbezüglich schon einiges zu Gesicht bekommen. Klassik-Groupies unterschieden sich da vermutlich nicht wesentlich von denen, die mehr auf aktuelle Musik standen. Zumindest nicht die in Lous Alter. Die älteren Damen, die Sascha Jakov geradezu vergötterten, taten das auf eine rührende und vergleichsweise unaufdringliche Art und Weise. Sie baten um Autogramme, ließen sich gemeinsam fotografieren und strickten Schals und Mützen für kalte Wintertage und empfindliche Tenorenhälse. Aber auch diese Fans waren wichtig, wenn nicht sogar noch wichtiger als die jungen, die Alexanders Ego streichelten. Und für sie und all seine zukünftigen Engagements musste Juli darauf achten, dass nicht zu viel an die Öffentlichkeit geriet.

Alexander war bester Laune, denn Matt war professioneller, als Juli es ihm zugetraut hatte. Als Alexander kurz im Bad gewesen war, hatte Matt sein berühmtes Motiv gegoogelt und wusste nun, wen er da vor der Linse hatte. Er packte jedes bisschen Wissen aus, das er über die Oper und berühmte Kollegen gefunden hatte, und überhäufte Alexander so lange mit Komplimenten, bis dieser vor Wohlbehagen schnurrte und sich auch nackt auf den monströsen Flügel gelegt hätte, wenn Matt ihn darum gebeten hätte. Glücklicherweise schien das nicht in Matts Interesse zu liegen. Aber das war auch nicht so wichtig. Wichtig war nur, dass Alexanders Laune gut war. Sein Lachen beruhigte Julis Nerven, was auch unbedingt notwendig war, denn jedesmal, wenn ihr Telefon klingelte, rechnete sie mit einer weiteren Katastrophenmeldung aus Deutschland.

8

Samstag, 30. April 2022, Sydney

Als Alexander auf der Bühne des Joan Sutherland Theatre, eines der größeren Säle der Sydney Opera, den ersten Ton von »Un'aura amorosa« aus der Oper *Così fan tutte* von Mozart anstimmte, stellten sich alle Härchen auf Julis Armen auf. Der Saal mit seinen 1547 Plätzen war voll belegt, und dennoch fühlte sie sich, als würde Alexander nur für sie allein singen.

Juli wusste, dass es jedem heute hier so ging, denn das gehörte zu Alexanders Magie. Innerhalb eines Sekundenbruchteils waren sie und alle anderen Zuhörer in der Musik gefangen. Plötzlich wurde auch für sie dieser egozentrische, luxusbesessene und rücksichtlose Alexander Jakov Wassiljew, den sie beinahe vierundzwanzig Stunden am Tag ertragen musste, zu dem gefühlvollen, sensiblen und mitreißenden Sascha Jakov, den seine Fans in ihm sahen. Und selbst Juli, die es besser wusste, fühlte, wie sich ihr Herzschlag beschleunigte. Wenn er sang, verströmte er eine unglaubliche Anziehungskraft. Juli schloss die Augen. Seine Stimme berührte ihr Herz und überschwemmte es mit Gefühlen. Verstohlen wischte sie sich eine Träne aus dem Augenwinkel. Das, was sie fühlte, wenn Sascha Jakov sang, war pure Liebe. Eine hungrige

Sehnsucht danach, diese Liebe auch für einen Menschen zu empfinden, ließ jede einzelne Zelle in ihrem Körper vibrieren. Sie wollte so sehr lieben, dass es wehtat.

Als der letzte Ton des Stücks verklang, fühlte sie sich leer und ein wenig, als würde sie gerade erst aus einem tiefen Schlaf erwachen. Benommen wischte sie sich eine letzte Träne von der Wange und die Sehnsucht aus dem Herzen. Das Publikum tobte und schenkte seinem Star nicht enden wollende Standing Ovations.

Einen Mann, der das in ihr auslösen konnte, was Alexanders Musik bewegte, der sie sah, wie sie war, und der, wichtiger noch, in ihr nicht den Wunsch auslöste zu fliehen, nur weil es ernst wurde, den gab es einfach nicht. Das hatten ihre umfangreichen Studien zum anderen Geschlecht ergeben, und sie hatte sich damit abgefunden. Sie bemühte sich, nicht allzu oft darüber nachzudenken, schließlich wusste sie um die Kraft von Sascha Jakovs Gesang und konnte ihr Sehnen einordnen. Auch wenn sie einen schönen Liebesfilm sah oder einen besonders intensiven Sternenhimmel, spürte sie diese Sehnsucht. Manchmal auch direkt nach dem Aufwachen. Aber es ging nun mal nicht jeder mit einem Partner durchs Leben. Vielleicht war das für sie einfach nicht vorgesehen. Wenn sie wieder einmal die Wehmut überfiel, dachte sie einfach an Erik, ihre erste große Liebe und den einzigen Mann, der ihr je so nahegekommen war, um ihr einen Heiratsantrag zu machen. Er wäre perfekt gewesen, und sie hatte ihn trotzdem nicht lieben können.

Nein, Juli hatte ihre große Liebe auf den berühmtesten Bühnen der Welt gefunden. Sie bestand aus Tönen, gesungenen Worten und Scheinwerferlicht, war unverbindlich und vergänglich. Aber sie berührte sie genauso tief und sie gehörte ihr ganz allein. Es konnte schließlich jeder lieben, wen oder was er wollte.

Passend dazu sang Alexander nun seine erste Zugabe. »Dies Bildnis ist bezaubernd schön« trug Juli erneut auf seinem Klang davon. Es machte sie stark und mutig und es bestätigte sie. Sie war genau am richtigen Ort zur richtigen Zeit. Nach Hause zurückzukehren, um das Leben ihrer Mutter und deren beiden Freundinnen zu sortieren, war nicht das, was sie wollte. Noch nicht. Immerhin waren die drei erwachsen und hatten bisher auch immer sehr gut auf sich selbst aufpassen können. Sogar so gut, dass es noch für Juli reichte. Nachdem ihr das klar geworden war, musste sie nun nur noch einen Weg finden, ihr schlechtes Gewissen loszuwerden.

Als Alexander nun auch noch »Nessun dorma« anstimmte, tobte der Saal wie bei einem Popkonzert, mit dem Unterschied, dass keine Höschen und BHs auf die Bühne flogen, sondern rote und weiße Rosen. »Bravo!«-Rufe schallten aus dem Publikum, und wie jedesmal war auch Juli von der Atmosphäre wie elektrisiert. Hier war ihr Platz. In diesem Augenblick war sie so erfüllt von der Musik und dem Rausch des Publikums, dass sie nirgendwo anders auf der Welt sein wollte.

Direkt im Anschluss an das Konzert fand Juli in der Garderobe einen gut gelaunten Alexander vor, der sich selbst immer wieder wohlwollend im Spiegel zunickte, während er mit geübten Fingern seine Fliege löste. Gerne hätte Juli den Zauber der

Aufführung noch ein wenig aufrechterhalten, aber dazu hätte sie sich von dem Mann fernhalten müssen, der ihn auslöste. Alexander war einfach zu sehr … er. Am Anfang hatte sie sich ein paarmal tatsächlich gefragt, ob sie sich vielleicht in ihn verliebt haben könnte, weil diese Gefühle nach seinen Auftritten so stark waren, aber … nein. Sie liebte seine Musik. Sascha Jakov war ein überragender Künstler. Aber ob sie Alexander Jakov Wassiljew überhaupt leiden konnte, war eine Frage, die sich nicht so einfach beantworten ließ.

»Da bist du ja, Julitschka«, begrüßte er sie fröhlich. »Hat alles gut geklappt, nicht wahr?«

Sie lächelte. »Hat es. Das Konzert war grandios!«

Alexander liebte altmodische Worte und Juli hatte sich angewöhnt, sie für ihn zu benutzen. Obwohl er sonst alles andere als bescheiden war und es absolut genoss, im Mittelpunkt der allgemeinen Anerkennung zu stehen, war es ihm am allerwichtigsten, dass Juli auf sein »Alles gut?« mit einer schlichten Antwort reagierte. Auch wenn sie keine Opernkritikerin war und kaum je Zeit gefunden hatte, andere Sänger zu hören, so bedeutete ihm ihre Meinung deshalb so viel, weil er wusste, dass sie ehrlich zu ihm war. *Zumindest, was die Musik anging.* Er verließ sich darauf, dass sie ihm auch sagte, wenn etwas nicht gut gelaufen war. Und das tat sie. Wahrscheinlich als Einzige. Es war nicht leicht zu beschreiben, was sie verband. Definitiv keine Liebesbeziehung oder etwas Vergleichbares, das körperliche Nähe beinhaltete. Vermutlich waren sie noch nicht einmal Freunde, und dennoch war Alexander außer den Bridge-Ladies wohl derjenige, der Juli am besten kannte – und umgekehrt. Juli hatte in den Jahren mit ihm nie länger frei gehabt als diese drei Wochen im Sommer, in denen sie bei Martha war und Alexander auf irgendeiner Südseeinsel bei irgendeinem russischen Oligarchenfreund Urlaub machte, dementsprechend war sie auch nie länger von ihm getrennt. Und selbst in diesen drei Wochen telefonierten sie häufig. Vordergründig, um irgendwelche Termine abzugleichen und auf dem Laufenden zu bleiben, aber zwischendurch teilte er mit Juli auch seine Gedanken – anstelle cooler Bilder von irgendwelchen Tauchtrips, die für seine jüngeren Fans in den sozialen Medien vorbehalten blieben.

Alexander konnte sich absolut auf sie und ihre Verschwiegenheit verlassen, das wusste er, und Juli wusste, dass sie der einzige Mensch war, dem er wirklich vertraute. Traurig genug. Der Mann, der überall auf der Welt auch im Schlabberlook auf der Straße erkannt wurde, der überall treue und verrückte Fans hatte und sehr selten alleine schlief, war im Grunde einsam. Und wenn Juli ganz ehrlich war, war sie es auch. Und zwar auch ganz und gar ohne eigene Fans.

Sofort schob sich wieder die Schwermut in ihr Herz. Was war nur mit ihr los? Seit wann war sie so eine schreckliche Grüblerin? Hastig schob sie die schweren Gedanken beiseite. Sie hatte Pauline, Martha und Lisbeth. Und dann war da noch Alexander, der gerade mit dem Programmheft vom heutigen Abend vor ihrem Gesicht herumwedelte.

»Träumst du noch von der Musik, Julitschka?« Er grinste. »Verständlich zwar, aber jetzt muss ich dich leider wecken! Sag, hast du meine schwarzen Schuhe mitgebracht?«

Er löste den Verschluss seiner Fliege, legte sie in die Box und begann, das Hemd aufzuknöpfen. Für jemand anderen wäre dieser Anblick sicher ausgesprochen sexy, aber für Juli war Alexander mit nacktem Oberkörper und in Boxershorts beinahe so vertraut, als würde sie sich selbst in Unterwäsche sehen. Deshalb blickte sie noch nicht einmal auf, als er die Hose fallen ließ.

»Heute ist ein Tag für Schwarz und Weiß.« Er grinste. »Du kommst doch mit, oder? Der Bürgermeister hat extra auch nach dir gefragt.« Er zwinkerte ihr zu.

Juli wusste, dass Alexander es gernhatte, wenn sie dabei war, denn dann konnte er sich am besten entspannen. Er verließ sich darauf, dass sie sich um alles kümmern würde, und das machte ihn frei. Sollte er sich später in Damenbegleitung befinden, würde er ihr dann irgendwann ein Zeichen geben, und sie wäre entlassen. Sie blieb meistens, solange sie die Augen offen halten konnte, aber nicht selten hatte Juli erst in den frühen Morgenstunden Feierabend. Alexander hatte eine unglaubliche Energie. Letztendlich war es egal. Julis eigene Pläne hielten sich schließlich in Grenzen, und auch wenn sie nicht über so viel Ausdauer wie Alexander verfügte, so wurde sie am nächsten Tag doch auch erst gebraucht, wenn er selbst ausgeschlafen war.

Suchend sah sie sich in der Garderobe um. Normalerweise hatte Alexander immer einen kleinen Koffer bei seinen Auftritten dabei, dessen Instandhaltung ebenfalls zu Julis Aufgaben gehörte. Darin befanden sich neben seinem Waschzeug seine Lieblingspantoffeln, mindestens ein seidener Morgenmantel mit demselben Muster, eine ansehnliche Parfümsammlung, sowohl ein schwarzes als auch ein braunes Paar Schuhe (selbstverständlich frisch geputzt), und eine Auswahl an schwarzen, blauen, hell- und dunkelgrauen Socken. Die maßgeschneiderten Anzüge transportiere Juli in einem Kleidersack, in dem sich auch zwei weiße, ein schwarzes und ein blaues Hemd mitsamt den dazu passenden Einstecktüchern befanden. Krawatten trug Alexander nie, dafür gerne Westen und große Kaschmirschals, diese wahlweise in Rot, Weiß oder auch Schwarz. Auch sie beherbergte der Koffer. Für Ausflüge in angesagte Bars oder Clubs gab es sogar ein schwarzes T-Shirt mit V-Ausschnitt, einen schwarzen Rollkragenpullover und eine schwarze Jeans. So konnte er je nach Anlass entscheiden, was er nach einem Auftritt tragen wollte, und Juli konnte anhand seiner Kleiderwahl darauf schließen, in welcher Stimmung er sich befand und wie das anschließende Programm aussah. Bei einem Tête-à-Tête mit einer Frau entschied er sich beispielsweise fast immer für das blaue Hemd, weil es angeblich seine Augen so gut zur Geltung brachte. Nun also die schwarzen Schuhe.

Den Koffer hatte sie hinter der Tür abgestellt, und am Haken hinter der Tür hing der Kleidersack mit den Anzügen. Während Alexander duschte, legte Juli ihm sowohl den Anzug als auch die Schuhe zurecht und bügelte routiniert einmal über das weiße Hemd. Dabei fiel ihr Blick auf ihr eigenes Spiegelbild. Da stand sie nun, Juliane Romy Englaender, zweiundvierzig Jahre alt, in einem schlichten schwarzen Cocktailkleid, das sie in unzähligen Ausführungen besaß, ebenso wie die mittelhohen Pumps und blickdichten schwarzen Strümpfe. Ihre blonden Locken hatte sie zu einem unordentlichen Dutt zusammengesteckt. Inklusive ihres zurückhaltenden Make-ups fiel ihr kompletter Look in die Kategorie »Okay, aber langweilig«.

Juli hatte nicht die zierliche Gestalt ihrer Mutter geerbt, aber anscheinend mit den Genen dennoch Glück gehabt, denn obwohl sie abgesehen von ein bisschen Yoga jeden Morgen wenig bis kaum Sport trieb, war sie sehr schlank und hatte gut definierte Muskeln, die sie sich in weit vergangenen Zeiten als Landschaftsgärtnerin erworben hatte. Juli beugte sich nach vorne und betrachtete ihr Gesicht genauer. Winzige Fältchen hatten sich um ihre grauen Augen gefächert, und die Ringe darunter hoben sich deutlich von der blassen Haut ab. Sie seufzte. Sie sah erschöpft aus und so fühlte sie sich auch. Immer noch leer nach Alexanders Gesang und ausgebrannt von alldem, was sie in letzter Zeit erlebt hatte. Wenn sie nicht wollte, dass irgendjemand ihr aus lauter Sorge heute Abend einen Tee brachte und fragte, ob sie krank war, brauchte sie unbedingt ein wenig Farbe im Gesicht.

Alexander hatte begonnen, unter der Dusche noch einmal »Nessun dorma« zu schmettern. Juli grinste. Wenn sie hierfür Eintrittskarten verkaufen würde, wäre sie bald eine reiche Frau.

Sie ließ sich vor dem Schminkspiegel nieder und griff nach einem der dicken Pinsel, die in einem Gefäß standen. Ein wenig Rouge machte das Ganze schon besser. In der obersten Schublade fand sie außerdem eine Lidschattenpalette in allen Regenbogenfarben, und sie entschied sich für einen dunklen Grauton und Smokey Eyes. Sofort dachte sie wieder an ihre Mutter, die ihr schon mit zehn Jahren beigebracht hatte, sich perfekt zu schminken. Schwarze Wimperntusche vergrößerte ihre Augen noch zusätzlich. Gerade, als sie damit fertig war, Lippenstift in einem samtigen Beerenton aufzutragen, betrat Alexander, lediglich in ein Handtuch gewickelt, den Raum.

»Julitschka! Wow!«, entfuhr es ihm, sodass Juli zusammenzuckte.

»Was denn?«, gab sie patzig zurück, aber sie war nun mal erschrocken und außerdem fühlte sie sich ertappt.

»Ist das für mich?« Tänzelnd kam er auf Juli zu und wackelte mit den Hüften.

»Nein. Und es gibt auch keinen Grund, so ein Aufhebens darum zu machen«, brummte sie und wandte sich wieder ihrem Spiegelbild zu.

Mit einem Aufschrei, der in Julis Ermessen nicht nötig gewesen wäre, durchquerte er mit großen Schritten die Garderobe.

»Was ist denn …?«

Er blieb beim Bügelbrett stehen und hob das Bügeleisen an. Erst jetzt sah Juli, dass es hinter ihr zu qualmen begonnen hatte. Erneut zuckte sie zusammen. Verdammt.

»Mein Hemd!«, rief Alexander vorwurfsvoll und starrte abwechselnd auf das qualmende Stück Stoff und das Bügeleisen in seiner Hand.

»O mein Gott!« Schnell sprang Juli auf und nahm es ihm ab. »Ich mach das! Ich …«

Hektisch wedelte sie mit der anderen Hand, um den Rauch zu vertreiben, und schielte nach oben, ob ein Rauchmelder an der Decke hing, der im nächsten Moment die komplette Feuerwehr Sydneys auf den Plan rufen würde. Dass der Alarm losging, hätte ihr gerade noch gefehlt.

Glücklicherweise hatte Alexanders rechtzeitiges Eingreifen Schlimmeres verhindert, aber dennoch gab es nichts zu beschönigen: Das Hemd war hin. Ein brauner Bügeleisenabdruck zierte die linke Brust. Mit Bedauern sah Juli vom Hemd zu dessen Besitzer und verzog schuldbewusst das Gesicht. Alexander und seine Garderobe waren ein ganz besonderes Thema, und selbst, wenn er sehr großzügig und auf eine entspannte Art gleichgültig sein konnte, verstand er keinen Spaß, wenn es um seinen persönlichen Besitz ging.

»Was ist nur in letzter Zeit los mit dir, Julitschka?«, fragte er kopfschüttelnd, während er zum Kleidersack ging, um sich ein neues Hemd zu holen. »Wenn ich es nicht besser wüsste, würde ich sagen, du bist verliebt, aber das kann ja nun wirklich nicht sein, oder?« Prüfend sah er sie an. »Oder hast du vielleicht doch jemanden kennengelernt?«

»Nein, hab ich nicht.« *Wann denn auch? Wen denn auch? Wie denn auch?*

»Du würdest es mir doch sagen, oder Julitschka?«

Er fasste sie am Arm und sah sie fest an. In seinen Augen sah sie die Angst vor der Einsamkeit. Es konnte aber auch eine Spiegelung ihrer eigenen Furcht sein.

»Ich würde es dir selbstverständlich sagen, Alexander. Aber es gibt keinen Mann. Ich bin nur …« Ja, was eigentlich?

»Dann verstehe ich allerdings nicht, warum du mein armes Hemd verbrannt hast. Zahle ich dir zu wenig? Wolltest du mir das damit mitteilen?«

Juli schnaubte. Gerade hatte sie sich noch schlecht gefühlt, aber nun war sie genervt davon, dass es in Alexanders Wahrnehmung immer nur um Geld oder um die Liebe ging – oder um beides –, aber egal, was das Grundthema war, vor allem ging es immer um IHN. Juli knüllte das Hemd zusammen und stopfte es in den Papierkorb, der neben dem Schminktisch stand.

»Du zahlst genug, Alexander. Und es geht auch nicht um dich oder einen anderen Mann. Wenn du es genau wissen willst: Es geht um meine Mutter.«

»Um die wundervolle Pauline?« Nun machte er große Augen. »Was ist mit ihr? Ist sie krank? Aber warum hast du denn dann nichts gesagt?«

»Nein, sie ist nicht krank«, antwortete Juli gereizt. Wobei, so ganz sicher war sie sich darüber dann auch wieder nicht. »Was hätte ich denn sagen sollen? Dass meine Mutter mich braucht, weil sie chaotisch ist, noch chaotischer als sonst schon, alt wird und … und …«

»Pauline ist nicht chaotisch, Julitschka, sie ist eine Künstlerseele. Eine Seele wie ich!« Er legte seine Hand auf die Brust. »Sie denkt mit dem Herzen und fühlt mit dem Bauch, nicht wie ihr anderen da draußen, immer nur mit dem Kopf!«

Juli verdrehte genervt die Augen. Es war ihr klar gewesen, dass Alexander sie nicht verstehen und es wieder schaffen würde, sich selbst ins Gespräch zu bringen. Es machte keinen Sinn, mit ihm über ihre Probleme zu reden. Alles, was sie sagte, hörte sich in seinen Ohren lächerlich an, das sah sie an Alexanders Gesichtsausruck.

Menschen wurden nun mal alt, und wenn man sie nicht regelmäßig sah, dann fiel einem das eben auch besonders deutlich auf. Vermutlich war alles gar nicht so schlimm, sogar ganz normal, und ihre Gefühlsschwankungen zeugten davon, dass Juli ihre Tage bekam oder dieses überflüssige Heimweh hatte, das sie neuerdings überfiel. Sie seufzte. Sie hätte einen Freund zum Reden gebraucht, jemanden, der sie verstand. Aber Alexander war der Letzte, dem sie ihr Herz ausschütten wollte. Sie ertrug es nicht, dass er ihre Sorgen klein machte, nur um sie sofort im Anschluss mit irgendeiner Belanglosigkeit zu behelligen, die in seinen Augen so viel wichtiger war.

Alexander hob Julis Kinn mit seinem Zeigefinger an und zwang sie, ihn anzusehen.

»Julitschka, ich bin dein Boss«, fuhr er fort und wurde wieder ernst. »Das sage ich nicht oft, richtig?«

Das stimmte wohl. Aber er zeigte es ihr oft genug – und jetzt gerade ganz besonders.

»Ich verlasse mich darauf, dass du deinen Job machst, damit ich meinen machen kann.«

Auch das war nichts Neues für Juli. »Du weißt also, dass ich dich brauche. Und zwar absolut konzentriert und aufmerksam. Richtig?«

»Klar, *Boss*.«

Alexander runzelte die Stirn. »Also habe ich nur eine einzige Frage an dich: Was kann ich tun, damit du wieder ganz bei mir bist?« Er sah sie aufmerksam an.

Gute Frage. Wenn sie das nur selbst beantworten könnte.

»Okay, Julitschka. Ich sage dir was,« fuhr er fort, als sie nichts erwiderte. »Wenn du nicht bei deiner Mutter sein kannst, weil dein Job nun mal hier ist, aber auch nicht hier sein kannst, weil dein Kopf und dein Herz dort sind, dann musst du dich entweder für eines davon entscheiden, oder dafür sorgen, dass du an beiden Orten gleichzeitig sein kannst.« Es war sein voller Ernst, das sah Juli ihm an. »Aber, Julitschka, wenn jemand das schafft, dann du.« Nun lächelte er wenigstens. Nur leider erreichte sein Lächeln seine Augen nicht.

Juli hätte beinahe laut aufgelacht. Ihr war klar, dass Alexander das Problem für gelöst hielt, weil er es angesprochen und ihr damit sozusagen übergeben hatte. So machte er es immer. Irgendwas lief nicht so, wie er es sich vorstellte, er sagte es ihr, und sie kümmerte sich drum. Bisher hatte das immer funktioniert, und Juli hatte einen gewissen Ehrgeiz entwickelt, auch die absurdesten seiner Wünsche zu erfüllen. Aber dieses Mal gab es einfach keine Lösung. Sie konnte beim besten Willen nicht an zwei Orten gleichzeitig sein, es sei denn, es fand sich jemand, der bereit war, Juli zu klonen.

»Kommst du?« Alexander betrachtete sich noch einmal im Spiegel, bevor er ihr seinen Arm anbot. »Der Bürgermeister wartet.«

»Natürlich«, antwortete Juli mechanisch, immer noch gedanklich mit der Klon-Idee beschäftigt. »Bin schon da.«

Juli hörte zu, lachte an den richtigen Stellen und unterhielt sich mit Menschen, die es gewohnt waren, von sich zu sprechen, ohne selbst eine einzige Frage zu stellen. Es war nicht schlimm, dass sie nicht ganz bei der Sache war, und es fiel auch nicht weiter auf. Ab und zu eine kleine Frage oder ein winziges Stichwort nach rechts oder links, und sie konnte getrost wieder auf Autopilot schalten. Zwischendurch beobachtete sie Alexander, unbestritten und zu Recht der Star des Abends, ganz in seinem Element, wie er seinen Charme versprühte. Es machte Juli Spaß, ihm dabei zuzusehen, wie er in alle Richtungen flirtete, Einladungen aussprach und allein durch seine

Körpersprache Versprechen gab, die er nicht halten würde. Juli kam sich dabei vor, als säße sie nach wie vor im Theater bei einer ganz besonders amüsanten Vorstellung. Wenn das hier eine Oper wäre, dann vermutlich *Così fan tutte*.

Wie gut, dass sie morgen einen Tag frei hatten, bevor sie ihre Tournee nach Adelaide und Canberra fortsetzten. Im Anschluss würden sie Mitte Mai nach Seoul reisen, von dort noch einmal nach Singapur und endlich, mit einem kurzen Zwischenstopp in Baden-Baden, nach Stuttgart, wo Alexander am 20. Mai in der Staatsoper singen würde. Aber das fühlte sich noch Lichtjahre weit weg an. Juli hatte es sich abgewöhnt, zu weit in die Zukunft zu schauen. Es machte sie schwindelig. Morgen reichte völlig.

Sie verabschiedete sich um ein Uhr. Für Alexanders Verhältnisse viel zu früh, aber nachdem sie sah, wie gut er sich amüsierte und offenbar keinen gesteigerten Wert mehr auf ihre Gesellschaft legte, beschloss sie, sich ein Taxi, ein Schaumbad und hoffentlich auch ein paar Stunden Schlaf zu gönnen, bevor er wieder was von ihr wollte.

Sie verabschiedete sich mit einem Lächeln, das er erwiderte. Anscheinend war er wieder mit ihr zufrieden.

Als sie endlich in ihrem Bett im Hotelzimmer lag und das Licht ausmachte, war es bereits kurz vor drei. Aber letztendlich war auch das nicht wirklich wichtig. Ihr Körper existierte außerhalb von Europa in einer Art eigenen Zeitzone, die sich nur oberflächlich an das jeweilige Aufenthaltsland anpasste. Diese Methode hatte sich bewährt. Zeit war relativ. Sie versuchte zu schlafen, wenn sie müde war, sich einigermaßen regelmäßig und gesund zu ernähren und sich ansonsten nicht auch noch wegen ihrer inneren Uhr verrückt zu machen. Hauptsache, es gelang ihr, dafür zu sorgen, dass Alexander pünktlich und einsatzbereit zu seinen Terminen erschien. Und darin war sie unübertroffen.

Sie schloss die Augen und kuschelte sich in die Bettwäsche, die einen Hauch Lavendel verströmte. Sie spürte, wie ihr müder Nacken, ihre Arme und Beine dankbar alle Anstrengung losließen und sie den einen magischen Satz in ihr Bewusstsein holte, den ihr eine Yogalehrerin einmal mitgegeben hatte, als sie ihr von ihren ständig kreisenden Gedanken erzählte, die wie ein irres Feuerwerk durch ihr rastloses Gehirn wirbelnden.

Es gibt nichts zu tun, Juli.
Es gibt nichts zu tun.
Es gibt …

Und dann hatte sie plötzlich eine Idee.

9

Montag, 2. Mai 2022, München

Nicola »Nic« Kramer stapelte die letzte Umzugskiste in den kleinen Transporter und wischte sich über das verschwitzte Gesicht. Wieder einmal beschloss er, sich den Bart abzurasieren, sobald er endlich wieder mal die Zeit für ausgedehnte Körperpflege fand. Es war wohl paradox, aber vermutlich hätte er es auch längst getan, wenn Linda ihn nicht so scheußlich gefunden hätte. Es war zwar albern, aber ihm tat diese kleine, stille Rebellion gegen ihren Kontrollwahn auch im Nachhinein noch gut. Exfreundinnen waren beinahe so überflüssig wie Umzüge.

Das hier war schon der zweite, den er innerhalb eines halben Jahres hinter sich bringen musste. Zuerst war er aus der gemeinsamen Wohnung mit Linda mitten im Münchner Stadtteil Lehel aus- und in die winzige Ein-Zimmer-Wohnung über dem La Cucina gleich um die Ecke eingezogen. Und jetzt, da seine Mutter beschlossen hatte, das Restaurant am St.-Anna-Platz aufzugeben und in ihre Heimat Italien zurückzukehren, packte er wieder seine Sachen zusammen. Dieses Mal zwar nur ihre, aber es fühlte sich trotzdem so an, als würde auch ein Teil seines Lebens damit verschwinden.

Und so war es auch. Das Cucina war ihr gemeinsames Restaurant gewesen. Der Dreh- und Angelpunkt in Nics Leben. München, Lehel, alle Straßen um den St.-Anna-Platz und der Englische Garten waren seine Heimat. Für ihn war der Platz nie etwas Besonderes gewesen, dabei galt er als einer der schönsten in München. Er hatte alles für selbstverständlich genommen: Die beeindruckende Pfarrkirche mit den Giebeln und grünen Dächern, das gegenüberliegende Franziskanerkloster und die dazugehörige Klosterkirche mit ihrem unglaublichen Deckengemälde, die weißen denkmalgeschützten Häuserfassaden, die Tische und Stühle des Gandl oder der donnerstägliche Bauernmarkt. Hier war er aufgewachsen und hatte am Sankt-Anna, dem in einem wunderschönen Baudenkmal untergebrachten Gymnasium, Abitur gemacht. Er war schon sein Leben lang über die Triftstraße in den Englischen Garten gelaufen, geskatet, gejoggt, mit dem Rad gefahren. Mit Freunden, allein, mit Miles. Er hatte nie darüber nachgedacht, ob es irgendwann einmal einen anderen Ort für ihn geben würde. Es hatte einfach nicht zur Debatte gestanden. Bis … jetzt. Seitdem er groß genug gewesen war, um über den Herdrand schauen zu können, hatte er hier zuerst mit seinem Vater gemeinsam gekocht und sich schließlich, nachdem sein Vater gestorben war, nicht nur um die Küche, sondern auch um die Finanzen und um seine Mutter gekümmert. Es war ihm schwergefallen, um seinem Vater zu trauern. Zum einen, weil ihm die Trauer seiner Mutter so viel größer vorgekommen war, und auch weil er wusste, dass sein Vater gewollt hätte, dass das Restaurant weiterlebte – wenn er das schon nicht mehr konnte. Aber jetzt, da seine Mutter nach Italien zog, ging auch die Verpflichtung. Das Problem war allerdings, dass Nic anstatt der großen Freiheit eine noch viel größere Leere empfand. Ein Loch, wo etwas sein sollte, das ihm sagte, wer er war und was er wollte.

Er schüttelte über sich selbst den Kopf. Er war dreiundvierzig Jahre alt und fühlte sich wie ein staunender Abiturient, der endlich in die große weite Welt ziehen durfte, um sich selbst zu erfinden, ohne einen Plan, wie er das anstellen sollte.

Traurig, gleichermaßen großartig und beängstigend fühlte sich das an. Das erste Mal in seinem Leben hatte Nic Zeit, und sosehr er sich auch danach gesehnt hatte, so hilflos fühlte er sich jetzt. Gleichzeitig war er so erschöpft, als hätte er wochenlang nicht geschlafen. Im Grunde stimmte das auch. Es war ein aufregendes Jahr gewesen, in dem er sehr oft nachts wach gelegen und gegrübelt hatte. In vielen Nächten war er dann um drei auf den Großmarkt gegangen und hatte frisches Gemüse, Obst, Fisch und Fleisch für das Cucina gekauft, hatte mit dem einen oder anderen Händler einen Kaffee getrunken und fröhliche Oberflächlichkeiten ausgetauscht, die ihn von seinen Gedanken ablenkten. Er hatte sich selbst eingeredet, dass man eben so ein Leben führen musste, wenn man diesem Beruf nachging, aber letztlich hatte er sich damit nur selbst etwas vorgemacht. Begriffen hatte er das erst so richtig, als er selbst dann noch auf den Großmarkt gegangen war, als das Cucina längst geschlossen hatte.

Seine Mutter hatte die Entscheidung mit ihm gemeinsam vor einem halben Jahr getroffen. Nun waren von den sechs Monaten noch etwas mehr als zehn Tage übrig, bis der Mietvertrag für das komplette Haus auslief. Er hatte seine Überlegungen und Entscheidungen wieder und wieder vertagt und nun hatte er keine Ahnung, wie es weitergehen sollte. Heute würde er das ändern. Ganz sicher.

Aber zuerst einmal wollte er vor allem duschen und sich dann hinlegen. Schlafen. Einfach nur schlafen.

Als Nic wieder aufwachte, musste er sich erst einmal orientieren. Das diffuse Licht, das von draußen in sein Schlafzimmer fiel, gab keinen Hinweis darauf, wie viel Uhr es war. Nur die Geräusche, die vom St.-Anna-Platz durchs Fenster drangen, sprachen für den gedämpften Feierabendverkehrslärm, der vom Karl-Scharnagl-Ring herüberwehte, und für Menschen, die unten auf dem Platz einen späten Kaffee oder einen frühen Aperitif unter freiem Himmel genossen. Normalerweise würde er selbst jetzt schon in der Küche stehen, die ersten Vorspeisenteller anrichten und kleine italienische Snacks, wie zum Beispiel winzige Schiffchen aus rohem Schinken, gefüllt mit Ziegenkäse und Feigen, Mini-Focaccia mit gegrilltem Fenchel oder Frittata mit allerlei Gemüse zubereiten. Aber selbst der Gedanke an diese Köstlichkeiten ließ ihn völlig kalt.

Nic liebte die italienische Küche und hatte sie für das La Cucina perfektioniert, aber nun, da er lediglich für sich selbst kochen musste, hatte er sowohl die Lust am Kochen als auch am Essen verloren. Benommen tastete er nach dem Wecker. Halb sechs. Früher Abend. Er könnte mit seinem Pudel-Schnauzer-Mischling Miles rausgehen und dann einfach bis zum nächsten Morgen liegen bleiben. Er könnte auch seinen Freund Steffen besuchen, der ihn schon so oft eingeladen hatte, aber Nic hatte keine Lust auf die Demonstration von

Steffens glücklichem Familienleben und auf die gut gemeinten Ratschläge à la »Jetzt wird es bei dir aber auch langsam mal Zeit, einsamer Wolf!«

Er war es leid, Steffen zu widersprechen. Er war nun mal Koch. Zumindest bis vor Kurzem gewesen. Dieser Beruf machte es einem nicht unbedingt leicht, eine Familie zu gründen. Es sei denn, man wollte ein Vater sein, der seine Kinder kaum zu Gesicht bekam. Aber das war für Nic nie eine Option gewesen. Dann lieber keine. Einer der Gründe, warum Linda und er sich getrennt hatten, war ihr unbedingter Kinderwunsch gewesen und seiner, nicht nur welche in die Welt zu setzen, um überhaupt welche zu haben.

Außerdem hatte er schließlich Miles. Als ob er gespürt hätte, dass Nic gerade über ihn nachdachte, stupste er mit seiner kalten Schnauze gegen Nics Hand. Er kraulte den Hund zwischen den Ohren, bis er genüsslich schnaufte.

»Okay, alter Freund, dann lass uns mal losgehen«, sagte Nic und setzte sich mühsam auf.

Wäre Miles nicht gewesen, wäre er vermutlich liegen geblieben. Das Gute an seinem Mini-Appartement war, dass es kaum mehr als zwanzig Schritte von seinem Schlafzimmer zum Kühlschrank waren – der einzige Einrichtungsgegenstand, der nicht winzig war – und im Grunde die komplette Küche ausmachte. Ansonsten gab es noch eine Spüle, einen Einbauschrank und zwei kleine Kochplatten, die er noch nie benutzt hatte. Wenn er kochen wollte, tat er das unten. Als er hier eingezogen war, war nicht abzusehen gewesen, dass er dafür nicht mehr lange die Gelegenheit haben würde.

Das Zweitwichtigste war seine Siebträger-Espressomaschine, für die er extra einen Stehtisch aus einer alten breiten Holzdiele gebaut hatte. Er nahm die komplette gegenüberliegende Küchenwand ein und diente ihm gleichzeitig als Bar.

Heute brauchte er ein bisschen mehr Koffein als sonst, um in die Gänge zu kommen. Während er die Espressomaschine vorheizte, nahm er sich eine Cola aus dem Kühlschrank und ließ sich auf dem einzigen Barhocker fallen.

»Gleich geht's los, Miles«, sagte er zu dem Hund, der ihn erwartungsvoll ansah. »Ich muss nur noch richtig wach werden.«

Miles legte sich auf Nics nackten rechten Fuß, und Nic lächelte. Wer brauchte schon eine Familie, wenn man einen solchen Hund hatte?

Er blätterte durch die *Süddeutsche*, die er dank des Umzuges bisher noch nicht angerührt hatte. Ein weiterer netter Nebeneffekt seiner momentanen Arbeitspause: Endlich würde er sie mal wieder lesen und nicht nur vom Briefkasten nach oben und dann nach ein paar Tagen ungelesen in die Tonne tragen, ohne je einen Blick hineingeworfen zu haben. Und außerdem würde er heute den perfekten Job für sich darin finden. Er spürte es einfach.

Natürlich gab es immer wieder auch freie Stellen für Köche, teilweise waren sie auch sehr gut bezahlt. Gestern hatte er ein Inserat des Le Grand Bellevue in Gstaad entdeckt. Das Hotel suchte einen Souschef. Die Stelle passte perfekt. Er hatte schon immer davon geträumt, eines Tages wieder einmal in einem großen Hotel zu kochen, nachdem er seine Ausbildung im Bayerischen Hof absolviert und es so sehr genossen hatte, dort unter vielen Kollegen zu sein. Er brachte alle

Erfahrungen mit, die in der Schweiz erwartet wurden. Sie würden ihn nehmen. Er wusste es. Aber er fühlte keine Freude. Keine Aufregung. Gar nichts.

Er hatte einfach keine Kraft, in einem Restaurant zu kochen, Tag und Nacht dort zu verbringen, seine ganze Energie in neue Rezepte zu stecken oder vielleicht unter einem Chef zu arbeiten, der andere Vorstellungen von … einfach allem hatte. Bewerben würde er sich trotzdem.

»Wuff«, machte Miles, als könne er Gedanken lesen.

»Ich komm ja schon«, antwortete Nic lächelnd und stand auf.

Später. Oder Morgen. Das war immer noch früh genug für eine Bewerbung.

Als er die Zeitung sorgfältig zusammenfaltete, fiel sein Blick auf eine Anzeige, die er bis dahin gar nicht wahrgenommen hatte. Normalerweise hätte er sie sich nicht näher angesehen, aber die Überschrift klang lustig, und aus einem Grund, den er sich selbst nicht erklären konnte, begann er zu lesen.

Gesellschafterin und versierte Haushälterin für Damen-WG (78, 76, 67) gesucht

Für meine Mutter und ihre beiden Freundinnen suche ich zum nächstmöglichen Zeitpunkt professionelle Unterstützung im Haushalt sowie bei täglichen Erledigungen und allgemeinen Unternehmungen. Zu Ihren Aufgaben gehört die Unterhaltung und Beförderung der drei, das Einkaufen gesunder, frischer Lebensmittel und die Zubereitung ausgewogener Kost.

Sie sprechen Deutsch, haben einen Führerschein (Pkw vorhanden) und absolut einwandfreie Umgangsformen. Sie sind nicht ortsgebunden und können sich vorstellen, in Stuttgart am Killesberg zu leben. Die frisch renovierte Zwei-Zimmer-Wohnung im EG der Villa inmitten eines großen Gartens mit kleiner Veranda steht Ihnen kostenfrei zur Verfügung. Ihre Arbeitszeiten variieren je nach Tagesprogramm der Damen. Sie haben keine Tierhaarallergie (Katze), Humor und gute Nerven. Bridgekenntnisse von Vorteil.
Bei Interesse bitte Zuschriften an J. Englaender unter
helpthebridgeladiesand@me.com

Help the Bridge Ladies and me? Humor und gute Nerven? Bridgekenntnisse von Vorteil? Und das alles in Stuttgart? Nic schüttelte grinsend den Kopf. Diese drei Damen waren zusammen über zweihundert Jahre alt, da hatte man wohl eine Haushälterin mehr als verdient. Schade, dass kein Foto von den dreien dabei war. Er hätte sie zu gern mal gesehen.

Miles stupste ihn mit der Schnauze an, und Nic griff nach unten, um ihn erneut zwischen den Ohren zu kraulen, bevor er aufstand.

»Bin schon unterwegs.«

Immer noch lächelnd schnappte er sich die Leine und seine Jacke vom einzigen Haken neben der Eingangstür. Plötzlich waren seine Lebensgeister wieder erwacht. Er konnte es kaum erwarten, an die frische Luft zu kommen. Als er die Haustür hinter sich zuzog, in die tief stehende Sonne des frühen Abends blinzelte und den verheißungsvollen Duft des Frühlings einatmete, fühlte er sich schon viel besser. An den beiden

Zierkirschen, die seine Mutter schon vor Jahren in der Einfahrt vor dem La Cucina eingepflanzt hatte, sah er die aufbrechenden Knospen, die nicht mehr allzu lang brauchen würden, um die filigranen Bäume in eine Wolke aus zartrosa Blüten zu hüllen. Ein wundervolles Zeichen für den immer wiederkehrenden Neuanfang der Natur. Dieses Jahr nahm er ihn persönlich. Wo hatte er nur seinen Blick gehabt?

Miles stand schon erwartungsvoll auf der Straße und wedelte mit dem Schwanz, als Nic endlich seinen Blick von dem Kirschbaum lösen konnte und schnell hinter seinem Hund herlief, um nicht einen weiteren Frühlingsmoment zu vergeuden.

Er war nicht der einzige Hundebesitzer im Englischen Garten, aber von denen, die ihm begegneten, kannte er niemanden, was nicht weiter verwunderlich war, denn um diese Uhrzeit war er nie unterwegs gewesen. Sogar Miles war es gewohnt, vor dem Mittag und dann wieder erst gegen zehn oder elf Uhr abends rauszukommen. Umso mehr genoss er es offensichtlich, dass er auf so viele andere Hunde traf. Für einen Moment hatte Nic ein schlechtes Gewissen, dass er so hundeunfreundliche Arbeitszeiten hatte, bis ihm klar wurde, dass auch das der Vergangenheit angehörte. Seine zukünftige Arbeitsstelle musste Miles-kompatibel sein, das hieß, trotz Arbeit sollte es genug Gelegenheiten, am besten sogar fest eingeplante Zeiten für Gassirunden und Hunde-Gesellschaft geben. Er machte sich eine gedankliche Notiz, das unbedingt bei dem Schweizer Jobangebot abzuklären.

Sosehr es ihn am Anfang getroffen hatte, dass alles, was sein Leben bisher ausgemacht hatte, sich mit der Entscheidung seiner Mutter in Luft auflöste, so deutlich konnte er auf einmal spüren, was für Möglichkeiten sich für ihn dadurch boten. Er hatte die Chance, für sich und Miles Bedingungen zu stellen, die ihr Leben ein wenig sozialverträglicher gestalten würden.

Vermutlich sollte er seiner Mutter dankbar sein, dass sie ihn dazu gezwungen hatte, sein Leben noch mal komplett neu zu überdenken. Er selbst hatte nicht das Bedürfnis danach gehabt, aber er spürte selbst, wie gut es sich anfühlen könnte, an einem Leben teilzuhaben, das einem Rhythmus folgte, bei dem man nicht mehr oder weniger inmitten von vielen Menschen komplett isoliert war. Fakt war, er hatte außer Steffen keine echten Freunde. Er kannte im Grunde niemanden, obwohl er in dieser Stadt aufgewachsen war, und bis auf Linda hatte er nach der Schule auch niemanden neu kennengelernt. Er kannte noch nicht einmal die Hundebesitzer im Park.

Kurz fiel ihm die Stellenanzeige wieder ein. Er war zwar nur knapp halb so alt wie die drei Damen, aber er hätte keine einzige Person nennen können, mit der er eine WG hätte gründen wollen. Erschreckend.

Er blieb stehen und rief Miles zu sich, nur um einen Moment sein Gesicht in dessen weiches Fell vergraben zu können. Miles legte seine Schnauze auf Nics Knie und sah ihn treuherzig aus seinen warmen dunkelbraunen Augen an.

Nicht so schlimm, Kumpel, schienen sie zu sagen. *Du hast ja mich. Wir sind die beste Mann-Hund-WG der Welt, und ich lass dich nie im Stich, tausendprozentiges Miles-Ehrenwort.*

Nic lächelte und kraulte ihn zwischen den Ohren. Was für ein Glück, dass er diesen Hund hatte.

Er bereute es fast, dass er nicht daran gedacht hatte, seine Joggingklamotten anzuziehen, denn dann hätte er jetzt seine übliche Runde am Eisbach, dem Monopteros und der Schönfeldwiese vorbei drehen können, anstatt den Hunden beim Spielen und deren Besitzer beim angeregten Geplauder zuzusehen. Noch vor ein paar Tagen hätte er alles dafür getan, um in seiner Freizeit Menschenansammlungen aus dem Weg zu gehen und wenigstens beim Spaziergang allein sein zu können. Aber jetzt fühlte er sich auf einmal einsam. Und obwohl er jeden Winkel dieser Stadt kannte, fremd obendrein.

Wieder wanderten seine Gedanken nach Stuttgart. Er wusste nichts über diese Stadt, abgesehen davon, dass es wohl kaum einen besseren Platz gab, um ganz authentisch Maultaschen, Spätzle oder Rostbraten mit Bratkartoffeln zu essen.

Ihm lief das Wasser im Mund zusammen. Plötzlich hatte er Hunger. Und endlich wieder Lust zu kochen.

10

Montagabend, 2. Mai 2022, München

Er kochte nicht. Die Küche vom La Cucina war leer geräumt. All seine Messer, Töpfe, selbst seine Schürzen und Mützen waren in Kartons verpackt und irgendwo eingelagert. Und in seiner Wohnung gab es abgesehen von den beiden Kochplatten nichts, womit er irgendeine Mahlzeit hätte zubereiten können.

Nachdem er eine Weile rastlos von der Küche ins Schlafzimmer und wieder zurück gewandert war, was Miles mit ratlosem Blick von der Couch aus verfolgte, schnappte Nic sich schließlich seine Jacke, um irgendwo in der Stadt etwas zu essen.

Der Abschied von seiner Mutter, die fehlende Begeisterung für diese Stelle in der Schweiz und der kurze Schmerz, den er empfunden hatte, als ihm klar geworden war, wie einsam er sich fühlte, ließen seine Gedanken vibrieren, als hätte er viel zu viel Kaffee getrunken. Vielleicht waren es auch die leer geräumten und dadurch seelenlose Räume des La Cucina oder die Tür zur ehemaligen Wohnung seiner Mutter, hinter der sich nun nichts mehr befand, was zu ihr gehörte. Oder vielleicht war es auch die Erkenntnis, dass nun, da sie wirklich fort war, die Zeit des La Cucina unwiederbringlich vorbei war.

Oder du hast viel zu lang nichts Anständiges mehr gegessen, Kramer.

Eindeutig: Nic hatte Hunger. Seine Schritte führten ihn am Hofgarten und am Odeonsplatz vorbei und über die Ludwig- in die Türkenstraße. Dort blieb er vor dem schlichten, aber hell beleuchteten Eingang des Chez Maman stehen, einem total angesagten Restaurant in der Maxvorstadt, das für seine authentische französische Küche berühmt war, ohne dabei altmodisch und traditionell daherzukommen. Laut einer Restaurant-Kritik in der *Süddeutschen* verknüpfte es überragende Kochkunst mit einem hippen und sehr ansprechenden Ambiente oder so ähnlich. Jedenfalls war es, wie das La Cucina auch, eine der Top-Empfehlungen für internationale Küche in München und Nic wollte schon immer mal mit seiner Mutter hierherkommen. Leider hatte es nie geklappt, schon allein, weil sie an ihrem sogenannten freien Tag immer die Buchhaltung gemacht und es zudem genossen hatte, auch mal ganz ohne Gesellschaft zu sein. Als Nic noch mit Linda zusammen gewesen war, hatte er seine Mutter an diesen Tagen nicht gesehen, aber seitdem er über dem La Cucina wohnte, hatte er für sie beide dann immer Panini aus den Resten der Woche gezaubert, sie hatten sich irgendeinen Film auf Netflix angeschaut und waren früh ins Bett gegangen.

Es war auf seine ganz eigene Art und Weise schön gewesen, aber hatte nicht unbedingt dazu geführt, dass er etwas besaß, das auch nur entfernt als Sozialleben bezeichnet werden konnte.

Im Chez Maman kannte er wenigstens Henri Bernard, den

Besitzer, sonst hätte er vermutlich noch nicht einmal einen Platz an der Bar bekommen, denn dort drin war es brechend voll.

Henri freute sich offensichtlich wirklich, ihn zu sehen, und setzte sich für einen Moment zu Nic, während der auf sein Essen wartete. Als Küchenchef hatte er zwar wenig Zeit, sich persönlich um seine Gäste zu kümmern, aber ebenso wie Nic ließ er es sich nicht nehmen, einmal am Abend wenigstens von Tisch zu Tisch zu gehen, die Gäste persönlich zu begrüßen und sie zu fragen, wie es ihnen schmeckte.

Henri war ein paar Jahre älter als Nic. Sie hatten sich eines frühen Morgens auf dem Großmarkt in Sendling beim Einkaufen kennengelernt und es hatte eine Weile gedauert, bis Nic ihn nicht mehr als Konkurrenten sah, sondern sich sogar ab und zu mit ihm über ihre jeweiligen Restaurants austauschte. Mittlerweile vertraute er ihm völlig. Vielleicht war er der richtige Gesprächspartner bei Nics persönlichem Gedankensortierungsversuch. Und wenn nicht, tat es vielleicht einfach nur gut, ein bekanntes Gesicht zu sehen.

»Salut, alter Freund, ça va?«, fragte Henri und servierte ihm den liebevoll mit Nussbutter-Spitzkohl und winzigen Kartoffeln angerichteten Zander.

Er duftete unvergleichlich. Nic lief sofort das Wasser im Mund zusammen. Für einen kurzen Moment schloss er die Augen und sog genießerisch die Aromen von gebratenem Fisch, Butter und etwas anderem ein, das er nicht sofort benennen konnte. Dann fiel es ihm ein.

»Vanille?«

Henri nickte lächelnd.

Es war eine gute Idee gewesen hierherzukommen. Er nahm einen Bissen und kaute genüsslich. »Hmmm. Buonissimo!«

Nic sprach außer mit seiner winzigen, schwarzhaarigen und sehr lebhaften Mutter normalerweise nie Italienisch. Nicht, weil er die Sprache nicht mochte, im Gegenteil. Es war immerhin tatsächlich seine Muttersprache. Aber er war in München geboren und aufgewachsen und wenn überhaupt, fühlte er sich als Bayer. Rein optisch wäre sowieso nie jemand auf die Idee gekommen, ihn für einen Italiener zu halten. Er war beinahe ein Meter neunzig groß, hatte dunkelblonde längere Haare, einen hellbraunen Bart und blaue Augen. Sein Vater hatte sich da sehr deutlich durchgesetzt. Aber sein französischer Freund hier hatte seine eigene Sprache so in seinen Sprachgebrauch integriert, dass er Nic immer wieder damit ansteckte.

Henri legte den Kopf schräg und runzelte die Stirn.

»Wie geht es dir, mon ami italien? Ich habe gehört, ihr habt das Cucina geschlossen?« Er schnalzte mit der Zunge. »Quel dommage! Was für ein Verlust!«

Mit dem Mund voll köstlichem Zander war die Frage ausgesprochen leicht zu beantworten. »Es geht mir gut, Henri. Tutto bene, aber danke der Nachfrage!«

»Wenn du es sagst? Ich bin schon so lange Gastronom, Nic.« Er grinste verschmitzt. »Du kannst mir nicht erzählen, dass alles in Ordnung ist. Und ganz ehrlich, das wäre auch mehr als erstaunlich. Ein Koch ohne Küche ist wie ein Reiter ohne Pferd! Ich würde durchdrehen, wenn ich das Chez Maman nicht mehr hätte. Es ist mein Herz, meine Lunge, meine Seele, mein … alles eben. Erzähl das besser nicht meiner Frau und den Kindern …« Er lachte. »… vielleicht weiß sie es ja auch schon. Aber sag du mir nicht, dass es dir gut geht.«

Nic nahm einen großen Schluck von dem köstlichen Sancerre, den Henri ihm eingeschenkt hatte. Anscheinend war er sehr leicht zu durchschauen.

»Okay, Henri. Ich gebe zu, es ging mir schon besser. Aber es ist nicht so, dass mir das La Cucina fehlt. Natürlich schon, aber …« Wie sollte er ausdrücken, was er fühlte, wenn er es selbst nicht so genau wusste? »… aber ich bin nicht wie du. Ich mochte das La Cucina, ich bin leidenschaftlicher Koch und ich will nicht wirklich etwas anderes machen. Glaube ich zumindest. Aber ich weiß es eben nicht. Es war vor allem das Restaurant meiner Eltern. Es ist nicht wie bei dir. Es ist nicht *mein* Restaurant, nicht *meine* Küche, nicht meine Lunge oder mein Herz – und außerdem bin ich ja noch nicht mal ein ganzer Italiener!« Er lachte.

»Et alors, Nicola Kramer? Ich verrate dir ein Geheimnis.« Er machte eine bedeutungsvolle Pause und riss die Augen weit auf, bevor er weitersprach. »Ich bin auch kein Franzose.« Er lachte wieder.

»Ernsthaft?«

Nic hätte sich beinahe an seinem Sancerre verschluckt. Er hatte mit allem gerechnet, aber nicht damit. Für ihn war Henri französischer als alle Franzosen, die er kannte. Andererseits: Er kannte auch nur ihn. Trotzdem war er der Typ, bei dem es ihn nicht gewundert hätte, wenn er grundsätzlich ein Baguette unter dem Arm tragen würde. Er schüttelte den Kopf.

»Du machst Witze, oder?«

Henri grinste immer noch. »Alors, ich heiße Henri Bernhard, bin hier geboren, meine Eltern heißen Magdalene und Franz Bernhard. Ich habe 1988 bei Paul Bocuse gelernt, kurz bevor er vom Gault-Millau zum Koch des Jahrhunderts ernannt wurde. Danach habe ich in seiner Brasserie in Lyon gekocht und fast länger in Frankreich als in Deutschland gelebt. Mein Name lässt sich glücklicherweise sowohl französisch als auch deutsch aussprechen.« Er grinste wieder und legte seine Hand auf Nics Schulter.

»Im Grunde ist es völlig gleichgültig, wo ich herkomme oder hingehe. Ich bin vielleicht hier geboren, aber meine Seele ist französisch.«

Nic brauchte einen Moment, um das zu verarbeiten.

»Weiß das irgendjemand?«

»Nein«, antwortete Henri. »Und wenn du es weitererzählst, muss ich dich leider töten.« Er lachte wieder. »Es ist so, Nic: Die Leute sehen, was sie sehen wollen. Für sie bin ich ein französischer Koch, sie lieben mein Essen und sie kommen gern, weil es sich für sie so anfühlt, als wären sie für einen petit moment in Frankreich. Es ist mein Geschenk an sie, wenn man so will. Das Gesamtpaket stimmt einfach. Aber ich belüge natürlich niemanden. Wenn ich gefragt werde, sage ich schon, dass ich hier geboren bin. Das Lustige ist, es fragt einfach keiner.«

Nic hatte bisher nicht wirklich über so etwas nachgedacht. Sein »Gesamtpaket«, wenn man so wollte, bestand aus seinen italienischen und deutschen Wurzeln. Er hatte weder etwas dazu- noch wegerfinden müssen, um ein funktionierendes Konzept zu haben, sondern einfach das seines Vater übernommen. Aber vielleicht war auch genau das sein Problem.

»Also, Nicola Kramer, mit der Lizenz, dich komplett neu zu erfinden: Was macht dich aus? Was unterscheidet dich von den anderen? Und was willst du damit anfangen?«

Henri sah ihn durchdringend an, aber Nic konnte trotzdem rein gar nichts sagen. Ihm schwirrte der Kopf. Die Fragen des Küchenchefs waren schon die richtigen, aber das brachte ihn noch lange nicht zu den passenden Antworten. Ganz im Gegenteil.

»Ich … ich habe keine Ahnung!«, antwortete er verzweifelt.

Auf der Stelle hätte er sich am liebsten wieder in seinem Bett verkrochen. Nichts hören, nichts sehen, nichts sagen. Er war zu alt für existenzielle Fragen, und gleichzeitig wurde es allerhöchste Zeit. Dieser Druck machte ihn völlig verrückt. Das Dilemma war, dass er dringend eine Lösung dafür brauchte, was ihn wiederum noch mehr unter Druck setzte.

»Denk drüber nach.«

»Das werde ich«, versprach er und zückte sein Portemonnaie. Plötzlich wollte er so schnell wie möglich nach Hause und zu Miles. Alles, nur nicht mehr nachdenken. Für einen Tag hatte er genug gedacht.

»Lass stecken. Geht auf mich.« Henri legte ihm die Hand auf die Schulter und grinste. »Aber eins sag ich dir: Wenn du eines Tages ein Sterne-Restaurant führst, dann werde ich kommen und alles testen, was deine Speisekarte zu bieten hat.« Er lachte, und auch Nic musste grinsen. »Geht klar, Henri. Wenn ich mal einen Stern habe, erfährst du es als Erster.«

Er stand auf. »Und vielen Dank für das Essen, Kollege. Eines muss man dir lassen: Du kochst echt fantastisch

Französisch.« Er grinste und klopfte Henri auf die Schulter. »Dafür, dass du keiner bist.«

Als Nic wieder hinaus auf die Straße trat, atmete er tief die kühle Abendluft ein. Es stimmte. Das Essen war köstlich gewesen, und er hatte es auch sehr genossen, einmal nicht derjenige zu sein, der sich in der Küche für andere ein Bein ausriss, aber seine Sinne waren völlig überreizt. Zu viele Gedanken, Aromen, Eindrücke, Ideen, Wünsche, Entscheidungen, Abschiede und Neuanfänge – sobald er dachte, einen davon gedanklich festhalten und zu Ende denken zu können, rutschte er ihm durch und machte Platz für den nächsten. Er fühlte sich wie ein Propeller, den jemand auf Höchstgeschwindigkeit gestellt und dann die Kontrolle verloren hatte.

Er brauchte eine Pause von allem, schon klar, aber die kam nicht von selbst, so viel hatte er nun auch begriffen. Er musste sie sich nehmen. Das ging nur, wenn er alles, was nicht unbedingt notwendig war, aus seinem Leben strich. Sich die Chance gab, wieder zu lernen, im Moment zu leben, anstatt sich selbst immer einen Schritt voraus zu sein.

Er brauchte eine neue Wohnung für sich und Miles. Raum und Ruhe. Einen Job, der ihn ernährte, aber ihm nicht mehr alles abverlangte, was er an Kraft und Kreativität zu bieten hatte, und der ihm die Möglichkeit gab, sich langsam und vorsichtig selbst kennenzulernen und neu zu erfinden. Und er brauchte Gesellschaft. Menschen zum Reden. Das hatte Henri ihm gerade ganz deutlich gezeigt. Zumindest, wenn er sich nicht immer weiter im Kreis drehen oder in Selbstmitleid verlieren wollte.

Er fiel ins Bett, ohne sich die Mühe zu machen, sich auszuziehen, und schlief ein paar köstliche Stunden ohne Unterbrechung. Aber dann weckte ihn sein Unterbewusstsein. Selten war er plötzlich so klar und sicher gewesen. Er hatte zwar keine Antworten gefunden, aber dafür eine Frage: Wo war die verdammte Zeitung mit dieser verrückten Stellenanzeige?

11

Dienstag, 3. Mai 2022, Stuttgart

Martha tappte müde aus dem Schlafzimmer in Richtung Küche. Sie hatte es sich angewöhnt, mittags ein Stündchen zu schlafen. Aber bis sie danach wieder richtig wach war, verging mindestens noch eine weitere Stunde. Kaffee half.

Glücklicherweise fand sie den Weg von ihrem Schlafzimmer im ersten Stock bis in die Küche und zur Kaffeemaschine auch mit beinahe geschlossenen Augen.

Noch drei Treppenstufen und dann durch den Gang nach links in die Küche. Moment, was war das für ein Geräusch? Es kam eindeutig aus dem Wohnzimmer und hörte sich an, als würde dort jemand …

Schnell schnappte sie sich einen Regenschirm aus dem Ständer und ging anstatt nach links in die Küche geradeaus ins Wohnzimmer.

Alles still. Sie ließ den Blick zuerst nach links schweifen, denn geradeaus in dem großen verglasten Erker war es eindeutig noch zu hell. Das Bücherregal mit Arthurs alten Schinken, der Kamin … Martha zuckte zusammen. Ihr entfuhr ein Schrei. *Was zur Hölle …?* Erschrocken kniff sie die Augen zusammen. Von draußen hatte vermutlich ein Ast gegen das

Fenster geschlagen, das hatte sie erschreckt. Aber der Blick in die glasigen Augen von Richards Eberkopf machte es auch nicht besser. Den hatte sie vollkommen verdrängt.

»Schau nicht so blöd, Wildschwein!«, schnauzte sie den Eber an und setzte ihren Weg in die Küche fort.

Aus dem Erker kam lautes Kichern. Als sie ihren Augen nun doch das viel zu grelle Morgenlicht zumutete, sah sie Pauline und Lisbeth einträchtig am gedeckten Frühstückstisch sitzen. Beide hatten jeweils die Kaffeetasse erhoben, bewegten sich nicht und sahen aus, als wären sie geradewegs Madame Tussauds Wachsfigurenkabinett entstiegen. Das Einzige, was sie von diesen Wachspuppen unterschied, war das Kichern, das zumindest Pauline kaum unterdrücken konnte. Trotz der Helligkeit zuckten auch Marthas Mundwinkel. Wie gut, dass es ihre Freundinnen waren und kein Einbrecher, dachte sie, wobei sie weniger Angst vor einem Dieb gehabt hätte als davor, dass jemand sie in einem so unvorteilhaften Aufzug zu Gesicht bekam.

»Kaffee auf den Schock?«, fragte Lisbeth und streckte ihr eine Tasse entgegen.

»Unbedingt«, antwortete Martha und schlurfte zu ihren beiden Freundinnen.

Für eine Sekunde fragte sie sich, ob es eine gute Idee gewesen war, Pauline zu sich zu holen und Lisbeth ebenfalls zu erlauben, hier einzuziehen. Sie fühlte sich beinahe wieder so, als wäre sie verheiratet, andererseits hatte Arthur nie von sich aus Kaffee gemacht und ihr davon angeboten. Sie verbesserte sich. Besser, sie wartete ab, wie lange das so blieb. Und vor allem, was für ein Abenteuer ihnen heute bevorstand.

Es war ein ruhiger Tag gewesen. Und Lissi hatte vollkommen recht gehabt, dachte Martha, als sie am frühen Abend den Wasserkocher mit frischem Wasser füllte. Seit sie so viel Tee tranken, experimentierte sie gerne ein bisschen mit den verschiedenen Kräutern aus ihrem Garten, die sie entweder frisch oder getrocknet aufbrühte. Das mit dem Alkohol war wirklich ein bisschen aus dem Ruder gelaufen. Zuerst hatte sie es natürlich nicht eingesehen, irgendetwas an ihren lieb gewonnenen Ritualen zu ändern, aber nachdem Lissi ihr aufgezählt hatte, was da so über den Tag zusammenkam, war sie selbst ein bisschen erschrocken. Morgens ab und zu ein Glas Sekt zum Frühstück, mittags, wenn sie sich mit irgendjemandem in der Stadt zum Essen traf, ein Glas Weißherbst, und abends, wenn sie in ihrem gemütlichen Ohrensessel saß, ein Glas Rotwein. Am liebsten trank sie die Rotweine vom Weingut Wöhrwag in Untertürkheim, und weil jeder in ihrem großen Bekanntenkreis das wusste, bekam sie immer wieder eine Kiste geschenkt. Nun ja, und wenn Willi, Lissi und Pauline zum Bridge kamen, gab es Champagner und ab und zu einen Gin Tonic.

Martha hatte deshalb kein schlechtes Gewissen. Sie war immerhin alt genug, um selbst zu entscheiden, wann und wie viel sie trank, und außerdem war sie nicht, wie Lissi behauptet hatte, abhängig von irgendjemandem oder irgendetwas. Schon gleich gar nicht vom Alkohol. Sie war die Unabhängigkeit in Person. Aber sie schlief zunehmend schlechter, brauchte morgens viel zu lange, um in die Gänge zu kommen, und ihr messerscharfer Verstand, auf den sie so stolz war, hatte sie in letzter Zeit auch immer häufiger im Stich gelassen. An all dem war natürlich Elvis schuld, an den sie immerzu denken musste.

Wäre er nicht verschwunden, wäre alles beim Alten geblieben. Andererseits: Dann wären sie nie auf die Idee mit der Vesperkirche gekommen, Polly hätte nie die Maria bemalt und weder sie noch Lissi wären bei ihr eingezogen. Insofern war es vielleicht ganz gut so.

Sie gab zwei Teemaß ihrer neuesten Mischung in das Sieb der bauchigen Porzellanteekanne und ließ kochendes Wasser darüberlaufen. Lustig, wie blau es zuerst wurde, nur um dann die typische grünliche Kräuterteefarbe anzunehmen. Das lag sicher an der wilden Malve. Oder waren es die Kornblumen? Der Tee sah jedenfalls dank der frischen Gänseblümchen sehr ansprechend aus, dafür roch er ein wenig scharf. Das lag bestimmt an Max' seltsamem Kraut, von dem sie in einem Anfall von Übermut ein paar Blüten hinzugefügt hatte, die sie mit seinen hochoffiziellen Briefen in einer Stofftasche in der Vorratskammer aufgehoben hatte.

Wenn sie ehrlich war, hatte sie nur Minze, Frauenmantel und Ringelblumen ganz sicher beim Ernten erkannt, aber da Juli den kompletten Garten angelegt und auf ihren besonderen Wunsch hin auch den Kräutergarten neu gestaltet hatte, war sich Martha ziemlich sicher, dass nichts Giftiges darunter war.

Selbst, wenn diese merkwürdigen Pflanzen, die erst dort an der sonnenbeschienenen Mauer gewachsen waren, nachdem Max eingezogen war, und die er dann wohl in seiner Wohnung getrocknet hatte, nicht so recht zu dem Arrangement passten. Sie waren riesig, nicht besonders hübsch, die Blüten fühlten sich klebrig an und rochen merkwürdig. Bei ihrem letzten Telefonat mit Juli hatte sie bestätigt, dass Martha sich keine Sorgen machen musste. Die komische Pflanze hatte sie allerdings trotz Marthas umfangreicher Beschreibung nicht erkannt und sie gebeten, ihr bei nächster Gelegenheit ein Foto zu schicken. Das Kraut wuchs wirklich schnell. Als Max vor knapp zwei Monaten so plötzlich ausgezogen war, waren die Pflanzen noch winzig gewesen und jetzt gingen sie Martha schon bis zur Hüfte.

Die sonnige Mauer war ganz sicher der perfekte Platz für … was auch immer es war. Egal. Max schien sich ja auszukennen, sonst hätte er die Blüten wohl nicht so fein säuberlich in Portionstütchen abgepackt, wo er es doch sonst so gar nicht mit der Ordnung hatte. Dass er sie in seinem Schuhschrank vergessen hatte, war natürlich Pech. So oder so, es sah nicht so aus, als würde er bald wieder hier auftauchen, und Martha war nicht der Typ, der etwas verkommen ließ. Wenn das Zeug nur nicht so stinken würde …

Sie goss sich einen kleinen Schluck in einen Becher. Er schmeckte, nun ja, nicht wirklich gut. Aber mit ordentlich Kandis ging es.

Mittlerweile schworen auch Lissi und Pauline auf die Mischung. Es war erstaunlich und großartig, wie entspannt ihre Abende waren, wie viel sie zu lachen hatten und wie gut alle drei anschließend einschlafen konnten. Der Tee war gewöhnungsbedürftig, aber magisch.

Nur noch ein bisschen ziehen lassen, und dann war er fertig. Martha arrangierte vier zur Kanne passende Teetassen auf dem Tablett, denn Willi wollte heute ebenfalls zu ihnen stoßen, ein Schälchen mit Kandis und eines mit diesen hauchdünnen belgischen Keksen, denn aus irgendwelchen Gründen weckte der

Tee sehr zuverlässig ihren Appetit auf Süßes. Besonders Lissi fuhr auf diesen Tee ab, wie Elvis auf diese komischen Katzenduftkissen, die ihr die Verkäuferin jedesmal im Zoobedarfsladen zu ihrer Lieferung Katzenfutter dazugepackt hatte.

Es war kurz nach fünf Uhr. Im Wohnzimmer rief der Kuckuck von Lissis altersschwacher Kuckucksuhr irgendeine absurde Uhrzeit aus und wollte sich gar nicht mehr beruhigen. Martha hörte, wie Pauline dem Kuckuck ein »Halt den Schnabel, blödes Vieh!« zurief, und Lisbeth ihr prompt beleidigt mitteilte, dass man so nicht mit einem Kuckuck sprechen könne. Martha grinste.

Ihr Leben war dank der beiden Freundinnen anstrengender, aber auch sehr viel kurzweiliger geworden, und sie bereute es kein bisschen, ihrer alten Villa wieder Leben eingehaucht zu haben, wenn sie auch auf Lissis – vielmehr Richards – Eberkopf und diesen verrückten Kuckuck hätte verzichten können. Jetzt fehlte nur noch der Kater, und dann war es beinahe perfekt.

Auch Julis Idee mit der Haushälterin, die sie am Anfang für völlig absurd gehalten hatte, war vielleicht doch nicht so schlecht. Martha hatte Platz, sie hatte Geld (genauso wie Lissi) und überhaupt keine Lust mehr, sich um den Haushalt zu kümmern. Ihr Leben lang hatte sie das Gefühl gehabt, beweisen zu müssen, dass sie absolut in der Lage war, alles allein zu managen. Und das war ihr auch gelungen. Alles hatte reibungslos funktioniert, um die perfekte Fassade für das perfektes Image ihres Ehemanns aufrechtzuerhalten. Früher hatte Sonja Hofmann sie dabei unterstützt, wenn mal wieder eine Dinnerparty nach der anderen stattfand, beim wöchentlichen

Großputz und bei der umfangreichen Wäsche, die die ständigen Einladungen mit sich brachten. Genauso wie Mirko, der Gärtner. Der kam mittlerweile nur noch einmal im Jahr zum Baumschneiden, seitdem Martha einen Rasenroboter besaß und Juli darauf bestand, den Rest selbst zu machen. Frau Hofmann war längst in Rente, und offizielle Anlässe gab es keine mehr, genauso wenig, wie irgendwelche Gründe, irgendwem etwas beweisen zu wollen. Also: Warum sollte sie keine Dame einstellen, die all das so viel besser konnte als Martha – und es aus irgendwelchen unerfindlichen Gründen sogar zu ihrem Beruf gemacht hatte?

Jedenfalls war es höchste Zeit, ihre Freundinnen einzuweihen, denn sie hatte die ersten Bewerberinnen bereits eingeladen.

12

Mittwoch, 4. Mai 2022, Canberra

Juli fühlte sich seit Langem endlich einmal wieder vollkommen entspannt. Die letzten Auftritte in Sydney waren wunderbar verlaufen, der *Sydney Morning Herald* hatte sich in seinen Kritiken zu Alexanders Konzert nahezu überschlagen, das Bild, das sie dazu abgedruckt hatten, war eines, das Matt aufgenommen hatte und auf dem Alexander sich selbst unglaublich gut gefiel. Dementsprechend blendend war seine Laune.

Seit vorgestern waren sie nun in Canberra und hatten auch hier alle begeistert. Noch zwei Tage in der Canberra Llewellyn Hall, einem kleinen Theater mit ausgezeichneter Akustik, zwei Tage frei und noch ein paar Tage in Adelaide, dann würden sie Australien wieder verlassen und nach Hongkong weiterreisen.

Wieder hatte sie ein paar Stunden für sich. Sie hatte auf das Frühstück im Hotel verzichtet, sich dafür in einem der Cafés ein Sandwich und einen Flat White besorgt und sich ein Plätzchen auf einer der Bänke in der Nähe des Parlamentsgebäudes am Lake Burley Griffin gesucht, dem See, der wie alles andere in Canberra künstlich angelegt war. Sie genoss die Aussicht und die Sonne des australischen Herbstes, die zwar nicht besonders kräftig schien, aber trotzdem ihre Haut ein wenig wärmte. Von hier aus hatte sie einen guten Blick auf das Ufer, wo es, laut dem Concierge des Ovolo Nishi, ihres äußerst luxuriösen und nahezu schon futuristischen Hotels in der Edinburgh Avenue, auf der anderen Seite des Sees einen Springbrunnen gab, der seine Wasserfontäne über hundertfünfzig Meter in die Höhe schoss. Aber erst ab elf Uhr.

Juli sah auf ihr Handy. Noch dreizehn Minuten.

Für einen Moment schloss sie die Augen. Um sie herum gab es wenig Geräusche. Nur das Brummen des Verkehrs in der Ferne, ein paar Spaziergänger und Jogger und vereinzelt Fahrradfahrer.

Sie atmete tief ein und wieder aus. Köstlicher Frieden. Oder eine emotionale Fata Morgana. Ganz egal. Es fühlte sich großartig an. Martha hatte ihre Idee mit der Haushälterin im Gegensatz zu Julis Erwartungen nicht sofort abgetan, sondern sich tatsächlich darauf eingelassen, ein paar der Bewerberinnen zu empfangen. Sie hatten zwar noch keine passende gefunden, aber das würde schon noch passieren, da war Juli optimistisch. Selbst, wenn die erste mit ihren dreiundzwanzig Jahren in Marthas Augen zu jung gewesen war, die zweite mit Mitte fünfzig dafür zu alt, die dritte – laut Martha – nur darauf aus, sie auszuspionieren, um dann sämtliche Details nach unten in den Kessel und in die Stuttgarter Gesellschaft zu tragen, und die vierte so schmuddelig ausgesehen hatte, dass Martha sie am liebsten gar nicht erst ins Haus gelassen hätte.

Noch einmal nahm Juli einen tiefen Atemzug. Sie würde kommen. Die perfekte Unterstützung für die drei – und auch für sie. Sie musste nur Geduld und Vertrauen haben.

Ihr Handy kündigte eine weitere eingegangene E-Mail in

ihrem extra dafür angelegten Postfach Helpthebridgeladiesand@me.com an. Sie fand es immer noch lustig, auch wenn niemand sonst bisher darüber gelacht hatte. Mal sehen, ob es der nächsten Bewerberin aufgefallen war.

Liebe(r) J. Englaender,

ich habe Ihre Anzeige sehr zufällig entdeckt. Ursprünglich war ich auch nicht wirklich auf der Suche nach einer Stelle in einem Privathaushalt. Aber die drei Damen und auch die Tätigkeit haben mich neugierig gemacht und passen sehr gut zu meiner derzeitigen Lebenssituation. Ich bin zwar keine Haushälterin, aber meinen eigenen Haushalt führe ich schließlich auch schon einige Jahre und gehe davon aus, dass ich alles Weitere durchaus lernen kann. Ich habe lange Zeit in einem sehr renommierten Restaurant in München gekocht, das ich gemeinsam mit meiner Mutter geführt habe, liebe es, auf dem Markt einkaufen zu gehen, habe einen Führerschein, bin es gewohnt, auch die ausgefallensten Sonderwünsche zu erfüllen und dabei freundlich zu lächeln, habe selbst bis vor Kurzem mit meiner Mutter zusammengelebt und mir dabei viele essenzielle Eigenschaften angeeignet, über die man als idealer Gesellschafter älterer Damen verfügen sollte. (Kann Schnittchen, Bridge und mixe einen perfekten Pimm's). Ich bin dreiundvierzig Jahre alt, kinderlos, flexibel, ortsungebunden und habe auch sonst keinerlei Verpflichtungen. Allerdings gehört Miles zu mir, mein Schnauzer-Pudel-Mischling, der nicht haart und sehr gut erzogen ist. Es würde mich sehr freuen, wenn Miles und ich uns einmal vorstellen dürften.

Mit freundlichen Grüßen,

N. Kramer

PS: Sehr gerne hätte ich mir ebenfalls eine passende E-Mail-Adresse zugelegt (hatte Idliketohelp@you.com oder auch Bridgeladies@rule.com im Sinn, musste aber feststellen, dass meine Fähigkeiten eher im Bereich der Nahrungsmittelzubereitung als im Programmieren liegen, also gebe ich auf) und würde mich trotzdem sehr über eine Antwort unter nicola.kramer@cucina.de freuen.

Juli sah lächelnd von ihrem Smartphone auf und zuckte zusammen, als genau in diesem Moment der Springbrunnen begann, seine Fontäne in die Luft zu blasen. Sie lachte auf, als ihr Gesicht ein paar Wassertropfen abbekam, die eine leichte Brise zu ihr herübergetragen hatte. Um sie herum blieben die Leute stehen und bewunderten ebenfalls die Wassersäule, die bis gerade eben noch nicht da gewesen war. Was für ein Spektakel!

In ihrem Bauch kribbelte es vor Freude. Das hier war der perfekte Moment. Die Sonne, das Wasser und dann auch noch diese Nachricht, die ihr so gut gefiel. Schon beim Lesen hatte sie eine Verbindung zu dieser Nicola gefühlt. Aber das war auch kein Wunder: Wer antwortete bitte so ausführlich auf eine Stellenanzeige? Keine andere Bewerberin war bisher auf die E-Mail-Adresse eingegangen oder hatte Bridge erwähnt. Es war immer nur um den Job und die Referenzen gegangen – aber dieser Nicola ging es offensichtlich um die Menschen.

Juli schmunzelte. Sie war nicht halb so gut ausgebildet wie all die anderen Bewerberinnen, hatte keine Zeugnisse von anderen Haushalten vorzuweisen, und sie täuschte sich ganz sicher, wenn sie dachte, dass man für eine Tätigkeit als Haushälterin nicht wirklich etwas können musste, das hatten ihr die Mails von den anderen Damen bewiesen. Angefangen von der kompletten Organisation, Planung und Abrechnung eines Haushaltes (was sich Martha sicher nicht aus den Händen nehmen lassen würde), hatten ihr die Bewerbungen gezeigt, dass es auch durchaus Profis im Bereich der Wäsche und des Hausputzes gab. Aber letztendlich wollten weder Juli noch Martha jemanden, der den dreien komplett das Leben aus den Händen nahm. Sie sollten sich nur nicht mehr um das Kochen und Einkaufen kümmern müssen und jemanden haben, der ein Auge auf alles hielt. Sie selbst eingeschlossen. Und die darauf achtete, dass die Dinge … ein wenig vorhersehbarer wurden.

Die wichtigste Eigenschaft, die diese Nicola mitbrachte, war in Julis Augen ihr Humor, das hatte ihr Postskriptum bewiesen, und den würde sie vermutlich auch sehr viel dringender brauchen als die Fähigkeit, Bettwäsche zu mangeln. Und anpassungsfähig war sie auf jeden Fall auch. Sonst wäre sie sicher nicht in der Lage gewesen, mit ihrer Mutter zusammenzuarbeiten. Wenn Juli da an ihre eigene dachte … Nein, Nicola schien mehr als perfekt.

Aufgeregt googelte Juli ihr Restaurant. Die Lobeshymnen auf der Internetseite des La Cucina zeigten, dass Nicola nicht nur gekocht hatte – sie hatte die Gäste mit ihren Kochkünsten glücklich gemacht. Leider gab es dort zwar unendlich viele Fotos von den liebevoll angerichteten Speisen, aber kein einziges von der Köchin selbst. Dabei war Juli durchaus neugierig auf die Frau, die ihr schon in ihrer ersten E-Mail so sympathisch gewesen war und freiwillig ein Leben wie das ihre in München gegen eine Haushälterinnenstelle bei den Bridge-Ladies in Stuttgart eintauschen wollte. Und das, obwohl Juli bei der Beschreibung des rüstigen Trios nichts beschönigt hatte. Gab es etwa einen Haken?

Selbst der Hund war in Julis Vorstellung kein Problem, aber das mussten die Bridge-Ladies selbst entscheiden. Nicola klang jedenfalls so nett, verständnisvoll und witzig, dass Juli es beinahe schade fand, nicht selbst in der WG zu wohnen, und sie drückte sich selbst ganz fest die Daumen, dass Nicola Kramer der Mensch war, auf den sie so lange gewartet hatte.

13

Mittwoch, 11. Mai 2022, Stuttgart

Es war kurz vor vierzehn Uhr, als Nic mit Miles in Stuttgart ankam. Zuerst wollte er den Hund bei Steffen lassen, aber dann hatte er doch beschlossen, ihn mitzunehmen. Es machte ja nicht wirklich Sinn, sich ohne ihn vorzustellen. Außerdem war es ihm zwar immer noch wichtig, einen guten Eindruck zu hinterlassen, denn mittlerweile wollte er die Stelle unbedingt, aber natürlich würde er sie nur annehmen, wenn auch Miles hier glücklich war.

Er hatte zwar den Haupteingang in der Leibnizstraße genommen, aber auf der anderen Seite der Villa im Sternsingerweg geparkt, wo es viel mehr Parkplätze gab. So hatte er die Möglichkeit gehabt, sich noch ein bisschen zu sammeln und den unglaublichen Blick über die Stadt zu genießen. Er musste zugeben, dass er Vorurteile gehabt hatte, was Stuttgart betraf. Für hässlich und verbaut hatte er es gehalten und mit »Stuttgart 21« Opfer einer Dauerbaustelle. Aber direkt vor ihm schmiegten sich Schrebergärten an den Hang, und von hier oben sah man außerdem die anderen umliegenden grünen Hügel, die die Stadt einschlossen und an deren Hängen viele weitere prachtvolle alte Villen standen. Nein, es war nicht

München. Und das war völlig okay. Denn um so eine Aussicht zu haben, musste man in seiner Heimatstadt entweder auf den Alten Peter, den Turm der St. Peterskirche hinter dem Marienplatz, auf den Olympiaturm oder auf die Galerie vom neuen Rathaus steigen. Die Aussicht war somit schon mal eine großartige Überraschung, und wer wusste schon, was noch alles in dieser Wundertüte aus der Stellenanzeige steckte?

»Also, Miles – dann klingeln wir mal«, sagte er zu seinem Hund und drückte auf den Knopf der Gegensprechanlage. Ohne dass er seinen Namen sagen musste, öffnete sich brummend das Tor.

Er war aufgeregt. Das hier musste einfach gut werden. Warum, wusste er selbst nicht so ganz genau. Aber in seiner Fantasie war er im Grunde schon eingezogen. Wenn er am Anfang noch verhalten gewesen war und die Mail mehr oder weniger ein Versuch, sich selbst aus der Lethargie zu reißen, so hatte er beim Schreiben mit Juli – so weit, dass sie ihm ihren Vornamen verraten hatte, waren sie schon mal – festgestellt, dass er diesen Job unbedingt wollte. Sie hatte ihm Fotos von den drei Damen geschickt, anhand derer er sie identifizieren können sollte. Da war die ausgeflippte Pauline Englaender mit den roten Locken. Lisbeth Hengenreuder mit der praktischen Kurzhaarfrisur und dem Tweedkostüm und schließlich die Besitzerin des Hauses und – laut Juli – Grande Dame der Stuttgarter Gesellschaft, immer tadellos und vornehm gekleidet, perfekt geschminkt und frisiert mit einem leicht missbilligenden Gesichtsausdruck – Martha von Hellbach. Vor ihr hatte er ein wenig … Respekt. Aber wenn Juli, die wohl ein besonders enges Verhältnis zu ihr hatte, sagte, dass sich hinter all ihrer Strenge ein Herz aus Gold verbarg, dann würde es wohl stimmen. Hoffentlich.

Dass dem Hund der Garten der Villa gut gefiel, war offensichtlich. Kaum hatte Nic das weiße Gartentor aufgeschoben, war Miles schnüffelnd durch den Vorgarten gerast. Nic lächelte. Das hier war aber auch ein Paradies! Mit großer Freude entdeckte er die Zierkirsche, die zu seiner Rechten bereits blühte und ihn an den Eingang des La Cucina erinnerte, und die prächtige Linde zu seiner Linken, unter der eine Bank zum Sitzen einlud. Was für ein schöner Platz! Entlang des gepflasterten Gartenweges, der sich weiter vorne zu einem runden Platz öffnete, auf dem ein kleiner Springbrunnen stand, wuchs eine sattgrüne Buchshecke, und weiter vorne, wo zwei Stufen zum überdachten Eingang hochführten, standen große weiße Kerzen in Holzlaternen. Seine Mutter wäre begeistert. Alles war sehr stilvoll arrangiert, nichts wirkte überfrachtet und anhand der vielen grünen Gräser und Blättchen, die sich überall nach draußen wagten, konnte Nic sehen, dass es hier im Sommer bunt und prächtig zugehen würde. Der Garten war liebevoll gepflegt, aber nicht übertrieben zurechtgestutzt.

»Nicht schlecht, was?«, sagte er grinsend zu Miles, der schwanzwedelnd wieder zu ihm zurückgekehrt war.

Gemeinsam gingen sie die letzten Schritte bis zur Eingangstür

Von innen hörte Nic schnelle Schritte und irgendjemanden, der ziemlich laut sprach. Miles versteckte sich vorsichtshalber hinter ihm. »Feigling«, konnte Nic gerade noch raunen, da wurde die Tür auch schon aufgerissen. Eine ältere Dame sah sich hektisch draußen um und pustete sich dabei eine graue Haarsträhne aus der Stirn, die sich aus ihrem auch sonst ziemlich aufgelösten Knoten befreit hatte. Sie trug eine weiße Schürze und atmete so schnell, als wäre sie ein paar Stunden gejoggt. Aufgeregt wedelte sie mit den Händen vor ihrem Gesicht, was durchaus Sinn machte, denn aus dem Haus kam ein durchdringender Geruch nach irgendetwas ziemlich Verkohltem.

»Oh!«, sagte sie, als ihr Blick auf Nic fiel.

Sie runzelte die Stirn. Auch, wenn sie ansonsten nicht viel mit der Person auf dem Foto gemeinsam hatte, ging Nic davon aus, dass es sich um Martha handeln musste. Wenn auch in einer … etwas … derangierten Verfassung.

»Frau von Hellbach?« Mit ausgestreckter Hand machte er einen Schritt auf sie zu. Miles winselte und versteckte seine Schnauze zwischen seinen Pfoten.

»Nein!« rief sie und zeigte empört auf Nics Hand. »Nicht anfassen!«

»Äh, wie bitte?«

»Mich. Also mich anfassen.« Sie riss die Augen weit auf. »Ich glaube … ich glaube, ich bin elektrisch!« Sie verschränkte die Arme vor der Brust und schüttelte den Kopf. »Das ist alles die Schuld von diesem blöden Kuckuck!« Plötzlich zuckte sie zusammen, drehte sich einmal um die eigene Achse und verschwand im Inneren des Hauses.

»Entschuldigen Sie bitte, wer auch immer Sie sind, aber jetzt gerade passt es sehr schlecht!«, rief sie Nic über die Schulter zu.

Okay. Das war … definitiv eine Überraschung, auch wenn

er noch nicht so richtig einschätzen konnte, ob es eine der guten Sorte war.

Nic machte einen Schritt in Richtung Haustür, blieb dann aber ratlos stehen. Sollte er ihr hinterhergehen? Die Polizei anrufen? Oder vielleicht Juli? Sie hatte ihm gesagt, dass sie heute in Hongkong sein würde und eher schlecht zu erreichen, also war das vermutlich keine allzu gute Idee. Er entschied sich, zumindest mal die Diele zu betreten, die, wie alles andere in dieser Villa, riesig war.

»Ich brauche weder Mulch für den Garten oder ein Abonnement der *Stuttgarter Zeitung*, das habe ich nämlich schon, noch Katzenfutter, was sehr schade ist«, hörte er Martha von Hellbach aus dem Inneren des Hauses rufen. »… aber es macht ja keinen Sinn, Katzenfutter zu kaufen, wenn Elvis fort ist. Ich hoffe, er ist nicht tot.«

»Frau von Hellbach?«

Vorsichtig machte Nic ein paar Schritte in die Richtung, aus der ihre Stimme kam. Wenn sie glaubte, dass Elvis noch leben könnte, dann sollte er vermutlich eher einen Arzt anrufen, wenn er denn wüsste, was für einen. Er sollte Juli sagen, dass es mit Hilfe im Haushalt nicht getan war, und diesen Job auf keinen Fall annehmen. Er sollte nach München zurückkehren, solange er die Wohnung noch nicht aufgegeben hatte, und sich etwas suchen, das seinen Fähigkeiten – und unbedingt auch seinen Nerven – entsprach, und froh sein, dass er nicht darauf angewiesen war, in diesem Haus, mit dieser Verrückten und unter diesen Umständen zu leben.

Trotzdem zog er vorsichtshalber die Schuhe aus. Sogar hier im Flur lagen kostbare Teppiche, die man sicher besser nicht mit Straßenschuhen betrat. Überall hingen Gemälde von irgendwelchen Personen in schweren Bilderrahmen. Nic vermutete, dass es sich hierbei um die Ahnengalerie derer von Hellbach handeln könnte, aber bevor er genauer hinsehen oder sich für eine der vielen Türen entscheiden konnte, die von diesem Gang abgingen, stand Martha von Hellbach plötzlich wieder vor ihm und starrte auf seine Socken. Er schlug sich innerlich gegen die Stirn dafür, dass er ausgerechnet heute die mit den Burgern drauf ausgesucht hatte, aber das ließ sich nun auch nicht mehr ändern.

»Sie haben die Schuhe ausgezogen!«, sagte sie und zeigte auf seine Füße.

»Ja, das … ich … entschuldigen Sie, aber …«

Nic schwitzte. Wenn er sich getraut hätte, wäre er vermutlich davongerannt.

Der verbrannte Geruch war ein bisschen milder geworden, aber dafür knallte irgendwo im Inneren des Hauses eine Tür. Sofort begann der Kuckuck einer Uhr laut und scheppernd zu rufen. Frau von Hellbach schnaubte.

»Ich hasse diese Uhr!«, sagte sie. »Dieser Kuckuck macht mich noch völlig irre! Es ist vierzehn Uhr achtundzwanzig!« Sie zeigte anklagend auf die Tür, hinter der Nic den Kuckuck vermutete. »Warum schreit das Vieh da so? Es gibt doch überhaupt keinen GRUND?!«

Auch Frau von Hellbach war ziemlich laut geworden, was letztendlich nachvollziehbar war, denn es brauchte schon ein wenig Stimme, um den Kuckuck zu übertönen.

»Ja, ich … also …«

Nic war völlig überfordert, spürte aber gleichzeitig, wie

tief in ihm ein völlig albernes Kichern aufstieg, das er vergeblich zu unterdrücken versuchte. Ein wenig fühlte es sich zu allem Überfluss auch noch an, als müsse er niesen. Auch Miles schien kein Fan vom Kuckuck zu sein, denn während der noch aus voller Kehle rief, begann sein Hund hingebungsvoll zu jaulen. Da war es um Nic geschehen. Er prustete los. Tränen liefen ihm über die Wangen, und als er Frau von Hellbachs konsternierten Gesichtsausdruck sah, musste er noch mehr lachen.

»Entschuldigung!«, japste er und wischte sich die Tränen aus den Augenwinkeln. »Entschuldigung! Ich … ich …« Und schon musste er wieder lachen. »Es tut mir leid … aber ich …«

Und da passierte etwas völlig Unvorhergesehenes: Martha von Hellbach lachte mit.

Nachdem der Kuckuck gefühlte fünfunddreißigmal gerufen, Miles zu jaulen aufgehört hatte und sowohl Nic als auch Frau von Hellbach sich wieder beruhigt hatten, war es plötzlich ziemlich still. Dieses gemeinsame Lachen hatte eine merkwürdige Verbundenheit zwischen ihnen hergestellt, die beide verlegen machte. Was auch immer zu alldem geführt hatte – Nic konnte nicht mehr einfach so gehen.

Frau von Hellbach räusperte sich und strich sich die verirrte Strähne aus dem Gesicht. »Sie müssen dieses Chaos entschuldigen«, sagte sie, als hätte sie selbst absolut nichts damit zu tun, und zog ihre Schürze glatt. Dabei fiel ihr Blick wieder auf Nics Socken und sie sah ihn streng an. »Ernsthaft? Burger?«

»Äh, ja … das … war ein Geschenk«, stammelte Nic.

»Nun gut. Geschmäcker sind wohl verschieden.« Sie runzelte für einen Moment die Stirn. »Ich brauche trotzdem nichts und ich habe auch keine Zeit. Nicht, dass es Sie etwas angeht, aber meine Freundinnen sind gleich wieder aus der Stadt zurück, ich erwarte außerdem jeden Moment Besuch, und um fünf kommen die Damen und Herren vom Kunstverein. Ich habe noch einiges vorzubereiten und bin schon sehr spät dran. Also, wenn es Ihnen nichts ausmacht …?«

Sie zeigte den Gang entlang in Richtung Haustür, vor der Miles immer noch ausharrte.

»Niedlicher Hund.« Ein kurzes Lächeln erschien auf ihrem Gesicht, das sofort wieder verschwand.

»Oh. Danke. Das ist Miles. Und gut, dann … ich … aber … wir waren allerdings auch verabredet.«

»Waren wir …?« Sie kniff die Augen zusammen. »Nein, das glaube ich nicht, junger Mann. Wenn Sie es genau wissen wollen: Ich erwarte unsere zukünftige Haushälterin. Dringend. Sie sehen ja, dass hier Not am Mann ist, vielmehr an der Frau.« Sie hatte sich schon von ihm weggedreht.

»Ich bin die Haushälterin«, sagte Nic und lächelte. »Vielmehr, der Haushälter, wenn es das überhaupt gibt. Nicola »Nic« Kramer, zu Ihren Diensten.« Er verbeugte sich. Martha von Hellbachs steifes Auftreten war ansteckend. »Und Miles.« Er zeigte auf seinen Hund, der wohl bemerkt hatte, dass über ihn gesprochen wurde, und endlich aufgestanden war.

Martha von Hellbach war vermutlich selten sprachlos. Aber nun hatte sie sich auf dem Absatz umgedreht und starrte ihn mit offenem Mund an. Sie hatte wohl mit allem gerechnet, aber nicht mit einem männlichen Bewerber. Ihr Erstaunen sorgte dafür, dass sein Selbstbewusstsein zurückkehrte. Sie war beeindruckend, wenn nicht furchteinflößend, das stimmte. Aber auch sie war ein Mensch, was Nic sehr beruhigend fand, und vielleicht doch nicht ganz so verrückt, wie befürchtet – wenn auch die Sache mit Elvis noch zu klären wäre.

»Zu meinen Diensten«, wiederholte sie nun, ohne sich allerdings vom Fleck zu rühren. Beinahe hätte Nic wieder angefangen zu lachen.

»Wie auch immer: Sie haben ja gerade selbst gesagt, es sei Not am Mann.« Er zuckte mit den Schultern. »Also, hier bin ich. Wie kann ich helfen?«

»Da sind Sie.« Sie starrte ihn immer noch an.

»Äh, ja, da … bin ich.«

Es wurde nicht wirklich weniger merkwürdig, wenn man es oft wiederholte, so viel stand schon mal fest. Aber dann kam plötzlich Leben in Martha von Hellbach. Sie sah auf die Uhr und fuhr sich dann hektisch durch das Haar, was es nicht wirklich besser machte.

»Wo habe ich denn meinen Kopf? Während wir hier plaudern, zerrinnt mir die Zeit zwischen den Fingern, und jetzt ist es noch später als vorhin!« Sie schüttelte den Kopf. »Um fünf kommen immer noch die Damen und Herren zur jährlichen Zwischenversammlung vom Kunstverein hierher, und nicht eine einzige Quiche ist fertig! Dafür sind die Soufflés zusammengefallen, die halbe Küche ist abgebrannt, den Kuckuck hat immer noch niemand aus seiner Uhr geschossen und … hier steht ein … ein … Mann!« Anklagend zeigte sie auf Nic.

»Stimmt. Ich bin ein Mann.« Er machte ein paar Schritte in Richtung Ausgang.

»Wo wollen Sie denn hin?« Frau von Hellbachs Stimme klang mehr als verzweifelt. »Herr Kramer? Sie können doch jetzt nicht gehen, nur weil Sie ein Mann sind!«

Nic drehte sich zu ihr um und setzte das beruhigende Lächeln auf, das er auch immer dann nutzte, wenn sich ein Gast im La Cucina beschwerte. Selbst wenn ein Gericht perfekt zubereitet war, kam so etwas leider ab und zu vor. Wenigstens hatte Nic dabei gelernt, sich nicht sofort aus der Ruhe bringen zu lassen und die Kritik nicht persönlich zu nehmen. Es hatte noch nie ein Problem im La Cucina gegeben, das sich nicht mit einem Espresso oder einem selbst gemachten Limoncello hätte lösen lassen. Hier lagen die Dinge ein wenig anders, aber auch das ließ sich in Ordnung bringen.

»Na, ich hole meinen Hund, damit wir endlich die Haustür zumachen können. Dann hänge ich meine Jacke irgendwo auf, und anschließend gehen wir in die Küche und bereiten ein paar Dinge für Ihre Zwischenversammlung vor.«

Er grinste, als Frau von Hellbach laut und sehr erleichtert ausatmete.

»Ist das Ihr Ernst?« Sie griff nach seinem Arm. »Herr Kramer, Sie schickt der Himmel«, sagte sie und ging den Gang entlang in Richtung Küche.

»Nein, Juli Englaender«, murmelte Nic, aber so leise, dass Frau von Hellbach ihn nicht hören konnte.

Die Küche sah nicht ganz so schlimm aus, wie er befürchtet hatte. Gut, Frau von Hellbach hatte ein ziemliches Chaos angerichtet und die Soufflés waren nicht zusammengefallen, sondern im Gegenteil komplett übergelaufen und die Eimasse war schwarz und verkohlt, was auch den Gestank erklärte. Ihre vermeintliche elektrische Aufladung war vermutlich Einbildung und lag vielleicht einfach daran, dass sie mit ihren extravaganten Pantoffeln die ganze Zeit hektisch über den Teppichboden hin und hergelaufen war, denn als sie ihn am Arm gefasst hatte, war rein gar nichts passiert.

Nic sah mit einem Blick, dass die Küche sehr modern und hochwertig und beinahe so umfangreich ausgestattet war wie seine eigene im La Cucina, und er fühlte das Kribbeln in seinen Fingern, als er sich für einen Augenblick vorstellte, was er hier alles kochen konnte.

Durch die Glastür, die an der Frontseite neben dem großen Waschbecken nachträglich in die Wand geradeaus eingebaut worden war, konnte man einen Blick in den prachtvollen Garten werfen. Sonnenstrahlen fielen hindurch und auf den Boden mit den wunderschönen alten, schwarz-weißen Schachbrettfliesen, den der umsichtige Küchenplaner glücklicherweise im ursprünglichen Zustand belassen hatte, und ließen Mehlstaub in der Sonne tanzen. Links von ihm befanden sich deckenhohe weiße Küchenschränke, ein großer integrierter Kühlschrank und die Tür zur Speisekammer, wie Nic vermutete. Rechts von ihm nahm eine lange Granitplatte die eine Hälfte der Küche ein und die andere ein großer Gasherd mit fünf Kochfeldern und dem Backofen darunter. Daneben gab es einen breiten Durchgang in das angrenzende Esszimmer, wo Nic einen schweren Eichentisch mit acht Stühlen ausmachen konnte.

Das Chaos konnte er später beseitigen. Jetzt musste er sich erst einmal einen Überblick verschaffen.

»Darf ich?« Er zeigte auf den Kühlschrank.

»Oh, bitte, bitte! Unbedingt!« Frau von Hellbach nickte eifrig. »Es gibt hier nichts zu verbergen.«

Als er die Tür öffnete, hätte er beinahe laut aufgelacht. Die Küche mochte in einem eher chaotischen Zustand sein, aber der Kühlschrank war sauber, aufgeräumt und vor allem perfekt sortiert. Alles hatte seinen Platz. Und wer auch immer diesen Kühlschrank befüllte, hatte einen exklusiven Geschmack.

Nic nahm ein Döschen Kaviar aus einem Fach und drehte es in den Händen, bevor er es auf die Ablage stellte. Im Gemüsefach fand er zwei Bund Lauchzwiebeln und in einer Plastikdose hauchdünnen, luftgetrockneten Schinken. Zu seiner Freude entdeckte er außerdem geräucherten Lachs und zwei Töpfchen mit Crème double in der Seitentür. Er rieb sich die Hände. Immer, wenn er eine Zutat in den Händen hielt, summte es in ihm vor Freude, und die gesamte Nic-Kramer-Enzyklopädie der wunderbaren Köstlichkeiten erschien vor seinem inneren Auge. Er wusste längst, was er für die Damen und Herren des Kunstvereins zaubern wollte.

»Gibt es irgendwo noch ein paar Eier, oder haben Sie die alle abgefackelt?«, fragte er, während er sich zu Frau von Hellbach umdrehte.

Sie lehnte am Türrahmen und beobachtete ihn. »Sehr witzig«, brummte sie und zeigte auf eine Tür neben ihm, wo sich ein Apothekerschrank ausziehen ließ. »Ich habe Sie um Hilfe gebeten, nicht um einen Scherz auf meine Kosten«, murmelte sie, aber Nic konnte sehr wohl sehen, dass dabei ein Lächeln an ihren Mundwinkeln zupfte.

Die nächste Stunde war Nic völlig mit sich selbst und den Dingen, die er zubereiten wollte, beschäftigt. Er nahm wohl wahr, dass Frau von Hellbach irgendwann ihren Beobachtungsposten verließ. Er hörte, wie sie mit Miles sprach und ihn in den Garten ließ, wofür Nic ihr sehr dankbar war. Er bemerkte durchaus, dass sie irgendwann zurückkam und ihm wortlos ein Glas Wasser mit einer Limettenscheibe darin auf die Arbeitsplatte stellte, und er sah, dass sich kurz darauf zwei weitere Damen nebeneinander in die Türöffnung drängten, wovon er eine dank ihrer knallroten Locken als Pauline Englaender identifizierte. Demnach musste die andere Lisbeth Hengenreuder sein. Er grüßte kurz und schmunzelte, als er bemerkte, dass eine kleine Rangelei entstanden war, als auch noch Frau von Hellbach hinzukam, die dann schließlich die beiden mit der Aufforderung davonscheuchte, schon mal im Wohnzimmer alles vorzubereiten. Insgeheim hatte er sie längst »den Feldwebel« getauft und er biss sich auf die Lippe, um nicht über seinen eigenen Scherz zu lachen.

Es war halb fünf, als er so gut wie fertig war. Für den Kaviar hatte er kleine Blinis gebacken, die er nur noch in der Pfanne warm halten musste. Im Original waren sie zwar aus Buchweizenmehl, aber zur Not ging auch Weizen, in das er ein wenig Roggen gemischt hatte. Auf einem kleinen Silbertablett hatte er eine mit Eis gefüllte Glasschale platziert, in der das Döschen mit Kaviar perfekt zur Geltung kam. Für die, die fanden, dass Kaviar nur mit leicht gebuttertem Toast gegessen werden durfte, hatte er den Toaster bereitgestellt und Weißbrotscheiben in Dreiecke geschnitten. Ein Silberkörbchen, in das er eine feine Damastserviette gebreitet hatte, stand auch schon bereit. Dazu konnten die Gäste entweder Champagner trinken oder einen Grey Goose Vodka, den er auf Eis gelegt hatte.

Aus Mehl, einem Ei, Olivenöl und Salz hatte er einen hauchdünnen Boden und aus Frühlingszwiebeln, Schmand und Serranoschinken den perfekten Belag für einen großen Flammkuchen gezaubert, den er nun in mundgerechte Stücke geschnitten, mit gläsernen Spießchen bestückt und auf einem Holzbrett arrangiert hatte, sodass die Gäste nur zugreifen mussten. Frau von Hellbach hatte recht: In dieser Küche gab es wirklich alles. Das Highlight aber waren seine mit Räucherlachs gefüllten Spinat-Omeletts, die er ebenfalls in kleine Röllchen geschnitten hatte. Beim Anblick der Speisen lief ihm selbst das Wasser im Mund zusammen. Lächelnd räumte er seine und Frau von Hellbachs Unordnung auf. Das erste Mal seit Langem war er so richtig stolz auf sich. Es war ihm unter nicht ganz leichten Bedingungen gelungen, ein komplettes Büfett auf die Beine zu stellen. Er konnte und liebte es nach wie vor. Aber er wollte nicht nur kochen, sondern auch andere damit glücklich machen, und er wollte sehen, wie sie sich über seine Speisen freuten.

In diesem Fall hatte er wohl alles richtig gemacht, denn Martha von Hellbach hatte sich neben ihn gestellt und betrachtete voller Staunen das, was Nic da gezaubert hatte.

»Wie haben Sie das gemacht?«, fragte sie und zeigte auf die einzelnen Tabletts.

»Das habe ich mit einem Kochlöffel gemacht.« Er grinste.

»Sie … das …« sie streckte die Hand nach einem der Röllchen aus.

»Nicht naschen!«, sagte Nic und hob den Zeigefinger. Erschrocken zog sie ihre Hand zurück, und Nic musste lachen.

»Entschuldigung. Ich wollte sie nicht erschrecken.« Verschwörerisch zog er ein kleines Tellerchen zu sich her, das er hinter dem Toaster versteckt hatte. »Altes Küchenmeistergeheimnis: Immer was zum Probieren übrig lassen. Sonst wird man ja völlig verrückt.« Er grinste und hielt ihr den Teller hin, auf dem er ein paar nicht ganz so wohlgeratene Röllchen und die Ecken vom Flammkuchen aufgehoben hatte. Als sie dieses Mal die Hand danach ausstreckte, lächelte er ihr aufmunternd zu. »Wir müssen doch vorher wissen, ob das, was wir den Gästen anbieten, auch so gut schmeckt, wie es aussieht.« Er steckte sich ebenfalls ein Stück Flammkuchen in den Mund. »Perfekt«, sagte er genießerisch. Ein halbes Röllchen folgte.

»Unglaublich.« Frau von Hellbach tupfe sich mit einer Serviette die Mundwinkel ab.

Mit den Röllchen war Nic allerdings nicht ganz so zufrieden. »Es fehlt ein wenig Dill«, sagte er und zuckte mit den Schultern. »Aber da kann man nichts machen. Den gibt's eben erst im Mai.«

Frau von Hellbach lächelte. »Ja, aber da haben Sie dann Ihren eigenen. Gleich hier vorne«, sie zeigte zur Glastür hinaus in den hinteren Teil des Gartens. »In Ihrem persönlichen Kräutergarten. Also, wenn Sie wollen.« Nun sah sie beinahe ein bisschen schüchtern aus.

»Sie wollen mich also einstellen?«, fragte er und spürte, wie die Aufregung von vorhin zurückkam.

»Ja, das will ich. Und nicht nur wegen …« Sie wies auf all die

Köstlichkeiten. »Sie hatten den Job schon, als Sie noch nicht mal in der Küche waren.«

»Ach ja?«

»Sie waren der Einzige, der die Schuhe ausgezogen hat«, sagte Martha von Hellbach zufrieden, bevor sie auf seine Füße zeigte. »Auch, wenn Ihre Socken wirklich schrecklich sind.«

»Tja, daran kann man arbeiten.« Nic grinste.

»Muss man auch«, gab Martha ebenfalls grinsend zurück, bevor sie die Arme vor der Brust verschränkte und ihn abwartend ansah. »Also, wie sieht es aus: Wollen Sie den Job?«

Nic spürte, dass sie ihre Aufregung zwar sehr gut kaschierte, aber dennoch voller Spannung auf seine Antwort wartete.

»Dill im Mai ist immer gut«, antwortete er lächelnd und trocknete das letzte Brett ab.

»Danke«, sagte Frau von Hellbach leise. »Sie haben mich gerettet.«

»Gern geschehen«, antwortete Nic. Und das war es wirklich.

»Ich kann Ihnen versichern, dass es hier normalerweise sehr viel ruhiger zugeht«, sagte Martha von Hellbach beim Abschied.

Nic lachte. »Das finde ich beinahe ein bisschen schade.«

»Ah, ja? Gut, dann warten Sie mal ab, bis Sie Polly kennengelernt haben, da ist durchaus noch die eine oder andere Überraschung möglich.«

»Ich freue mich darauf.«

»Wenn Sie es sagen?« Sie sah ihn skeptisch an, aber Martha von Hellbachs strenger Blick brachte Nic nicht mehr aus der Fassung.

»Na dann, herzlich willkommen in der Villa von Hellbach, Nicola Kramer. Ihre Wohnung und alles andere zeige ich Ihnen dann beim nächsten Mal in Ruhe. Wann können Sie anfangen?«

Nic überschlug, wie lange er zum Ausräumen seiner Wohnung brauchen würde. Nachdem er nach Linda nie richtig eingezogen war und viele seiner Habseligkeiten sich nach wie vor in ein paar Umzugskisten im Keller befanden, musste er nur jemanden finden, der mit ihm seine Möbel in den La-Cucina-Transporter lud, und es konnte losgehen.

»Wie wäre es mit Montag?«

Am liebsten wäre er einfach geblieben. Aber es machte auch nichts, noch einmal fahren zu müssen. Er freute sich schon jetzt darauf zurückzukehren. Anzukommen. Gebraucht zu werden und das Gefühl zu haben, etwas wirklich Sinnvolles, Abwechslungsreiches zu tun. Und dass es unterhaltsam und abwechslungsreich werden würde, davon ging er aus. Es war nicht das Ritz, kein Restaurant mit Haube, nichts für sein persönliches Renommee oder seine Karriere als Küchenchef, aber vielleicht war es genau deshalb so perfekt.

Ganz gleichgültig, für was es tatsächlich gut war, noch nie hatte sich eine Entscheidung so richtig angefühlt.

Danke, Juli Englaender, dass du mich gerettet hast, auch wenn du das vielleicht gar nicht wusstest, dachte er und nahm sich vor, ihr sofort zu schreiben, wenn er wieder in München war.

14

Montag, 16. Mai 2022, Stuttgart

»Hey, Juli«, schrieb Nic. Er hatte es sich auf dem hellgrauen Sofa gemütlich gemacht, das zu seiner neuen Wohnung gehörte. *»Entschuldige bitte, dass ich dir erst jetzt schreibe, aber die letzten Tage waren eben doch aufregender als gedacht. Ich war wirklich davon überzeugt, dass ich nur ein paar Habseligkeiten in meinen Van werfen, nach Stuttgart ziehen und dort einfach loslegen könnte. Keine große Sache. Aber dann war es doch gar nicht so leicht, den Ort zu verlassen, an dem man so lange – vielmehr immer schon – gelebt hat. Es ist ein Abschied von so viel mehr als einem Ort: Ich werde die Straßen nicht mehr jeden Tag gehen, die mir so vertraut sind, dass ich gar nicht mehr darüber nachgedacht habe. Die Geräusche nicht mehr hören, die der Soundtrack zu meinem Leben sind, die Menschen nicht mehr grüßen, die ich gar nicht kenne, die aber Tag für Tag an mir vorbeigegangen sind. Klinge ich sentimental? O ja. Das bin ich auch. Es wäre ja furchtbar, wenn ich mein altes Leben einfach so hinter mir lassen würde, ohne zurückzuschauen. Immerhin habe ich dreiundvierzig Jahre hier verbracht, und es waren ein paar sehr lustige und schöne dabei. Trotzdem war es Zeit, aufzubrechen und neu anzufangen. Ein bisschen fühlt es sich an, als hätte ich nicht nur München, sondern auch mich zurückgelassen. Mein altes Ich zumindest. Verstehst du, was ich meine? Als*

wäre Nicola Kramer, der Mensch, den ich so gut kannte, dort geblieben und ein neuer hier in Stuttgart angekommen. Ich weiß, das hier wird mich verändern – ich werde mich verändern. Ob das gut oder schlecht ist? Das weiß ich wiederum nicht. Das Einzige, was ich weiß, ist, dass ich mich darauf freue. Lustigerweise bist du schon jetzt ein Teil davon, denn dir habe ich das alles zu verdanken. Und vielleicht bist du auch die Einzige, die mich verstehen kann. Schließlich hast du das alles ja auch schon hinter dir und führst ein Leben, bei dem ich mich frage, ob das hier vielleicht gar nicht mehr deine Heimat ist, sondern die Ferne? Entschuldige, wahrscheinlich steht mir diese Frage gar nicht zu. Immerhin kennen wir uns kaum. Aber ich hoffe, dass sich das bald ändern wird, sobald du hier bist. Ich sehe es schon vor mir, wie wir hier nebeneinander auf der Bank sitzen und Miles dabei beobachten, wie er dem Ball nachjagt, den Lissi ihm zuwirft, ohne müde zu werden. Ich könnte dir ein Bier anbieten oder einen Weißwein, wenn du den lieber magst, und wir würden einfach sitzen bleiben und dabei zusehen, wie die Schatten im Garten langsam länger werden und die kleinen Lichter in der Linde angehen, die du dort so kunstvoll aufgehängt hast. Das wollte ich dir sowieso sagen: Dieser Garten ist pure Liebe!

Ganz ehrlich, Juli, ich weiß, die Welt ist bunt und groß und schön – aber einen schöneren, friedlicheren Ort als diesen Garten wirst du vermutlich nirgends finden.

Ganz liebe Grüße, Nic

Nic drückte auf Senden, ohne noch einmal darüber nachzudenken.

Er nahm einen großen Schluck Bier und kratzte sich grinsend am Kopf. Das waren … eindeutig mehr Worte, als er normalerweise an einem einzigen Tag insgesamt sprach – und schrieb sowieso. Aber es hatte einfach gutgetan, jemandem einmal alles zu sagen, was ihm im Kopf und Herzen herumschwirrte. Selbst, wenn man diesen jemand gar nicht kannte. Oder gerade deshalb.

Er stand auf und holte sich ein paar Mandeln mit Meersalz aus der Küche. Lustig. Es fühlte sich beinahe schon so an, als wäre das hier seine Wohnung. Er beglückwünschte sich noch einmal dafür, dass er sich auf dieses Abenteuer eingelassen hatte. Als er sich wieder auf der Couch niederließ, sah er, dass Juli ihm geantwortet hatte.

»Hey Nic (cooler Spitzname übrigens;),

danke für deine E-Mail und für dein Vertrauen. Aber am allermeisten danke ich dir dafür, dass du »meinen« Garten so wahrgenommen hast. Es stimmt nämlich: In ihm steckt meine ganze Liebe. Er ist mein Zuhause. Meine Heimat. Und in jedem Land, in jeder Stadt, in der ich mich befinde, versuche ich, in der Natur unterwegs zu sein, auf dem Wasser, in einem botanischen Garten oder einfach nur in einem schlichten Park. Ich habe herausgefunden, dass ich mich überall auf der Welt zu Hause fühlen kann, wenn es dort nur etwas Grün gibt. Aber natürlich hast du da ebenfalls recht: Nichts ist vergleichbar mit dem Garten der Hellbach-Villa, und wenn ich in einem superluxuriösen Hotelzimmer sitze (was quasi täglich der Fall, aber keineswegs mein Verdienst ist), träume ich mich oft nach Hause. Wenn du mich also in so einem Moment zum Bier einladen willst (ich nehme gern ein Wulle), dann bin ich dabei. Gerade jetzt im Frühling war ich leider schon lange nicht mehr da. Aber umso mehr freue ich mich auf den 20. Mai und auf unser Kennenlernen.

Bis dahin, viele Grüße aus Singapur auch an die Bridge-Ladies und an Miles – alles Liebe, Juli

PS: Hier ist es übrigens zwei Uhr in der Nacht – und wieder einmal kann ich nicht schlafen (nicht schlimm, man gewöhnt sich daran), aber du hast mich auf eine Idee gebracht: In drei Stunden macht der Botanische Garten mitten in der Stadt auf. Er gehört zum UNESCO-Weltkulturerbe und ist unfassbar schön. Hier gibt es eine Orchideenausstellung mit einer unglaublichen Vielzahl an Pflanzen (ich glaube, es sind über sechzigtausend). Wahnsinn, oder? Vielleicht stelle ich mir ja auch vor, du wärst dabei. Um diese Uhrzeit allerdings eher mit Kaffee als mit Bier. (Apropos: Wie trinkst du deinen? Ich mag am liebsten einen Flat White: doppelten Espresso mit wenig und dafür ganz besonders feinporigem Milchschaum – den können die Baristas in Singapur einfach am besten.) So oder so freue ich mich auf unser erstes gemeinsames echtes Getränk.

Nic las lächelnd bis zum Ende. Wulle, Orchideen und Flat White. Juli hatte feste Vorstellungen, so viel war schon mal klar. Und sie entsprachen durchaus seinen. Diese Frau gefiel ihm immer besser.

Er klappte den Rechner zu und ging nach draußen, um sich zu Lissi unter die Linde zu setzen, wo sie sich niedergelassen hatte.

»Hallo Lissi,« sagte er freundlich. »Ist hier noch frei?«

»Oh, bitte, bitte«, antwortete die alte Dame lächelnd und klopfte auf das Kissen neben sich. »Ich freue mich über jede Gesellschaft.«

»Auch über meine?« Nic zwinkerte ihr zu.

»Ganz besonders sogar, Nic«, sagte sie. »Weißt du, ich sitze schon so lange mit Martha und Polly in diesem Garten, da ist es eine ganz besondere Freude, mal ein anderes Gesicht zu sehen und eine andere Geschichte zu hören.« Sie lächelte ihn verschmitzt an. »Also schieß los, Nicola Kramer, wie ist deine?«

»Meine?«

»Na, deine Geschichte!«, antwortete die alte Dame.

Gute Frage. Nur: Was war seine Geschichte?

»Also …«, begann er zögerlich. »Ich bin mir nicht sicher, was ich erzählen soll, Lissi. Interessiert dich meine Vergangenheit? Oder soll ich dir lieber von meinen Träumen für die Zukunft erzählen?«, fragte er unsicher. Er wollte die alte Dame auch nicht langweilen.

Lissi lachte. »Weißt du, Nic, ich glaube ja, dass das alles gleich ist. Vergangenheit, Zukunft … es geht doch immer um dasselbe.«

»Ah, ja?« Nun hatte sie ihn neugierig gemacht.

»Sowohl Polly als auch Martha können es nicht leiden, wenn ich von meinem Richard erzähle. Aber ich sage dir, er war ein weiser Mann. Na ja, manchmal jedenfalls.« Sie zuckte mit den Schultern. »Er hatte es nicht so mit anderen Menschen, aber wir beide waren ein großartiges Gespann.«

Sie nickte versonnen, und Nic fragte sich, worauf sie hinauswollte.

»Jedenfalls hat Richard das Leben begriffen, glaube ich. Er war Jäger, weißt du? Von ihm haben wir den Eberkopf.« Lissi kicherte. »Ich finde ihn auch scheußlich, aber sag das bloß nicht den anderen. Was soll ich machen? Ich habe Richard nun mal versprochen, auf ihn aufzupassen, und außerdem …«, sie neigte sich ein wenig näher zu Nic und senkte ihre Stimme zu einem Flüstern, »außerdem hat Richard da drin einen Umschlag mit zwanzigtausend Euro versteckt. Falls ich mal Geld brauche.« Sie kicherte wieder. »Ein besseres Versteck gibt es wohl kaum, was?«

Nein, da hatte sie wohl recht, dachte Nic.

»Du sagst es keinem, oder, Nic? Ich weiß noch nicht mal, warum ich es dir erzählt habe, ehrlich gesagt.« Sie schüttelte den Kopf. »Aber ich bin schon so alt, ich weiß, glaube ich, wem ich vertrauen kann und wem nicht. Dieser Max …« fuhr sie fort, »… war ein dubioser Kerl. Dem hätte ich das nie erzählt. Aber dir kann man trauen, und weißt du auch, warum?« Treuherzig sah sie zu ihm auf. »Weil jemand, der so mit Hunden umgeht, ein guter Mensch sein muss.« Sie lächelte.

Gerührt drückte Nic ihre Hand. »Das ehrt mich, Lissi.« Das tat es wirklich. »Aber du darfst niemandem einfach so vertrauen.« Vor allem nicht, wenn es um so viel Geld ging.

»Auch dir nicht?«

»Doch. Mir schon«, antwortete er und drückte ihre Hand erneut. »Aber jetzt musst du mir unbedingt noch erzählen, was dein Richard gesagt hat.«

»Stimmt!« Vor Freude, dass mal jemand nach einer Richard-Geschichte fragte, klatschte sie in die Hände. »Also. Er hat gesagt, dass es ganz gleichgültig ist, wo man die Salami aufschneidet. Sie sieht doch an jeder Stelle immer gleich aus.«

»Wie bitte?« Nic hatte keine Ahnung, wovon sie sprach.

»Vielleicht sind seine Worte ein bisschen schlicht. Aber im Grunde ist es wirklich ganz einfach: Egal, was du tust, das, was dich ausmacht und was dich antreibt, ist immer das Gleiche. Wenn man so will, hat er von Werten gesprochen. Von Zielen. Davon, was du erreichen möchtest. Diejenigen, die zum Beispiel erfolgreich sein oder viel Geld verdienen wollen, die wollen das immer und werden auch immer versuchen, dieses Ziel umzusetzen. Diejenigen, die einen Sinn suchen, werden das immer tun und bei allem, was sie machen. Hingabe, Liebe, Erfolg, Freude, egal, was du nimmst – das, was dich antreibt, es wird immer deine Triebfeder sein.«

»Aber nur, wenn man eine Salami ist«, sagte Nic und grinste.

»Ganz genau.« Lissi stieß mit ihrer Schulter an seine.

Wie hatte er nur bisher ohne Salamigespräche leben können?

Sie saßen noch ein paar Minuten still beieinander und hingen ihren Gedanken nach. Vermutlich dachte Lissi an Richard. Nic dachte jedenfalls an Henri und daran, dass sie im Grunde über exakt dasselbe gesprochen hatten, und er beschloss einmal mehr herauszufinden, was ihn antrieb und glücklich machte. Aber nicht sofort. Denn zuerst einmal hatte er den Bridge-Ladies versprochen, seine Kartenspiel-Fähigkeiten unter Beweis zu stellen.

Martha hatte den runden Tisch im Wintergarten freigeräumt. Pauline winkte Lissi und Nic fröhlich zu, als sie an den Tisch traten und Lissi sich ihr gegenüber niederließ. Einen Augenblick später stieß auch Martha zu ihnen, die einen eleganten Servierwagen vor sich herschob. Auf einer

Etagere hatte sie kleine Sandwiches drapiert, und daneben standen eine bauchige Teekanne und vier filigrane Tassen aus Keramik.

»High Tea à la Martha«, sagte sie lachend und ließ sich auf einen der Stühle fallen.

Sofort hatte Nic ein schlechtes Gewissen. Eigentlich war es doch seine Aufgabe, die Damen zu versorgen.

»Aber ich hätte doch auch …« versuchte er sein Glück, doch bevor er seinen Satz auch nur zu Ende sprechen konnte, winkte Martha ab.

»Entschuldigen Sie, Nic, aber das hier …«, sie zeigte auf die Sandwiches und den Tee, »ist mein Fachgebiet. Englische Gurkensandwiches und Marthas Spezialtee. Also stellen Sie sich nicht so an, setzen Sie sich und spielen Sie gut.« Sie zwinkerte ihm zu. »Lissi hat einen starken Partner verdient.« Nic gab Martha insgeheim recht. Vor allem, wenn sie Lissis Gegnerin war, setzte er in Gedanken nach.

Bevor Nic noch etwas erwidern konnte, hatte sie schon jedem ein kleines Tellerchen hingestellt, eine Serviette gereicht und eine Tasse Tee hinübergeschoben.

Das Spiel verlief … eher semigut. Normalerweise war Nic beim Kartenspielen sehr konzentriert und auch erfolgreich, aber an diesem Abend war der Wurm drin. Immer wieder schweiften seine Gedanken ab, vergaß er sein letztes Blatt oder fühlte sich so erschöpft, dass er sich am liebsten an Ort und Stelle auf den Boden gelegt und geschlafen hätte. Dabei hatte er sich so fest vorgenommen, die Damen nicht zu enttäuschen. Aber es war nichts zu machen. Nachdem er sich noch durch ein weiteres Spiel gequält hatte, entschuldigte er sich, obwohl er wusste, dass er damit den Bridgeabend ruinieren würde. Er hoffte sehr, dass sie ihn nicht für einen Hochstapler hielten – und dass er es schaffen würde, so lange wach zu bleiben, bis er sein Bett gefunden hatte. Es gelang ihm kaum, sich von seinem Stuhl hochzuhieven, und er war unendlich froh, als er endlich seine Zähne putzen, kurz Miles kraulen und sich schließlich auf sein Kissen fallen lassen konnte.

Zu seinem Ärger konnte er jedoch ausgerechnet dann nicht einschlafen, als sich sein Körper und sein Geist am meisten danach sehnten. Nachdem er sich eine ganze Weile hin- und hergedreht hatte, stand er schließlich wieder auf, um seinen Laptop zu holen und um dem einzigen Menschen von diesem Abend zu erzählen, der wusste, dass die beteiligten Personen völlig normal waren, auch wenn es vielleicht einen anderen Anschein hatte.

Liebe Juli,

jetzt muss ich dir unbedingt noch einmal schreiben. Also.

Das Wichtigste zuerst: Wir haben Bridge gespielt, und ich habe total versagt. Aber das macht nichts. Ich bin allerdings sehr froh, dass Lissi – meine Teampartnerin – nicht böse auf mich ist. Aber hey, die Bridgeladies waren zum neidisch werden tiefenentspannt. Marthas Tee ist scheußlich. Richtig scheußlich. SCHEUSSLICH!

Dafür sind ihre Sandwiches leckerer als alles, was ich je gegessen habe. Elvis ist immer noch weg, das weiß ich, weil wir ihn nicht gefunden haben. (Dafür weiß ich jetzt wenigstens, dass es sich dabei um eine Katze handelt!)

Irgend so ein Max war auch noch da und wollte etwas im Garten ausgraben, das angeblich ihm gehört. Aber als Martha die Poli-

zei rufen wollte, ist er sehr schnell verschwunden. Komischer Typ. Und der hat in meiner Wohnung gewohnt? Gruselig. Er hat gesagt, er kommt wieder. Ich hoffe, das lässt er bleiben. Womöglich will er dann auch in meinem Bett schlafen! Liebe Juli, das wollte ich dir nur mal sagen. Aber jetzt schlafe ich. Nic.

15

Dienstag, 17. Mai 2022, Sentosa Island

Singapur war ein weiteres persönliches Highlight von Juli auf Alexanders Tourneeplan. Jedesmal, wenn sie hier war, fühlte es sich an wie Urlaub. Alexander ging es ähnlich. Juli hatte das Hotel vor sieben Jahren entdeckt, als sie den von seiner anstrengenden Tour völlig überreizten Sascha Jakov gegen seinen Willen nach acht direkt aufeinanderfolgenden Konzerten im Esplanade, dem Theater- und Konzertkomplex Singapurs, ein paar Tage zum Ausspannen zwingen wollte. Weil Singapur die einzige Station mit ein paar freien Tagen gewesen war, hatte sie nach etwas außerhalb der Stadt gesucht, das sowohl so ruhig gelegen war, damit das mit dem Ausspannen auch klappte, als auch über die Nähe zur Zivilisation, sodass Alexander trotz allem nicht die Decke auf den Kopf fiel.

Sie wurde auf Sentosa Island fündig, einer Singapur vorgelagerten kleinen Insel, die man unter anderem mit einer Seilbahn erreichen konnte. Wie es der glückliche Zufall wollte, war der spanische General Manager des Capella, Señor Munoz, ein glühender Opern-Fan und hatte Alexander tatsächlich bei einem Auftritt gesehen. Er ließ es sich nicht nehmen, sowohl ihn als auch Juli für den kompletten Aufenthalt in eines der kleinen Häuschen einzuladen, was wiederum Alexander nicht auf sich sitzen lassen konnte und deshalb für die Hotelgäste ein Privatkonzert gab. Über die Jahre hatte sich sowohl der Aufenthalt im Capella nach der Konzertreihe im Esplanade als auch das Privatkonzert zu einem festen Bestandteil der Tour entwickelt, und für Juli fühlte es sich jedesmal an wie vier Tage wohlverdienter Urlaub.

Im Botanischen Garten umherzuwandern, auf den Dschungelpfaden des Mount Imbiah spazieren zu gehen, allein am Palawan Beach zu liegen und aufs Meer zu schauen oder über die Hängebrücke zu der winzigen vorgelagerten Insel zu laufen, die den südlichsten Punkt des kontinentalen Asiens markierte, war Balsam auf Julis Seele. Und dieses Mal hatte sie sogar das Gefühl, gemeinsam mit einer Freundin zu reisen. Nicola. Nic. Wo war sie nur die ganzen Jahre gewesen? Immer, wenn Juli an ihre E-Mails dachte, verbesserte sich ihre Stimmung deutlich. Mehr noch, seitdem Nicola in ihr Leben getreten war, fühlte sich jeder Tag wieder an wie ein Geschenk. Selbst Alexanders Egotrips waren sehr viel leichter zu ertragen als sonst.

Juli lag auf dem Liegestuhl an ihrem kleinen privaten Pool und gönnte sich einen perfekt gemixten Singapore Sling, einen Gin-Cocktail mit Granatapfel und Kirschlikör, der in ihrer Wahrnehmung nur hier gut schmeckte. Zu Hause in Marthas Garten fand sie ihn einfach nur süß und klebrig. Oben, im ersten Stock, machte Alexander bei geöffnetem Fenster Stimmübungen. Er brummte, schnaubte und zischte und sang die Tonleiter hinauf und hinunter.

»Sosososososoooooo,« dröhnte es bis zu ihr. »Brrrbrrrbrrr.« Und dann ihr Favorit und jedesmal der krönende Abschluss seiner Übungen: »Ein einzig böses Weib lebt nur auf dieser Welt, nur schlimm, dass jeder seins für dieses einzige hält!«, sang er voller Inbrunst.

Juli lächelte. Ein Leben ohne Alexanders Stimme auf ihrem persönlichen Soundtrack im Hintergrund wäre doch ziemlich leise.

»Ich gehe an die Bar, Julitschka, kommst du mit?«

Das Highlight hier im Capella für ihn war, dass er den ganzen Tag im seidenen Morgenmantel mit immer ausgefalleneren Designs herumlaufen konnte und es keinen interessierte. Selbst an der Bar wurde er so bedient und – da er ein spezieller Gast war – auch dort besonders hofiert. Er fragte Juli zwar und hätte sich bestimmt auch gefreut, wenn sie mitgekommen wäre. Aber wenn sie die Wahl hatte, überließ sie ihm gerne alleine die Bühne für seine persönliche Sascha-Jakov-One-Man-Show, bei der sie nur dazu diente, ihm den perfekten Auftritt zu verschaffen.

Er hatte sie noch jedesmal weggeschickt, sobald jemand auftauchte, den er kennenlernen wollte. Oder auch, wenn niemand von Interesse kam, damit ihre Gesellschaft nicht zu Spekulationen über Julis Status in Saschas Leben führte. Nicht, dass ihr das etwas ausmachen würde. Wenn sie das nach all den Jahren nicht ertragen konnte, dann war sie wirklich fehlbesetzt. Und das war sie nicht.

»Danke, Alexander, aber ich bleibe erst mal hier. Wenn es dir langweilig wird, kannst du dich gern bei mir melden.« Sie hielt die kleine mit einem Merlion, einer Mischung aus Meerjungfrau und Löwe, dem Wahrzeichen von Singapur, bestickte Tasche hoch, in der sich ihr Smartphone befand. »Bis dahin mache ich noch ein paar Termine für dich.«

»Alles klar«, sagte er und salutierte, was nicht zu seinem Aufzug passte.

Juli musste sich ein Lachen verkneifen, als Alexander tatsächlich im Seidenmorgenmantel zu ihr nach draußen trat. Dieses Mal hatte er sich nicht für die Tigerversion in Goldbraun entschieden, sondern für einen schwarzen mit silbernen Drachen darauf.

»Wie sehe ich aus?«, fragte er und fuhr sich durch seine dunklen Haare, die er nach hinten gekämmt hatte.

Sie biss sich auf die Wange, als er die Stirn runzelte und mit zusammengekniffenen Augen angestrengt in die Ferne sah. Seine Vorstellung von einem männlich-anziehenden Blick.

»Großartig, Sascha Jakov, Sie sehen großartig aus.« Juli klimperte mit den Wimpern. »Wenn ich Sie um ein Autogramm bitten dürfte?«

Nun ließ er die Pose fallen und strahlte sie an.

»Jederzeit, meine Liebe, jederzeit. Wenden Sie sich an meine Assistentin Juli. Sie können Sie nicht verfehlen.«

Er grinste und für einen Augenblick konnte Juli den Menschen sehen, der hinter der gekünstelten Fassade steckte. Ein Mensch, der für eine einzelne Person viel zu viel Talent hatte, sodass es für ihn unmöglich war, einen anderen Weg als den des Superstars zu gehen. Gleichzeitig nahm es so viel Raum ein, dass nichts anderes mehr in seinem Leben Platz hatte. Schade eigentlich. Wäre er weniger Superstar und dafür mehr

Normalsterblicher gewesen, hätten sie vielleicht so etwas wie Freunde sein können.

»Man hört, sie sei eine großartige Person, diese Juli?« Juli grinste ebenfalls und hob ihr Glas. »Dann trinke ich doch auf sie!«

»O ja«, antwortete Alexander und wurde wieder ernst. »In der Tat ist sie großartig. Ohne sie wäre ich verloren!«

Er beugte sich zu ihr hinunter, nahm ihre rechte Hand und hauchte einen Kuss darauf. Sein Blick sagte ihr, dass dies schon längst kein Scherz mehr war.

Juli konnte die Sehnsucht in seinen Augen sehen, und es kam ihr vor, als würde er sie seit sehr langer Zeit wieder einmal wirklich wahrnehmen. Julis Mund wurde trocken, und sie wusste nicht, was sie darauf erwidern sollte. Alexander war ihr Boss, ihr Segel, wenn man so wollte, und sie war dafür sein Anker. Gemeinsam segelten sie schon sehr lange diese erfolgreiche Jacht über die Meere dieser Welt. Alles rein geschäftlich natürlich. Aber in einem Moment wie diesem fragte sie sich plötzlich trotzdem, ob über die Jahre doch mehr daraus geworden war und es nur bisher keiner von ihnen bemerkt hatte. Aber da ließ Alexander sowohl ihre Hand als auch ihren Blick wieder los. Nein, zumindest was sie selbst anging, war alles wie immer.

»Sicher, dass du nicht mitkommen willst?«

Juli kannte ihn so gut, dass sie die Unsicherheit in seiner Stimme hören konnte, und ein Teil von ihr freute sich darüber, dass sie der Auslöser dafür war. Sein Selbstbewusstsein war nun eben doch nicht ganz so unerschütterlich, wie er glaubte.

»Danke, aber nein danke.« Sie wedelte mit ihrem Smartphone. »Ich muss wirklich noch ein bisschen was tun.«

Das entsprach nicht ganz der Wahrheit. Sie wollte Nic schreiben, die ihr eine wirklich lustige und vermutlich nicht ganz nüchterne E-Mail geschickt hatte. Von wegen »nur Tee«. Juli glaubte ihr kein Wort, aber das machte nichts. Auch wenn die Bridge-Ladies versprochen hatten, weniger zu trinken, und sich sicher auch daran hielten, so konnte sie doch verstehen, dass es zu Nics Einzug und Bridgeeinweihung ein Gläschen Champagner gab. Vermutlich vertrug ihre neue Freundin eben genauso wenig wie Juli selbst. Ein Umstand, der sie nur noch sympathischer machte.

Juli stand auf, um ihr Tablet aus dem Schlafzimmer zu holen. Als sie am Haustelefon vorbeikam, zögerte sie kurz. Ob sie sich noch einen Singapore Sling gönnen sollte?

Warum eigentlich nicht? Immerhin hatte sie frei. Ihr Boss war gerade im Morgenmantel an die Bar gegangen. Was sollte also passieren?

Sie sah auf die Uhr ihres Smartphones. Kurz vor halb sechs in Singapur war dank einer Zeitverschiebung von sechs Stunden kurz vor Mitternacht in Stuttgart. Nic schlief vielleicht schon und würde die E-Mail vermutlich erst am nächsten Morgen entdecken, aber wann sie sie lesen würde, war im Grunde egal. Hauptsache, sie las sie überhaupt – und schrieb ihr zurück. Juli freute sich jetzt schon darauf, mehr über die neue Haushälterin zu erfahren. Bei ihrer ersten E-Mail war sie schon so offen gewesen und die letzte klang ziemlich abenteuerlich und witzig. Außerdem wollte Juli unbedingt erfahren, wieso Max da gewesen war.

Guten Morgen, Nic!

Danke für deine E-Mail. Ich hoffe, du hast heute Morgen keinen Kater – und wenn, lass es bitte Elvis sein?

Von wegen, Tee … ich kenn die Ladies schon eine Weile, musst du wissen. Dich kenne ich natürlich noch nicht so richtig, aber immerhin lebst du mit den Frauen zusammen, die mich mehr oder weniger zu dritt aufgezogen haben, und nicht zu vergessen, wohnst du in der Wohnung direkt neben meiner. Für mich gehörst du also beinahe schon zu meiner doch schon ziemlich ungewöhnlichen Familie, selbst, wenn wir uns noch nie begegnet sind.

Ich hoffe, Max ist nun wirklich endgültig weg (gruseliger Typ – was er nur wollte?), die drei machen dir das Leben nicht allzu schwer und du fühlst dich wohl in deiner Wohnung.

Das Kräuterbeet hinten im Garten hast du sicher längst entdeckt. Das meiste müsstest du jetzt so langsam ernten können. Aber wem sage ich das? Du sitzt vermutlich jeden Abend dort und zündest ein Feuer in der Feuerschale an. Schön, nicht wahr? Der Kräutergarten ist natürlich auch einer meiner Lieblingsplätze.

Ich wünschte, ich könnte mit dir dort sitzen und dir persönlich sagen, wie dankbar ich dir, dem Leben oder dem Schicksal bin (wenn man an so was glaubt), dass du bei uns, oder vielmehr bei den Bridge-Ladies gelandet bist. Aber nicht mehr lange, und dann sitzen wir zusammen da, und dann sage ich dir das persönlich.

Sei ganz herzlich (leider nur virtuell) umarmt, Juli

Senden. Es war ein merkwürdiges Gefühl, jemandem zu schreiben, den sie noch nie gesehen hatte. Andererseits war sie sich einfach sicher, das Nicola ein besonderer Mensch war. Nicht ohne Grund waren die drei Grazien begeistert und nicht ohne Grund hatte Juli das Gefühl, nicht mehr allein zu sein.

16

Immer noch Dienstag, 17. Mai 2022, Sentosa Island

Juli beschloss, das Schwimmen ausfallen zu lassen und sich ein bisschen schick zu machen, um anschließend an die Bar zu gehen, Alexander an die Verabredung mit Señor Muñoz zu erinnern und dort zu warten, bis er sich umgezogen hatte. Aber zuerst wollte sie den großen Tisch aufräumen, den Alexander als Ablageort für seine Kleider, Noten und alle anderen Dinge, die er sonst so mit sich herumtrug, missbraucht hatte.

Es war wirklich erstaunlich, dass jemand, der sonst so viel Wert auf das perfekte Styling legte und darauf, dass alles akkurat vorbereitet und geplant war, einzelne Socken unter dem Tisch vergaß, ein nasses Handtuch auf der Lehne des Stuhles und natürlich auch immer wieder einen seiner Seidenmorgenmäntel.

Wie ein Kind, dachte Juli zum gefühlt tausendsten Mal, als sie seine dunkelblaue Fliege von der Sitzfläche eines Stuhles klaubte. Wenigstens gelang es ihm, seine Unterwäsche selbst in den Wäschesack zu stopfen und den wiederum in seinem Schlafzimmer aufzubewahren. Es machte Juli wirklich nichts aus, Alexander seinen Kram hinterherzuräumen, aber alles hatte seine Grenzen.

Von draußen näherten sich Schritte. Und zwar die von Alexander, was unschwer daran zu erkennen war, dass er nebenher »Dream a Little Dream of Me« zum Besten gab, einen Song, der ursprünglich aus den dreißiger Jahren stammte und schon von sehr vielen Interpreten gesungen worden war – seit Neuestem offensichtlich auch von Sascha Jakov. Juli grinste. Dass sie von ihm träumte, hätte er wohl gern.

Er öffnete die Tür mit ein wenig mehr Schwung als unbedingt nötig, wodurch sie laut gegen den Stopper an der Wand knallte.

»Oh, hoppla!« Mit einem albernen Grinsen im Gesicht lehnte sich Alexander an die rechte der beiden Säulen, die den Eingang einrahmten, wobei sein Morgenmantel mehr Oberschenkel und Darunterliegendes freigab, als Juli unbedingt hätte sehen wollen.

Sie versuchte, sich auf sein Gesicht zu konzentrieren. Sein Blick war ein wenig verschwommen. Er hatte eindeutig zu viel getrunken.

»Alles gut, Alexander?«, fragte sie belustigt.

»Aber natürlich, Schönheit.«

Er schwankte. *O weh.* Sein Ellbogen rutschte von der Säule ab, was er zu kaschieren versuchte, in dem er einen Schritt auf sie zu machte.

»Hast du vielleicht heute Abend ein wenig Zeit für mich übrig?«, fragte er und versuchte sich wieder an seinem ganz besonderen Sascha-Jakov-Blick, der ihm aber gründlich misslang. Noch ein Schritt. Und noch einer. Als er vor ihr zum Stehen kam, legte er seine rechte Hand auf Julis Hüfte und nahm mit der Linken ihre Hand.

»Darf ich bitten?«, fragte er.

»Was soll das werden?«, gab Juli amüsiert zurück.

Der Alkohol in seinem Atem streifte ihre Nase, und sie konnte es sich gerade noch verkneifen, das Gesicht zu verziehen.

»Ach Julitschka, echt jetzt. Darf ich … dürfte ich dich zum Tanzen auffordern?«

Er bemühte sich sichtlich, ihr dabei verführerisch in die Augen zu sehen, was allerdings absolut nicht funktionierte. Immer wieder rutschte sein Blick ab, und zu allem Überfluss hatte er nun auch noch Schluckauf.

»Ich glaube nicht, dass das eine gute Idee ist«, sagte Juli grinsend und versuchte, sich aus seinem Griff zu befreien.

»Doch, doch! Das ist sogar eine sehr gute Idee!«, antwortete Alexander und nickte sich selbst dabei bekräftigend zu. »Ich habe sogar die passende Musik dabei.« Er grinste ebenfalls. »Achtung! Plattenspieler an!« Er tippte sich selbst auf den Kopf, wackelte mit den Augenbrauen und stimmte dann eine etwas verrutschte Version von »Are You Lonesome Tonight?« an.

»Ernsthalft? Elvis?« Ja, er war betrunken, aber sehr amüsant, das musste Juli zugeben.

»Nein, nicht Elvis! Sascha Jakov natürlich, du Banausin«, sagte Alexander und verzog sein Gesicht zu einer beleidigten Schnute. »Oder hörst du mich etwa lachen?« Er spielte eindeutig auf die berühmte Version an, in der Elvis einen Lachkrampf bekommen hatte.

»Elvis … tsss. Elvis ist tot! Aber Sascha …! Sascha lebt!« Er zeigte mit beiden Daumen auf sich und nickte wieder.

Irrtum. Elvis war nicht tot, nur davongelaufen, dachte Juli

und hätte bei der Vorstellung, wie Alexander auf diese Nachricht reagiert hätte, beinahe laut aufgelacht.

»Komm schon, Juli!« Er zog sie wieder näher an sich heran. »Du und ich! Wir beide!« Er seufzte tief. »Das musst du doch auch spüren! Wir sind das perfekte Paar, Julitschka! Weil du weißt, wer ich wirklich bin, und … und … weil du mich trotzdem liebst! Oder genau deshalb. Oder … egal.« Er runzelte über seine eigene Theorie verwirrt die Stirn. »Du liebst mich doch, oder?«

Er kam mit seinem Gesicht so nah an ihres, dass sich ihre Nasenspitzen fast berührten. Der Alkoholgeruch war so penetrant, dass sie Alexander am liebsten von sich gestoßen hätte, aber Juli war sich nicht sicher, ob sie ihn damit nicht zu Fall bringen würde, also entschied sie sich dagegen. Sanft nahm sie seine Hände in ihre, schob ihn behutsam auf den Stuhl, der hinter ihm stand, und setzte sich ihm gegenüber, ohne dabei seine Hände loszulassen.

Bei jedem anderen hätte sie deutlich heftiger reagiert, aber Alexander war auf seine kindliche selbstverliebte Art harmlos. Und er war ganz sicher nicht wirklich an ihr interessiert, das wusste Juli. Er war nur vermutlich ab und zu genauso einsam wie sie selbst. Alkohol tat einem da selten einen Gefallen, auch das wusste sie aus eigener Erfahrung. Es war ein Wunder, dass es nicht viel öfter zu solchen Situationen kam. Er seufzte tief und starrte auf seine albernen Pantoffeln.

»Hey«, sagte Juli und drückte seine Hände, bis er sie wieder ansah.

Sie verstand ihn und genau deshalb wollte sie versuchen, sein Selbstwertgefühl wieder aufzurichten.

»Alexander Jakov Wassiljew, ich bin zwar nicht interessiert, aber ich fühle mich trotzdem geehrt.« Sie lächelte. »Du bist ein wundervoller Sänger, ein Genie und ein sehr attraktiver Mann.«

Alexander setzte sich sofort aufrechter hin. Auch seine Augen schienen nicht mehr ganz so trübe wie noch bis vor einem Augenblick.

»Die Frau, die dich mal an ihrer Seite haben wird, kann sich glücklich schätzen.« Sie musste entweder sehr zufällig gefunden oder vermutlich erst noch geboren werden, aber es war für den Moment nicht weiter wichtig, ob es sie wirklich gab oder nicht. Hauptsache, Alexander glaubte daran.

»Sprich weiter!«, forderte er sie auf.

»Eines Tages wird sie plötzlich vor dir stehen, und du wirst wissen, dass sie die Richtige ist.« Sie hörte sich schon beinahe an wie Martha oder Pauline, bei ihren zahllosen Gesprächen mit Juli über deren persönliches Projekt »Finding Mr. Right«. Sie schmunzelte.

»Es wird dich vielleicht überraschen und du wirst dich fragen, wie du so sehr daran zweifeln konntest, dass es sie überhaupt gibt.« Ja, auch diese Zweifel kannte Juli mehr als genau.

»Ja?« Alexander hing an ihren Lippen.

»Und dann musst du dich nur noch trauen, dir selbst zu glauben, das Glück mit beiden Händen zu packen und es nie wieder loszulassen.«

»So einfach?«

»So einfach.« *Wäre das schön.*

Auf Alexanders Gesicht lag ein glückliches Lächeln, und er nickte versonnen. Juli war froh darüber. Aber während sie ihn noch beobachtete, fielen ihm die Augen zu. Was auch immer er an der Bar getrunken hatte, es war auf jeden Fall genug, um ihn nun frühzeitig ins Bett zu bringen.

»Eines ist jedenfalls gewiss«, sagte sie, als sie Alexander von seinem Stuhl nach oben zog und ihn in Richtung Treppe und somit seines Schlafzimmers schob. »Ich bin nicht diese Person.« Sie lächelte, als sie ihm einen winzigen Schubs zur ersten Treppenstufe gab.

Er begann, nach oben zu steigen. Ungefähr auf der Hälfte drehte er sich um.

»Ganz sicher nicht?«

Es rührte sie, dass er es noch einmal versuchte, und auch wenn sie wusste, dass es dabei überhaupt nicht um sie, sondern nach wie vor immer nur um ihn ging, so fühlte sie sich Alexander dennoch so nah wie selten. Auch Einsamkeit und Sehnsucht konnte einen mit einem anderen Menschen verbinden, selbst wenn jeder sich nach etwas oder jemand anderem sehnte.

Als sie wieder nach draußen ging, begleitete sie Alexanders Stimme, die das Lied zu Ende sang.

Now the stage is bare and I'm standing there
With emptiness all around
And if you won't come back to me
Then make them bring the curtain down …

Sie nahm das Tablet aus ihrer Tasche, um mit einer vorgeschobenen Entschuldigung das Essen mit Señor Munoz auf morgen Abend zu verschieben. Den Superstar Sascha Jakov zu entzaubern wäre ihr niemals in den Sinn gekommen.

Sie setzte sich wieder auf ihren Liegestuhl und lehnte sich entspannt zurück. Während sie beobachtete, wie einzelne Sterne am Himmel erschienen, und den Zikaden lauschte, die ihr lautes Lied in der Dämmerung sangen, fühlte sie, wie sich die gleiche Sehnsucht in ihr ausbreitete, die Alexander auch gespürt haben musste. Den einen zu finden, der zu einem gehörte. Irgendwo auf der Welt musste er doch sein, oder etwa nicht? Sie hoffte nur, dass sie es dann auch bemerkte, wenn er vor ihr stand. Und bis dahin freute sie sich einfach über ihre neu gewonnene Freundin, die sie noch nie gesehen hatte. Vielleicht konnte sie mit ihr ja mal in Stuttgart ausgehen und schauen, ob es noch gute Männer da draußen gab. Interessante und interessierte, warmherzige und zuverlässige. Männer, die nicht übertrieben eifersüchtig waren, ihr nicht gleich einen Heiratsantrag machten, ein eigenes Leben führten und trotzdem gerne jemanden an ihrer Seite haben wollten. Normale Männer eben. Das Leben war schließlich schon verrückt genug.

17

Dienstag, 17. Mai 2022, Stuttgart

»Denkt ihr, sie weiß, dass Nic ein Mann ist?« Lissi riss die Augen auf. »Und was noch viel wichtiger ist: Glaubt ihr, das ist ein Problem?«

»Was meinst du damit, Lissi?« Martha nahm einen großen Schluck von ihrem Tee.

»Nun ja, ich frage mich, ob es für sie einen Unterschied macht, wenn diese Nicola, die sie für unsere Haushälterin hält, ein Mann ist.«

»Warum sollte es?« Martha sah sie verblüfft an. »Ich habe hier fast dreißig Jahre mit einem Mann unter einem Dach gelebt und es hat sie nicht gestört!«

»Ja, aber es war dein eigener«, warf Lissi ein.

Und Pauline ergänzte grinsend: »Außerdem hat es sie sehr wohl gestört.«

Artur war nie besonders begeistert über die Freundschaft zwischen Martha und Pauline gewesen, was vor allem daran gelegen hatte, dass Pauline Juli im Schlepptau hatte. Genau aus diesem Grund liebte Martha Pauline allerdings besonders.

»Und mich erst!« Martha lachte. »Aber mal im Ernst: Glaubt ihr wirklich, es wäre ein Problem?«

»Ich kann es dir nicht sagen«, antwortete Pauline. »Ich weiß nur, dass sie es bisher nicht weiß. Also hat Nic vermutlich auch nichts gesagt, aus welchen Gründen auch immer. Deshalb sollten wir es vorerst für uns behalten. Sicher ist sicher.«

Lissi nickte bekräftigend. »Nicht, dass sie ihn noch rauswirft, wenn sie es herausfindet. Was würden wie hier nur ohne ihn tun? Stellt euch vor, er wäre plötzlich verschwunden!« Lissi machte ein bekümmertes Gesicht.

Empört wandte sich Martha an Lissi, die bei deren scharfen Worten zusammenzuckte. »Wir sind doch hier nicht bei Mary Poppins, Lissi, und Nic verschwindet einfach so wieder, wenn der Wind sich dreht! Außerdem möchte ich nur mal sagen, dass wir durchaus auch allein klargekommen sind, als Nic noch nicht da war. Zur Not kriegen wir das auch wieder hin! Und abgesehen davon ist das hier mein Haus und mein Haushälter, und Juli kann ihn gar nicht rauswerfen.«

Sie schaute so grimmig, dass Pauline lachen musste.

»Ich meine ja nur, wir sollten vorsichtig sein«, sagte Lissi leise und nippte an ihrem Tee. »Nicht, dass wir uns an ihn gewöhnen und dann ist er plötzlich fort.« Sie schluckte. »Wie mein Richard.« Ihre Stimme war schon wieder ganz wackelig, aber bevor Martha ihr auch deshalb einen Vorwurf machen konnte, setzte Lissi ein schnelles »Und dein Elvis!« hinterher, das Martha sofort verstummen ließ.

Martha wusste natürlich immer genau, wohin sie zielen musste, um Lissi aus der Fassung zu bringen, aber Lissi war eine gute Beobachterin und sie hatte sehr wohl bemerkt, dass der Verlust des kleinen Katers Martha näherging, als sie zugeben wollte.

»Jedenfalls hoffen wir, dass er noch sehr lange bleibt«, fasste Pauline das Ganze zusammen. »Er und Miles.«

Alle drei hatten den aufgeweckten und gut erzogenen Hund in ihr Herz geschlossen.

»Meint ihr …« Pauline biss sich auf die Unterlippe und sah ihre Freundinnen nacheinander an. Sie senkte ihre Stimme und winkte die Freundinnen näher. »Meint ihr, er wäre was für Juli? Vielleicht ist er ja vom Universum gar nicht wegen uns geschickt worden, sondern wegen ihr?« Aufgeregt sah sie von Lissi zu Martha.

»Überlegt doch mal! Und schaut ihn euch an! Also ich würde ihn nicht von der Bettkante …«

»Nicht weitersprechen, Polly, sonst muss ich mir das vorstellen und dann wird mir schlecht«, unterbrach Martha ihre Freundin.

»Also, erlaube mal!« Gespielt empört lehnte Pauline sich nach vorne. »Wie sagte Joan Collins immer so richtig? Alter ist irrelevant, es sei denn, du bist eine Flasche Wein!« Voller Genugtuung beobachtete sie, wie Martha sich schüttelte. »Und überhaupt: Wie sprichst du denn von meinem zukünftigen Schwiegersohn?«

»Eben deshalb ja«, gab Martha sofort zurück. »Aber natürlich hast du recht, ich finde ihn auch toll.«

»Und so schön«, seufzte Lissi.

Pauline und Martha lachten.

»Was denn?« Lissi schüttelte den Kopf. »Natürlich nicht so schön wie mein Richard in dem Alter, aber …« Sie wiegte den Kopf hin und her. »Schon sehr gut aussehend. Und selbst wenn er hässlich wäre, ich liebe ihn schon wegen Miles.«

»Ich liebe ihn mehr wegen seiner Blinis«, sagte Martha trocken. »Aber Miles ist auch sehr süß.«

Pauline klopfte auf den Tisch. »Lissi! Martha! Schhh! Ich glaube, er ist in der Küche«, flüsterte sie.

»Das ist gut möglich«, flüsterte Martha zurück. »Und weiter?«

»Und weiter? Na, ganz einfach: Was haltet ihr davon, wenn wir ihn mit Juli verkuppeln?«

Paulines Augen blitzten, und sie sah jünger aus denn je. Wäre Willi jetzt in diesem Raum gewesen, er hätte vermutlich sofort um ihre Hand angehalten. Was Martha aber ganz besonders freute, war, dass ihre Freundin so klar bei Verstand war wie lange nicht. Das machte die Liebe, dachte sie. Oder jedenfalls die Hoffnung darauf. Selbst, wenn man dabei für einen anderen hoffte. Oder gleich für zwei. Aber ob es auch funktionieren würde?

»Wenn, dann nur, wenn beide nichts davon wissen. Nic würde sich sicher blöd vorkommen, und es überschreitet auch unsere Kompetenzen. Nicht, dass uns das an irgendetwas hindern würde, aber …« Martha zuckte mit den Schultern. »vielleicht würde es die Sache … verkomplizieren«, überlegte sie laut.

»Sie müssen denken, dass es ihnen einfach so passiert ist und dass wir unsere Finger nicht im Spiel hatten, sonst klappt es nicht«, ergänzte Lissi.

»Genau, wenn Juli nämlich denkt, dass wir da was eingefädelt haben, dann lehnt sie es ab, schon aus Prinzip. Weil es von uns kommt. Aber ich verstehe immer noch nicht, warum sie nicht erfahren darf, dass Nic ein Mann ist?«

»Ganz einfach, weil wenn sie es weiß, dann denkt sie zu viel. Wenn sie zu viel denkt, steht sie sich selbst im Weg. Wenn sie sich selbst im Weg steht, kann Nic noch so toll sein, oder auch Miles natürlich«, sie warf Lissi einen Seitenblick zu, als diese verzückt die Augen verdrehte, »dann wird das nie was.« Sie schüttelte den Kopf. »Nein, wir brauchen einen Plan. Und er muss perfekt sein. Schließlich sind sowohl Nic als auch Juli klug genug, um einen nicht ganz so perfekten zu durchschauen, und es funktioniert nur, wenn sie sich genauso in ihn verliebt wie wir. Ohne Vorwarnung. Ohne Filter. Einfach so.« Sie sah ihre Freundinnen beschwörend an. »Sind wir uns da einig?«

»Darin, dass Juli auf keinen Fall etwas davon erfahren darf?«, wiederholte Lissi.

»Ganz genau. Und Nic genauso wenig«, ergänzte Martha.

»Hand drauf!« forderte Pauline und legte ihre Rechte auf den Tisch.

»Hand drauf!« antworteten Martha und Lissi und taten es ihr nach.

18

Immer noch Dienstag, 17. Mai 2022, Stuttgart

Als Nic die Wohnzimmertür öffnete, blickten ihm die drei Frauen mit rosigen Wangen und glitzernden Augen entgegen.

»Ich mache einen Spaziergang mit Miles, möchte jemand mit? Vielleicht finden wir ja heute endlich Elvis wieder«, sagte er.

Es war tatsächlich zu einem schönen Ritual zwischen den vieren geworden, gemeinsam eine Runde am frühen Abend zu drehen, und selbstverständlich riefen sie immer noch nach dem kleinen Kater, selbst wenn sich Nic dabei ein bisschen dämlich vorkam. Ab und zu schloss sich ihnen sogar Willi an, wenn er die kleine Karawane rechtzeitig bemerkte.

Zuerst sah es so aus, als würden sowohl Martha als auch Lissi begeistert aufspringen, aber dann blieben sie eben doch sitzen. Heute schien alles ein wenig anders.

»Nein, danke«, sagte Martha und winkte ab. »Ich … habe noch so viel zu tun.« Als Nic sie erstaunt ansah, ergänzte sie ein erklärendes »Buchhaltung.«

Auch die anderen beiden schüttelten den Kopf.

»Ich muss heute früh ins Bett«, sagte Lissi gähnend. »Ich bin ja so schrecklich erschöpft von …«

»… und ich erst«, fiel ihr Pauline ins Wort und gähnte ebenfalls demonstrativ.

»Alles klar!« Nic verkniff sich ein Lachen. Irgendetwas führten die drei eindeutig im Schilde.

Als Nic den Gang entlang in Richtung Haustür ging, fiel sein Blick wieder einmal auf die Ahnengalerie an der Wand. Er streifte die Gesichter von all den Familienmitgliedern, die einst den Namen derer von Hellbach mit Ruhm und Ehre versehen hatten. Sie alle schienen ihn zu beobachten, und es kam Nic beinahe so vor, als würden sie überlegen, ob man ihm wohl trauen könnte. Allen voran das Porträt von Marthas verstorbenem Ehemann Artur, der laut Martha sowohl etwas gegen Kinder als auch gegen Besucher, aber vor allem etwas gegen Tiere in seinem Haus gehabt hatte, weshalb es Martha nun eine diebische Freude bereitete, sowohl ihre Freundinnen als auch Miles hier zu haben. Vielleicht fühlte sich sein Blick deshalb besonders kritisch an. »Du spinnst, Kramer!«, raunte er sich selbst zu. Nic schaute sich die Gemälde wirklich gern an, und zu dem einen oder anderen von Hellbach jenseits von Artur hatte Martha ihm auch schon ziemlich abenteuerliche Geschichten erzählt. Was er aber am spannendsten fand, waren nicht die alten Schinken an der Wand, sondern die Fotografien, die Martha auf dem kleinen Sideboard im Eingangsbereich neben einem immer frischen und üppigen Blumenstrauß aufgestellt hatte, dessen Arrangement ihre allerliebste Beschäftigung war. Nach Bridge natürlich. Miles stand schon erwartungsvoll vor ihm und hatte die Leine im Maul. Trotzdem beugte sich Nic für einen Augenblick hinunter und betrachtete die Schwarz-Weiß-Fotografien in den silbernen Rahmen. Unglaublich, wie lange die Bridge-Ladies sich schon kannten. Gemeinsam hatten sie nicht nur die Mode-, sondern auch die Frisurentrends von vielen Jahrzehnten durchgemacht. Wobei selbst auf diesen Bildern Paulines farbenfroher Style und ihre rote Haarpracht zu leuchten schienen. Es war immer die gleiche Konstellation: Martha in der Mitte, Pauline rechts und Lissi links von ihr. Der Feldwebel. Wobei Nic sie nun, da er sie besser kannte, nicht mehr so nennen wollte. Sie war die Königin. Ach, im Grunde waren alle drei Königinnen, jede eben auf ihre ganz eigene Art.

Und dann gab es da noch ein paar Fotos von Juli. Mit den wilden Locken, die sie offensichtlich genauso von Pauline geerbt hatte wie die vielen Sommersprossen und das offene Lachen.

Es fühlte sich ein wenig an, als würde Nic in ihr Leben eindringen, als er die Fotos von ihr als Kleinkind, als Schulanfängerin mit Schultüte, als Teenager mit Zahnspange, als junge Frau beim Abschlussball mit Tanzpartner betrachtete.

Er fühlte einen kurzen Stich der Eifersucht, als er näher ranging, um den jungen Mann genauer zu mustern, dessen Gesicht vor Stolz und Glück strahlte. Nic wäre gern dieser junge Mann gewesen. Er hätte gern ihre Jugend mit ihr verbracht.

Er redete sich ein, dass er nur ein Teil ihrer Geschichte sein wollte, weil er die drei Damen so gern mochte. Aber das stimmte nicht.

Es gab nur ein einziges Bild, auf dem Juli nicht strahlte. Es war ein großes Porträt, auf dem sie als erwachsene Frau zu sehen war. Auf diesem war ihr Gesichtsausdruck nachdenklich, und sie blickte direkt in die Kamera. Aber selbst wenn Juli auf diesem Bild nicht lachte, so lag in ihrem Blick eine Mischung aus funkelndem Übermut und einer gewissen Sehnsucht, die Nic jedesmal aufs Neue berührte, wenn er es ansah.

Ihr Blick traf ihn mitten ins Herz. Am liebsten hätte er dieses Bild mit in seine Wohnung genommen und vor sich auf den Tisch gestellt, wenn er ihr schrieb.

Er zückte sein Smartphone und rief den letzten Chat auf. Sie waren mittlerweile längst zusätzlich zu ihren ausführlichen Mails zu WhatsApp übergegangen.

Ihm war bis vor ein paar Nachrichten nicht klar gewesen, dass sie Nicola für den Namen einer Frau hielt. Erst nachdem sie begonnen hatte, ihm Dinge zu erzählen, die man eben einer Freundin erzählte, hatte er es begriffen, aber weil er ihr Vertrauen und ihre Offenheit so sehr genoss, hatte er den Absprung nicht mehr geschafft. Es wäre so schade um die Nähe, die Vertrautheit und den einen Menschen, dem man alles sagen konnte. Nur bisher eben nicht, wer er wirklich war. Er hoffte, alles würde sich zum Guten wenden, wenn er irgendwann mutig genug war, diesen Irrtum aufzuklären. Aber dafür war auch später noch Zeit …

Nic löste sich von den Fotografien. Schwanzwedelnd drückte Miles seine Nase in Nics Hand und erinnerte ihn daran, wo er hingehörte. Lächelnd beugte er sich zu seinem Hund hinunter und kraulte ihn hinter den Ohren.

»Wie gut, dass wir uns haben«, sagte er zu seinem treuen Begleiter.

Miles schnaufte laut. Es war doch immer von Vorteil, wenn man einer Meinung war.

Während er auf den verschlungenen Waldwegen des Kräherwaldes Stöckchen für Miles warf, beschloss Nic, Juli in seiner heutigen Mail alles zu erzählen. Er hatte sie zwar nicht aktiv angelogen, aber er hatte auch nicht wirklich die Wahrheit gesagt. Und spätestens in zwei Wochen, wenn sie und Alexander zu seinem Gastspiel nach Stuttgart kommen würden, würde sie es sowieso herausfinden. Er konnte es kaum erwarten, Juli endlich zu treffen. Und gleichzeitig hatte er Angst davor.

19

Mittwochmorgen, 18. Mai 2022, Sentosa Island

Als Juli hörte, dass Alexander wach war, stellte sie ihm ein Wasserglas auf den Tisch und legte eine Kopfschmerztablette daneben. Die Kaffeemaschine war auf Stand-by und jederzeit bereit, ihm einen schwarzen dreifachen Espresso zu produzieren.

Alexander trank normalerweise nicht viel Alkohol, schon allein, weil er wusste, dass das seiner Stimme schadete. Juli unterstützte seinen vorsichtigen Umgang damit, zumal sie selbst nicht wirklich viel vertrug. Außerdem hatten Alexanders hypochondrische Tendenzen nach einem Glas zu viel auch hin und wieder dazu geführt, dass er behauptet hatte, »auf jeden Fall einen schnell wachsenden Tumor im Kopf zu haben«, und es hatte Juli jedesmal sehr viel Mühe gekostet, ihn wieder zu beruhigen.

Jetzt musste sie sich allerdings das Lachen verkneifen, als er die Treppe heruntergewankt kam. Kreidebleich, mit Ringen unter den Augen und selbstverständlich laut stöhnend.

Am liebsten hätte sie ihn gefilmt und diesen Film an Nicola geschickt, die ihr nicht geglaubt hatte, was für eine Prinzessin Alexander war. Die eine oder andere Anekdote hatte sie ihr erzählt, aber das hier ginge natürlich zu weit. Doch allein der Gedanke, diesen Anblick mit ihrer neuen Freundin zu teilen, stimmte sie noch fröhlicher.

»Was gibt es denn da zu lachen?«, stöhnte Alexander und hielt sich mit beiden Händen den Kopf.

»Nichts, Alexander. Absolut gar nichts«, antwortete Juli und biss sich auf die Innenseite ihrer Wangen.

Schnell stand sie auf, damit er ihren halb erfolgreichen Versuch nicht sah, das Kichern zu unterdrücken, und führte Alexander zum Tisch, wo sie seinen Espresso und ein paar Scheiben Zitrone auf einem kleinen Tellerchen vor ihm abstellte.

»Danke, danke«, seufzte er und legte seinen Kopf auf die Arme.

Juli drückte die Zitrone in den Espresso und schüttelte sich. Es war ihr unbegreiflich, wie jemand freiwillig Kaffee mit Zitrone zu sich nehmen konnte, aber Alexander schwor bei Kopfschmerzen jeglicher Art auf diese ekelhafte Kombination, denn er hatte in irgendeinem Lifestyle-Magazin gelesen, dass diese Mischung Schmerzen betäuben würde – und da er es glaubte, half es auf jeden Fall. Juli war alles recht, was ihn wieder zu einem einigermaßen sozialverträglichen Menschen machte.

Er schlürfte das grässlichen Gebräu ziemlich laut, und Juli verzog das Gesicht, als er noch einmal laut stöhnte.

»Schon besser«, sagte er und lächelte schwach.

»So schnell?«, fragte sie und verdrehte die Augen. »Das ist ja besser als Magie!«

»Julitschka! Machst du dich etwa lustig über mich?« Er runzelte die Stirn, nur um dann doch wieder zusammenzuzucken.

»Vielleicht habe ich ja doch einen Tumor«, sagte er vorwurfsvoll, »und das hier ist die einzige Medizin, die geholfen hätte! Nun hast du sie kaputtgemacht!« Anklagend zeigte er auf seinen Kopf. »Siehst du, was du angerichtet hast?«

»Das würde ich nie tun!« Juli klimperte mit den Wimpern. »Und nein, ich sehe gar nichts, Alexander.« Sie grinste. »Dein Kater, den du übrigens mehr als verdient hast, verschwindet bestimmt bald. Ich habe nämlich eine großartige Idee, was wir heute tun können.«

»Ah, ja?« Alexander war wirklich wie ein kleines Kind, das man mit der Aussicht auf ein Abenteuer sehr leicht von allem anderen ablenken konnte. Selbst von Kopfschmerzen, die er bis gerade noch für tödlich gehalten hatte. »Was denn?«

»Machen wir es so, Sascha Jakov, Superstar mit Kater: Du trinkst deine ›Medizin‹ aus, gehst unter die eiskalte Dusche, ziehst dir etwas Unauffälliges, also Opernstaruntypisches an, und wir treffen uns in …« Sie sah auf die Uhr. »Fünfzehn Minuten wieder hier.«

»Fünfzehn …?! Wie soll ich denn das schaffen?« Er riss die Augen auf.

»Versuche es einfach, Alexander«, antwortete sie, froh darüber, dass ihr Plan aufgegangen war. »Du kannst alles schaffen, was du nur willst. Denn du bist der große Sascha Jakov. Deine Worte, mein Lieber. Also los!«

Grinsend beobachtete sie, wie er den restlichen Espresso in sich hineinschüttete, aufstand, seinen seidenen Morgenmantel (dieses Mal dunkelblaue Elefanten auf goldenem Grund) zusammenraffte und die Treppe hinaufeilte. Wieder einmal fragte sie sich, ob sie das hier wirklich den Rest ihres Lebens machen wollte. Die einzige Alternative, die sie sich vorstellen konnte, war, anstelle von Nicola den Haushalt der drei Damen zu führen, und somit war es keine. Die Bezahlung war zwar nicht schlecht und immerhin liebte sie sowohl die drei als auch das Haus und vor allem den Garten, aber sie wollte, dass es auch so blieb. Sie wusste genau, dass es keine Woche dauern würde, bis ihr die Decke auf den Kopf fiel und sie sich mit Pauline in die Wolle gekriegt hätte. Außerdem wollte sie Nicola in ihrem Leben und dem der Bridge-Ladies behalten. Vielleicht war es ja ihre Bestimmung, den Rest ihres Daseins zwischen Heim- und Fernweh gefangen zu sein. Vielleicht hatte sie sich auch nur so sehr daran gewöhnt, immer davonzulaufen, wenn es besonders schön oder auch schwierig wurde, dass sie gar nicht mehr wusste, wie bleiben ging. Selbst wenn sie sich von Tag zu Tag mehr nach einem Leben sehnte, das ihr eigenes war und nicht das eines Opernstars oder das von drei großartigen alten Damen. Aber um herauszufinden, wie dieses Leben aussehen sollte, brauchte Juli Mut, und sie war sich nicht sicher, ob sie den hatte.

»Versuche es einfach, Juli Englaender. Du kannst alles schaffen, was du nur willst. Denn du bist … du bist …« Sie stockte. *Nicht der große Sascha Jakov jedenfalls.* »Du bist … schließlich erwachsen?!«

Nun endlich, da niemand zusah, gestattete sie sich, die Augen zu verdrehen.

20

Mittwoch, 18. Mai 2022, Singapur

Gut gelaunt, wohlriechend, offenbar komplett befreit von Schmerzen und erstaunlicherweise tatsächlich unauffällig gekleidet, kam Alexander die Treppe hinunter. Er trug weiße Sneakers, dunkelblaue Bermudas, ein dunkelblaues Poloshirt, dazu eine große schwarze Sonnenbrille und einen schwarzen Strohhut. Okay, der Hut war ein wenig over the top, aber es hätte deutlich schlimmer kommen können.

»Und, Julitschka, wie gefalle ich dir?«, fragte er dementsprechend selbstgefällig und lehnte sich ans Treppengeländer, als würde er für die Homestory der *Gala* fotografiert werden.

»Ruiniere es nicht, Alexander«, antwortete sie grinsend.

Sie selbst trug ein weißes Blusenkleid, orangefarbene Wedges mit der dazu passenden Handtasche und hatte ihre Locken zu einem lockeren Dutt gebunden, denn sie wusste, dass ihr die feuchte Hitze außerhalb der klimatisierten Räume des Hotels sonst noch mehr zu schaffen machen würde.

»Du siehst jedenfalls sehr gut aus heute, meine Liebe.«

Alexander streckte ihr seine Arme entgegen, was sie geflissentlich ignorierte. Immerhin hatte sie gestern keinen Alkohol getrunken und erinnerte sich noch sehr genau daran, was vorgefallen war. Nur, weil Alexander in ihren Augen harmlos war, hieß das noch lange nicht, dass sie ihn herausfordern wollte.

»Ist irgendwas?«, fragte er prompt. Seine Antennen für Zurückweisungen waren ausgesprochen fein, und er war diesbezüglich sehr empfindlich.

»Alles gut, Alexander. Ich … weißt du, du … warst gestern … ein bisschen …« Die Stimmung des kompletten Tages hing nun von Julis nächsten Worten ab, das wusste sie genau. Deshalb wählte sie sie mit Bedacht. »… zu intensiv … interessiert an … mir.« Jetzt war es raus.

Alexanders Reaktion ließ nicht lange auf sich warten. Er begann nämlich schallend zu lachen.

»Ach so, das!« Er schüttelte den Kopf. »Das war doch nicht ernst gemeint!« Noch einmal lachte er laut auf. »Hast du das geglaubt, Julitschka?«

Hatte sie nicht. Trotzdem war seine offensichtliche Erheiterung ein wenig … verletzend.

Alexander legte die Hand auf ihren Arm und sah ihr tief in die Augen. »Es tut mir leid, wenn du dir Hoffnungen gemacht hast, aber du weißt doch: Sascha Jakov ist nicht dafür gemacht, nur eine Person zu lieben.«

Nun, da war Juli anderer Meinung. Er liebte nämlich tatsächlich nur eine Person. Sich selbst. Es machte allerdings wenig Sinn, mit ihm darüber zu sprechen. Am besten, sie machte einen Scherz daraus, wie immer.

»Alles gut. Mein Herz ist natürlich gebrochen. Aber vermutlich werde ich den Schmerz in ein paar Jahren überwunden haben. Ich hoffe es zumindest.« Sie zwinkerte ihm zu und zog die Nase hoch. »Bist du fertig?«, setzte sie grinsend nach und nahm die Zimmerkarte von dem kleinen Tischchen neben der Eingangstür.

»Schon seit Stunden!«, erwiderte Alexander. Er öffnete die Haustür und ließ Juli zuerst hindurchgehen. »Wohin fahren wir denn eigentlich?«

»Lass dich überraschen«, antwortete sie und nahm den schmalen Pfad durch den wunderschönen Garten des Capella in Richtung Rezeption.

Nachdem der Fahrer sie bei der Sentosa Station, der Seilbahnhaltestelle, abgesetzt und Juli Tickets für sie beide gekauft hatte, spürte sie die Freude über das bevorstehende Abenteuer, das nicht nur Alexander, sondern auch sie ergriffen hatte. Diese Seilbahnfahrt über die Insel, über die Harbourfront mit den Kreuzfahrtschiffen hinauf auf den Mount Faber, den Hausberg Singapurs, war einfach magisch.

Danach würden sie nach Kampong Glam gehen, denn nicht nur Alexander liebte die Haji Lane, die winzige Gasse in dem alten Viertel, in dem es kleine Boutiquen mit ausgefallenem Schmuck und Kleidern gab. Auch Juli hoffte, dort Mitbringsel für Martha, Lissi und ihre Mutter zu finden. Und vielleicht auch etwas für Nic. Sie hatte zwar keine Ahnung, was ihr gefiel, aber wenn sich ihr Charakter in ihrem Kleidungsstil widerspiegelte, dann würde sie sich sicher über einen farbenfrohen Pashminaschal oder ein Silberkettchen mit bunten Steinen freuen.

»Du strahlst so«, sagte Alexander und legte den Kopf schräg. »Denkst du auch schon an Jamal Kazura Aromatics?«

»Beinahe«, antwortete Juli und lächelte.

Nur noch ein Tag, bis sie von hier aus zunächst nach Baden-Baden zu einem eintägigen Aufenthalt aufbrechen würden, um dann direkt im Anschluss nach Stuttgart zu fahren. In Baden-Baden war Alexander von einem seiner russischen Gönner für eine Privat-Matinee gebucht worden, sodass Juli auf keinen Fall vor der Aufführung in die Leibnizstraße fahren konnte. Sie würde also Willi und die Bridge-Ladies erst am Abend in der Staatsoper treffen. Genauso wie Nic.

Es war wirklich ein sehr entspannter Tag. Wenn Alexander sich nicht beobachtet fühlte und somit auch keinen Grund hatte, den Superstar zu geben, konnte man mit ihm sehr viel Spaß haben. Hinter der Fassade der egozentrischen Diva steckte ein unternehmungslustiger, intelligenter und zu allen möglichen Späßen aufgelegter Mann, der sich einfach gerne treiben ließ, und an seltenen Tagen wie diesen liebte Juli ihren Job sehr. Vermutlich, weil es sich dann nicht wie einer anfühlte.

Nachdem sie am Mount Faber ausgestiegen waren, nahmen sie den Fußweg zur Henderson Wave Bridge, einer knapp dreihundert Meter langen Fußgängerbrücke, die einer sich brechenden Welle nachempfunden war und einen wunderschönen Blick auf die Natur und die Stadt ermöglichte. Vom Telok Blangah Hill Park gönnten sie sich dann allerdings ein Taxi in die Haji Lane und ließen sich dort im Limaa absetzen, eines von Julis absoluten Lieblingsrestaurants.

Alexander lud sie zu einer kalten Matcha-Latte sowie einer Quinoa-Bowl mit Falafel, Minze, Cranberrys und viel Avocado ein. Als er ihr nach dem üppigen Lunch auch einen Chocolate

Chip Cookie bestellte, ohne dass sie extra erwähnt hatte, dass es hier die allerbesten Kekse der Welt gab, war Juli glücklich.

»Danke«, sagte Alexander, nachdem sie wieder auf der Haji Lane standen. »Du bist die beste Assistentin der Welt.« Er beugte sich ein wenig näher zu ihr. »Und es tut mir leid, wenn ich dir gestern zu nahegetreten bin«, raunte er in ihr Ohr.

»Wie bitte?« Sie grinste. »Alexander Jakov Wassiljew, du hast es doch bemerkt? Und du entschuldigst dich dafür? Kann ich das bitte noch mal hören?«

»Auf keinen Fall, Julitschka Englaender«, antwortete Alexander sofort mit einem spitzbübischen Lächeln. »Ich habe hier schließlich einen Ruf zu verlieren!«

Das hatte er vermutlich wirklich. Aber es tat trotzdem gut, seine Entschuldigung zu hören.

Direkt neben dem Limaa lag The Humble Man, eine Herrenboutique, an der Alexander auf keinen Fall vorbeigehen konnte. Juli hatte sich schon öfter gefragt, ob der Laden sich nur über Wasser halten konnte, weil Alexander dort seine komplette Freizeitgarderobe erstand, denn er war wie für ihn gemacht. Sie genoss es, ihm beim Anprobieren zuzusehen und sich dabei in einem der kleinen roten Sessel eine winzige Verschnaufpause zu gönnen. Alexander kaufte Badeshorts, auf dessen Hosenbeinen sich eine komplette Strandszene aus den fünfziger Jahren abspielte, drei Hemden mit fragwürdigem Schallplatten-, Banknoten- und dem unvermeidlichen Paisleymuster darauf, die Juli allesamt scheußlich fand, und schließlich zwei Hüte, davon einen in Rosé und einen in Hellblau. Immerhin waren die Chinos, die ebenfalls in die voluminösen Einkaufstaschen wanderten, schlicht hell- und dunkelblau. Alexander hatte Stil, keine Frage, und er wusste, wie man Auffälliges mit Unauffälligem kombinierte. Er sah immer gut aus, selbst wenn Juli sich bei dem einen oder anderen seiner Hemden ein Lachen verkneifen musste. Wäre er allerdings ihr Freund oder Ehemann, sie hätte vermutlich versucht, ihn zu etwas Dezenterem zu überreden.

»Wir müssen unbedingt noch zu Jamal!«, rief Alexander, als sie mit Tüten beladen wieder vor dem Laden standen.

Seine Energie war unglaublich, wenn es ums Einkaufen ging, und er konnte dabei auch sehr großzügig Juli gegenüber sein. Nachdem sie bei The Humble Man nicht bereit gewesen war, für sich selbst etwas zu kaufen (kein Wunder), bestand Alexander darauf, ihr bei Jamal Kazura Aromatics, der großartigsten und zu Recht berühmtesten Parfümerie Singapurs, etwas zu schenken. Dieser winzige Laden war schlicht und ergreifend unglaublich. In holzvertäfelten und in die Wand eingelassenen Glasvitrinen, in Regalen, auf der Theke – überall reihten sich helle, dunkle und bunte Glasflaschen, kleine Fläschchen und Gefäße mit Aromaölen und Tinkturen. Dort konnte man sowohl schon fertig gemischte Parfüms kaufen, als auch sich selbst eines mischen oder mischen lassen.

Selbstverständlich hatte Alexander seinen persönlichen Duft schon vor Jahren kreieren und sich von Mister Kazura persönlich garantieren lassen, dass niemand sonst die Mischung mit dem klangvollen Namen »Tears of Tosca« in Anlehnung an seine Lieblingsrolle als Kirchenmaler Mario Cavaradossi, tragischer (und später toter) Held und Geliebter der Sängerin Floria Tosca, je zum Kauf angeboten bekam. Dafür erstand er jedes Jahr mehrere kleinere Fläschchen davon, die er selbst gerne in fremden Hotelzimmern »vergaß«. Wer einen seiner Parfümflakons fand, durfte sich damit rühmen, Sascha Jakovs Künstlerherz berührt zu haben. Und vermutlich anderes.

Juli hatte sich bei Alexanders Ausflügen hierher meist ebenfalls ein kleines Fläschchen von einem bereits vorgefertigten Duft gekauft, den sie besonders passend zu ihrer Stimmung fand. Letztes Jahr war es »Serenity« gewesen, dessen Duft mit einer ausgeprägten Lavendelnote ihr tatsächlich ein wenig Gelassenheit geschenkt hatte. Aber dieses Jahr? Gelassenheit würde ihr zwar sicher nach wie vor nicht schaden, andererseits war ihr eher nach etwas Energievollerem.

Ratlos ging sie an den Regalen entlang und las die Etiketten, die den Käufern vermutlich suggerieren sollten, dass sie ihr Schicksal mit den jeweiligen Aromen positiv beeinflussen konnten. Ob sie dazu wirklich in der Lage waren oder nicht – es war jedenfalls ein schöner Gedanke, und Juli hatte tatsächlich oft erst einmal tief durchgeatmet, wenn sie »Gelassenheit« aufgelegt hatte. Schon allein dadurch hatte es ihr geholfen.

Plötzlich kam ihr eine Idee. Sie nahm sich ein kleines geflochtenes Körbchen und ging mit neuem Blick von Fläschchen zu Fläschchen. Für ihre Mutter wählte sie »Clarity«, einen Duft, dessen Fußnote Minze und Bergamotte war und der Klarheit versprach. Lissi bekam »Confidence«, Vertrauen, mit Orange und Rose, und für Martha legte sie »Joy« – Freude – mit dem warm-herben Aroma von Pomeranze und Sandelholz in ihr Körbchen.

Aus einer plötzlichen Eingebung heraus und weil ihr Blick

genau im richtigen Moment daran hängen geblieben war, wählte sie »Serendipity«, den »glücklichen Zufall«, für Nic.

Sie lächelte, als sie die Flasche öffnete, um daran zu schnuppern. Nein, sie kannte Nicola Kramer nicht, aber sie hoffte sehr, dass der wärmende Duft der Tonkabohne kombiniert mit der süßen Frische der grünen Mandarine und der lieblichen Rose sie genauso glücklich machen würde, wie Juli in diesem Moment war, als sie das perfekte Geschenk für jemanden in ihren Korb legte, den sie dem glücklichsten Zufall der letzten Jahre zu verdanken hatte.

Nun fehlte nur noch ein Duft für sie selbst. Zuerst hatte sie an »Courage« gedacht, aber »Mut« traf es nicht genau. Das, was sie sich für ihr nächstes Jahr wünschte, ging tiefer und würde zwar Mut erfordern, aber ganz sicher vor allem auch eine große Veränderung bedeuten, wie auch immer sie aussehen würde. Zielstrebig griff Juli in das Regal, in dem sich die Flakons von A bis C aufreihten, und nahm eine dunkelblaue, leicht bauchige Flasche »Change« heraus.

21

Mittwoch, 18. Mai 2022, Stuttgart

Nic steckte den Kopf durch die Küchentür. »Das Abendessen ist in einer Viertelstunde fertig. Passt das den Herrschaften?«, fragte er Willi und die Bridge-Ladies, die im Erker saßen und Karten spielten.

Er grinste, als Martha sofort eine aufrechtere Haltung einnahm und ihm huldvoll lächelnd zuwinkte. »Die Herrschaften sind begeistert, solange es wieder so vorzüglich schmeckt wie gestern.«

»Ich werde mir diesbezüglich selbstverständlich die allergrößte Mühe geben«, antwortete er schmunzelnd und wandte sich in Richtung Küche.

»Ich bin absolut davon überzeugt, dass es großartig wird!«, rief Willi ihm hinterher, gerade, als er im Begriff war, die Tür hinter sich zu schließen.

»Da hat aber jemand unsere neue Haushälterin sehr ins Herz geschlossen«, stichelte Martha sofort, was Willi natürlich nicht auf sich sitzen lassen konnte.

»Ihn nicht, aber sein köstliches Essen«, gab der Richter zurück und lachte.

Nic beschloss, die Tür einen Spalt offen zu lassen. Mit dieser

Unterhaltung im Hintergrund war es beinahe, als würde er während einer Theatervorstellung kochen.

»Nein, ganz unter uns, ich mag den Kerl. Auch wenn ich zugeben muss, dass ich am Anfang misstrauisch war, was seine Absichten anging.«

»Was meinen Sie damit?«, fragte Martha prompt, und Nic war nun erst recht froh darüber, dass er mithören konnte.

Er rührte in dem Ragout, das er heute mit hauchdünnen Pfannkuchen und weißem Spargel servieren wollte. Ein wenig Estragon würde sehr gut dazu passen, aber jetzt war nicht der richtige Zeitpunkt, um dem hinteren Kräuterbeet, von dem Juli erzählt hatte, den ersten Besuch abzustatten.

»Also …«, begann Willi, »es ist ja nicht so, dass ich ihm per se misstraut hätte, aber Sie müssen schon zugeben: ein junger Mann, der bereit ist, seine Wohnung und seine Arbeit aufzugeben und einfach so seine Heimat zu verlassen …«

»Was haben Sie gegen unsere Stadt, Willi?«, unterbrach ihn Martha sofort und schnalzte mit der Zunge.

»Ja, was meinen Sie damit?«, fiel auch Lissi mit ein.

»Nichts. Ich meine gar nichts. Beruhigen Sie sich wieder!« Willi schnaubte. »Ich sage ja gar nichts gegen Stuttgart. Ich sage nur, dass es merkwürdig ist, wenn einer alles hinter sich lässt – und mit ›alles‹ meine ich eine schicke Stadt, ein gesichertes Leben und jegliche sozialen Kontakte, die er hatte – und dabei nicht mehr ganz jung ist, dann ist das doch ein bisschen … verdächtig, oder etwa nicht?«

Wenn man es so sah, hatte Willi nicht ganz unrecht, dachte Nic und wartete neugierig darauf, was als Nächstes passieren würde.

»Ich glaube, Sie haben zu viel Tatort geschaut, Willi«, sagte Martha. »Jemand, der so liebevoll mit seinem Hund umgeht, kann nur ein vertrauenswürdiger Mensch sein.«

Willi räusperte sich erneut. »Was ich eigentlich sagen wollte: Ich habe ihm misstraut.« Er machte eine kurze Pause, die Nic nutzte, um ganz leise noch ein paar Pinienkerne aus dem Ausziehschrank zu holen. »Stellen Sie sich mal vor, Nicola Kramer wäre jemand gewesen, der sich bei Ihnen verstecken will, weil er gesucht wird! Oder er hat gesehen, dass hier drei alte und gebrechliche Damen sitzen, die man leicht ausrauben könnte oder womöglich Schlimmeres ...«

»Was haben Sie nur für eine fürchterliche Fantasie, Wilhelm Wenzelsberger«, fiel ihm nun Pauline ins Wort. »Nicola Kramer ist einfach nur ein großartiger Mensch.«

Nic nahm sich vor, ihr eine extragroße Portion anzurichten.

»Jedenfalls«, setzte Willi seine Rede fort, ohne sich von ihr beeindrucken zu lassen, »... habe ich meine Meinung geändert. Ich glaube ihm. Nur, weil mein Leben so geradlinig verlaufen ist und ich mir nicht vorstellen könnte, irgendwo anders zu leben, heißt das ja noch lange nicht, dass es jedem so geht. Ich denke also, er sagt die Wahrheit. Aber nachdem ich mir da sicher bin, frage ich mich, warum Sie das nicht tun.« Wieder machte er eine Pause. »Oder wollen Sie mir erzählen, dass Juli weiß, dass Nicola Kramer ein Mann ist? Ich war bei einigen Ihrer Telefonate dabei und weiß Bescheid. Sie lügen. Alle drei.«

Kurz herrschte betretenes Schweigen, bis auf einmal alle gleichzeitig sprachen.

»Ja, aber ...«

»Woher wissen Sie …«

»Also wirklich …!«

»Warum tun Sie immer so geheimnisvoll, wenn sie anruft, und warum haben Sie es ihr nicht gesagt?«

»Das verstehen Sie nicht«, sagte Martha leise.

Nic drehte die Flamme kleiner und stellte sich an die angelehnte Küchentür, um nur ja nichts zu verpassen. Durch den schmalen Spalt konnte er sehen, wie sich Pauline zu Willi hinüberlehnte und flüsternd ergänzte:

»Das hat seine Gründe, Willi. Mehr können wir Ihnen jetzt nicht verraten.« Sie wies mit dem Kopf auf die Küchentür.

Alle vier drehten gleichzeitig ihre Köpfe in seine Richtung. Leider hatte er es nicht geschafft, sich schnell genug zu verstecken, und so blieb ihm nichts anderes übrig, als schwungvoll die Tür zu öffnen und zu hoffen, dass ihm keiner ansah, dass er bis gerade eben gelauscht hatte. Da half nun nur eine winzige Notlüge seinerseits.

»Liebste Martha, ich würde kurz in den hinteren Garten gehen und mal nachsehen, ob es in dem Gemüsebeet an der Natursteinmauer ein bisschen Estragon gibt. Juli hat mir erzählt, dass …«

»O nein, Nic, das ist gar keine gute Idee!«, fiel ihm Martha ins Wort. Schnell stand sie auf und trat neben ihn, um ihm die Hand auf den Arm zu legen. »Wir brauchen keinen Estragon. Auf keinen Fall. Ich bin … allergisch dagegen, und Estragon … wächst da auch überhaupt nicht.«

»Nicht?« Überrascht sah er sie an. Juli hatte ihm gesagt, dass er in diesem Beet alle Kräuter finden würde, die er sich nur vorstellen konnte. Von Liebstöckel über Minze, Kerbel und Petersilie, Kresse, Schnittlauch und Salbei hatte sie alle aufgezählt. Auch Estragon war dabei gewesen, da war er sich ganz sicher. Und dass jemand dagegen allergisch sein konnte, hatte er noch nie gehört. In diesem Moment fiel ihm außerdem auf, dass Martha ihm jedesmal zuvorgekommen war und ihm die Kräuter, die er brauchte, gebracht hatte. Sie hatte ihn von diesem Garten also regelrecht ferngehalten.

»Nein, Nic, wirklich. Ich denke, wir haben alle sehr großen Hunger, und Estragon wird völlig überbewertet.« Sie war richtig blass geworden, sodass Nic sich fast schon Sorgen um ihren Kreislauf machte. Schnell führte er sie zu ihrem Stuhl zurück.

»Ich dachte, das wächst da gar nicht?« Pauline sah sie verwirrt an.

»Doch, tut es. Also, nein … ich … also, ich sterbe vor Hunger!« Hilfe suchend sah Martha zu Willi, der zwar ebenso ahnungslos aussah wie Pauline, aber bei »Hunger« sofort reagierte.

»Ja, also, ich könnte auch was vertragen.« Er drückte mit beiden Händen in seinen Bauch.

Lissi verdrehte die Augen, aber so, dass es Martha nicht sehen konnte. Ratlos zuckte Nic mit den Schultern.

»Gut, dann … gibt es jetzt Abendessen. Ohne Estragon.«

»Sehr gut.« Martha war die Erleichterung deutlich anzusehen. »Sehr gut.«

Merkwürdig. Aber auch nicht weiter tragisch. Dass alte Menschen mitunter ein wenig seltsam und schrullig waren, wusste er. Nic war sowieso der Meinung, dass man großzügig mit den Macken der anderen sein sollte. Genauso wie mit den eigenen.

Dennoch würde er wohl nachsehen müssen, was es mit dem Kräuterbeet auf sich hatte, denn wenn Martha eines mit ihrem seltsamen Ablenkungsmanöver erreicht hatte, dann, dass er nun unbedingt dorthin wollte.

22

Mittwochabend, 18. Mai 2022, Stuttgart

Als Willi nach dem köstlichen Abendessen und einer ausgedehnten Runde Bridge die Villa verlassen hatte, nicht ohne zu versprechen, auf seinem Heimweg noch einmal nach Elvis zu rufen, saßen Martha, Pauline und Lissi noch bei ihrem allabendlichen Schlummertee zusammen.

»Und warum genau durfte Nic vorhin nicht an das Beet?«, fragte Lissi und blies auf ihre Tasse. »Du kannst mir nicht erzählen, dass du wirklich etwas gegen Estragon hast, Martha, du weißt doch noch nicht mal, wie er schmeckt!« Sie nahm einen großen Schluck und seufzte genießerisch. »Also dieser Tee … einfach magisch. Du solltest ihn dir patentieren lassen.« Sie hob ihre Tasse, um mit Martha anzustoßen, die sich um ein Lächeln bemühte.

»Ich weiß nicht …«, sagte sie verlegen.

»Ja, das mit dem Estragon würde mich auch interessieren«, nahm Pauline das Gespräch wieder auf und beugte sich nach vorne, um Martha neugierig zu mustern.

»Es ist, weil …« Verdammt.

Martha rutschte auf ihrem Stuhl hin und her. Nun war es also an der Zeit, Farbe zu bekennen. Doch so einfach war das nicht, vor allem, weil sie sich ja sogar bisher selbst vorgemacht hatte, keine Ahnung zu haben, was da hinten im Beet wuchs. Aber sie wusste alles. Sie hatte die Pflanzen gegoogelt. Es gab keinen Zweifel. Dennoch. Es zu wissen, war eine Sache, es zuzugeben, eine ganz andere.

Martha sah weder Pauline noch Lissi in die Augen. Stattdessen malte sie mit dem Zeigefinger Kreise auf die Tischdecke und suchte nach einer Erklärung, die das Ganze irgendwie moralisch … abmildern konnte, aber es fiel ihr beim besten Willen nichts ein. Die Frage war also nicht, was sie erzählen sollte, sondern wie man so ein Geständnis am besten anfing.

»Also, es ist so. Weil …«

Los jetzt, Martha von Hellbach, das hier sind deine besten Freundinnen, und dein Verhalten ist lächerlich. Du hast es nur gut gemeint.

Sie straffte sich und setzte sich aufrecht hin.

»Ich habe es nur gut gemeint.«

Ausgesprochen klang es nicht halb so gut wie in ihrem Kopf, sondern eher wie eine wirklich lahme Ausrede, und Ausreden lehnte Martha grundsätzlich ab. *Augen zu und durch, von Hellbach,* ermunterte sie sich selbst noch einmal, bevor sie sich räusperte, zuerst Lissi und dann Pauline fest in die Augen sah und endlich zu erzählen begann.

»Ihr erinnert euch doch noch an das getrocknete Zeug, das Max vergessen hat?«

Die beiden anderen nickten, und Martha fuhr fort, froh darüber, dass sie einen einigermaßen sinnvollen Anfang gefunden hatte und sie bisher noch keine von den beiden unterbrochen hatte.

»Zuerst wollte ich es wegwerfen. Natürlich. Es hat ja auch

wirklich furchtbar gerochen!« Sie schüttelte sich bei dem Gedanken daran, wie nicht nur die getrockneten Blätter, sondern auch der alte Dielenschrank und die komplette Wohnung regelrecht nach diesem komischen Kraut gestunken hatten und Martha sofort vorsichtshalber alles neu streichen und den Schrank entsorgen ließ, bevor Nic eingezogen war, weil sie befürchtete, dass sie den Geruch sonst nie wieder loswerden und er sich womöglich – schlimmer noch – im ganzen Haus ausbreiten würde.

Wie gut, dass Nic jetzt dort wohnte. Aus seiner Wohnung duftete es höchstens mal nach frisch gebrühtem Espresso. Beim Gedanken an ihn und wie sie ihn gerade behandelt hatte, bekam sie beinahe ein schlechtes Gewissen.

»Erzähl weiter, Martha!« Lissi schnalzte ungeduldig mit der Zunge.

Martha zuckte zusammen, bevor sie weitersprach, nicht ohne ihre Freundin böse anzufunkeln. Mit der Zunge zu schnalzen war Marthas Part, und es gefiel ihr gar nicht, dass Lissi plötzlich ihre Rolle übernehmen wollte. Außerdem war es zugegebenermaßen ziemlich unfreundlich. Etwas, worüber sie vielleicht bei Gelegenheit einmal nachdenken sollte. Nach der Beichte.

»Nun gut«, fuhr sie fort. »Also, dieses Kraut: Ich habe diese einzelnen kleinen Tütchen noch mal in eine wiederverschließbare Plastiktüte gepackt und mit hoch in die Küche genommen. Ich wollte sie entsorgen, wirklich! Ich schwöre es euch bei Lissis Eberkopf!« Kurz sah sie zu dem furchterregenden Ungetüm über dem Kamin hinüber und hob die rechte Hand zum Schwur.

Lissi schnaubte.

»Du kannst nicht bei irgendetwas schwören, was dir nicht gehört«, sagte sie und schaute streng. »Und es ist im Übrigen *Richards* Eberkopf, Gott hab ihn selig.« Sie bekreuzigte sich.

»Ach wirklich?«, gab Martha zurück, »und ich dachte immer, Richard hätte ganz anders ausgesehen.« Sie grinste.

Martha fühlte sich zwar schlecht, weil sie ihren Freundinnen nicht von Anfang an reinen Wein eingeschenkt hatte, aber so schlecht, dass sie sich auf der Nase herumtanzen ließ, dann auch wieder nicht.

»Schon gut, Martha, wir glauben dir. Dafür musst du doch nicht schwören. Los, erzähl weiter!« Pauline legte ihre Hand auf Marthas und lächelte sie aufmunternd an.

Dass ausgerechnet sie es war, dic das Geständnis am Laufen hielt, war erstaunlich, schließlich verlor sie selbst bei ihren eigenen Geschichten andauernd den Faden. Die Vermittlerrolle zwischen Lissi und Martha hatte sie allerdings schon oft eingenommen – die war ihr also durchaus vertraut. Und sie spielte sie so gut, dass sich Martha nie vor den Kopf gestoßen fühlte, auch wenn Pauline Lissi in Schutz nahm. Für Lissi konnte sie natürlich diesbezüglich nicht sprechen, aber das war auch nicht schlimm. Lissi war schließlich ständig wegen irgendeiner Lappalie beleidigt und genauso schnell, wie sie eingeschnappt war, war sie auch wieder versöhnt. Jetzt saß sie ihr mit verschränkten Armen gegenüber und beäugte sie misstrauisch.

»Du weißt aber schon, dass du vor uns keine Geheimnisse haben musst, Martha, nicht wahr?«, setzte Pauline nach und drückte Martha Hand. Dann schüttelte sie den Kopf. »Aber ganz ehrlich, ich weiß immer noch nicht so genau, um was es eigentlich überhaupt genau geht.« Entschuldigend zuckte sie mit den Schultern.

»Es geht um Marthas Unfähigkeit, Dinge wegzuwerfen«, antwortete Lissi schnippisch.

»Nein, das stimmt so nicht«, verteidigte sich Martha. »Ich wollte es wegwerfen, wirklich, und ich kann sehr wohl Dinge loswerden. Besser als … manch andere Menschen hier am Tisch.« Sie warf einen bedeutungsvollen Blick in Richtung Eberkopf, den Lissi geflissentlich ignorierte. Glücklicherweise verkniff sie sich auch eine Retourkutsche, sodass Martha endlich weitersprechen konnte. Nun, da sie mit ihrem Geständnis begonnen hatte, wollte sie es nämlich auch schnell hinter sich bringen, denn sie spürte, was für eine Last es gewesen war, ihr Geheimnis so lange für sich zu behalten.

»Polly, du wirst gleich wissen, um was es geht. Ich erzähle es der Reihe nach, ja?«

Pauline nickte, und Martha fuhr fort.

»Als ich neulich im hinteren Garten Kräuter ernten wollte, habe ich gesehen, dass dort an der Mauer sehr viele von exakt diesen Pflanzen wachsen und dass sie dort auch unglaublich gut gedeihen. So gut, dass sie letztes Jahr jemand angebunden haben muss. Die Stäbe dafür steckten alle noch im Beet. Ich hatte diese Gewächse noch nie vorher gesehen und ich fand sie auf eine eigenartig Weise wunderschön.« Sie lächelte, als sie sich daran erinnerte, wie sie diese merkwürdigen Pflanzen das erste Mal entdeckt und sich einfach nur daran gefreut hatte, wie prächtig alles in diesem Beet wuchs. Es war immer wie ein Gruß aus der Ferne von Juli und machte sie jeden Frühling aufs Neue froh.

»Außerdem weiß ich ja, dass nichts in diesen Beeten wächst, das man nicht essen oder eben trinken kann. Das hat Juli mir versprochen. Also …« Sie zuckte mit den Schultern. »Also bin ich davon ausgegangen, dass das Zeug essbar und ungefährlich ist.«

Sie schaute ihre Freundinnen an, bevor sie mit den Schultern zuckte und weitersprach.

»Na ja, und nachdem Max offensichtlich wusste, was es war, es schon mal getrocknet hatte und für unseren Tee so langsam der Frauenmantel und die Minze ausgingen, habe ich … habe ich … eben was von Max' Kräutern in die Kanne getan.« Wieder zuckte sie mit den Schultern. »Ich fand den Geschmack jetzt zwar nicht so wahnsinnig spektakulär, aber die Wirkung war doch unglaublich, oder nicht?«

Pauline tippte sich mit dem Zeigefinger auf die Nasenspitze, etwas, das sie immer tat, wenn sie nachdachte. »Also sprechen wir jetzt gerade über Tee? Ernsthaft? Das ist das große Geheimnis?« Sie lachte.

Nun, jetzt kam wohl der unangenehme Teil.

»Nein, nicht ganz«, Martha schlug die Augen nieder. »Wir sprechen von etwas, das man als Tee zubereiten kann. Aber darum geht es nicht. Es gehört nämlich nicht wirklich in die Kategorie der Heilkräuter. Es ist … Hanf. Cannabis. Marihuana. Keine Ahnung, was der richtige Begriff ist!«, sagte sie schnell, während Lissi laut hustend den Schluck Tee wieder in die Tasse zurückspuckte, den sie gerade genommen hatte, bevor sie sie schnell von sich schob.

»Es … ich habe die Blüten fotografiert und im Internet nachgeforscht. Was soll ich sagen? Ich bin fündig geworden.«

Sie kratzte sich am Kopf. »Zu meiner Verteidigung muss ich sagen, dass es auch ganz harmlose Hanfpflanzen gibt. Die, die aus heruntergefallenen Vogelfuttersamen entstehen, und immerhin hatten wir dort hinten ja immer ein Vogelhäuschen, jedenfalls bis Elvis kam.«

Sie hatte wirklich eine Weile gebraucht, bis sie es kapiert hatte. Max, das Beet, die getrockneten Pflanzen in seinem Schrank, sein merkwürdiges Verhalten, das Verschwinden und plötzliche Wiederauftauchen … ganz abgesehen von der beeindruckenderen Wirkung des Tees, seitdem sie die neue Zutat beigemischt hatte.

»Willst du damit sagen, dass wir … dass wir … Drogen genommen haben?« Lissi riss die Augen auf. »Dass du uns welche untergeschoben hast? Absichtlich?«

Martha konnte zusehen, wie sich rote Flecken auf Lissis blasser Haut ausbreiteten, ein untrügliches Zeichen dafür, dass sie sich furchtbar aufregte.

»Wenn das mein Richard wüsste!« Lissi schnaufte laut.

»Er weiß es aber nicht. Er ist nämlich tot!« Martha schnaubte ebenfalls. »Und jetzt mal im Ernst, Lissi, du warst doch diejenige, die am meisten von dem Tee getrunken hat, weil du danach immer so gut schlafen konntest! Hast du selbst gesagt!«

»Ja, schon, aber da wusste ich noch nicht, dass wir was Kriminelles trinken!« Sie sah aus, als würde sie gleich anfangen zu weinen.

»Wenn schon, dann sind wir kriminell und nicht der Tee.« Martha war kurz davor, die Geduld zu verlieren. »Außerdem haben wir ja gar nicht gewusst, was das ist. Also, zumindest ihr. Ganz ehrlich. Woher auch?«

»Aber du wusstest es ganz genau.« Lissi zeigte anklagend mit dem Finger auf Martha. »Du hast es gegoogelt, hast du selbst gesagt, und wenn es jetzt gleich klingelt und die Polizei kommt und uns alle verhaften will, dann bist du schuld!«

Wenn Blicke töten könnten, würde Martha jetzt unter dem Esstisch liegen, so viel war klar.

»Ich habe doch nicht sechsundsiebzig Jahre als unbescholtene Bürgerin gelebt, nur um jetzt noch auf meine alten Tage in den Knast zu wandern, und das auch noch, ohne dass ich was dafür kann!« Lissi wedelte sich mit einer der Servietten vom Tisch Luft zu.

Martha schenkte ein Glas Wasser ein und schob es zu ihr hinüber. Skeptisch schnupperte Lissi an der klaren Flüssigkeit. Martha schnaubte.

»Es ist nur Wasser, Lissi! Schlichtes reines Wasser!« Martha schüttelte den Kopf. »Jetzt trink endlich, bevor du hier vom Hocker kippst!«

»Ich trau dir nicht mehr, Martha von Hellbach«, sagte Lissi gepresst und nippte sehr vorsichtig an ihrem Glas. »Abgründe tun sich hier auf! Abgründe!« Sie schnaubte. »Das habe ich nicht verdient!« Sie presste sich die Serviette auf den Mund und starrte auf das Wasserglas.

Pauline hatte bisher nichts zu all dem gesagt, aber nun, da Lissi mit sich selbst beschäftigt war, wanderte Marthas Blick zu ihr hinüber. Wie sie wohl über die Sache dachte? Paulines Gesichtsausdruck war schwer zu deuten, aber sie sah entschieden so aus, als würde sie ebenfalls gleich anfangen zu weinen. Ihre Lippen bebten. Als Martha versuchte, ihren Blick aufzufangen, füllten sich Paulines Augen mit Tränen. Schnell schaute Martha weg. Sie konnte nicht auch noch mitansehen, wie Pauline weinte. Verdammt. Sie hatte die beiden wichtigsten Menschen in ihrem Leben hintergangen und aus lauter Feigheit vor den Kopf gestoßen. Von wegen, sie hatte es gut gemeint. Nun verstand sie selbst nicht mehr, wie sie überhaupt auf die Idee hatte kommen können, in diese blöde Tüte zu greifen. Schlimmer noch, ihren Freundinnen nichts davon zu erzählen. Sie hatte nicht nur deren Gesundheit, sondern auch ihre Freundschaft aufs Spiel gesetzt, und das war unverzeihlich.

Sie hörte, wie Pauline schluchzte. Oder … nein … Moment … das konnte doch nicht … Schnell sah sie auf und direkt in Paulines tränenüberströmtes Gesicht. Ja, sie weinte. Aber nicht vor Kummer, sondern weil sie so sehr lachen musste.

»Willst du damit sagen, dass wir die ganze Zeit high waren?« Sie kicherte und wischte sich die Lachtränen aus dem Gesicht. »Ist das … ist das … dein Ernst?! Martha von Hellbach, du bist der coolste Hippie, den ich kenne.« Sie gluckste. »Nur vielleicht ein bisschen … ein winziges bisschen deiner Zeit hinterher.«

Wieder brach Pauline in Gelächter aus, während Lissi sie mit aufgerissenen Augen anstarrte.

»Ich wusste, dass in dir ein Rebell steckt.« Pauline kicherte immer noch. »Ich wusste es einfach.« Von irgendwoher förderte sie ein riesiges, geblümtes Baumwolltaschentuch zutage, in das sie sich lautstark schnäuzte. »O Mann, dass ich das noch erleben darf!«, sagte sie und schüttelte den Kopf.

»Dass ich das noch erleben MUSS!«, fügte Lissi entsetzt

hinzu und stand auf. »Ihr seid doch beide von allen guten Geistern verlassen. Ich gehe jetzt ins Bett. Ich bin erschöpft und müde und zwar ganz ohne Schlummertee.« Sie presste für einen Moment die Lippen zusammen, bevor sie weitersprach. »Und morgen, morgen überlegen wir uns eine Lösung für … all das!« Sie wedelte mit der Hand. »Aber eines sage ich dir, Martha, ich werde nicht zulassen, dass du mich, Nic, Juli oder Pauline damit reinziehst. Wenn du auf deine alten Tage ein Drogenbaron werden willst, bitte sehr. Ich bin raus.« Bevor sie auf den Gang trat, drehte sie sich allerdings noch einmal um. »Und wenn du nicht zu uns auf den Pfad der Tugend zurückkehren willst, dann musst du allein weitergehen. Dann ziehe ich aus! Ich …« Sie nickte mit dem Kopf in Richtung Kamin. »… mitsamt Richards Eberkopf!«

Schon als sie die Tür hinter sich zuzog, brach Pauline wieder in Gelächter aus. Dieses Mal stimmte Martha mit ein.

»Eines muss man Lissi lassen«, sagte Martha und wischte sich die Tränen aus den Augen. »Den großen Auftritt hat sie drauf. Aber das liegt bestimmt auch an der extragroßen Tasse Tee, die sie intus hat!«

Sie kippte die Tasse so, dass auch Pauline hineinsehen konnte. Sie war bis auf den Bodensatz leer.

Nachdem sie sich wieder beruhigt hatten, legte Pauline erneut ihre Hand auf Marthas und sah ihrer Freundin in die Augen.

»Spaß beiseite, Martha von Hellbach. Du bist meine beste Freundin und ich bin deine. Auch wenn wir sehr unterschiedlich sind und ich weiß, dass du dich für viel klüger hältst als die meisten Menschen auf der Welt und auch als mich, möchte ich dir eines sagen: Ich möchte bitte in alles eingeweiht werden, wo du hineingerätst. Denn egal, wie schlau man ist, Freundinnen braucht man immer und unbedingt. Und ganz egal, was passiert, ich lasse dich nicht im Stich, du Drogenbaron, du.«

Gerührt zog Martha ihre Hand unter Paulines hervor und legte sie nun obenauf.

»Wenn schon Baronesse, das klingt doch viel besser.« Sie lächelte, bevor sie weitersprach. »Pauline Englaender. Ganz ehrlich, ich glaube, du bist viel klüger als ich. Aber darum geht es auch gar nicht. Ich bin froh, dass wir Freundinnen sind und zusammenhalten. Stell dir vor, Vesperkirchen-Maria wäre frisch geschminkt und ich wüsste nichts davon!« Sie kicherte, als Pauline peinlich berührt abwinkte.

»Sprich nicht davon! Aber in letzter Zeit war ich doch ganz normal, oder?« Ängstlich sah sie Martha an.

»Das warst du. Ehrlich Polly, es war schon lange nichts mehr, weshalb man sich Sorgen machen müsste. Vielleicht warst du auch nur so, weil dir alles zu viel geworden ist – oder zu wenig. Wie man es nimmt? Jedenfalls bin ich wirklich froh, dass wir alle zusammenwohnen. Ich hätte zwar nie gedacht, dass ich das einmal sagen würde, aber es ist so. Und ich bin froh, dass Lissi unsere Freundin ist. Denn ohne sie hätten wir keinen Eberkopf …« Sie grinste. »Und auch keinen völlig verrückten Kuckuck. Nein, ernsthaft: Ohne euch beide wäre mein Leben schrecklich langweilig. Und ohne Nic und Miles«, setzte sie hinzu. »Ohne Willi. Und natürlich ohne Juli. Ich bin so froh, dass sie übermorgen wiederkommt.« Sie lächelte, als Pauline nickte und ihre Hand drückte. »Und ich hoffe so sehr, dass unser geheimer Plan aufgeht.«

»Das wünsche ich mir auch«, antwortete Pauline seufzend. »Und dass Elvis wieder auftaucht. Dann wäre das Leben doch für einen Augenblick perfekt.«

Für einen kurzen Moment blieben die beiden still und Hand in Hand sitzen, bis Pauline sich löste und aufstand.

»Okay, Martha, du alter Hippie, was hältst du davon, wenn wir uns jetzt noch ein letztes Mal einen ordentlichen Schlummertee gönnen, bevor wir morgen alles entsorgen und du dich mit Lissi versöhnst? Immerhin sind es nur noch achtundvierzig Stunden bis zum großen Showdown in der Oper, und wir wollen doch gut dabei aussehen, nicht wahr?« Sie schob sich eine rote Locke hinter das Ohr. »Ich für Willi, du für Lissi, wir alle für Alexander und überhaupt: Wenn man schon eine Verwechslungskomödie inszeniert, sollte man auch Spaß dabei haben, stimmt's?« Sie zwinkerte Martha verschwörerisch zu.

»Stimmt. Polly, ich glaube, wenn du so weitermachst, bekommst du noch irgendwann den Ehrendoktor für Lebenskunde.«

Pauline machte große Augen. »So was gibt's? Das hätte mir mal früher jemand sagen sollen! Wer verleiht denn so was?«

»Na ja.« Martha grinste. »Ich zum Beispiel. Aber ich würde ihn nicht verleihen. Du dürftest ihn durchaus behalten.«

Das Kräuterbeet ging Nic nicht mehr aus dem Kopf. Um sofort nachzusehen, was sich dort verbarg, war es allerdings viel zu dunkel, und außerdem wollte Miles noch eine Runde nach draußen, sodass er seinen Besuch im hinteren Garten auf den nächsten Tag verschob. Der Estragon und Marthas

Grund, ihn dort hinten nicht haben zu wollen, würde wohl kaum über Nacht verschwinden, dachte er sich.

Als er von seiner Gassirunde zurückkam, hörte er Pauline und Martha im Esszimmer lachen. Sofort stahl sich auch auf seine Lippen ein Lächeln. Die drei Damen hatten unfassbares Glück und wussten das hoffentlich auch. Wenn er einmal alt war, wollte er auch mit einem Menschen zusammenleben, mit dem er gemeinsam lachen konnte. Wobei, wenn er ehrlich zu sich selbst war, hätte er diesen einen besonderen Menschen gerne jetzt schon um sich. Eine schmerzhafte Sehnsucht legte sich für einen Augenblick über sein Herz, als ihm wieder einmal bewusst wurde, wie einsam er im Grunde war.

Als ob er es gespürt hätte, stupste Miles mit seiner kalten Schnauze gegen Nics Hand. Mit seinen glänzenden braunen Augen versicherte er ihm, dass er nicht einsam war, solange es Miles gab. Nic beugte sich zu ihm hinunter und wuschelte ihm durchs Fell. Sofort flaute der Schmerz ein wenig ab.

»Schon gut, alter Junge, mit dir an meiner Seite bin ich natürlich immer in bester Gesellschaft«, flüsterte er in eines der zarten Hundeohren und kramte seinen Wohnungsschlüssel aus der Hosentasche.

Er hatte beschlossen, Juli eine E-Mail zu schreiben und ein für alle Mal reinen Tisch zu machen. Wenn sie wirklich nicht wusste, dass er ein Mann war, dann wollte er ihr das unbedingt sagen, bevor sie hier auftauchte. Nicht auszudenken, was es für sie bedeuten musste, eine Frau zu erwarten und schließlich ihn vor sich zu sehen. Wobei das natürlich auch erklären würde, warum sie so offen von sich erzählt hatte.

Er nahm sich ein Bier aus dem Kühlschrank und ließ sich auf

der Couch nieder, von der aus man durch die großen Schiebetüren einen großartigen Blick in den Garten hatte, der nach einem ausgeklügelten Lichtkonzept die alten Bäume, den Bambus und vereinzelte Sträucher so von unten beleuchtete, dass es Nic immer wieder vorkam, als säße er in einem riesigen geheimnisvollen Feenpark. Ganz besonders liebte er die Lichterkette, die Juli in der großen Linde aufgehängt hatte und die jeden Abend pünktlich zur Dämmerung zu leuchten begann. Wieder wanderte sein Blick hinüber zu Julis Terrasse und wieder stellte er sich vor, sie würde dort drüben sitzen und ihm zulächeln – und er ertappte sich dabei, wie er ebenfalls zu lächeln begann.

»Du spinnst doch, Kramer«, sagte er laut zu sich selbst und stand noch mal auf, um für den winselnden Miles die Schiebetüren zu öffnen, bevor er es sich endgültig gemütlich machte.

Wenn sie ihn für eine Frau hielt und deshalb so offen zu ihm war, würde er das mit seiner Mail riskieren, schlimmstenfalls zerstören. War er bereit dazu? Eher nicht. Aber er war auch kein Lügner, und eine Freundschaft, die auf einer Lüge basierte, konnte nicht bestehen, das war ihm ebenfalls bewusst.

Liebe Juli, … begann er und nahm erst einmal einen großen Schluck. Ja, er musste ihr die Wahrheit sagen, selbst wenn es alles zwischen ihnen verändern würde. Etwas, das er so noch nicht gekannt hatte. Vertrauen. Nähe. Mehr, als er davon je in seiner Beziehung mit Linda gespürt hatte, aus welchen Gründen auch immer.

Er lächelte, als er sich vorstellte, wie sie sich übermorgen Abend gegenüberstehen würden. Glücklicherweise besaß er neben seinen unzähligen Jeans und Shirts auch drei Anzüge.

Er konnte es kaum erwarten, Juli nicht nur auf Fotos, sondern auch in Wirklichkeit anzusehen und endlich ihre Stimme und ihr Lachen zu hören. Er wusste einfach, dass sie genauso großartig war, wie er sie sich vorstellte. Und er wollte ebenfalls die beste Version seiner selbst sein. Er hoffte, dass sie ihn mochte und nicht enttäuscht von ihm war. Obwohl er ein Mann war. Oder gerade deshalb. Er nahm noch einen Schluck.

Es würde nicht einfach werden, alles zu erklären und sich dabei nicht wie ein Lügner zu fühlen, aber er hatte ihren Irrtum ja tatsächlich nicht gleich bemerkt. Er konnte um Verzeihung bitten und hoffen, dass die Ehrlichkeit, mit der sie sich jeweils aus ihren Leben berichtet hatten, ausreichte, um Juli zu beweisen, dass er nach wie vor ihr Vertrauen verdiente. Es war richtig und gut, ihr die Wahrheit zu sagen. Aber bevor er das tat, musste er die Angst loslassen, dass er etwas zerstören könnte, was noch gar nicht richtig entstanden war. Für einen kurzen Moment schloss er die Augen, als ihm klar wurde, dass er Juli in seinem Leben haben wollte. Nicht nur als Tochter von Pauline, sondern … als Nachbarin, als Freundin und vielleicht sogar … mehr. Sein Herz pochte aufgeregt gegen seine Rippen. War es möglich, sich in jemanden zu verlieben, den man noch nie getroffen hatte?

Ein Geräusch von draußen sorgte dafür, dass Nic die Augen wieder öffnete. Er konnte gerade noch sehen, wie Miles als grauer Pfeil durch den Garten schoss und eine kleine Katze verfolgte. Er sprang auf und verschüttete dabei einen Großteil seines Bieres über dem Laptop und seiner Jeans. Hektisch tupfte er mit seinem Ärmel seines Sweatshirts auf der Tastatur herum und klappte schließlich den Rechner zu, bevor er zur Tür stürzte, um seinen Hund zurückzupfeifen und die kleine Katze wahlweise vor Miles zu retten oder umgekehrt. Die Mail musste warten.

23

Freitagmittag, 20. Mai 2022, Baden-Baden

Juli trommelte mit den Fingernägeln gegen die Fensterscheibe und schaute auf die Uhr. Sie hatte von Anfang an gewusst, dass dieses Privatkonzert ein Fehler war, aber Alexander hatte ja nicht auf sie hören wollen. Nun stand er schon seit Stunden in der Küche dieser alten Baden-Badener Villa, aß Beluga-Kaviar mit Blinis und Sauerrahm und unterhielt sich mit seinem russischen Freund Jurij über irgendetwas, das Juli nicht verstand. Seine russische Seele brauche sowohl die Stör-Eier als auch das unverständliche russische Gemurmel, hatte er zumindest behauptet, als sie ihre Bedenken geäußert hatte. Diese Matinee sei nicht verhandelbar und wenn Juli ihn nicht begleiten wolle, könne sie ja schon nach Stuttgart vorausfahren, dahin, wo ihre eigene Seele fand, wonach sie sich sehnte.

Das war frech, aber es stimmte auch. Juli wäre tatsächlich sehr gern vorausgefahren, andererseits, da war sie sich sicher, würde Alexander auf keinen Fall rechtzeitig nach Stuttgart kommen, wenn sie nicht darauf achtete, dass in seinem Glas ausschließlich Wasser landete und nichts von dem eisgekühlten Wodka, den Jurij ihm immer wieder anbot.

Noch fünf Stunden bis zum Auftritt. Juli wusste, dass Alexander sich jetzt zwar nicht losreißen konnte, aber später dafür trotzdem jammern würde, wenn er nicht genug Zeit hatte, um sich vorzubereiten, und sie hatte absolut keine Lust, sich dieses Gejammer anzuhören.

In dem Garten, den sie durch die hohen Fenster sehen konnte, spielten ein paar Kinder Fangen. Kurz blieb Julis Blick an den alten Bäumen hängen. Einer davon war eine Linde, ähnlich der, die in Marthas Garten stand. Sie lächelte. Noch ein paar Stunden und sie war zu Hause.

In den letzten Jahren waren ihre Gefühle bei der Heimkehr immer sehr gemischt gewesen. Über die Vorfreude schob sich von Jahr zu Jahr deutlicher ein Hauch Sorge, was sie vorfinden würde.

In der Spiegelung des Fensters sah sie, wie sich nun auch noch die Freundin des Gastgebers zu den beiden in die Küche gesellte. Sie hörte Alexanders lautes Lachen. Plötzlich wurde ihr bewusst, dass sich etwas in ihr verändert hatte. Je größer die Sorge gewesen war, desto größer wuchs auch der Wunsch, all die Verpflichtungen und Verantwortlichkeiten weit hinter sich zu lassen. Genau das war immer ihr Antrieb für noch ein Jahr und noch eines mit Alexander gewesen. Für ihn war sie zwar genauso verantwortlich wie für ihre Mutter und die anderen beiden, aber er bedeutete ihr nicht halb so viel wie die drei.

Seitdem Nic in der Villa aufgetaucht war, war ein ungeheurer Druck von ihren Schultern gewichen, denn Nic trug diese Verantwortung mit ihr gemeinsam. Oder für sie, je nachdem, wie man es sehen wollte, und es gab überhaupt keinen Grund mehr, sich nicht auf zu Hause zu freuen oder gar erneut davonzulaufen. Vor allem aber war es allerhöchste Zeit, die Person endlich treffen und kennenlernen zu dürfen, die schon jetzt einen so wesentlichen Unterschied in ihrem Leben machte.

Juli griff in ihre Handtasche und strich vorsichtig über die hübsche Schachtel, in die Mister Kazura »Serendipity« eingepackt hatte.

Sie gab Alexander noch genau fünf Minuten, um sich von selbst zu verabschieden. Dann würde sie das übernehmen.

Don Giovanni war nicht gerade Alexanders Lieblingsoper, schließlich war die Hauptrolle in diesem Stück die des gleichnamigen Protagonisten, aber der war nun mal ein Bariton und kein Tenor. Immerhin bekam er am Ende wenigstens die Frau ab, was ihn ein wenig versöhnte. Aber dennoch. Sein Ego hatte Mühe, sich mit dem vermeintlich gehörnten Verlobten zufriedenzugeben und nicht die Rolle des Verführers zu spielen, weshalb er auch – und das war beinahe das Schlimmste – den Knopf seines weiten Hemdes nicht weiter aufmachen durfte als unbedingt nötig. In seinen Augen die absolute Verschwendung, denn so konnte er seine männliche Brust nicht zeigen, was er im Grunde für sein persönliches Recht und seine Pflicht dem weiblichen Publikum gegenüber hielt.

Dementsprechend schlecht war er gelaunt, als Sarah, die Maskenbildnerin, begann, sein Gesicht abzupudern. Juli hatte alle Mühe, ihn aufzumuntern.

»Hast du gesehen, dass die Kulturchefin von der *Stuttgarter Zeitung* da ist?«

Alexander brummte etwas Unverständliches, und Juli überlegte fieberhaft, was sie noch sagen könnte.

»Martha, Pauline und Lissi sind auch da und freuen sich schon sehr auf dich!«

»Das weiß ich doch, Julitschka. Sie freuen sich immer auf mich.« Er beugte sich nach vorne und fuhr die Maskenbildnerin an. »Nicht so schwarz und dick meine Augenbrauen! Wollen Sie, dass ich aussehe, als wäre ich hundert Jahre alt? Bin ich Pavarotti? Stecken Sie mir als Nächstes noch ein Sofakissen unter das Hemd, damit ich auch so dick bin wie er?«

Die junge Maskenbildnerin zuckte erschrocken zusammen und ließ vor Schreck ihren Schminkpinsel fallen.

»Da sehen Sie, was Sie angerichtet haben. Dieser Pinsel kommt mir nicht mehr ins Gesicht!« Wütend überkreuzte er die Arme vor der Brust. »Lauter Amateure hier! Wie soll ich mich denn da vorbereiten? Juli, bring mir meine Pastillen. Und Sie …!« Er winkte die Maskenbildnerin näher zu sich. »Gehen Sie! Na los! Ein Sascha Jakov en nature ist immer noch schöner als alles, was Sie mir da aufs Gesicht malen!« Als sie wie versteinert stehen blieb, setzte er ein grobes »Husch, Husch!« hinterher und wedelte mit den Händen.

Juli sah, wie der jungen Frau Tränen in die Augen schossen. Schnell hob sie den Pinsel auf und drückte ihn ihr in die Hand.

»Mach dir nichts draus«, sagte sie leise. Sie legte ihr die Hand auf den Arm und schob sie in Richtung Tür. »Lass ihn einfach zehn Minuten in Ruhe, bis dahin beruhigt er sich wieder. Das hat nichts mit dir zu tun.«

Damit hatte Juli zwar recht, aber für die junge Maskenbildnerin machte das im Moment auch keinen Unterschied. Juli wusste, wie einschüchternd Alexander sein konnte, und Sarah tat ihr furchtbar leid. Dennoch half es nichts, wenn sie jetzt hier stehen blieb. Im Gegenteil, das würde alles noch viel schlimmer machen.

»Jetzt geh schon! Er ist eigentlich ganz harmlos«, flüsterte sie und schob die Maskenbildnerin zur Tür hinaus.

»Ich habe das gehört, Julitschka!« Alexander hatte sich mitsamt seinem Schminkstuhl umgedreht. »Ich bin nicht harmlos! Ich bin der große Sascha Jakov und will ernst genommen werden.« Er schüttelte den Kopf. »Harmlos … Tssss!«

Juli bemerkte, dass sie weder Lust noch die Gelassenheit hatte, seine Unverschämtheiten in einen Scherz zu wandeln und so die Situation für alle erträglich zu machen. So erging es ihr in letzter Zeit immer öfter und immer schneller, und sie bezweifelte, dass ihr »Patience« dabei geholfen hätte.

»Okay, Alexander, du bist nicht harmlos. Du bist ein großer Künstler und ein Profi. Du hast gleich einen Auftritt. Natürlich hast du ein Recht auf deine … Stimmungen, aber ein Profi würde sich schminken lassen, sich einsingen und ansonsten seine Stimme schonen.«

Sie verschränkte ebenfalls die Arme vor der Brust. Irgendjemand hatte ihr erzählt, dass man viel besser zu seinem Gegenüber durchdringen konnte, wenn man dieselbe Körperhaltung einnahm wie er oder sie.

»Im Übrigen habe ich nicht nur die Dame von der *Stuttgarter Zeitung* gesehen, sondern auch den Programmchef vom SWR und deine Lieblingslandtagsabgeordnete von gegenüber.«

Alexander zuckte mit den Schultern. »Schön für sie.«

Innerlich zählte Juli bis drei, bevor sie weitersprach. Ein alter Trick, der sie schon oft gerettet hatte.

»Außerdem hat mich der halbe Chor schon um Autogramme gebeten, und Maria Swobota, dein Lieblingsschwan vom Stuttgarter *Schwanensee*, möchte dich nach der Vorstellung treffen.«

Endlich erhellte sich Alexanders Gesicht ein wenig. Juli seufzte innerlich auf.

»Ah, ja? Nun, gut, dass ich das Sofakissen abwenden konnte.« Er grinste selbstgefällig, obwohl keiner außer ihm je etwas von diesem Kissen gesagt hatte.

»Okay, Sascha Jakov, Superstar, ich gehe jetzt für einen Moment raus, damit du dich ganz auf dich konzentrieren kannst, und wenn ich wiederkomme, bringe ich dir die Maskenbildnerin mit, damit wir dich bühnenfein kriegen, und dann gehst du da raus und zeigst ihnen, dass die Oper eigentlich *Don Ottavio* heißen müsste, okay?«

»Okay«, antwortete Alexander und warf sich selbst im Spiegel eine Kusshand zu.

Julis Lächeln fühlte sich an wie festgeschraubt. Sie musste raus aus dieser Garderobe. Nur für einen Moment. Ein wenig frische Luft, eine kurze Pause und vielleicht, wenn es sich ganz zufällig ergab, auch – einen winzigen ersten Blick auf Nicola.

24

Freitagabend, 20. Mai 2022, Stuttgart

Nic drehte sich im Spiegel hin und her. Er war zur Feier des Tages beim Friseur gewesen und hatte sich auch eine ausgiebige Bartpflege gegönnt. Er grinste, als Miles, der vor ihm saß, seinen Kopf schräg legte und ihn ansah, als wolle er Nic fragen, was er mit seinem Herrchen gemacht hatte. Er fühlte sich selbst ein wenig fremd – einerseits – und genoss es andererseits, zur Abwechslung etwas anderes zu tragen als Jeans und Shirt. Der dunkelblaue Anzug entsprach dem Anlass. Ein Besuch in der Oper war ein Ereignis. Und Juli endlich zu treffen ebenfalls. Aufregung machte sich in ihm breit, als er die ebenfalls dunkelblaue Fliege von der Stuhlkante nahm und sie sich umband. Ein letztes Mal fuhr er sich durch die Haare und warf sich selbst ein verschmitztes Lächeln zu.

»Hi, ich bin Nic Kramer. Du denkst wahrscheinlich, ich bin eine Frau …« Nicht gut.

»Hallo, ich bin Nic. Ein Mann.« Noch schlechter. Juli war schließlich nicht blind. Er zog eine Grimasse.

»Hallo Juli, schön dich endlich persönlich kennenzulernen. Ich bin Nicola, die Haushälterin deiner …« Verdammt.

Aber der erste Satz war immerhin nicht schlecht. Der

konnte bleiben. Trotzdem: Hätte er nur die E-Mail geschrieben, dann wäre er jetzt nicht in einer so unangenehmen Situation.

»Meine Freunde nennen mich Nic«, probierte er es noch einmal und fand sein Lächeln wieder. … »und es wäre schön, wenn wir auch Freunde werden könnten, falls wir das nicht schon sind«, beendete er seine Ansprache an sein Spiegelbild und die imaginäre Juli. *Freunde* hatten allerdings keine solche Angst davor, dem anderen zu begegnen.

»Nic?« Marthas durchdringende Stimme schallte durchs Treppenhaus. »Kommst du? Wir müssen los!«

»Bin schon unterwegs«, rief er zurück und schnappte sich sein Handy und seinen Geldbeutel von dem kleinen Tischchen neben der Tür.

Kurz fiel sein Blick auf einen Briefumschlag. Das opulente Logo des Le Grand Bellevue zierte die obere linke Ecke. Man hatte ihn tatsächlich um ein persönliches Vorstellen gebeten und signalisiert, wie groß das Interesse an ihm als neuem Souschef war.

»Tschüss, Miles, alter Junge!«, sagte er und wuschelte ihm durchs Fell. »Wünsch mir Glück!«

»Wuff«, machte Miles skeptisch. So richtig einverstanden schien er immer noch nicht mit Nics Outfit.

»Wir gehen später noch eine extragroße Runde, und dann erzähl ich dir alles!«, versprach Nic und zog die Tür hinter sich zu.

Schnell sprintete er die Treppe hoch und in den Flur, wo sowohl Lisbeth, Pauline, Martha als auch Willi warteten.

»Mein lieber Herr Gesangsverein!«, entfuhr es Pauline, als

sie Nic sah. »Du siehst ja sensationell aus! Wie ein Männermodell aus der *Vogue*!« Sie klimperte mit den Wimpern. »Da könnte man fast schwach werden!«

»Pauline!« Martha, die ein schmal geschnittenes, knielanges schwarzes Kleid trug, aber dazu schwarze lange Handschuhe, eine Kette und Ohrringe aus großen Perlen, sah fabelhaft aus. Ihre Porzellanhaut schimmerte rosig, der rote Lippenstift, den sie zur Feier des Tages aufgelegt hatte, betonte den Kontrast noch.

»Was denn?«, antwortete Pauline und schüttelte ihre roten Locken. »Nur weil ich alt bin, kann ich doch trotzdem immer noch sehr gut sehen!«, sagte sie empört. »Und so schöne Männer habe ich auch nicht alle Tage um mich!«

Sie schenkte nicht nur Nic, sondern auch Willi ein äußerst charmantes Lächeln, bevor sie sich bei beiden einhakte. Sie hatte ihre rote Haarpracht in Zwanziger-Jahre-Wellen gelegt und trug dazu ein dunkelblaues, eng anliegendes Samtkleid. Niemand würde bei dieser Frau über ihr Alter nachdenken, da war sich Nic sicher. Ihre Ausstrahlung war unglaublich, und es wunderte Nic kein bisschen, dass Willi bei ihrem Anblick die Worte fehlten. Willi hatte sich ebenfalls für einen dunkelblauen Anzug entschieden und mit dem weißen Hemd und dem passenden Einstecktuch war er trotz seiner fünfundsiebzig Jahre nach wie vor eine beeindruckende Erscheinung, die allerdings bei Paulines Worten ziemlich verlegen geworden war.

»Och, das … Pauline …« stammelte er und errötete ein wenig, was Martha nur ein weiteres verächtliches Schnauben entlockte.

Lissi hatte bisher still in der Ecke gestanden und hielt ihre schwarze Clutch fest umklammert. Sie hatte sich für ein silbernes Ensemble aus Rohseide entschieden. Auch sie sah sehr hübsch aus, aber im Kontrast zu Marthas und Paulines Erscheinung wirkte sie ein wenig blass. Sie hob mahnend den Zeigefinger.

»Wir sollten wirklich los«, sagte sie.

»Alles klar, ich hole mein Auto.« Nic ließ Pauline los und bahnte sich seinen Weg durch die Herrschaften, um den La-Cucina-Transporter vorzufahren. Aber da hatte er nicht mit Martha gerechnet. Entrüstet riss sie die Augen auf.

»Nic! Denken Sie wirklich, ich setze mich in einen Lastkarren?«

»Äh … ja«, antwortete er und wollte schon sein Auto verteidigen, nahm aber alles zurück, als er ihr Gesicht sah. »Nein?«

»Nein!«, sagte sie und schüttelte den Kopf. »Auf keinen Fall! Wir nehmen den Wagen!« Sie nahm einen einzelnen Schlüssel von dem Silbertablett, der an einem schwarzen Lederschlüsselanhänger hing.

»Wir nehmen … was?« Nic zog die Augenbrauen nach oben, als sie ihm den Schlüssel in die Hand drückte.

»… den Wagen. Das Auto.« Martha sah ihn an, als könne er nicht bis drei zählen. »Sie wissen schon: Dieses technische Wunderwerk der Neuzeit mit vier Rädern unten dran? Sie können doch auch andere Fahrzeuge bedienen außer … Ihrem … hässlichen … Dings?« Sie wedelte mit der Hand in Richtung Straße und dorthin, wo sein Lieferwagen ihrer Meinung nach die Gegend verschandelte.

»Kann ich. Wo steht er denn … der Wagen?«, fragte Nic und

kam sich extrem dumm vor. Nur, weil keine von den dreien Auto fuhr, hatte er automatisch angenommen, dass sie auch keines besaßen. Wenn es Termine in der Stadt gab, nahmen sie grundsätzlich ein Taxi oder gingen, wenn möglich, zu Fuß.

»In der Garage? Dieses Gebäude rechts vom Eingang mit der Zufahrt nach unten? Wenn Sie sich jetzt allerdings nicht ein wenig sputen, dann können wir gleich zu Hause bleiben.«

»Nein, schon gut, bin unterwegs.« Immerhin wusste Nic glücklicherweise, wo sich die Garage befand. Er hatte die Holzhütte mit dem schrägen Dach allerdings für eine Schuppen mit Gartenwegzeugen und Rasenmäher gehalten, aber da er nicht für den Garten zuständig war und seit Neuestem wusste, dass es dort auch geheimnisvolle Stellen gab, die niemand betreten durfte, hatte er nicht weiter darüber nachgedacht.

Während er einmal um das Haus herum zu besagter Hütte lief, fragte er sich, was für ein Auto ihn da wohl erwarten würde.

Er schob die hölzernen Doppeltüren nach außen und stieß einen beeindruckten Pfiff aus. Vor ihm stand ein schwarz glänzender Rolls-Royce Silver Shadow. Nic schätzte das Baujahr auf die späten siebziger Jahre – ein unbezahlbares Schmuckstück.

»Oh, hallo, Schätzchen«, sagte er und strich andächtig über den glänzenden Kotflügel.

Was für ein Auto! Nein, kein Auto, ein Kunstwerk. Eine Ikone der Upperclass. Er lächelte. Und wenn nicht das, dann wenigstens eine Schönheitskönigin. Johnny Cash, einer der Lieblinge seiner Mutter, hatte auch so einen gehabt. Ein wenig mulmig wurde ihm bei dem Gedanken, den Wagen durch die

Stuttgarter Innenstadt mit all ihren Baustellen und Umleitungen zu lenken und dann unter den Argusaugen von Martha womöglich in einem sehr engen Parkhaus einparken zu müssen. Andererseits, was für ein Erlebnis, in so einer Luxuskarosse sitzen zu dürfen.

»Na, heute Abend schon was vor?«, sagte er und ließ sich vor der Kühlerfigur, der sogenannten Emily, auf die Knie sinken.

Wenn er genau hinsah, konnte er sein eigenes winziges Spiegelbild im blank polierten Metall sehen. *Wahnsinn!*

»Wenn Sie dann fertig damit sind, meinem Auto unmoralische Angebote zu unterbreiten, würde ich es begrüßen, wenn wir losfahren könnten.«

Nic schoss in die Höhe, als er Marthas Stimme hinter sich hörte.

»Oh, Entschuldigung, ich …«

Und Paulines Kichern. Auch Lissi und Willi standen in der offenen Tür und hatten ihn offensichtlich beobachtet.

»Sorry«, sagte er noch einmal zerknirscht und öffnete die Beifahrertür, sodass Martha neben ihm einsteigen konnte. Peinlich.

»Kein Problem,« knurrte sie. »Zumindest nicht meines.« Er hörte ihr Grinsen mehr, als dass er es sah. »Aber wenn Sie mich fragen, brauchen Sie dringend eine Freundin, wenn Sie schon so mit meinem Autor reden.«

Und dann brach sie in ihr typisches raues Gelächter aus, in das sowohl Nic als auch die anderen drei mit einstimmten.

Glücklicherweise konnte keiner der anderen sehen, wie rot Nic bei Marthas Satz geworden war.

Der Silver Shadow schnurrte wie ein Kätzchen und fuhr sich beinahe von allein. Es war ein Vergnügen, diesen Wagen zu bewegen, und seine anfängliche Sorge, dass er diesem Luxusfahrzeug nicht gewachsen sein sollte, war völlig unbegründet, denn es sah nicht nur sensationell aus, sondern war auch ein Meisterwerk der Ingenieurskunst.

Nic fuhr direkt vor den Seiteneingang des Großen Hauses, öffnete ganz chauffeursmäßig die Türen und ließ alle vier aussteigen, bevor er sich wieder in den Wagen setzte und einen Parkplatz in der Tiefgarage des Landtags nebenan suchte. Er genoss die wenigen Augenblicke in diesem Auto ohne Marthas strengen Blick vom Beifahrersitz und war außerdem froh, dass er beschäftigt war, denn das lenkte ihn von seiner Aufregung ab. Und aufgeregt war er. Er würde Juli treffen.

Nachdem er eingeparkt hatte, überprüfte er zum letzten Mal den Sitz seiner Fliege im Rückspiegel und vorsichtshalber auch, ob er nichts zwischen den Zähnen hatte. Man wusste ja nie … Wenn er sich nicht überraschend daran erinnert hätte, dass da oben vier Herrschaften auf ihn warteten und mit einer davon definitiv nicht zu spaßen war, wäre er auch vermutlich noch eine ganze Weile sitzen geblieben. Alles war besser, als Juli gegenübertreten zu müssen – und nichts sehnte er mehr herbei.

Als er die Treppe vom Parkhaus hochkam, lag der Glaskasten des Landtags links und das Opernhaus rechts von ihm. Direkt vor sich konnte er den goldenen Hirsch auf der Kuppel des Kunstgebäudes durch die Baumwipfel blitzen sehen. Vor ihm befand sich der Anlagensee mit den von unten beleuchteten riesigen Kastanienbäumen drum herum und dem großen Springbrunnen in der Ecke. Spaziergänger flanierten um den See und teilten sich den Weg mit Enten, die vermutlich hofften, noch ein paar Brotkrumen zum Abendessen zu erbetteln. Die Luft war mild und … Nic trödelte.

Bevor er es noch weiter hinauszögern konnte, drehte er sich um und nahm schnell die wenigen Stufen aus Stein zwischen den mächtigen Säulen, die den Balkon über dem Eingang trugen. Nics Mutter war begeistert gewesen, als er ihr von den Opernkarten erzählt hatte, und klang beinahe ein bisschen wehmütig, als sie Nic an ihre gemeinsamen Opernabende in München erinnerte. Es tat gut, das zu hören, aber in dem Moment, als er die großen Flügeltüren aufstieß, um ins Foyer zu gelangen, wo Martha, Lissi, Pauline und Willi standen und jeder Einzelne von ihnen zu ihm hinsah, weil sie auf ihn gewartet hatten, da spürte er, dass er alles andere als wehmütig war. Er hatte hier so vieles gefunden, wonach er nicht einmal gesucht hatte: Ein Zuhause. Eine Heimat. Und diese alten, sturen und mitunter schrägen vier, die ihn auf ihre ganz eigene Art dazu brachten, sich selbst zu hinterfragen. Er war endlich auf dem besten Weg herauszufinden, was er wollte, weil er keine Chance mehr hatte, sich selbst etwas vorzumachen. Martha hätte es sofort bemerkt. Jedenfalls wurde er sich exakt in diesem Moment bewusst, dass die Bridge-Ladies und Willi mindestens genauso viel für ihn taten wie umgekehrt, als er Marthas missbilligenden Gesichtsausdruck sah.

»Da sind Sie ja endlich!«, sagte sie kopfschüttelnd. »Wir haben uns schon gefragt, ob sie vielleicht doch im Kleinen Haus gelandet sind.«

»Oder gleich in der Künstlerkantine«, fiel Pauline ein und lachte. »Dort trifft man später nämlich die wirklich interessanten Leute. Die Künstler nach ihrem Auftritt, die Kritiker und …« Sie zwinkerte Nic zu. »… die Visagisten, die Kostümbildner, Schneider und all die anderen, ohne die so eine Produktion nicht stattfinden könnte.«

»Schön jedenfalls, dass Sie da sind«, sagte Lissi, ohne auf die anderen beiden einzugehen und lächelte. »Sind Sie auch schon so aufgeregt?« Sie hängte sich bei ihm ein und sah ihn aufmerksam an, als er nickte. »Ich freue mich so unendlich auf Sascha Jakov«, sagte sie. »Wissen Sie, Nic, es ist schon merkwürdig: Natürlich kenne ich Alexander schon viele Jahre, aber nun ist er absolut auf dem Höhepunkt seiner Karriere. Und es ist etwas völlig anderes, den Menschen kennenzulernen – und ihn dann auf der Bühne zu sehen. Seine Stimme ist … göttlich!« Sie seufzte. »Ach, er ist einfach der beste Don Ottavio aller Zeiten. Für mich mindestens genauso gut wie Pavarotti oder …«

»Lass ihn bloß nicht hören, dass du ihn mit Pavarotti vergleichst«, fiel Martha ihr ins Wort. »Damit bringst du ihn sofort auf die Palme und dann hat Juli Mühe, ihn wieder zu besänftigen. Aber nun kommt! Wir sitzen in der fünften Reihe in der Mitte. Ich möchte nicht, dass alle wegen uns noch mal aufstehen müssen.«

Die fünfte Reihe war Marthas Lieblingsreihe, und deshalb reservierte Juli immer gleich die mittleren fünf Plätze, wenn Alexander seinen Vertrag unterschrieb. Das wusste Nic von Juli, die ihm auch erzählt hatte, dass sie am Anfang noch mit Martha diskutiert hatte, weil es in ihren Augen überflüssig war, für sie selbst auch eine Karte zu kaufen. Juli musste während der Aufführung hinter der Bühne bleiben, wo sie gebraucht wurde. Aber Martha bestand darauf. Doch selbstverständlich blieb der Platz nie leer. Es fand sich immer ein Freund oder eine Freundin, die gerne mitgehen wollte. Dieses Mal war es Nic, der die Karte ergattert hatte.

Er würde Juli vorerst nicht zu Gesicht bekommen, das war ihm durchaus bewusst, aber allein dass sie so nah war, ließ ein aufgeregte Kribbeln durch seinen ganzen Körper laufen.

Und selbst, wenn sie erst am nächsten Morgen wirklich Zeit für ein Gespräch haben würden, so würde er sie doch wenigstens sehen können. Und überprüfen, ob sie auch in Wirklichkeit so hell leuchtete wie in seiner Vorstellung.

Nic betrat als Erster die Reihe, sodass er am Ende links neben Pauline saß. Er war noch nie in der Stuttgarter Oper gewesen, aber vom ersten Augenblick an begeistert. Der Innenraum war für ein altes Opernhaus verhältnismäßig schlicht gestaltet und wirkte dennoch wie aus einer lange vergangenen Zeit gefallen. Die mit honigfarbenem Stoff bezogenen Sitze, die prächtigen Kronleuchter, die beiden kleineren Logen rechts und links und die Königsloge im ersten Rang in der Mitte und vor allem auch das kreisrunde Deckengemälde mit den zwölf Sternbildern waren sensationell. Er sah sich immer noch staunend um, als sich Pauline zu ihm hinüberlehnte. »Gefällt es dir?«, fragte sie lächelnd.

»Und wie! Danke, dass ihr mich mitgenommen habt«, sagte er leise und lächelte ebenfalls.

Sie nahm seine Hand und drückte sie fest. »Schön, dass

du dabei bist«, antwortete sie und ergänzte leise: »Ich freue mich so auf Juli.« Sie zwinkerte ihm zu. »Und auf alles, was da kommt.«

Bevor Nic fragen konnte, was genau sie damit meinte, glaubte er aus dem Augenwinkel eine Bewegung am Bühnenrand wahrgenommen zu haben. In der Tat wogte der schwere Stoff ein wenig hin und her, als ob jemand ihn nur kurz zur Seite geschoben hätte.

Die letzten Gäste betraten den Zuschauerraum, tuschelten, suchten ihre Plätze und ließen sich schließlich nieder. Eine unsichtbare Wolke aus Vorfreude und Aufregung lag über dem gesamten Saal, als die Beleuchtung gedimmt würde.

»Jetzt geht es los«, hörte Nic Lissi andächtig raunen.

Und Martha, die sofort »Aber nicht, dass du wieder die ganze Oper kommentierst, als wäre ich blind«, zischte.

Nic schmunzelte noch, als das Orchester die Ouvertüre anspielte und sich der schwere Vorhang endlich öffnete. Dann blendete er alles andere aus und gab sich ganz der Musik hin.

25

Freitagabend, 20. Mai 2022, Stuttgart

Nachdem Juli die Tür zur Garderobe hinter sich zugezogen hatte, rannte sie fast durch die Gänge nach oben. In diesem Moment war sie umso dankbarer dafür, eben doch nur die Assistentin des großen Stars und nicht der Star selbst zu sein, sonst wäre es ihr wohl kaum gelungen, einfach so und unbemerkt hinter der Bühne durch die Gänge zu spazieren. Und dennoch kannte man sie und wusste, dass sie mitunter merkwürdige Aufgaben für Alexander zu erledigen hatte, also ließ man sie einfach gewähren, obwohl es nicht wirklich gern gesehen war, dass sich jemand so kurz vor der Vorstellung an Orten aufhielt, an die er nicht gehörte.

Jedesmal wieder, wenn Juli Teil einer Aufführung war, erfasste sie selbst diese Aufregung, die jeden Sänger und Tänzer, aber auch jeden Techniker, Bühnenarbeiter, die Souffleusen, Beleuchter, jeden Musiker und jede Musikerin, einfach alle Menschen erfasste, die in irgendeiner Form zum Gelingen des Stückes beitrugen. Dieses kollektive Flattern, das Kichern, Tuscheln und Herumeilen war wunderbar und sorgte für ein Kribbeln in Julis Bauch, als wäre sie jedesmal aufs Neue frisch verliebt. Dabei war ihre Arbeit im Grunde getan, wenn die der anderen begann und wenn Alexander sicher und gut gelaunt auf der Bühne stand. Aber bis dahin war es noch ein ganz schön langer und auch unsicherer Weg.

Auch wenn sie vorgehabt hatte, kurz durch die Hintertür nach draußen zu schlüpfen und ein wenig frische Luft zu schnappen, lenkten sie ihre Schritte doch automatisch in Richtung Bühnenportal. Sie musste sich beeilen, wenn sie nicht wollte, dass Alexander noch unruhiger wurde. Am Ende musste das die arme Sarah noch ausbaden. Sie musste es einfach tun: einen kurzen Blick auf Martha, Lissi, Willi und Pauline werfen. Und auf Nic. Bei jeder Mail hatte sie sich ausgemalt, wie sie wohl aussah, und nie wirklich ein Bild vor ihrem inneren Auge entstehen lassen können. Es war schon seltsam: Die Mails, die sie mit Nicola tauschte, waren so vertraut, dass sie das Gefühl hatte, diese Frau ihr Leben lang zu kennen. Und dennoch hatte sie keine Ahnung, was sie nun erwarten würde.

Umso mehr wollte sie sie sehen. Jetzt sofort. Ihre Finger kribbelten, als sie sich an der ersten Seitenblende vorbeischob. Noch einen Schritt, dann konnte sie einen winzigen Augenblick den Vorhang beiseiteschieben und ins Publikum sehen. Reihe fünf. Platz hunderteinunddreißig. Sie kannte dieses Opernhaus, den Zuschauerraum und auch die Sitzreihen so gut, dass sie genau wusste, wohin sie ihren Blick richten musste. Eine Sekunde würde ihr reichen.

Sie biss sich vor Nervosität auf die Unterlippe, als sie den samtigen Stoff berührte. *Jetzt oder nie, Juli*, dachte sie und schob ihren Kopf ganz nah an den Spalt zwischen Vorhang und Portalturm.

Sie blinzelte, weil es hinter der Bühne im Vergleich zum noch beleuchteten Zuschauerraum doch ziemlich dunkel war und sich ihre Augen erst an die Helligkeit gewöhnen mussten. Beinahe hätte sie geniest, als ihr der staubige Geruch des Vorhangs in die Nase stieg. Aber dann war es so weit.

Sie sah Lissi, die ganz außen saß. Neben ihr Martha, dann kamen Willi und Pauline. Neben Pauline auf dem Stuhl, auf dem eigentlich Nic hätte sitzen sollen, saß ein Mann. Ein sehr gut aussehender großer Mann in einem dunkelblauen, perfekt sitzenden Anzug mit zurückgekämmten dunkelblonden Haaren und hellbraunem Bart und, soweit sie es von hier aus sehen konnte, einem ziemlich muskulösen Oberkörper. Jedenfalls alles andere als eine auf irgendeine Weise vertraute Frau in Julis Alter. Nun, wenigstens das Alter stimmte. Und neben ihm wiederum saß ein händchenhaltendes altes Pärchen, das sich intensiv mit dem Programm beschäftigte.

Wo war Nicola?

Es gab keinen Grund für ihre Abwesenheit. Sie hätte Juli doch geschrieben, oder etwa nicht? Siedend heiß fiel ihr ein, dass sie ihre Nachrichten dank Alexanders Chaos schon lange nicht mehr gecheckt hatte, aber so plötzlich wurde man auch nicht krank, oder? Zumindest Martha hätte es doch erwähnt, wenn sie die Karte weitergegeben hätten. Juli war enttäuscht. Aber nun gut. Sie würde den Grund dafür nach der Vorstellung erfahren.

Sie hatte den Vorhang beinahe schon wieder losgelassen und sich schnell auf den Weg zu Alexander gemacht, als sie sah, wie sich Pauline zu dem gut aussehenden Mann hinüberbeugte. Sie sprach ihn an. Das war nicht weiter ungewöhnlich,

Pauline sprach schließlich jeden an, aber es war die Art und Weise, die Juli innehalten ließ. Vertraut sah es aus und weniger, als ob sie einen belanglosen Satz über das Stück zu ihm sagte, ihm ein Hustenbonbon anbot oder um ein Taschentuch bat. Er neigte sich ebenfalls zu ihrer Mutter hinüber und lächelte, als sie seine Hand ergriff. Ein warmherziges, liebevolles und sehr strahlendes Lächeln, das leider gleichzeitig drei Dinge in Juli auslöste: Zuerst ein ungläubiges Staunen darüber, dass ihre alte Mutter es mal wieder geschafft hatte, einen sehr viel jüngeren Mann zu verzaubern. Ein unglaubliches Kribbeln in ihrem kompletten Körper inklusive Unterleib, was äußerst befremdlich war, wenn man bedachte, dass dieser Typ und ihre Mutter … aber das konnte Juli noch nicht einmal zu Ende denken. Denn das dritte, was sie fühlte, war, wie die Erkenntnis sie so heftig traf, dass sie sich beinahe auf den Bühnenboden gesetzt hätte. Als hätte sie sich die Finger verbrannt, ließ Juli keuchend den dicken Stoff los.

Der Bühnentechniker, der für den Vorhang zuständig war, rollte mit seinem Bürostuhl aus dem winzigen abgetrennten Abteil, in dem sich die Steuerung befand.

»Alles in Ordnung?«, fragte er.

»Nein, also ja, alles … alles gut.«

Fahrig strich sie sich eine Locke aus der Stirn, die sich aus dem Dutt gelöst hatte, und bemühte sich, ihre Atmung unter Kontrolle zu bringen, denn es wäre sicher äußerst unangebracht gewesen, wenn sie so kurz vor der Vorstellung auf der Bühne kollabiert wäre, obwohl es natürlich die Ouvertüre noch sehr viel interessanter gemacht und *Don Giovanni* eine ganz neue Note verliehen hätte.

»Wirklich? Du siehst nicht so aus«, sagte er und kratzte sich am Kopf.

»Wirklich. Ich … muss …« *Nicht ohnmächtig werden, Englaender!* Juli zeigte mit flatternden Händen auf die Tür, durch die sie gekommen war. »Ich gehe besser mal. Alexander holen. Oder so.«

»Gut. Mach das.«

Der Bühnenarbeiter rollte wieder zurück, nicht ohne ihr noch einmal hinterherzusehen. Sie spürte seinen misstrauischen Blick jedenfalls sehr deutlich in ihrem Rücken. Es hätte sie nicht gewundert, wenn er irgendjemanden angerufen hätte, um zu überprüfen, ob das mit Juli alles seine Ordnung hatte, aber vermutlich fehlte ihm dazu einfach die Zeit. Gleich würde es losgehen.

Als Juli wieder einigermaßen die Kontrolle über sich selbst zurückerlangt hatte, drehte sie sich um und ging, so schnell sie konnte, wieder zu Alexanders Garderobe zurück. Obwohl sie versuchte, ihre Gefühle in den Hintergrund zu drängen, wurde sie mit jedem Schritt, den sie zurücklegte, trauriger. Nicola war ein Mann. Die Freundin, die sie glaubte, gefunden zu haben, war keine. Was für ein Schock.

26

Freitagabend, 20. Mai 2022, Stuttgart

Alexander war geschminkt, bekleidet und besänftigt, als Juli kurz darauf in die Garderobe zurückkehrte. Mehr noch, er lachte über irgendetwas, das Sarah gerade zu ihm gesagt hatte. Sie lächelte Juli zu, als sie den Raum betrat, und für einen winzigen Augenblick fühlte sich Juli überflüssig. Anscheinend hatte sie die junge Maskenbildnerin unterschätzt. Wie auch immer sie es geschafft hatte, Alexander zu beruhigen, es war ihr mehr als gelungen, und dass er nun sogar zu Scherzen aufgelegt war, grenzte nahezu an ein Wunder.

»Oh, Julitschka, du bist schon wieder zurück?« Alexander sah zuerst zu ihr und dann auf die Uhr über der Tür, bevor er sich wieder an Sarah wandte. »Sarah, Liebes, ich glaube, ich muss dich nun wirklich wegschicken, aber auch ein Don Ottavio muss sich einsingen.« Er lächelte entschuldigend. »Wenn man es auch kaum glauben mag.«

»Kein Problem, Alexander, wir sind ja fertig hier.« Sie zwinkerte ihm zu. *Sarah, Liebes, und Alexander?* Wie viele Stunden war sie weg gewesen, in denen Alexander Sarah nicht nur plötzlich nicht mehr unprofessionell fand, sondern interessant und attraktiv? Natürlich konnte er Menschen sehr schnell mit seinem Charme um den Finger wickeln – und seine Meinung änderte er auch sehr oft innerhalb von Sekunden –, aber das hier war sogar für ihn quasi Lichtgeschwindigkeit.

»Nein, Sarah, Liebes, da täuschst du dich: Wir sind noch lange nicht fertig.« Nun zwinkerte er ihr ebenfalls zu, ohne auf Juli zu achten, die nur mit Mühe den Impuls unterdrücken konnte, ein Würgegeräusch von sich zu geben.

»Ich sehe dich später in der Kantine, oder?«

»Aber natürlich«, antworte Sarah und winkte noch einmal kurz, bevor sie die Tür hinter sich zuzog.

Sie verfügte offensichtlich nicht nur über großes Talent als Maskenbildnerin, sie hatte auch einen äußerst fragwürdigen Männergeschmack. Und Alexander war schockverliebt. Verzückt starrte er auf die geschlossene Tür.

»Hab ich was verpasst?«, fragte Juli und begann, seine überall herumliegenden Klamotten auf Bügel zu hängen.

»Was meinst du, Julitschka? Sarah?« Alexander lachte gekünstelt und schüttelte den Kopf. »Du bist doch nicht etwa eifersüchtig?«

»Eifersüchtig?« Juli verzog das Gesicht. »Nein, ganz sicher nicht. Ich wollte nur …«

»Ja?« Nein.

»Egal, alles gut. Ich freue mich, dass du nun doch noch rechtzeitig fertig geworden bist.«

Sie klemmte ein Lächeln in ihre Mundwinkel, das niemand wirklich ernst nehmen konnte, aber Alexander reichte es völlig, um sich wieder sich selbst zuzuwenden. In diesem Fall war Juli sogar froh darüber.

»Du musst los, Don Ottavio. Wir sehen uns in der Pause.«

Juli hielt ihm die Tür auf, damit er – ganz Opernsänger – würdevoll hindurchschreiten und nebenher endlich ein paar Aufwärmübungen für seine Stimme machen konnte.

»Durchaus, wir sehen uns, Julitschka«, sang er die Tonleiter hinauf, anstelle seines üblichen do, re, mi.

Beinahe musste Juli lachen.

Juli hatte einen großartigen Platz auf einem der beiden Stühle zwischen einer der hinteren Seitensäulen ergattert. Nah genug, um das Geschehen auf der Bühne hautnah zu erleben, und weit genug weg, um nicht ständig einen Blick in den Zuschauerraum werfen zu müssen, weil sie es immer noch nicht so richtig glauben konnte, dass da unten Nicola saß – ein Mann.

Gerade, als die Musiker die Ouvertüre anstimmten, und somit kurz bevor sich der Vorhang hob, schob sich Sarah neben Juli.

»Hi«, flüsterte sie und ließ sich auf den anderen Stuhl fallen. Sie strahlte Juli an. »Wow, dass ich hier sein darf, ist unfassbar cool, nicht?«

»Doch, total cool«, flüsterte Juli zurück, ohne den Blick von der Bühne abzuwenden. *Bitte kein Gespräch von Frau zu Frau! Nicht jetzt, nicht hier und nicht mit Sarah!*

»Ich bin ein totaler Sascha-Jakov-Fan, weißt du?« Sie zupfte Juli vor Aufregung am Ärmel. »Und als ich erfahren habe, dass er kommt, hab ich meine Chefin so lange bearbeitet, bis sie erlaubt hat, dass ich ihn betreue.«

Sarahs Augen funkelten selbst in der Dunkelheit voller Begeisterung. Julis Wunsch schien nicht erhört worden zu sein.

»Ah«, sagte sie und bemühte sich, wenigstens einigermaßen begeistert zu klingen.

»Ja, weißt du, er hat mich für später eingeladen und …«

»Ich weiß, ich war dabei«, unterbrach Juli sie.

Sie hörte selbst, wie unfreundlich das klang, und sofort tat es ihr leid. Sarah hatte ihr schließlich nichts getan.

»Ach ja, stimmt.«

Sarah hielt sich die Hand vor den Mund und kicherte leise. Sie war einfach nicht aus der Fassung zu bringen. Juli sollte sie davor beschützen, in die Opernstarfalle zu tappen.

»Macht er das öfter?« Aufgeregt rutschte sie näher an Juli heran.

Juli seufzte. »Was genau?« Sarah saß schon drin.

»Na, dass er jemanden einlädt?«

Gegenfrage: Wie lange hast du Zeit für die Aufzählung?

Das war ein Gespräch, für das die Ouvertüre ganz sicher nicht reichte. Und außerdem nichts, worüber Juli reden wollte. Das konnte Alexander Sarah schön selbst erzählen.

»Weißt du was, Sarah? Ich würde ihn selbst fragen«, sagte sie vorsichtig.

»Das mache ich, Juli! Eine gute Idee!« Sarah drückte voller Begeisterung Julis Hand. *O weh.*

Endlich konnte sich Juli der Musik zuwenden. Etwas, das sie schon immer beruhigt hatte. Der Grund, warum sie sich überhaupt für die Reisen an Alexanders Seite entschieden hatte und warum sie auch immer noch dabeiblieb, obwohl es tausend Argumente dagegen gab.

Dieses Mal konnte sie sich allerdings leider nicht wie sonst der Musik hingeben, obwohl die Musiker und Sänger brillant waren. Immerzu musste sie an die Person dort draußen denken, der sie so viel von sich preisgegeben hatte und die sie so gut zu kennen geglaubt hatte. Immer wieder fragte sie sich, warum Nicola ihr verschwiegen hatte, dass er ein Mann war – und warum es ihr so viel ausmachte. Dennoch zwang Juli sich, bei *Don Giovanni* zu bleiben, um nicht zu riskieren, dass Sarah ihre Abgelenktheit als Einladung zum Quatschen verstand.

Aber es gelang ihr erst, als Don Giovanni die sogenannte Champagner-Arie anstimmte. Wenigstens beinahe. Das mitreißende »Finch'han dal vino, calda la testa«, grandios gesungen von dem berühmten Stuttgarter Bariton Ernest Castella, ließ ganz sicher niemanden kalt. Ob es Nicola da draußen wohl auch so gut gefiel? Ärgerlich schob sie den Gedanken an ihn beiseite und konzentrierte sich wieder auf die Musik. Schlimm genug, dass er sie angelogen hatte. Jetzt raubte er ihr auch noch die Freude an der Oper.

Das erste Mal in ihrem Leben war Juli froh darüber, als sich der Vorhang nach dem ersten Akt senkte. Schnell stand sie auf und flüsterte Sarah eine schnelle Entschuldigung zu, aber die schien es ebenfalls eilig zu haben.

Eigentlich wartete Juli immer schon in Alexanders Garderobe auf ihn, um ihm in der Pause ein stilles Wasser und ein Handtuch zu reichen. Meistens wollte er auch eine kurze Nackenmassage und ein frisches Hemd und ließ dann ergeben noch einmal die Maskenbildnerin an sich herumpinseln, die allerdings erst kurz vor dem Gong seine Garderobe betreten durfte, denn das Einzige, was er zwischen den beiden Akten auf keinen Fall wollte, war, mit irgendjemandem zu sprechen.

Wenn er in einer Rolle war, wollte er auch in der Pause konzentriert bleiben. Juli wusste das und richtete sich gern danach. Es gefiel ihr, diese vorhersehbaren Abläufe zu haben, die so wenig Potenzial hatten, ihr um die die Ohren zu fliegen, weil Alexander es überraschenderweise ausgerechnet während der Pause und einer Aufführung schaffte, sämtliche Allüren abzulegen und äußerst professionell die Höchstleistung abzuliefern, die ihn zu Recht zu einem der größten Opernstars machte. Nur vor der Vorstellung musste man ihn ab und zu daran erinnern.

In Stuttgart galten allerdings andere Regeln. Zumindest bei der ersten Vorstellung verbrachte Juli die Pause traditionell mit ihrer Mutter, Willi, Martha und Lissi am Champagnerstand, weshalb sie alles schon für Alexander vorbereitete und ihn dann sich selbst überließ. Der Champagnerstand war im Grunde der Ort, an dem sich alle trafen, und meist konnte Juli hier nicht nur die Bridge-Ladies und Willi begrüßen, sondern auch schon die ersten Interview-Anfragen von Zeitung und Fernsehen koordinieren.

Den ganzen Tag über hatte sie sich schon auf das Wiedersehen gefreut – aber heute war alles anders. Sie war wütend und enttäuscht. Und eine kleine Stimme in ihrem Kopf riet ihr deutlich davon ab, den dreien plus Willi plus Nic in der Gegenwart von all den Opernbesucherinnen und -besuchern und vor allem auch der Presse gegenüberzutreten, wenn sie nicht wollte, dass es dieses Mal keine Schlagzeile über den berühmten Sascha Jakov, sondern über seine durchgeknallte Assistentin gab. Es war wohl besser, die Pause in Alexanders Garderobe zu überbrücken, als öffentlichkeitswirksam auszurasten. Also machte sie auf dem Absatz kehrt, lief den

Gang zurück und geradewegs auf Alexanders Garderobe zu. Schwungvoll öffnete sie die Tür, warf sie hinter sich zu und lehnte sich mit dem Rücken dagegen, während sie die Augen schloss und seufzte. Geschafft.

»Julitschka?« Oh.

Als sie die Augen öffnete, sah sie direkt in Alexanders überraschtes Gesicht. Aber nicht nur in seines. Direkt vor ihm stand Sarah mit weit geöffneter Bluse, in der sich wiederum Alexanders Hände befanden. In seinem Gesicht breitete sich ein Grinsen aus, während Sarah stocksteif, stumm und mit weit aufgerissenen Augen dastand. Dass das Alexander gefiel, war offensichtlich, denn er ließ seinen Blick von Juli wieder zurück zu seinen Händen gleiten.

Juli spürte, wie ihr die Röte ins Gesicht schoss. Das hatte ihr gerade noch gefehlt.

»Sorry, ich …« Hektisch sah sie sich um, um irgendetwas zu finden, das ihr Auftauchen hier rechtfertigte. Schließlich schnappte sie sich in ihrer Not einen der Blumensträuße, die Fans für Alexander abgegeben hatten. »Hab was vergessen«, murmelte sie, während sie mit gesenktem Blick zurück zur Tür eilte, in der Hoffnung, nicht noch weitere Dinge beobachten zu müssen, die sie nie wieder aus ihrem Gedächtnis löschen konnte.

Als sie wieder vor der Garderobe stand, ließ sie sich für einen Moment gegen die Tür sinken. In ihr kämpfte ein kaum zu unterdrückender Lachkrampf mit der Wut und der Enttäuschung über Nicolas Verrat, und sie spürte, wie zu allem Überfluss Tränen gegen ihre Augenlider drückten. So fühlte es sich vermutlich an, wenn man kurz davor war, komplett auszuflippen. Sie schüttelte den Kopf und rappelte sich wieder auf. Einen weiteren Akt würde sie so nicht überstehen und überhaupt: Wie sollte es danach weitergehen? Sie konnte sich nicht ewig hier verstecken, und letztendlich war die Villa ihr Zuhause, was auch immer dort oben vor sich ging. Weglaufen, das Konzept ihres Lebens, löste dieses Mal wohl kein einziges ihrer Probleme.

27

Freitagabend, 20. Mai 2022, Stuttgart

Nic stand inmitten der drei Damen und Willi an die Bar gelehnt und nippte an einem Glas Champagner. Als Juli den Vorraum betrat, sah er auf und direkt in ihre Augen. Wie nervös er war, konnte sie selbst aus der Entfernung erkennen. Er hatte auf sie gewartet. Die anderen vier hatten sie noch nicht bemerkt.

Juli wusste genau, was dort drüben an der Bar gerade ablief. So viele Male war sie schon ein Teil davon gewesen: Sie stießen auf Sascha Jakov und den grandiosen ersten Akt an und tuschelten vergnügt über die anderen Gäste, von denen sie den einen oder anderen gut genug zu kennen schienen, um zu wissen, dass sie nicht mit ihren jeweiligen Ehepartnern da waren. Unter normalen Umständen wäre sie nun schneller gegangen, hätte sich eilig einen Weg durch die Menge gebahnt und jede der drei und auch Willi in den Arm genommen. In ihrer Vorstellung hätte sie auch noch eine weitere Person voller Freude begrüßt: Nicola. Ihre neue Freundin, Vertraute und Haushälterin der Bridge-Ladies.

Für einen Augenblick blieb sie stehen.

Wie begrüßte man jemanden, den man zu kennen geglaubt

hatte? Jemanden, der besser aussah und mehr über sie wusste, als alle Männer, mit denen sie je ausgegangen war?

Auf ihrem Weg hierher hatte sie sich Sätze zurechtgelegt. Dinge, die sie sagen wollte und die darüber hinwegtäuschen sollten, wie sehr sie das alles verwirrte. Dieser Mann, der da an der Bar lehnte, sah so gut aus, so freundlich und vor allem so … männlich. Undenkbar, ihn so zu behandeln, wie sie eine Freundin behandeln würde. Aber wie sonst?

Juli wünschte, der Weg zur Bar wäre länger. Aber irgendwann musste sie sich dem Ganzen stellen. Wenn nicht jetzt, dann eben später zu Hause. *Augen zu und durch, Englaender,* ermahnte sie sich selbst, bevor sie aus der schützenden Menschenansammlung trat und Martha ihren Lobgesang auf Alexander unterbrach, um sie zu begrüßen.

»Juli!« Martha breitete die Arme aus. »Wie schön! Ich habe mich schon so auf dich gefreut!« Sie zog Juli fest an sich. »Hast du gesehen, wen wir mitgebracht haben?«, raunte sie ihr ins Ohr.

Juli konnte die Euphorie der alten Dame über diese Überraschung spüren. Doch bevor sie etwas dazu sagen konnte, hatte sich ihre Mutter dazwischengeschoben.

»Hey, Martha, lass mich auch mal. Das ist *meine* Tochter!«, sagte sie und knuffte Martha in die Seite. »Hallo, Liebes!«, schob sie sofort hinterher und drehte Martha den Rücken zu.

Selbst, wenn Juli gewollt hätte, hätte sie dabei unmöglich ernst bleiben können. Das Gerangel darum, wer sie zuerst begrüßen durfte, war jedesmal dasselbe.

»Hallo, Mutter«, sagte Juli lächelnd und warf Martha einen entschuldigenden Blick zu. Dabei streifte sie aus Versehen

Nics Gesicht, auf dem ein Ausdruck lag, den sie nicht deuten konnte. Amüsierte er sich über sie? Lachte er sie vielleicht sogar aus?

Kurz schwappte der Schock von vorhin wieder auf und brachte die Erkenntnis mit sich, dass sie nicht nur keine Ahnung gehabt hatte, dass Nic ein Mann war – sondern, dass sie auch sonst keine Ahnung hatte, wer da vor ihr stand. Solange sie die Gründe nicht kannte, wusste sie nur eines: Er sah viel zu gut aus und er starrte sie viel zu intensiv an, um ein guter Kerl zu sein. Vorsichtshalber drehte sie sich so, dass sie ihn nicht ansehen musste.

»Ist dir aufgefallen, wie gut er aussieht?«, fragte ihre Mutter in diesem Moment so laut, dass es vermutlich der komplette Vorraum hören konnte, und drückte sie noch ein wenig fester an sich. »Das hättest du nicht gedacht, was? Los sag schon: Gefällt er dir?«

Aufgeregt schob sie Juli ein wenig von sich, um sie besser betrachten zu können. *O Gott.* Juli hatte völlig vergessen, wie anstrengend die drei sein konnten.

»Mutter!«, zischte Juli und warf ihr einen warnenden Blick zu.

»Was?« Pauline Englaender klimperte mit den Wimpern. »Ich hab doch gar nichts gesagt! Ich wollte lediglich wissen …«

»Ich weiß, was du wissen wolltest. Du wolltest wissen, wie mir Nic gefällt. Als wäre er ein … ein … neues Auto. Oder ein Geschenk für mich!«

Jetzt grinste Pauline. »Ist er ja auch irgendwie, oder nicht? Jedenfalls ist er doch eine gelungene Überraschung!«

Auch Lissi und Martha strahlten Juli begeistert an.

So war das also. Die drei hatten das Ganze ausgeheckt. Nics Beweggründe hingegen waren Juli völlig schleierhaft. Er sah nicht so aus, als hätte er Probleme damit, eine Freundin zu finden. Ganz im Gegenteil. Aber was war es dann? Hatten die drei ihm womöglich Geld angeboten? Hatte er einfach nur Freude daran, sich über sie lustig zu machen? Egal, wie seine Gründe aussahen, je länger sie darüber nachdachte, umso wütender wurde sie.

»Du bist also Nic.« Juli presste die Lippen aufeinander. »Ich würde ja gerne sagen, dass es schön ist, dich endlich kennenzulernen, aber …« Sie schüttelte den Kopf. »… das stimmt leider so nicht. Ich habe etwas gegen Lügner.«

Sollte keiner behaupten, sie wäre feige. Gut, auch Diplomatie hörte sich vermutlich anders an, aber das war Juli egal. Das hätten sich die anderen auch vorher überlegen können.

Das Lächeln, das bis gerade noch auf Nics Lippen gelegen hatte, verschwand, als sei es nie da gewesen.

»Du hältst mich für einen Lügner?« Erstaunt runzelte er die Stirn. »Ich … Juli … wie kommst du … ich würde nie …«, stammelte er und schüttelte ebenfalls den Kopf.

Hilflos hob er seine Hände, aber Juli wollte gar nicht hören, was er zu sagen hatte. Sie würde ihm sowieso kein Wort glauben. Wütend kniff sie die Augen zusammen.

»Wann wolltest du mir denn sagen, dass du ein Mann bist?«, fragte sie scharf.

»Also, ich …«, setzte er an, da lehnte sich eine Dame, die in einem bunt schillernden Paillettenkleid neben Nic saß, in Julis Richtung.

»Also, wenn du einen guten Optiker brauchst, ich kann dir

einen empfehlen, Schätzchen«, sagte sie lachend und kniff Nic in den beeindruckenden Bizeps, was Juli zusätzlich aus der Fassung brachte.

Am liebsten hätte sie die Hand ausgestreckt und ebenfalls seinen Arm berührt. *So weit kommt es noch, Englaender!*

»Ich kann sehr gut sehen, vielen Dank!«, sagte Juli bissig und schaute die Dame böse an, bis sie mit den Schultern zuckte und sich wieder ihrem Champagner widmete. Nic sah so aus, als müsse er sich das Lachen verkneifen.

Juli hatte sich vorgenommen, souverän und professionell zu bleiben. Dass es ihr nicht gelungen war und Nic sie mit seinem guten Aussehen und dem breiten Grinsen zusätzlich verunsicherte, machte sie nur noch wütender. Warum sah er nur so verdammt gut aus? *Falsche Frage, Englaender. Warum interessiert dich das überhaupt?*

»Juli, jetzt beruhige dich mal«, versuchte Pauline zu beschwichtigen und legte ihr die Hand auf den Arm. »Das ist doch jetzt alles wirklich kein Drama, oder? Du hast dich getäuscht. Keiner wollte dir was Böses. Das Leben ist bunt und steckt voller Überraschungen. Ist das nicht großartig?«

Beifall heischend sah sie sich nach Martha, Lissi, Nic und Willi um. Alle vier strahlten.

»Komm schon, Schätzchen. Wir kennen dich eben. Wenn du gewusst hättest, dass Nic ein Mann ist, wären sofort deine kompletten Alarmglocken angesprungen und deine Fantasie hätte aus ihm mindestens einen Axtmörder gemacht. Wir haben nur versucht, deinen Seelenfrieden zu bewahren, bis du hier bist und selbst sehen kannst, was für ein toller Kerl Nic ist.«

Pauline zwinkerte Nic zu. Immerhin besaß er den Anstand, für einen Augenblick beschämt auszusehen, bevor er wieder zu seinem unverschämten Lächeln zurückkehrte. *Blödmann.*

Na klar. Es war, wie es schon immer gewesen war: Die drei – seit Neuestem sogar vier – waren sich einig und absolut mit sich zufrieden. Für Martha, Pauline und Nic hätte es jetzt einfach noch ein Gläschen Champagner auf den schönen Abend geben können. Willi und Lissi waren auch nicht wirklich besser. Sie sagten einfach gar nichts und sahen zu, wie die anderen Juli wie ein kleines Kind behandelten. Dabei war sie diejenige, die sich immer um alles und jeden kümmerte. All das fühlte sich schrecklich falsch an. Sie hatte sich so auf die drei und auf Nicola gefreut und konnte nicht verhindern, dass sich ein scharfer Schmerz in ihr Herz bohrte. Vielleicht hatte Nic sie wirklich nicht absichtlich getäuscht und womöglich war es oberflächlich betrachtet kein Drama, dass sie ihn für eine Frau gehalten hatte, aber Juli wusste genau, dass die Bridge-Ladies sie absichtlich belogen hatten. Allen voran Martha, die Hohepriesterin der Ehrlichkeit, und ihre Mutter, die ihr Vertrauen missbraucht hatte. Das Kostbarste, was es zwischen Menschen gab. Und warum?

Weil sie ihr nicht zugestanden, eine eigene Meinung zu haben, oder davon ausgingen, dass sie Nic nicht vertraute, nur weil er ein XY-Chromosomenträger war? Oder – schlimmer noch – ihr einen Mann auf dem Silbertablett präsentieren wollten, weil sie Juli nicht zutrauten, selbst einen zu finden?

»Ihr denkt, dass das alles ein großer Spaß ist, aber für mich ist es das nicht. Ihr habt mich angelogen«, sagte Juli traurig, bevor sie sich umdrehte, um wieder zurück auf ihren Platz zu gehen.

Nein, das war nicht das Wiedersehen mit den Bridge-Ladies oder das erste Treffen mit Nicola Kramer gewesen, das sie sich vorgestellt hatte. Bis gerade eben war zu Hause ein Ort, an dem man sich sicher fühlte. Etwas, wonach sie sich gesehnt hatte. Was für ein Irrtum. Wenn das ihr Zuhause war, würde sie lieber bei Alexander im Hotel schlafen.

Noch einmal drehte sie sich zu Nic, Willi und den drei Damen um. Alle fünf starrten ihr hinterher.

Die Paillettendame daneben klatschte Beifall.

28

Freitag, spätabends, 20. Mai 2022, Stuttgart

Immer noch traurig und völlig durcheinander stand Juli vor dem Hintereingang des Staatstheaters und versuchte, ein Taxi anzuhalten. Das war einigermaßen aussichtslos, denn alle Taxis standen am Parkplatz des Landtags und sammelten dort die Opernbesucher ein. Würde sie auch dort stehen, hätte sie längst in eines einsteigen können, aber das wollte sie auf keinen Fall, denn damit riskierte sie, den anderen inklusive Nic über den Weg zu laufen. Selbstverständlich war es möglich, dass sie noch in die Künstlerkantine gegangen waren, um Alexander nach seinem Auftritt zu treffen, aber nach Julis Showeinlage in der Pause war ihnen die Lust dazu womöglich ebenfalls vergangen. Dass Alexander nicht wirklich Zeit für sie hatte, war auch klar. Der Champagner in der Pause und der gemeinsame Besuch der Künstlerkantine waren eigentlich immer Tradition gewesen. Höchste Zeit, neue zu schaffen. Wie beispielsweise trotz einer eigenen Wohnung in Stuttgart auch hier ins Hotel zu gehen.

»Taxi!« Juli machte einen verzweifelten Schritt auf die dicht befahrene Konrad-Adenauer-Straße, als das nächste Taxi auch an ihr vorbeifahren und ein paar Meter weiter auf den Parkplatz einbiegen wollte. Der Fahrer bremste und kam direkt vor ihr zum Stehen. Hinter ihm hupte es laut. Er ließ das Fenster hinunter, aber bevor er etwas sagen konnte, hatte Juli schon die hintere Tür aufgerissen und sich auf die Sitzbank gequetscht.

»Sagen Sie nichts«, bat sie. »Es handelt sich um einen Notfall!« Und dann begann sie zu weinen.

Der Taxifahrer war wohl ein wenig überfordert mit seinem emotionalen Gast, jedenfalls sagte er tatsächlich nichts und fädelte sich stattdessen wortlos wieder in den Verkehr ein.

Erst, nachdem er bereits am Charlottenplatz vorbeigefahren war und schon fast den Marienplatz erreicht hatte, wachte Juli aus ihrer Trance auf.

»Fahren Sie mich bitte ins Le Méridien«, sagte sie ein wenig verlegen, weil das bedeutete, dass der Fahrer einen kompletten U-Turn machen musste, aber immerhin war das Alexanders Hotel und sie hatte ihm dort eine Suite gebucht, was bedeutete, dass er dort ein Wohnzimmer mit Couch hatte, auf der sie schlafen konnte. Er würde sicherlich überrascht sein, aber sie wusste, dass es ihn nicht störte. Im Gegenteil. Alexander mochte es immer sehr gern, wenn sie in seiner Nähe war, weil er dann jemanden hatte, den er mit absurden Aufträgen versorgen konnte. Wenn es nach ihm gehen würde, gäbe es grundsätzlich nur eine Suite für sie beide. Es war Julis eigener Wunsch und Verdienst gewesen, dass sie immer ein eigenes Zimmer hatte. Außer in Notfällen. Wie diesem.

»Sicher?«, fragte der Taxifahrer auch prompt und schaute in den Rückspiegel. Juli war sich bewusst, dass er sie nach ihrer Aktion vorhin und der Entscheidung jetzt für einigermaßen verrückt halten musste.

»Sicher. Und entschuldigen Sie bitte die Umstände.«

Sie hoffte, dass er die Entschuldigung annahm. Und wenn nicht, beruhigte sie sich damit, dass er ja wenigstens dafür bezahlt wurde.

Er bog kurz vor dem Heslacher Tunnel links ab, um – wie Juli vermutete – einen Bogen zu fahren und schließlich wieder auf die Hauptstätter Straße zurückzukehren, die schließlich in die Konrad-Adenauer überging.

»Oh, kein Problem. Sie zahlen, Sie entscheiden.« Er grinste sie durch den Rückspiegel an. »Ich habe wirklich schon deutlich verrücktere Fahrgäste und Wünsche gehabt.«

Juli lächelte zurück. »Danke, das … höre ich gern.«

»Und wenn Sie Ihre Meinung noch einmal ändern wollen, sagen Sie einfach nur Bescheid.« Er nickte ihr zu. »Ich heiße übrigens Bruno.«

»Danke, Bruno«, sagte Juli. »Ich bin Juli.«

»Alles klar, Juli.«

Sie beobachtete, wie die vertrauten Gebäude an ihr vorbeiflogen, nachdem Bruno wieder auf die große Straße zurückgekehrt war. Rechts das Bohnenviertel mit seinen vielen Cafés und Kneipen, in denen Juli früher oft mit Pia gewesen war, der Charlottenplatz, wo sie im Café der schönen Künste stundenlang mit ihr im Garten gesessen hatte, das Alte Schloss zu ihrer Linken, wo Alexander erst letztes Jahr bei der Eröffnung dieser großartigen Ausstellung über Mode gesungen hatte, die Staatsgalerie zu ihrer Rechten, in der sie schon während ihrer Schulzeit unzählige Regentage verbracht hatte, das Haus der Geschichte und schließlich wieder links die Oper. Der Ort, an dem alles begonnen hatte. Die Ampel an der großen Kreuzung wurde rot, und Bruno hielt an.

»War die Vorstellung nichts?«, fragte er und wies mit dem Kopf auf das prächtige Gebäude. »*Don Giovanni*, stimmt's? Hab ich auch schon gesehen«, sagte Bruno stolz. »Ist aber schon Jahre her. Da haben bestimmt andere Sänger gesungen.« Er lachte. »Seitdem alles immer so modern sein muss, mag ich es nicht mehr. Scheußliche Bühnenbilder, nackte Schauspieler, Hühner auf der Bühne und überhaupt, dieser Zwang, alles neu erfinden zu müssen, auch alles, was schön ist ...« Er schüttelte den Kopf. »Nichts für Bruno. Dass du davongelaufen bist, verstehe ich also total, Juli!« Er warf ihr einen freundlichen Blick zu, bevor er wieder anfuhr, weshalb sie sich erst recht verpflichtet fühlte, das geradezurücken.

»Ich bin nicht wegen der Oper geflohen. Die Aufführung war sogar sehr schön. Und keine Nackten auf der Bühne.« Tatsächlich war noch niemand mit einer solchen Anfrage an Alexander herangetreten, allerdings konnte sich Juli sehr gut vorstellen, dass er das vielleicht sogar gut gefunden hätte, selbstverliebt wie er nun mal war. »Die Vorstellung war es also nicht. Ich bin einfach nur ... wütend.« Das traf es nicht ganz.

Interessiert sah Bruno sie wieder für einen winzigen Moment an. »Oh, wütend?« Er schnalzte mit der Zunge. »Das hört sich nach der Liebe an.«

»Wie kommst du denn darauf?«

»Ganz einfach – die Oper ist ein romantischer Ort. Da geht man mit Menschen hin, die einem etwas bedeuten, und die Musik dort lässt niemanden kalt. Aber wenn eine junge schöne Frau sich so in Schale wirft und dann wütend aus der Oper stürmt, hat sie entweder direkt hinter einer Säule gesessen oder ein Mann hat sie geärgert. Stimmt's?«

Selbst, wenn sie ihm aus vielen Gründen widersprechen wollte – immerhin hatte er sie jung und schön genannt –, so war sie doch fasziniert von seiner Analyse. Auch wenn sie nicht seiner Meinung war. Immerhin hätte auch Alexander sie so aus der Fassung bringen können – oder ihre Mutter. Aber das war es ja nicht nur. Sie war nicht nur wütend, sondern auch enttäuscht und traurig. Sie hatte einen Menschen verloren, den sie nah an sich herangelassen hatte, und das tat sie aus gutem Grund selten. Aber Liebe? Ganz im Gegenteil. Ein Mann, der vorgab eine Frau zu sein, die vorgab Julis Freundin zu sein, der – egal ob Mann oder Frau – nun mal immer die richtigen Dinge geschrieben hatte und dabei aussah, als wäre ihr Traummann vom Himmel gefallen, und niemand, der verstand, warum all das einfach nicht in Ordnung ging. Schon allein das war ein Grund, wütend zu sein. Nicht einmal Lissi war auf ihrer Seite.

»Nein, auch keine Liebe. Es ist kompliziert, Bruno.« Juli seufzte, als Bruno vor dem Hotel anhielt.

»Das ist die Liebe immer, Juli.« Er lächelte. »Wenn ich was beim Taxifahren gelernt habe, dann das. Aber sie ist auch jeden Ärger wert. Das weiß ich nicht vom Taxifahren, sondern von meiner Frau Edita. Und wir sind immerhin schon dreiunddreißig Jahre verheiratet.«

Juli lächelte ebenfalls, als sie die Tür öffnete. Die Taxifahrt mit Bruno war eindeutig das Beste an diesem Tag gewesen. Schnell schob sie den Gedanken an die Vorfreude und die Aufregung beiseite und an das unglaubliche Kribbeln in ihrem Magen, das sie empfunden hatte, als sie Nic tatsächlich gegenübergestanden hatte. Sofort fing ihr Herz wieder an, schneller zu schlagen.

Bestimmt war das nur der Zorn, der zurückkehrte, und den konnte sie sehr gut brauchen. Von wegen, Liebe war jeden Ärger wert. Keine Liebe, kein Ärger. Das war das Gebot der Stunde und außerdem viel logischer. Und sie, Juli Englaender, brauchte weder das eine noch das andere.

Sie bezahlte und gab Bruno ein ordentliches Trinkgeld. Immerhin hatte er dafür gesorgt, dass es ihr so viel besser ging als noch vor einer halben Stunde. Bevor sie durch die große goldene Drehtür ging, tastete sie in ihrer Tasche nach der Zimmerkarte. Dass sie eine für Alexanders Zimmer hatte, war ebenfalls zur Selbstverständlichkeit geworden, denn es kam ständig vor, dass er sie von einem Veranstaltungsort ins Hotel zurückschickte, um irgendetwas zu holen oder vorzubereiten.

Erleichtert darüber, dass sie nun gleich endlich ihre High Heels ausziehen und sich ein Glas Rotwein gönnen konnte, atmete sie auf. Da Alexanders Fahrer von heute Mittag angeboten hatte, ihr Gepäck auf seiner Rückfahrt nach Baden-Baden in die Leibnizstraße zu bringen, hatte sie rein gar nichts zum Anziehen dabei, aber das war nicht so schlimm.

Gerade, als sie an die Rezeption treten wollte, um den Concierge um einen Schlafanzug zu bitten, hörte sie Alexanders Lachen in ihrem Rücken. Schnell versteckte sie sich hinter einer der marmornen Säulen, bevor sie sich umdrehte. Was tat er da? Mit wem lachte er? Und warum war er schon hier? Vorsichtig spähte Juli um die Ecke.

Eigentlich hätte sie es sich denken können. Alexander stand kichernd und eng umschlungen im Drehkreuz mit Sarah, die ihn verliebt anhimmelte. Kurz war Juli versucht, ihr Versteck aufzugeben und Alexander zur Rede zu stellen. Sie hatte für ihn einige Kurzinterviews mit verschiedenen Zeitungen und dem SWR in der Künstlerkantine arrangiert, und zwar, weil Alexander sie darum gebeten hatte. Andererseits entsprach es absolut seinem Ruf, seine Meinung zu ändern und einfach so zu verschwinden, wenn ihm der Sinn danach stand. Es machte ihn nur noch interessanter. Und manchmal tat er es genau deshalb.

Die beiden gingen direkt zu den Aufzügen, was Juli sehr recht war, denn so lief sie nicht Gefahr, enttarnt zu werden. Aber es bedeutete auch, dass Alexanders Suite nun offensichtlich keine Option mehr für die Nacht war. *Verdammt.*

Wenigstens war Bruno noch da. Als sie an seine Scheibe klopfte, ließ er sie lächelnd hinunter.

»Juli! Hast du was vergessen?«

Sie öffnete die hintere Tür und ließ sich auf den Sitz fallen.

»Ich glaube schon, Bruno.«

Er drehte sich zu ihr um und sah sie mitleidig an. »Nichts in meinem Taxi, oder?«

»Nein«, antwortete Juli und bemühte sich, ihre Gedanken zu sortieren. Alexander war keine Option. Die Wohnung ihrer Mutter gab es nicht mehr. Und ihre eigene lag direkt neben Nics, den sie vorerst auf keinen Fall sehen wollte. Genauso wenig wie Martha, ihre Mutter oder Lissi. Bei Willi zu klingeln ging auch überhaupt nicht, denn selbst wenn er nicht aktiv zu diesem Chaos beigetragen hatte, so war er doch dabei gewesen und hatte nichts unternommen, um es zu verhindern. Und Pia war zu weit weg. Juli seufzte.

»Kann ich suchen helfen?« Bruno legte seine Hand auf ihre.

»Das wäre schön«, antwortete sie.

Es würde schon helfen, wenn jemand ihre Gedanken sortieren und eine Antwort auf die große Frage finden würde, wie dieses Chaos hatte entstehen können – und wie man es dazu brachte, wieder zu verschwinden. Plötzlich wollte Juli einfach nur nach Hause und allein sein. In ihre Wohnung, in ihr Bett. Sie konnte sich ja dort einfach so lange verstecken, bis Alexander wieder weitermusste. Das waren nur fünf Tage, die überbrückt werden mussten. Sie hatte schon so viel geschafft und auch ausgehalten. Ein paar Tage unsichtbar zu Hause waren dagegen ja wohl ein Kinderspiel. Er war nicht perfekt, ihr Plan, aber es fühlte sich schon viel besser an, überhaupt einen zu haben.

Sie ließ Bruno auf der Rückseite der Villa im Sternsingerweg halten, wo es etwas dunkler war.

»Wow! Hier wohnst du?« Er nickte andächtig.

Durch die Windschutzscheibe konnte man die funkelnden Lichter der Stadt im Tal und auf den Hügeln dahinter sehen. Julis Herz zog sich wie immer bei diesem Anblick vor einer Sehnsucht zusammen, die sie selbst kaum benennen konnte. Sie liebte ihre Stadt und den Blick von hier oben, die Villa und die Bridge-Ladies, auch wenn sie gerade sauer war, und sie wünschte, sie würde es eines Tages aushalten können, für immer zu bleiben. Aber vorerst war das nicht drin. Wenn sie die Möglichkeit gehabt hätte, wäre sie sofort wieder gegangen. Egal wohin. Nicht gehen und gleichzeitig nicht bleiben zu können war wohl die Geschichte ihres Lebens. Aber das konnte vermutlich noch nicht einmal Bruno verstehen.

»Ja, hier wohne ich.«

Juli hatte sich zum Hintereingang fahren lassen, weil hier immerhin die winzige Chance bestand, dass niemand bemerkte, wie sie durch den hinteren Garten und an der Küche vorbeischlich und schließlich – (nun wurde es ein wenig kniffelig) – an Nics und dann an ihrer eigenen Wohnung vorbeiging, um durch die Waschküche das Haus zu betreten. Selbstverständlich, ohne dabei von Miles oder irgendjemandem sonst bemerkt zu werden. Hoffentlich. Aber das hier war ihre einzige Option. Würde sie nämlich die Haustür nehmen, würde sie der Bewegungsmelder verraten, Martha ihr auf die Schliche kommen und sie sofort zur Rede stellen. Juli wusste das. Sie hatte es in ihrer wilden Teenagerzeit oft genug ausprobiert. An Martha kam sie nicht vorbei.

Sie wünschte sich selbst Glück, als sie vorsichtig das Gartentor öffnete, in der Hoffnung, dass es nicht so grässlich quietschte, wie es schon so oft der Fall gewesen war.

Die Villa lag dunkel vor ihr, nur zu ihrer Rechten in der Küche brannte noch Licht. Von außen sah das Haus aus, als könnten dort unmöglich unglückliche Menschen leben. Das warme Licht aus dem Fenster beleuchtete die prächtigen Hortensien, Marthas Lieblingsblumen, die Juli fast um das komplette Haus herum gepflanzt hatte. Und obwohl sie noch im Taxi saßen, hatte sie beinahe das Gefühl, die Jasmin- und Fliederbüsche riechen zu können, die vor dem niedrigen Mäuerchen auf der Grundstücksgrenze zu Willi standen.

Plötzlich hielt sie es keine Sekunde länger im Taxi aus. Ja, sie wollte fort und nach Hause, aber sowenig sie diese Entscheidung gerade wirklich treffen konnte, sosehr wollte sie in den Garten, ihre Hände über Gräser und Blätter, über Blüten und

Knospen streichen lassen, Erde zwischen den Fingern spüren und in ihrem Kopf Farb- und Duftexplosionen komponieren. Das war es, was sie brauchte, um glücklich zu sein. Sie musste in den Garten. Morgen. Tagsüber. Was bedeutete, dass sie sich nicht auf Dauer verstecken konnte. Aber das, begriff sie, war auch nicht wichtig. Sie brauchte nur eine Nacht Ruhe. Und dann war es ihr egal, wenn sie für ein paar Stunden in ihrem Garten ein Zusammentreffen mit Nic in Kauf nehmen musste.

»Ich muss los, Bruno«, sagte sie und öffnete die Tür.

»Das sehe ich auch so«, antwortete er lächelnd. »Scheint, als hättest du gefunden, wonach du gesucht hast, was?«

»Ja, scheint so«, sagte Juli und fühlte den Frieden, den ihr diese Erkenntnis schenkte. »Danke fürs Suchen helfen, Bruno.«

»Gern geschehen. Und weißt du, Juli, ich glaube ja, jemand, der in einer solchen Hütte wohnt, braucht sowieso kein Hotelzimmer.« Er zwinkerte ihr zu. »Auch das fühlt sich irgendwann an wie jedes andere. Nur mit weniger Menschen, die sich dafür interessieren, wie es dir geht.« Er drückte ihre Hand. »Hier scheint es ja ein paar zu geben, denen du wichtig bist. So wichtig, dass sie es auf ein Chaos haben ankommen lassen, nur um dir zu deinem Glück zu verhelfen.«

Klar, so konnte man es natürlich auch sehen.

»Mach's gut, Juli.«

»Danke, du auch, Bruno.«

Ein wenig fühlte es sich an, als würde sie sich von einem Freund verabschieden. Einem Freund, den sie bis gerade eben noch nicht einmal gekannt hatte.

»Bruno?«

»Ja?«

»Danke noch mal.«

Er lachte.

»Noch mal gern geschehen.« Er reichte ihr seine Karte. »Wenn du mal wieder nicht weißt, wohin, Juli – ich bin immer unterwegs.«

Juli steckte sie in ihr Portemonnaie, aber selbst mit der Sicherheit, dass Bruno sie auch ein zweites oder drittes Mal eingesammelt und wo auch immer hingefahren hätte, war ihr doch ein bisschen mulmig zumute, als sie die Taxitür öffnete und sich schließlich dann doch hinaus und in den Garten traute.

Bevor sie das Gartentor hinter sich schloss, winkte sie Bruno noch einmal zu. Er reckte ihr siegessicher seine Faust entgegen und brachte sie damit erneut zum Schmunzeln. *Was für ein Abend.* Dabei war sie noch längst nicht in ihrer Wohnung.

Juli sah seinem Taxi so lange nach, bis es um die Ecke gebogen war. Dann schloss sie für einen Moment die Augen und atmete tief den schweren Fliederduft ein.

Selbst in der Nacht duftete es verheißungsvoll nach Frühling. Einer der Gründe, warum sie den Mai und diesen Garten so liebte.

Ja, ihr Plan war gewagt, aber nicht aussichtslos. Sie wollte rechts an der Küche vorbei, sich unsichtbar am hinteren Rand des Gartens und fern der von unten angestrahlten Linde entlang über die Buchshecke und den Zugangsweg zur Waschküche durchschlagen, wo sie hoffte, einigermaßen unsichtbar das Haus betreten zu können. So weit, so … einfach.

Vorsichtig näherte sie sich der Villa. Der vom Küchenfenster beleuchtete Jasmin schien in der Nacht regelrecht zu leuchten. Schatten bewegten sich über die weißen Blüten, die zeigten, dass im Innern jemand geschäftig hin- und herlief. Sie musste also vorsichtig sein.

Um so wenig wie möglich gesehen zu werden, stieg sie auf das kniehohe Mäuerchen und quetschte sich hinter dem dichten Busch vorbei. Dabei verfingen sich einige der zarten Äste in ihren Locken, ein paar weniger zarte in ihrem Kleid und zwangen sie anzuhalten, bevor sie den Halt verlor. *Verdammt!* Das war nicht so einfach, wie sie es in Erinnerung hatte. Was vielleicht auch daran lag, dass sich nach ihrer Teenagerzeit eine professionelle Landschaftsgärtnerin des brachliegenden Riesengrundstücks angenommen und ein dicht bewachsenes Paradies daraus gezaubert hatte, aber auch daran, dass sie High Heels trug und schon lange nicht mehr auf Mäuerchen geklettert war. Sofort beschloss sie, wieder mehr Sport zu treiben und in Zukunft immer Sneakers in ihre Handtasche zu packen. Während sich ihr Atem beruhigte und sie sich ein paar Blüten aus dem Haar zupfte, konnte sie nicht verhindern, dass sie den Blick hob und nachsah, wer sich noch so spät in der Küche herumtrieb.

Es war Nic. Nic, der seinen Anzug gegen Jogginghose und T-Shirt getauscht hatte. Dieser Mann sah einfach unglaublich gut aus, ganz gleichgültig, was er trug. Seine dunkelblonden Haare, die er immer wieder hinter seine Ohren strich, das Lächeln, das auf seinem Gesicht lag, während er irgendetwas briet. Jedenfalls hielt er eine Pfanne in der Hand. Juli bemerkte, wie ihr das Wasser im Mund zusammenlief, als sie den Pfanneninhalt als ein extrem köstlich aussehendes Omelett identifizierte, das er mit einem leichthändigen Ruck in die Luft warf und wendete. Es konnte aber auch an dem Muskelspiel liegen, das sich dabei ebenfalls gut beobachten ließ.

Beinahe hatte sie das Gefühl, das Essen riechen zu können. Sie sog die Luft ein. Nein, das war ein Irrtum. Es roch immer noch nach Flieder und Jasmin.

Allerdings konnte sie ihren Blick nicht von Nic nehmen, der nun die Pfanne wieder auf den Herd stellte und sich dann die Hände an einem Küchenhandtuch abtrocknete, während er aus dem Fenster in die Dunkelheit sah.

Moment. Sah er sie etwa an? Auch, wenn Juli wusste, dass das nicht möglich war, so kam es ihr doch so vor, als würde er nicht nur wissen, dass sie da draußen stand, sondern direkt in ihr Herz sehen können, das anfing, wie verrückt zu schlagen. Und nun streckte er auch noch die Hand aus, als wolle er ihr winken!

Nicht durchdrehen jetzt, Juli!

Als sie schon dachte, er hätte wirklich die Fähigkeit, in die Dunkelheit zu sehen, griff er nur nach dem Hebel und kippte das Küchenfenster.

Glück gehabt. Die Anspannung wich mit einem Mal aus ihren Gliedern. Leider wirkte sich das auch auf ihre Körperspannung aus, was sie ein wenig schwanken ließ. Sofort versuchte sie das auszugleichen, aber um ihr Gleichgewicht wiederzufinden, musste sie einen Schritt nach vorne machen, was sie wiederum dazu zwang, ziemlich schwungvoll von der Mauer zu steigen und ein paar der Äste mitzunehmen, in denen sie sich bis gerade verfangen hatte. Zu allem Überfluss kam sie schräg auf und knickte mit dem linken Fuß so unbeholfen um, dass ein scharfer Schmerz durch ihren Knöchel schoss.

»Verdammt!«, fluchte sie leise. Aber wohl nicht leise genug. In der Küche begann ein Hund zu bellen. Miles hatte sie definitiv gehört. *Verdammt. Verdammt. Verdammt.*

29

Freitag, spätabends, 20. Mai 2022, Stuttgart

Nic beschloss, sich ein Omelett zu braten. Seine Lieblingstherapie, wenn in seinem Kopf wieder einmal Chaos herrschte. Und das tat es.

Seine Devise war, je komplizierter die Sache, desto simpler das Gericht. Das Omelett passte also perfekt zu Julis Blick, mit dem sie ihn gemustert hatte und der ihm nicht mehr aus dem Kopf ging, seit sie sich umgedreht hatte und davongestürmt war. Diese Mischung aus Schmerz, Enttäuschung und Wut hatte sich in seine Netzhaut gebrannt. Wäre nur dieser Kater nicht ausgerechnet gestern aufgetaucht, dann hätte er die E-Mail geschrieben, abgeschickt und alles wäre gut. Ob es etwas verändern würde, wenn er Juli jetzt noch eine schrieb? Ob sie sie überhaupt lesen würde? Er würde sein Glück wenigstens versuchen, beschloss aber, dass das auch noch zehn Minuten warten konnte, bis das Omelett fertig war. Satt konnte er definitiv besser denken – und gegebenenfalls auch die Wahrheit ertragen. Nachdenklich betrachtete er die Eierpackung in seiner Hand. Wie hätte er reagiert, wenn Juli nicht so gewesen wäre, wie er sie sich vorgestellt hätte? Wäre er wütend? O ja. Und wie. Wütend auf sie, auch sich selbst und auf das Leben, das ihm vorgegaukelt hätte, jemand ganz Besonderen gefunden zu haben.

Wenn es also nach der Größe des Chaos gegangen wäre, hätte er deutlich mehr als die vier Eier gebraucht, die er noch in der Vorratskammer gefunden hatte. Dann hätte er die Ausbeute eines ganzen Hühnerstalls gut verarbeiten können. So aber begnügte er sich mit dem, was er hatte. Eier, Butter, Salz und Pfeffer und ein paar Schnittlauchröllchen aus dem Garten – et voilà – fertig war ein Gericht, das sowohl seinen Magen als auch seine Nerven beruhigte. Sein persönlicher Trick war ein Schuss Mineralwasser, der das Ei besonders fluffig machte. Nachdem er die Butter zerlassen und die Eimasse mit dem Schneebesen aufgeschlagen hatte, ließ er sie langsam in die Pfanne gleiten. Nun musste er die Pfanne nur noch in kreisenden Bewegungen schwenken und immer wieder zu sich heranziehen, sodass die typische Omelettform entstand.

Nachdem er das ein paarmal gemacht hatte, wendete er das Omelett zum guten Schluss noch einmal in der Luft und ließ es dann auf den Teller gleiten, den er schon vorbereitet hatte.

Für einen kurzen Moment hob er den Blick. Es war ihm so vorgekommen, als hätte er da draußen im Garten etwas gesehen, aber das konnte er sich auch eingebildet haben. Seitdem Miles gestern Abend dort Elvis gejagt hatte, war er jedenfalls deutlich aufmerksamer dafür, was da draußen so vor sich ging. Er hatte Martha nichts davon erzählt, weil er ihr nicht umsonst Hoffnung machen wollte. Aber er wäre sehr gern derjenige gewesen, der Elvis zurückbrachte. Ob Miles dabei so eine große Hilfe war, bezweifelte er allerdings.

Wieder fiel ihm Marthas merkwürdige Reaktion auf seinen Wunsch ein, Kräuter aus dem hinteren Beet zu holen, und er ärgerte sich, dass er es immer noch nicht geschafft hatte, dort nachzusehen. Was ging nur in diesem Garten vor?

Vermutlich gar nichts, sagte er sich selbst. Bestimmt hatte er sich die Bewegung nur eingebildet. Er kippte das Fenster und schnappte sich seinen Teller. Dieses Omelett, noch ein bisschen mit Miles auf der Couch kuscheln und seine Gedanken sortieren, und dann ging es ihm bestimmt schon besser.

Gerade als er das Licht ausmachen wollte, hörte er draußen ein lautes Rascheln. Sofort begann Miles zu bellen.

»Schhh, Miles! Lass das! Du weckst noch das ganze Haus auf!«

Er legte beruhigend die Hand auf den Kopf seines Hundes, aber der war nicht wirklich daran interessiert, sich beruhigen zu lassen. In Gegenteil. Er winselte und stupste Nic immer wieder mit der Schnauze an.

»Hey, Kumpel, entspann dich! Da draußen ist doch wieder nur der Kater!«

Oder ein Eichhörnchen, ein Marder – was auch immer. Dieser Garten war voll mit Nachttieren, die allesamt harmlos waren. Aber Miles konnte sich gar nicht beruhigen vor lauter Freude, endlich ein Haus zum Beschützen gefunden zu haben. Etwas, das sie unbedingt noch üben mussten. Aber bis Miles es schaffte, Elvis im Garten vorbeispazieren zu sehen, ohne gleich auszuflippen, musste er eine andere Lösung finden – oder er selbst musste den Kater endlich einfangen, damit Ruhe einkehren konnte.

Elvis oder Essen, das war hier die Frage. Sehnsuchtsvoll

betrachtete Nic sein Omelett. Elvis war schließlich nur eine Katze. Und wenn er gestern und heute hier gewesen war, würde er sicher auch morgen wieder kommen. Andererseits: Martha war so unglücklich, da war doch so ein Omelett nichts gegen die Chance, sie wieder zum Lächeln zu bringen.

»Bye-bye, Abendessen«, sagte er zu seinem Teller, bevor er ihn in seine Wohnung trug, dort auf den winzigen Küchentresen stellte und Miles die Schiebetür öffnete, damit er in den Garten konnte. Laut bellend stürmte der Mischling sofort hinaus und bog um die Hausecke.

Mittlerweile waren garantiert alle wach. Nicht nur Martha, Lissi und Pauline, sondern auch Willi und sämtliche Nachbarn ringsum. Was für ein Glück, dass Miles sie alle längst tagsüber mit seinem freundlichen Wesen und dem wuscheligen Fell um den Finger gewickelt hatte. Nic und er würden sich dennoch morgen für die Ruhestörung entschuldigen müssen.

»Miles«, zischte er, aber der Hund reagierte nicht. »Miles!«, versuchte er es lauter, leider abermals ohne Erfolg.

Missmutig warf er einen letzten Blick auf das Ei, bevor er in seine Flip-Flops schlüpfte.

»Ich komm ja schon«, brummte er. Das einzig Gute an dieser Aktion war, dass er kurz mal an etwas anderes denken konnte als an Julis Blick.

Er folgte seinem Hund um die Ecke. Schade, dass er das Licht in der Küche nicht angelassen hatte, denn sonst hätte er sehen können, was sein Hund da nach wie vor wie irre anbellte.

»Hierher, Miles, und schhhh! Sei doch endlich ruhig!«

Immerhin gehorchte er ihm jetzt. Vermutlich, weil er begriffen hatte, dass sein Herrchen tatsächlich seine Schuhe angezogen hatte und nicht einfach auf der Couch sitzen blieb, bis Miles genug hatte. Er kam zu Nic zurück, lief aber sofort wieder davon. Irgendetwas hatte er entdeckt. Irgendetwas, das sich dank der Nähe zur erleuchteten Stadt zumindest schemenhaft von der pechschwarzen Hecke abhob.

Etwas, das ebenfalls sprechen konnte. Oder zumindest stöhnen.

»Bist du das schon wieder, Max?«

Nic wurde wütend. Der Typ war wirklich schwer von Begriff. Er tastete nach seinem Handy, um die Taschenlampe einzuschalten. Dieses Mal würde er nicht zögern, die Polizei zu rufen.

»Max? Ich bin nicht Max, verdammt! Ich bin Juli!«, zischte die Stimme, die sofort wieder ein Bild von einer ziemlich wütenden und äußerst anziehenden Person vor seinem inneren Auge erscheinen ließ.

Nics Augen hatten sich bereits so weit an die Dunkelheit gewöhnt, dass er erkennen konnte, wie sie vor dem Busch auf dem Boden hockte und sich den Knöchel rieb.

Miles lief aufgeregt zwischen Nic und Juli hin und her und stupste jedesmal seine Schnauze in dessen Hand, wenn er wieder bei ihm angekommen war.

»Ich komm ja schon, Miles, krieg dich wieder ein!«

Er war hin- und hergerissen zwischen dem Wunsch, ihr zu helfen und schnell wieder in seine Wohnung zurückzukehren, um nicht eine weitere Standpauke zu riskieren. Allerdings, so wie sie da auf dem Boden saß, war eher nicht mit einer Standpauke zu rechnen.

»Alles okay mit dir?«, fragte er vorsichtig.

»Alles bestens«, knurrte sie. »Ich sitze immer mal nachts im dunklen Garten herum und schaue, was passiert.«

Uh. Das war nicht wirklich besser als eine Standpauke. Vielleicht sollte er einfach verschwinden.

»Oh, wirklich? Tja, dann will ich nicht weiter stören.«

»Nein, nicht wirklich«, antwortete sie bissig. »Wenn du es genau wissen willst, wollte ich ins Haus, ohne gesehen zu werden, und weil du die ganze Zeit in der Küche warst, bin ich auf die Mauer geklettert und … ach egal.« Wütend verschränkte sie die Arme vor der Brust, was allerdings eher weniger beängstigend aussah, sondern äußerst … süß.

»Hat ja super funktioniert«, sagte Nic grinsend und hielt Juli seine Hand hin, um ihr aufzuhelfen. Sie ignorierte sein Hilfsangebot geflissentlich, dafür kraulte sie Miles hinter den Ohren, der sich vor ihr niedergelassen hatte.

»Idiot!«, brummte sie.

Miles schüttelte sich und stand auf.

»Doch nicht du, Süßer! Du kannst gern zurückkommen!«

Nic musste lachen. »Sorry, Juli, aber mein Hund weiß eben, was sich gehört.« Er ging vor ihr in die Hocke. »Aber jetzt im Ernst: Hast du dich verletzt?«, fragte er und versuchte, in ihrem Gesicht zu lesen, ob sie Schmerzen hatte. Er ging davon aus, dass sie längst aufgestanden wäre und das Weite gesucht hätte, wenn das eine Option gewesen wäre.

»Ja«, knurrte sie. »Nein. Weiß nicht.« Wieder rieb sie sich den Knöchel. »Fühlt sich jedenfalls nicht besonders angenehm an.«

»Okay, dann …«

Er streckte die Hände nach ihr aus, um sie hochzunehmen. Obwohl es ein für Ende Mai typisch milder Abend war, so war das Gras dennoch feucht und es gab bestimmt bessere Orte, um den Knöchel zu untersuchen und das Gespräch fortzusetzen. Vor allem auch hellere. Bevor er sie allerdings hochheben konnte, schob sie seine Hände weg.

»Nicola Kramer! Wage es ja nicht, mich anzufassen!«

Selbst in der Dunkelheit konnte er das Blitzen in ihren Augen sehen.

»Glaubst du im Ernst, ich lasse mich von dir noch einmal auf den Arm nehmen?« *Sehr witzig.* »Ich komme gut allein zurecht«, zischte sie und schob sich langsam über den Vierfüßlerstand in die Hocke.

Nic konnte sehen, mit welcher Anstrengung und Sturheit sie versuchte, ohne seine Unterstützung aufzustehen. Sie hätte ihn bestimmt gekillt, wenn er gelacht hätte, auch wenn er Mühe hatte, es sich zu verkneifen. Es sah wirklich lustig aus. Ganz bestimmt war Juli es gewohnt, auf sich allein gestellt zu sein. Er bewunderte sie für ihre Willenskraft – und gleichzeitig wünschte er nun noch mehr, dass sie sich von ihm helfen ließ. Jeder sollte jemanden haben, der einem die Hand reichte, wenn es nötig war. In jeder Hinsicht. Nur Juli schien das anders zu sehen. Aber kaum belastete sie ihren Knöchel, ließ sie sich stöhnend wieder zurück ins Gras fallen.

»Also, wie du ja gerade eben selbst gesagt hast: Du kommst wohl selbst zurecht?«, neckte er sie und grinste, aber das konnte sie glücklicherweise nicht sehen.

Und ein bisschen gönnte er sich auch die Genugtuung. Immerhin hatte sie sich reinschleichen wollen. Wenn man es genau betrachtete, war Juli stur, zickig und unfreundlich, obwohl sie keinen Grund dazu hatte. Er hatte vielleicht einen

Fehler gemacht, als er ihr nicht extra noch einmal gesagt hatte, dass Nicola auch ein Männername war, aber das gab ihr noch lange nicht das Recht, ihn zu behandeln, als wäre er der letzte Vollidiot. Er hatte sich ihr in den Mails nahe gefühlt und gehofft, dass das auch beim persönlichen Kennenlernen so wäre. Aber wenn sie keinen Wert auf ihn legte, bitte sehr. Sollte sie eben da draußen sitzen bleiben.

Er wandte sich ab, um wieder hineinzugehen. Das Omelett war zwar kalt, aber es würde bestimmt trotzdem gut schmecken. Vor allem mit einem Bier. Oder zweien. Die E-Mail konnte er sich jedenfalls wohl sparen.

30

Freitag, spätabends, 20. Mai 2022, Stuttgart

»Warte.«

Verdammt. Juli fühlte sich elend. Ihr Knöchel tat höllisch weh, ihr Hintern war nass, und sie konnte sich selbst nicht leiden, weil sie sich von dem Moment an, als sie herausgefunden hatte, dass Nicola ein Mann war, aufführte, als hätte sie nicht mehr alle Tassen im Schrank, während Nic sich einfach nur freundlich und hilfsbereit zeigte. Sie schämte sich. Und abgesehen davon konnte sie eine helfende Hand wirklich brauchen. Erleichtert nahm sie wahr, dass er stehen geblieben war.

»Ich bin sonst eigentlich nicht … egal. Kannst du mir bitte doch helfen?«, sagte sie zerknirscht.

Sie war einfach nicht besonders gut darin, sich zu entschuldigen – zumindest für sich selbst, für Alexander machte sie das ja ständig –, und außerdem: Selbst, wenn Nic sich in den letzten Stunden korrekt verhalten hatte, war sie immer noch sauer auf ihn. Und unlogisch, aber leider die Wahrheit: Je freundlicher er war, umso wütender wurde sie.

»Gut«, sagte Nic und verschränkte die Arme vor der Brust. »Aber du weißt schon, dass ich dir nur helfen kann, indem ich dich anfasse?«

»Weiß ich«, antwortete sie knapp.

»Na dann …« Nic ging wieder vor ihr in die Hocke und schob einen Arm hinter ihren Rücken und den anderen in ihre Kniekehlen, sodass er sie hochnehmen konnte. Juli schnappte sich ihre Heels, die neben ihr im Gras lagen, und legte die Arme um seinen Hals, als er aufstand und sie vorsichtig in Richtung Haus trug. Dabei konnte sie es nicht verhindern, seinen Geruch einzuatmen. Im Gegensatz zu Alexander, der auf schwere und eher süßliche Düfte stand, bevorzugte Nic die frische und herbe Variante. Sie schloss die Augen und schnupperte. Der Hauch eines Herrenparfüms, das er vermutlich für die Oper aufgelegt hatte.

»Alles okay?« Nic hatte den Kopf zu ihr umgewandt. Trotz der Dunkelheit sah sie das amüsierte Glitzern in seinen Augen. *Toll gemacht, Englaender.*

»Nein, ich … alles prima.« Sie spürte die Hitze, die ihr Gesicht ganz bestimmt in eine amtliche Leuchttomate verwandelt hatte. Konnte Nic sie nicht einfach in ihre Wohnung bringen und dann unauffällig verschwinden, damit Juli so tun konnte, als wäre all das nicht passiert? Konnte er wohl eher nicht, denn siedend heiß fiel ihr ein, dass ihre Tür zum Garten geschlossen war. Also doch besser seine Wohnung. Oder … am besten gar keine. Hauptsache runter und allein sein und sich mal für einen Moment nicht schämen. Oder wenigstens nicht in Gesellschaft.

»Willst du hier festwachsen?«, fragte sie und hätte sich am liebsten sofort wieder selbst geohrfeigt.

Warum klang nur immer alles so falsch, wenn sie mit Nic sprach? Gut, man konnte sich auf den Standpunkt stellen, dass er an allem schuld war. Mit seiner … seiner Nettigkeit nämlich, dem Lächeln, diesen perfekt unperfekten Haaren, den starken Armen und diesen blauen Augen. Wer mochte auch schon blaue Augen? Und Muskeln. Und … nette Menschen, die so verdammt gut rochen?

Kurz dachte sie an »Serendipity«, das Parfüm, das sie für ihn, vielmehr für ihre Vorstellung von Nicola, gekauft hatte, und dann musste sie doch bei dem Gedanken daran beinahe lachen, wie es wäre, jetzt anstelle eines total sexy Herrenduftes das Aroma von Tonkabohne und Rose in der Nase zu haben. Das passte ungefähr so gut zu ihm wie der Name Nicola zu einem Mann.

»Was ist so lustig?«, fragte Nic prompt.

Es entging ihm leider auch gar nichts. Obwohl er gerade vorsichtig die kleine Sitzgruppe aus Korbmöbeln umrundete, die Juli ausgesucht hatte und die auch ein paar Meter weiter auf ihrer eigenen Terrasse stand.

»Nichts. Überhaupt nichts.« Oder vielmehr: *Das willst du nicht wissen, Kramer.*

Juli konnte sich nicht erinnern, wann sie das letzte Mal getragen worden war – oder ob überhaupt je außer als Baby. Eher nicht. Oder zumindest nicht auf eine Weise, die sich so vertraut anfühlte. Nic machte überhaupt nichts Besonderes – er hielt sie einfach nur. Fest, aber auch nicht zu fest. Und Juli, die unabhängige, organisierte, freiheitsliebende, starke Juli spürte, wie sich ihre Anspannung löste und ihr Tränen in die Augen stiegen. Selbst wenn es kitschig war, so hätte sie sich zumindest für einen winzig kleinen Moment gewünscht, er würde sie noch eine Weile weitertragen.

»Oh, tut mir leid, hab ich dir wehgetan?«, fragte Nic sofort besorgt und schob die Schiebetür mit dem Ellbogen ein Stück weiter auf.

»Nein, alles gut.« Juli lächelte verlegen, als er sie hindurchfädelte und die Couch ansteuerte. »Ich bin einfach nur echt müde. Und vielleicht ein bisschen allergisch auf …« *Was denn? Kitschige Momente? Komm schon, Englaender!*

Er setze sie behutsam ab und sah dann lächelnd auf sie hinab.

»Möchtest du was trinken?«, fragte er und strich sich die Haare aus dem Gesicht, während Juli auf seinen Bizeps starrte.

Wenn das so weiterging, würde sie wohl weiterhin leuchten wie eine Tomate. Ein eiskaltes Getränk war wirklich eine prima Idee.

»Ich habe Bier«, bot er an, ohne auf ihren Blick einzugehen. »Ich kann dir aber auch gern einen Wein aus der Küche holen, ist bestimmt einer offen. Vielleicht gibt's sogar noch Champagner. Martha trinkt gern ein Gläschen am Abend und …« Kopfschüttelnd unterbrach er sich selbst. »Entschuldige. Das weißt du ja alles. Noch mal von vorn: Bier, Mineralwasser, Wein, Champagner oder vielleicht sogar Marthas scheußlichen Schlummertee. Was darf es für dich sein?«

Lächelnd schüttelte sie den Kopf. »Das mit dem Schlummertee klingt verführerisch. Aber ich glaube, ich bleibe doch beim Bier.«

»Gute Wahl«, sagte er und reichte ihr ein eiskaltes Wulle.

Das Stuttgarter Bier mit dem runden roten Etikett war ein so wesentlicher Bestandteil von Julis Stuttgarter Heimatgefühl, dass sie gerührt die Wassertropfen vom Etikett strich.

»Ein Bayer aus München reicht mir ein Wulle! Da muss was mächtig schiefgelaufen sein.«

Sie lachte, als Nic mit den Schultern zuckte.

»Ich gebe zu, ich war schon sehr erleichtert, als ich herausgefunden habe, dass die Stuttgarter auch Bier brauen können.« Er zwinkerte ihr zu. »Sonst hätte ich leider nicht bleiben können.«

»Nicht?« Sie biss auf ihre Unterlippe und schloss die Augen ein wenig, ohne den Blickkontakt dabei zu verlieren. Plötzlich war das zwischen ihnen zu einem Spiel geworden. Nun, da sie auf eine Ebene gefunden hatten, in der es nicht mehr so sehr um peinliche Belanglosigkeiten ging, die zumindest Juli gern vergessen hätte, wollte sie es spielen. Nic war der attraktivste Mann, den sie seit Langem getroffen hatte, und sie fühlte sich auf eine irritierende Weise zu ihm hingezogen. Bei einer Sache war sie sich nun doch beinahe sicher: Was für ein Glück, dass er keine Frau war.

»Nein, ich wäre nicht geblieben«, antwortete er und starrte auf Julis Mund. »Aber was wäre das für ein Verlust gewesen.«

»Was meinst du damit?«, fragte Juli und lehnte sich ein wenig näher zu ihm. O Gott, wie gut er roch!

»Als Allererstes natürlich wegen Stuttgart. Die Stadt ist ein Traum.« Er lachte laut auf, als er Julis bestürztes Gesicht sah. »Blödsinn Juli, die Stadt ist eine Stadt wie jede andere auch. Ich bin hier, weil ich mich schon in der Stellenanzeige in die Bridge-Ladies verliebt habe. Und in den Job. Es gefällt mir hier. Und Miles erst. Und wenn du mich nicht mehr in der Oper anschreist oder mitten in der Nacht auf Bäume kletterst und …«

»Das war eine Jasminhecke!«, unterbrach Juli ihn.

Diese Anziehungskraft zwischen ihnen war nicht weg, zumindest nicht, was Juli betraf, aber mit seinem Lachen hatte Nic sie eindeutig unterbrochen. *Du hast einen Knall, Englaender – und er hat es selbst gesagt: Es ist nur ein Job!*

Außerdem: Selbst, wenn er das nur im Scherz gesagt hatte, hing Nics Satz zwischen ihnen. Beide wussten, dass es Dinge gab, über die sie dringend sprechen mussten. Dinge, die mit Vertrauen und der Zukunft zu tun hatten, aber auch mit dem, was sie längst geteilt hatten. Juli hatte sich so sehr auf Stuttgart und Nicola gefreut, weil sie das Gefühl gehabt hatte, in ihrer seltsamen und freiwillig auferlegten Einsamkeit eine verwandte Seele gefunden zu haben. Das war alles immer noch da. Hoffte sie zumindest. Vor allem aber spürte sie zum Glück endlich auch wieder, wie dankbar sie Nic dafür war, dass er ihr die Last von den Schultern genommen hatte, sich um ihre Mutter, um Martha und Lissi zu kümmern, und zwar egal, ob er nun ein Mann war oder eine Frau.

Nic sah sie aufmerksam an. »Was denkst du, Juli?« fragte er.

Juli ließ den Bügelverschluss aufschnappen und hielt Nic ihre Flasche hin, damit er mit ihr anstoßen konnte. *Willst du immer noch nicht wissen, Kramer.*

»Das sag ich dir morgen, okay? Lass uns für heute einfach noch mal von vorne anfangen, ja?«

Juli war erleichtert, dass er nicht weiter nachfragte, sondern einfach nur nickte und seine Flasche sacht an ihre klirren ließ.

»In Ordnung«, sagte er lächelnd und sah ihr tief in die Augen.

Sein Lächeln fühlte sich an, als hielte er seine warme Hand an Julis immer noch glühende Wange. Und wieder konnte sie sich nicht entscheiden, ob sie lieber von ihm weg- oder noch näher zu ihm hinrücken wollte.

»Von vorne also. Ich bin Nicola Kramer. Dreiundvierzig. Koch. *Und ich bin ein Mann.*«

Er hob seine Flasche, was Julis Blick wieder zu seinem Bizeps zurückführte. Ja, das wusste sie mittlerweile.

»Meine Freunde nennen mich übrigens Nic.« Er lächelte. »Und ich würde mich freuen, wenn du meine Freundin sein würdest.«

»Gern.« Juli hob ihre Flasche. »Juli Englaender. Zweiundvierzig. Mädchen für alles bei einem Opernstar. Mit der Betonung auf *Mädchen.* Oder nein, doch lieber auf *alles.* Ach, was sage ich: Auf *Opernstar* natürlich.« Sie grinste und nahm einen großen Schluck.

Ihre Bemühungen, einigermaßen cool und erwachsen rüberzukommen, waren ziemliche Blindgänger gewesen. Keine Frage, Nic hatte das fragwürdige Talent, sie allein durch seine Anwesenheit völlig albernes Zeug reden zu lassen. Es wurde höchste Zeit, dass sie ins Bett kam. Allein. Bestimmt war sie nur sehr müde.

»Und ich wäre sehr gern deine Freundin«, setzte sie noch nach und verdrehte innerlich über sich selbst die Augen. Aller-, allerhöchste Zeit.

31

Freitag, kurz vor Mitternacht, 20. Mai 2022, und ein bisschen auch schon Samstag, 21. Mai 2022, Stuttgart

Nachdem Nic Juli in ihre Wohnung hinübergetragen und sie sich sanft, aber bestimmt von ihm verabschiedet hatte, stand er nun im dunklen Gang vor seiner eigenen Wohnungstür und hätte am liebsten dem Kopf gegen die Wand geschlagen.

Ich bin ein Mann, wiederholte er seine eigenen Worte in Gedanken. *Und ich würde mich freuen, wenn du meine Freundin sein würdest.* Was hatte er denn da gesagt? Juli musste ihn für einen absoluten Macho-Schrägstich-Vollidioten halten.

Kopfschüttelnd schloss er die Wohnung auf, wo ihn glücklicherweise Miles schwanzwedelnd empfing. Entweder sein Hund hatte nichts davon mitbekommen, dass sein Herrchen zu einem gehirnlosen Blödmann mutiert war, oder es war ihm egal. So oder so tat es gut, seine Hände in Miles weichem Fell zu vergraben, und es beruhigte glücklicherweise wie immer Nics Nerven.

Er schnappte sich den Teller mit dem kalten Omelett und ein weiteres Bier aus dem Kühlschrank, bevor er sich wieder auf die Couch fallen ließ.

Juli war der Hammer. Ihre wilden Locken schienen ein Eigenleben zu führen und gaben ihren feinen und zarten Gesichtszügen einen Hauch Wildheit, der einen unglaublichen Reiz auf Nic ausübte. Ihre grauen Augen glänzten voller Leben und spiegelten absolut jede ihre Stimmungen. Sie konnten genauso eiskalt und streng wie auch warmherzig und fröhlich leuchten, und Nic hätte ihr am liebsten einfach nur zugesehen, als sie sprach. Selbst da draußen im Garten oder auch in der Oper, als ihre Augen Blitze auf ihn abschossen, von denen jeder einzelne sich einigermaßen schmerzhaft in sein Herz bohrte, konnte er nicht wegsehen. *Wollte* er nicht wegsehen, weil sie echte Gefühle hatte und zeigte und diese Wahrhaftigkeit ihn tief berührte.

Er kannte so viele Menschen, Gäste im La Cucina, Freunde seiner Mutter oder auch seine eigenen, die einen so wesentlichen Teil seines Lebens ausgemacht hatten. Aber nie, kein einziges Mal, hatte ihn jemand so angesehen wie Juli.

Es fühlte sich an, als hätte er die Menschen bisher wie durch eine Wand aus Glasbausteinen betrachtet – oder vielmehr sie ihn. Und nun kam es ihm so vor, als hätte Julis wütender Blick diese Wand zum Einsturz gebracht.

Wer war diese Frau? Wo war sie die ganze Zeit gewesen? Wie hatte sie das angestellt?

Er nahm einen weiteren Schluck von seinem Bier.

»Glaubst du an die Liebe auf den ersten Blick?«, fragte er seinen Hund, der mit schräg gelegtem Kopf vor ihm saß.

Anstelle einer Antwort legte Miles ihm die Pfote aufs Knie.

»Nein? Siehst du, du bist ein kluger Hund. Ich auch nicht.«

Nic kraulte ihn nachdenklich hinter den Ohren. Selbst,

wenn man mal davon ausging, dass es die Liebe auf den ersten Blick nicht gab, so hatte er doch eine unglaubliche Anziehungskraft gespürt, etwas, das sich anfühlte, als würden sich Juli und er schon ewig kennen, ein ganzes Leben lang, oder eher noch, als würde sie ihn mindestens genauso gut kennen wie er sich selbst. Oder besser. Als hätten sie sich in irgendeinem winzigen Moment da draußen im Garten oder auf dem Weg in seine Wohnung regelrecht erkannt. Wann auch immer, wie auch immer es geschehen war, es hatte nichts mit ihrem Verstand zu tun gehabt. Mit ihrem Körper bestimmt. Und ganz sicher mit ihrem Herzen.

Er nahm einen großen Schluck von seinem Bier.

»Ich habe keine Ahnung, was da los war, Miles«, sagte er laut zu seinem Hund. »Ich habe wirklich keine Ahnung.«

Aber anstatt darüber auch noch den Rest der Nacht nachzudenken, beschloss er, ins Bett zu gehen und zu schlafen. Es war ein aufregender Tag gewesen, und er hoffte, dass die Erschöpfung stärker war als all die Fragen, die in seinem Kopf Fangen spielten, die Schmetterlinge, die durch seinen Magen flatterten, und das Bild von Julis Augen und ihrem sinnlichen Mund, den er immerzu anstarren musste. Den er gerne geküsst hätte. Nur um herauszufinden, ob sich ihre Lippen genauso weich und zart anfühlten, wie sie aussahen.

Die einzige Frage, die er sich selbst jetzt schon beantworten konnte, war, dass er das lukrative Jobangebot, das er aus der Schweiz bekommen hatte, ablehnen würde. Er war noch nicht so weit. Er wollte noch nicht weiterziehen. Im Moment wusste er noch nicht einmal, ob das je der Fall sein würde. Zum ersten Mal überhaupt lebte er im Hier und Jetzt, ohne sich allzu viele Gedanken um die Zukunft zu machen. Und er genoss jeden einzelnen Augenblick. Ein Lächeln schlich sich in sein Gesicht, gerade, als er in den Schlaf hinüberglitt.

Nun konnte er es kaum noch erwarten, was der morgige Tag für Abenteuer mit sich brachte.

Wenn Nic allerdings gewusst hätte, wie sich dieser Tag entwickeln würde, hätte er vielleicht anders darüber gedacht.

32

Samstagmorgen, 21. Mai 2022, Stuttgart

Als Juli am nächsten Morgen aufwachte, malte die Sonne bereits helle Kringel auf ihre Bettdecke. Ein kurzer Blick auf ihren Wecker zeigte, dass sie beinahe elf Stunden geschlafen hatte. Es war weit nach zehn Uhr und keiner hatte sie wegen irgendwelcher Belanglosigkeiten gestört. Herrlich.

Für einen unglaublichen, wunderbaren Moment zwischen Schlafen und Wachsein befand sich ihr Gehirn in diesem Zustand absoluter Leere, in dem sie sehr wohl Dinge sehen und hören, aber nicht mit etwas verknüpfen konnte, das Erkenntnisse oder Schlussfolgerungen nach sich zog. Sie spürte nur: Sie war zu Hause. Die Sonne schien. In der Villa war schon Leben, und den Stimmen nach waren sowohl Martha als auch ihre Mutter bereits aufgestanden. Pauline lachte über irgendetwas, und auch ohne dass Juli wusste, um was es ging, lächelte sie ebenfalls. Zufrieden darüber, dass es zu Hause einfach am schönsten war, rekelte sie sich und stieß mit ihrem Knöchel an die Kante ihres Bettes.

Mit dem scharfen Schmerz, der durch ihren Fuß schoss, kam leider auch die Erinnerung zurück.

An das Aufeinandertreffen mit Nic.

An die Bridge-Ladies, die sie hereingelegt hatten.

An ihren peinlichen Mauersturz und den darauffolgenden Kraftakt von Nic, der sie auf seine Couch gebettet und eindeutig mit ihr geflirtet hatte.

Daran, dass ihr das gefallen hatte und sie peinliche Dinge gesagt hatte.

Er hatte das sicher bemerkt, und dennoch konnte sie sich nicht ewig in ihrer Wohnung verstecken, weil sie nämlich einen Bärenhunger hatte und es selbst hier in ihrem Schlafzimmer verdammt verführerisch nach gebratenem Speck roch. Und außerdem, weil Alexander Sarah abgeschleppt hatte (oder andersherum, war auch egal) und sie dafür sorgen musste, dass er trotz allem heute Abend wieder den Don Ottavio gab.

Sie stöhnte und zog sich das Kissen über den Kopf, als sich ihre gute Laune von gerade eben in das absolute Gegenteil umwandelte. Vielleicht konnte sie doch einfach hierbleiben.

Nun. Ihr Magen knurrte ein deutliches Veto. Seufzend setzte sie sich auf und belastete ihren verstauchten Fuß probeweise. Nic hatte gestern noch Marthas Champagner-Kühlmanschette aus der Gefriertruhe geholt, in Küchentücher gewickelt und um ihren Knöchel gepackt, was erstaunlich gut geholfen hatte. Unter dem Knöchel hatte sich zwar ein lila-blauer Halbmond gebildet, aber der Fuß schien nicht so schwer verletzt zu sein, dass sie zu einem Arzt gehen musste. Nur auf High Heels würde sie für ein paar Wochen wohl verzichten müssen. Sie zuckte mit den Schultern. Oder dürfen. Wie man es nahm.

Hier im Haus trug sie sowieso beinahe ausschließlich die in allen Farben leuchtenden und mit Silberfäden bestickten und unglaublich bequemen Pantoffeln, die sie sich in Mumbai bei Alexanders bisher einzigem Gastspiel dort im Royal Opera House gekauft hatte. Dazu wickelte sie sich in ihren schwarz-seidenen Yukata, eine Art leichter und alltagstauglicher Kimono, den die Japanerinnen und Japaner als Morgenmantel, als Schlafgewand oder auch auf der Straße trugen. Juli hatte diesen Pragmatismus schon immer großartig gefunden. Martha war eher weniger begeistert. Sie fand, dass man einem Kleidungsstück ansehen sollte, wenn es ins Bett gehörte, und fand es würdelos und beschämend, wenn man darin tagsüber gesehen wurde.

Der Erste, auf den sie traf, war allerdings Miles, der schwanzwedelnd auf ihrer Terrasse vor der Glasschiebetür stand. Juli humpelte zu ihm hinüber und öffnete die Tür. Kaum war sie einen Spalt offen, quetschte sich Miles hindurch und umrundete Juli schwanzwedelnd. Sie musste lachen, als er so nachdrücklich Streicheleinheiten bei ihr einforderte, dass er sie dabei beinahe umwarf. Schnell setzte sie sich auf die Couch, was Miles als Einladung verstand, seinen wuscheligen Kopf auf ihr Knie zu legen und sie aus seinen dunkelbraunen Augen auffordernd anzusehen.

»Na, du? Lass mich raten: einmal kraulen gefällig?«

Es hätte Juli nicht gewundert, wenn Miles genickt hätte, so deutlich stand das »Ja« in seinen Augen. Dieser Hund war so niedlich! Sein graubraunes Fell war weich und lang, die dunkelbraunen Augen wach und frech und diese feuchte, immer schnuppernde Nase mehr als neugierig. Nic hatte ihr zwar tatsächlich ein paar Fotos von ihm geschickt und auch da hatte sie Miles großartig gefunden, aber gestern Abend, als er Juli sofort sein Vertrauen geschenkt und mehr oder weniger dafür gesorgt hatte, dass Nic sie gerettet hatte, hatte sie sich schockverliebt. In den Hund. Sie hob sein linkes Ohr an und beugte sich zu ihm hinunter.

»Eines steht jedenfalls fest, Miles«, raunte sie ihm zu. »Wenn ich mal einen Hund habe, muss er genauso sein wie du.«

»Wuff«, machte Miles, blieb aber ruhig liegen.

»Ich finde dich großartig, weißt du«, sprach sie weiter. »Und ich werde dafür sorgen, dass es in dieser Wohnung ein paar Leckerli für dich gibt.«

Er hatte sie eindeutig verstanden, so viel stand fest.

»Das Einzige, woran wir vielleicht noch arbeiten müssen, sind deine Fähigkeiten als Wachhund.« Auch wenn sie durchaus froh darüber war, dass seine einzige Verteidigungsmaßnahme gestern Abend darin bestanden hatte, dem Eindringling, nämlich ihr selbst, einmal quer über das Gesicht zu lecken.

»Und vielleicht sollten wir noch etwas anderes klären, du und ich.« Sie lüftete das rechte Ohr. »Ich nehme an, man hat es dir bereits gesagt, aber hier gibt es auch eine Katze.«

Miles hob den Kopf und schaute sich um.

»Nicht hier in der Wohnung. Aber draußen. Und ich glaube, Martha würde sich wirklich sehr freuen, wenn diese Katze wieder auftauchen würde. Weißt du, sie ist so was wie ihre Familie. Jedenfalls, wenn man mal von Pauline, Lissi und mir absieht.«

Miles sah Juli so aufmerksam an, als würde er jedes Wort verstehen. Beinahe musste sie schon wieder lachen.

»Also, falls es dir noch niemand gesagt hat und falls du ihr irgendwo begegnen solltest: Der kleine Kater heißt Elvis. Und richte ihm doch bitte aus, es wäre schön, wenn er mal wieder nach Hause zurückkommen würde.«

Das war wohl zu viel für Miles' arme Ohren, denn er schüttelte vehement den Kopf, bevor er lautstark nieste und ohne einen weiteren Blick in Julis Richtung ihre Wohnung auf demselben Weg verließ, auf dem er gekommen war.

Juli sah ihm nach, wie er die Rasenfläche durchquerte und dann in den hinteren Teil des Gartens abbog, dort wo Juli den Gemüsegarten angelegt hatte und später nach dem Rechten sehen wollte. Zuerst aber hatte sie Hunger.

Nach einem eher frustrierenden Blick in ihren leeren Kühlschrank, in dem noch nicht einmal das Licht brannte, beschloss sie, doch dem Frühstücksduft zu folgen und sich den drei Damen zu stellen, denn schließlich war es nicht wirklich realistisch, sich hier vor ihnen verstecken zu wollen.

Schnell überprüfte sie ihre Frisur in dem kleinen Flurspiegel und stellte fest, dass dieser Begriff für das, was sie da auf dem Kopf trug, nicht angemessen war. Es handelte sich eher um ein geplündertes Vogelnest, das dringend noch eine ordnende Hand benötigte, wenn sie Marthas spitze Zunge nicht mehr als unbedingt nötig herausfordern wollte. Und das wollte sie auf keinen Fall. Im Grunde sehnte sie sich nach Frieden. Und Ruhe. Und … einem Omelett mit vielen frischen Kräutern.

Vorsichtig entwirrte sie ein paar Strähnen, die sich um das Haargummi geknotet hatten, das sie gestern vergessen hatte, und entfernte es dann geduldig, wobei sie es schließlich aus Versehen auseinanderriss. Meistens mochte sie ihre Locken. Aber an Tagen wie diesen waren sie einfach nur eine Pein. Aus dem Vogelnest war ein blonder Adlerhorst geworden, mit dem sie vermutlich noch nicht einmal durch die Tür passen würde. Sie brauchte ihren grobzinkigen Kamm und irgendetwas, das sie auf das Chaos auf ihrem Kopf sprühen konnte, damit es nicht so fürchterlich ziepte. Juli hatte ein magisches Spray, ohne das sie nie das Haus verließ, aber als sie in ihr Bad eilte, um es zu holen, stellte sie fest, dass es fehlte. *Na warte.* Es gab vermutlich nur eine Person außer ihr in diesem Haushalt, die so ein Spray benutzte. Pauline.

Juli hatte schon die Hand auf der Türklinke, als es klopfte.

Das passt ja perfekt! Schnell riss sie die Tür auf und stand einem sehr verblüfft dreinschauenden Nic gegenüber.

»Äh, ich …« Zuerst starrte er sie mit offenem Mund an, aber dann, als er begriff, dass das da vor ihm keine optische Täuschung war, kniff er ein paarmal die Augen zusammen, bevor er vorsichtig seine rechte Hand in Richtung Julis Haare ausstreckte. In der linken hielt er einen Teller mit einem unglaublich lecker aussehenden Omelett, von dem ein extrem verführerischer Geruch ausging. Der Kerl konnte eindeutig Gedanken lesen.

»Ist was passiert?«, fragte er mit zusammengekniffenen Augen und zog die Hand wieder zurück, bevor er Julis Kopf berührt hatte.

»Nein«, knurrte Juli, plötzlich genervt. Warum nur gab es für sie immer dieses bescheidene Timing? Und warum konnte jetzt nicht ihre Mutter vor der Tür stehen?

»Oh, dann …«

Ratlos ließ er seinen Blick von ihren Haaren zu ihrem Yukata, den bunten Pantoffeln und wieder zurück wandern. Juli war klar, dass sie aussah wie direkt aus dem Siebziger-Jahre-Musical *Hair* entsprungen, aber das bedeutete noch lange nicht, dass Nic so offensichtlich darauf reagieren musste. Schließlich konnte er über ihr Haar-Unglück ja wohl hinwegsehen wie ein wahrer Gentleman. Oder … auch nicht.

»Dann ist das … Absicht?«

»Ja«, knurrte Juli wieder. Was blieb ihr anderes übrig?

Er nickte ein paarmal andächtig und starrte sie weiter an. Dann aber schien er sich wieder daran zu erinnern, warum er hergekommen war, denn er streckte ihr den Teller entgegen.

»Ich habe dir was zu essen gemacht«, sagte er. »Ich wusste ja nicht, wie schlimm dein Knöchel wehtut. Und«, nun grinste er verschwörerisch, »ich habe mir gedacht, du brauchst vielleicht eine Stärkung, bevor du dich mit Martha unterhältst. Sie weiß nämlich auch, dass du da bist.«

Juli nahm dankbar den Teller entgegen. Das war … wirklich mehr als aufmerksam von ihm.

»Oh, und einen Kaffee kriegst du auch noch. Aber dazu musst du auf deine Terrasse gehen. Ich habe einen bei mir drüben gemacht. Und für Omelett, klingeln *und* Kaffee habe ich eine Hand zu wenig.«

Noch nie hatte jemand etwas so Nettes für sie getan. In ihrer Kindheit und Jugend war Pauline meist mit sich selbst beschäftigt gewesen, und als Juli dann hier eingezogen war, herrschte Marthas strenges Regiment. Sie hielt nichts von Verweichlichung, Gefühlsbekundungen oder Dingen wie Frühstück im Bett. Krankheiten schlug sie mit ihrem eisernen Willen in die Flucht, und wenn es Juli früher einmal wirklich nicht gut ging, dann orientierte sich Martha am Fieberthermometer und nicht daran, was Juli empfand. Sie war eine Meisterin der Disziplin und gönnte sich selbst keinerlei Schwächen, weshalb es ihr auch unmöglich war, bei anderen diesbezüglich großzügig zu sein. Jemanden einfach so zu verwöhnen wäre ihr nie in den Sinn gekommen. Dinge hatten ihre Regeln und Tage ihre Abläufe, und wer gehen konnte, hielt sich dran.

Natürlich hatte Julis Exfreund Erik all das besser gemacht, und Juli wusste, dass er diese Omelett-Sache sicher auch hinbekommen hätte, aber ausgerechnet bei ihm hatte sie es kaum ertragen können, wenn er sich um sie kümmerte. Je mehr er versuchte, für sie da zu sein, umso mehr schob sie ihn von sich. Und sie hasste ihn und sich selbst dafür, dass er das in ihr auslöste.

Das Leben war aber auch kompliziert.

Das hieß natürlich noch lange nicht, dass Martha sie nicht liebte. Oder Pauline. Nur eben jede auf ihre eigene Art und Weise. Vielleicht hatte sie sich deshalb auch so gut auf Alexander einlassen können. Als sie sich einmal in Singapur mit der Grippe infiziert hatte, hatte er sich sogar geweigert, den Arzt zu rufen, aus lauter Sorge, er müsse dann womöglich im selben Raum mit ihm sein und ihr fortan durchs Telefon vorgehustet und gekrächzt, nur um zu überprüfen, ob diese eingebildeten Symptome mit den ihren übereinstimmten. Auf dieser Konzertreise wäre er beinahe früher abgereist, nur um nicht in Julis Nähe sein zu müssen. Es hatte sie damals auf eine merkwürdige Art verletzt, dass er sie so im Stich gelassen hatte, aber als es ihr dann besser gegangen war, hatte Juli es auch wieder vergessen.

Bis jetzt. Und bis jemand – Nic – ihr einfach so ein Omelett brachte, ohne dass sie krank war, was sie beinahe zu Tränen rührte.

Auf dem kleinen Beistelltischchen neben der Tür stand eine Emailleschale, in der sie ihren Schlüssel, ein paar Stifte und einen schmalen Brieföffner aus Holz aufbewahrte. Den schob sie nun in ihr Haar, drehte ihn einmal um die eigene Achse und steckte ihn durch den lockeren Knoten, zu dem sie auf diese Weise ihre wilde und ungekämmte Lockenmähne zusammengefasst hatte.

Ein erneuter Blick in den Spiegel sagte ihr, dass sie immer noch nicht wirklich gut, aber doch sehr viel besser aussah.

Als sie nach draußen auf die Terrasse trat, hatte Nic ihr tatsächlich schon einen Kaffee auf den Tisch gestellt. Daneben stand eine bauchige Glasvase mit drei beinahe komplett erblühten hellrosafarbenen Pfingstrosen.

Ein glückliches Kribbeln erfüllte Julis Herz. Sie hatte diesen Garten und die Blütenpracht im Mai so sehr vermisst. Und dass ausgerechnet Nic ihr auch noch Blumen auf den Tisch gestellt hatte, berührte sie beinahe noch mehr als der Anblick der Blüten selbst oder das Glück, hier zu sein.

Sofort rief sie sich zur Ordnung. Dass Nic ihr Blumen und Kaffee hingestellt hatte, lag sicher nicht daran, dass er sie mochte – sondern an dem, was er gestern zu ihr gesagt hatte: Er mochte seinen Job – und da sie nun mal da war, war sie eben ein Teil davon. Keine Frage, er machte seine Sache sehr gut.

Sie nahm einen großen Schluck Kaffee und las die Nachricht auf dem Zettel, den er für sie an die Blumenvase gelehnt hatte.

Der Haushaltself hat mir verraten, dass du am liebsten einen Flat White trinkst – eine gute Wahl, wenn du mich fragst, aber das tust du ja vermutlich nicht: D Genieße die Sonne, bis später, Nic

Spinner. Lächelnd strich sie über Nics Schrift. Sie war genau wie er: kraftvoll und schnörkellos. Wie aufmerksam, dass er das mit dem Flat White gespeichert hatte. Juli hatte es bestimmt einmal in einem Nebensatz erwähnt, aber niemals damit gerechnet, dass er es sich gemerkt hätte. Warum auch? Viel dringlicher aber stellte sich ihr die Frage, ob er Martha, Lissi und ihrer Mutter auch solche Nachrichten hinterließ.

Juli ließ sich auf einem der beiden Korbsessel nieder und drehte sich zur Sonne. Sie ertappte sich dabei, wie sie sich suchend im Garten umsah, aber noch nicht einmal Miles irgendwo entdecken konnte. Schade, dass Nic nicht geblieben war, um ihr Gesellschaft zu leisten. Andererseits war für ihn ja ein ganz normaler Arbeitstag, und Juli konnte sich gut vorstellen, dass die drei Damen ihn ganz schön auf Trab hielten.

Sie tröstete sich damit, dass sie sich ja später bestimmt wiedersehen würden und sie bis dahin vielleicht doch tatsächlich ihr Sprachzentrum unter Kontrolle und ihre Haare gekämmt haben würde.

33

Samstag, 21. Mai 2022, Stuttgart

Nach dem Frühstück beschloss Juli, zuerst einmal eine Runde durch den Garten zu spazieren, bevor sie sich mit Martha, Lissi und ihrer Mutter auseinandersetzen wollte. Ihr war zwar bewusst, dass sie das Gespräch nur aufschob, aber je mehr sie von Nic erlebte, desto weniger verstand sie selbst, warum sie sich so aufgeregt hatte. Sollte heißen, sie brauchte nicht nur eine Erklärung für ihr Verhalten, sondern auch eine … irgendwie geartete Entschuldigung dafür, dass sie die drei – besonders Martha – in der Oper so schlecht behandelt hatte.

Danach sollte sie sich wohl bei Alexander melden, um mit ihm den Tag zu besprechen, aber immer, wenn sie an ihn dachte, schob sich das Bild von ihm mit Sarah vor ihr inneres Auge. Es machte ihr nichts aus, dass er jemanden auf sein Hotelzimmer mitgenommen hatte, das hatte es noch nie – und außerdem war es ja auch schon immer so gewesen –, aber sie hatte es einfach so satt. Das Gekicher, das Getue, die unzähligen Rosen, die sie zuerst für ihn besorgen musste, damit er das Objekt seiner Begierde umgarnen konnte. Und später dann, damit der- oder diejenige sich einigermaßen stilvoll abservieren ließ. Aber jetzt war sie hier, in ihrem Garten, und wollte nicht auch noch diesen Moment opfern, indem sie an Alexander und Sarah dachte.

Einatmen, ausatmen, Englaender.

Es war so eine unglaubliche Wohltat, draußen zu sein. Die Vögel zwitscherten, und egal wohin Juli blickte, überall blühte es.

Als sie begonnen hatte, Marthas Garten umzugestalten, war er ein Dschungel aus ineinander verwachsenen Büschen, alten und verholzten Sträuchern, ungepflegten Rosen, vermoostem Rasen und gemeingefährlichen Wegen gewesen. Besonders der hintere Bereich zu Willis Garten hin war sehr vernachlässigt worden. Gäbe es den kleinen Kräutergarten nicht, diese Nische am hinteren Rand des Anwesens, wäre das Grundstück nahezu quadratisch.

Derjenige, der den Garten einmal angelegt hatte, hatte diese Ecke wohl als äußerst überflüssig empfunden und sie mehr oder weniger von einer Ligusterhecke zuwuchern lassen, die gerade mal Platz für einen schlecht eingefassten Komposthaufen ließ. Juli hatte alles entfernt, sobald Martha es ihr endlich erlaubt hatte. An der uralten Buchenhecke, die den Garten nach vorne zum offiziellen Zugang der Villa einfasste, hatte sie nichts verändert und nur diese merkwürdige Ecke hinter Willis Grundstück mit einer Sandsteinmauer eingefasst, damit sich die Sonnenwärme besser hielt und somit das Kräuter- und Gemüsebeet noch mehr davon abbekam. Die Tomaten, die Martha mit Julis Hilfe dort jedes Jahr zog, schmeckten jedenfalls genauso sensationell wie die Bohnen, die Himbeeren und die Zucchini.

Am Fuße der Mauer hatte sie Liebstöckel, Petersilie, Kerbel, Kresse, Schnittlauch und Salbei, Lavendel, Rosmarin, Minze,

Oregano, Estragon und Thymian gepflanzt, und es gab kaum etwas Schöneres, als dort nach einem leichten Sommerregen vorbeizugehen und den unvergleichlichen Duft nach Süden einzuatmen. Inspiriert davon, dass diese Ecke ein geheimer Ort sein könnte, hatte sie eine Kirschlorbeerhecke gepflanzt und nur einen Durchgang durch einen intensiv duftenden Rosenbogen mit dicht gefüllten zartrosafarbenen Blüten gelassen.

Anscheinend war der Gemüsegarten nicht nur ein Platz, der Gemüse und Kräutern gefiel. Es war eine Freude, den Hummeln und Bienen zuzusehen, die sich dort ebenfalls tummelten. Ganz hinten, am kurzen Ende des Gemüsegartens, stand eine hölzerne Bank, auf der sie schon unzählige Male am Spätnachmittag mit Martha gesessen, mit ihr über den Garten gesprochen und ein Glas Champagner auf das Glück, in der Natur sein zu können, getrunken hatte.

Ganz klar: Sie musste einfach zuerst nach ihrem persönlichen Lieblingsplatz sehen, bevor sie all die Gespräche in Angriff nahm.

Juli ließ die Pantoffeln von ihren Füßen gleiten und schob sich aus ihren Sessel nach oben. Ihr Knöchel war zwar immer noch schmerzhaft und dick, aber wenn sie ihn zwischendurch hochlegte, würde er sich wohl hoffentlich irgendwann von selbst beruhigen. Herumsitzen und nichts tun war jedenfalls keine Option heute.

Vorsichtig machte sie einen großen Schritt von den warmen Holzplanken ihrer Terrasse ins frisch gemähte grüne Gras. Sie schloss die Augen. Die Wiese war kühl und frisch unter ihren Fußsohlen, und ein paar Tautropfen benetzten ihre Haut. Sofort fühlte sie die Energie, die ihr die Natur im Allgemeinen und dieser Garten im Besonderen schenkte und die Freude darüber, dass Nic sich nicht nur sehr gut um die Bridge-Ladies sondern offensichtlich auch um die Pflanzen kümmerte.

Sie überquerte die große Rasenfläche, wobei sie wie immer einmal die Hand auf die rissige Rinde der Linde legte. Dieser Baum war wie eine gute alte Freundin für sie, und Juli freute sich wie immer über die zartgrünen Triebe, die schon deutlich sichtbar waren. Im Juni, wenn sie dann blühte, würde der Garten wieder einmal in ein einziges Brummen und Summen gehüllt sein.

Sehnsüchtig dachte Juli daran, wie viele Jahre sie diese Zeit schon verpasst hatte und auch dieses Jahr wieder verpassen würde. Denn nach dem Gastspiel hier in Stuttgart ging es Richtung Norden, wo sie den halben Monat in Kopenhagen, Oslo und Stockholm verbringen würden, bevor sie schließlich nach Berlin, Dresden, Warschau und Moskau weiterreisten, von wo aus sie Anfang Juli endlich in die Sommerpause starten konnten.

Sie schob den Gedanken beiseite. Heute war sie hier. Später würde sie noch genug Zeit haben, um an die nächsten Wochen zu denken. Aber nicht jetzt.

Unter dem Rosenbogen atmete sie tief ein. Auch hier war die Blütezeit noch nicht ganz gekommen, aber allein der Anblick der vielen rosa Knospen und die Vorahnung, wie prächtig sie bald blühen und duften würden, machten Juli froh. Martha würde ihr wieder Fotos schicken – und Juli sich den Duft selbst dazu denken müssen.

Als sie die Augen wieder öffnete, bemerkte sie, dass etwas anders war als sonst.

Natürlich konnte man nie vorhersehen, wie sich Pflanzen entwickelten, und jedes Jahr gab es irgendetwas Neues, mit dem sie nicht gerechnet hatte. Aber hier stimmte etwas Grundsätzliches nicht. Der Garten war nicht vernachlässigt, das hätte Juli sofort gesehen, aber … der Duft war falsch. Irritiert ließ sie den Blick über die Gemüsebeete schweifen und ging Schritt für Schritt auf dem schmalen gekiesten Pfad in Richtung Bank.

Und dann sah sie es. Alles.

Irgendjemand hatte jede Staude, jedes Kraut, das sie an der Mauer gepflanzt hatte, entfernt und durch eine hässliche riesige Pflanze ersetzt, die sie auf den ersten Blick keiner Gattung zuordnen konnte. Sie musste unglaublich schnell und unbemerkt gewachsen sein, denn sonst hätte Martha sie doch sicher längst informiert. Während sie näher trat, rechnete sie in Gedanken zurück, wann sie das letzte Mal zu Hause und im Garten gewesen war. Im Januar oder Februar? März? Dieses scheußliche Kraut wäre ihr doch aufgefallen. Und dann dieser schwere süßliche Duft, der über dem Garten hing und alles andere überdeckte, mal ganz abgesehen von der Form der Blätter!

Ein Keuchen entfuhr ihr, als ihr klar wurde, was sie da vor sich hatte: Irgendjemand hatte an ihrer wunderbar dafür geeigneten Mauer Cannabis angepflanzt und dafür alles andere herausgerissen.

Mit Daumen und Zeigefinger rieb sie über eines der kräftigen Blätter. Unfassbar, wie erfolgreich dieser Züchter gewesen war.

Juli hatte zwar keine Ahnung, wie viel Geld man mit Marihuana verdienen konnte, aber diese kleine Plantage hier warf sicher einiges ab. Fassungslos schüttelte sie den Kopf. Einen besseren Platz für ein kleines kriminelles Business gab es wohl kaum.

Soweit sie es beurteilen konnte, hatte hier jemand ganze Arbeit geleistet. Entweder er kannte sich wirklich sehr gut aus, oder er hatte einfach wahnsinnig Glück gehabt. Die leicht pelzigen und klebrigen Blüten mit ihren dunkelroten Stempeln waren wirklich hässlich und ihr Geruch war vermutlich nur für Menschen angenehm, die auch etwas für die Wirkung dieses Krautes übrighatten. Für Juli stanken sie regelrecht. Dennoch knipste sie mit ihrem Fingernagel eine Blüte ab und nahm sie mit zur Bank, wo sie als Allererstes ihr Handy zückte, um alles über diese Pflanze herauszufinden.

Auf einschlägigen Züchterseiten wurde sie fündig. Die Klassiker existierten noch, mit denen ihr Mitschüler Erwin und sein Kumpel Malte in der Oberstufe herumexperimentiert und unglaublich damit angegeben hatten. Die brauchten vom Einpflanzen bis zur Ernte allerdings vier Monate. Dem modernen Rauschgiftzüchter schien das zu lange zu dauern. Mittlerweile gab es sogenannte Autoflowering-Sorten, die auch blühten, wenn man die männlichen Blüten nicht entfernte und die von Licht und Wetter relativ unabhängig waren. Und – das fanden die Züchter jeweils ganz besonders großartig – sie waren nach acht bis zehn Wochen erntereif. Wenn das der Fall war, dann hatte derjenige, der das Kräutermassaker hier zu verantworten hatte, Anfang März damit begonnen, die Samen vorzukeimen, und sie dann vor circa vier Wochen hier eingepflanzt. Und gerade eben erst geerntet, stellte sie fest, als sie noch einmal näher an die Mauer trat, um das ganze Ausmaß der Katastrophe zu begutachten. Derjenige, der das hier gepflanzt hatte, hatte die hinteren Reihen, die direkt an der Mauer standen und einen Hauch früher blühten, schon abgeschnitten. Den Schnittflächen nach zu beurteilen, in den letzten vierundzwanzig Stunden.

Vierundzwanzig Stunden plus vier Wochen. Genauso lange, wie Nic hier wohnte. Ihr wurde schlecht, als sie begriff.

Die Enttäuschung flutete sie wie ein emotionaler Tsunami, der all ihre Zellen erfasste. Kein Wunder, dass er sie gestern so schnell und bereitwillig in ihre eigene Wohnung gebracht hatte, obwohl sie durchaus das Gefühl hatte, dass … ein paar winzige Funken zwischen ihnen hin- und hergeflogen waren. Aber natürlich wollte er sie loswerden, bevor sie bemerkte, was da vor sich ging. Denn die Ernte musste ja irgendwo in seinem Zimmer getrocknet werden und das roch man doch, oder etwa nicht? Wenn die Pflanzen so frisch waren, dauerte es vielleicht ein wenig? Oder sie waren im Bad, wo man das Fenster ständig gekippt lassen konnte? Sie schüttelte den Kopf. Über was dachte sie da eigentlich nach?

Nic. Sie dachte über Nic nach.

Wozu hat man Instinkte, wenn man ihnen doch nicht traut?

Er hatte alles von Anfang an geplant und – das musste sie zugeben – seine Rolle perfekt gespielt. Er hatte sie belogen, betrogen (na ja, wenigstens irgendwie) und ihr das Gefühl gegeben, sie zu mögen. Er hatte sie sogar dazu gebracht, sich schlecht zu fühlen, weil sie ihm misstraut hatte. Das war so clever und schäbig zugleich, dass sie es kaum glauben konnte. Vor allem aber hatte er Martha, ihre Mutter und Lissi in Gefahr gebracht. Wie kriminell und abgebrüht war das denn bitte? Beinahe hätte sie sich täuschen lassen, wäre auf seine hilfsbereite und freundliche Art reingefallen, hatte sich schon gewundert, wo ein so besonderer Mensch, ein Mann, und noch dazu ein attraktiver, die ganzen vielen Jahre gewesen war, hatte beinahe so etwas wie ein stilles klitzekleines Kribbeln in der Herzgegend empfunden, als sie seine lustige und liebe Nachricht, das Ei und den Kaffee bekommen hatte. Es war alles nur Taktik, damit sie ihn nicht durchschaute.

Wie gut, dass sie aufmerksam geblieben war und nicht auf das dumme Geflatter gehört hatte. Er hatte sie und ihre berufsbedingte Abwesenheit ausgenutzt, genauso wie die Tatsache, dass in der Villa Hellbach drei hilflose alte Damen wohnten. Wobei er sicher nicht mit Martha gerechnet hatte.

Juli schüttelte den Kopf. Wie auch immer, dass Nic hier war, war natürlich kein Zufall. Es war nur Zufall, dass er kochen konnte. Wenn sie keine Haushaltshilfe für die Bridge-Ladies gesucht hätte, hätte er es bestimmt als Gärtner, Maler oder Fliesenleger versucht. Kriminelle wie er waren bestimmt flexibel. Vielleicht hatte er ja sogar Elvis auf dem Gewissen! O mein Gott! Juli schlug sich mit der flachen Hand gegen die Stirn. Es war ihre Schuld! Sie hatte das mit der bescheuerten Anzeige ins Rollen gebracht, hatte ihm quasi den roten Teppich ausgerollt. Und warum?

Ganz einfach, Englaender, weil du nur an dich gedacht hast.

Sie war so dumm gewesen. Dumm und bereit, ihm zu vertrauen, dachte sie traurig. Und sogar Miles war ein Verräter.

Nein, das alles durfte nicht so bleiben. Sie musste sofort mit

Martha sprechen, die Polizei anrufen, Alexander sagen, dass sie nie wieder käme und dann …

Ja, sie war genau rechtzeitig hier aufgetaucht, um zu verhindern, dass in der Villa Hellbach ein Drogenring aufgebaut wurde und die drei wunderbarsten Frauen, die sie kannte, womöglich in Gefahr gerieten. Sie musste sofort zu ihnen.

Juli verfluchte ihren blöden Knöchel, als sie wütend durch den Garten und in ihre Wohnung humpelte. Sie machte sich nicht die Mühe, sich für Martha umzuziehen, und eilte, so schnell sie konnte, die Treppe hinauf.

Erst im Wohnzimmer blieb sie stehen und bemühte sich, ihren Atem zur Ruhe zu bringen.

Martha, Pauline und Lissi saßen an dem Tisch im Erker und lasen gemeinsam in der Tageszeitung, wobei jede sich den Teil genommen hatte, der sie am meisten interessierte: Martha Politik, Pauline Gesellschaft und Lissi Sport. Es war ein Bild des Friedens.

Als Juli so unverhofft ins Zimmer platzte, hoben die drei synchron den Blick. Wenn sie nicht so aufgebracht gewesen wäre, hätte Juli vermutlich gelacht, weil alle drei ebenfalls synchron ihre Lesebrillen hoben und die Stirn runzelten, um sie besser ansehen zu können.

»Juli?« Martha fing sich als Erste. »Was machst du hier?«

Keine von den dreien hatte wohl mit ihr gerechnet. Zu spät fiel ihr ein, dass sie ja vielleicht erst einmal klären sollte, was gestern in der Oper vorgefallen war, aber ihr schlechtes Gewissen diesbezüglich – *und bezüglich eines gewissen Kriminellen* – spielte mittlerweile ja überhaupt keine Rolle mehr.

»Ich …« begann sie und hielt sofort inne, als der Kuckuck der fürchterlichen Kuckucksuhr, die sie das letzte Mal vor langer Zeit in Lissis Haus gehört hatte, zu schreien begann. Am liebsten hätte sie sich die Ohren zugehalten. Stattdessen sah sie auf das Ziffernblatt. Es war kurz vor zwölf, aber dass es keine beschreienswerte Uhrzeit war, hatte den Kuckuck auch schon früher nicht wirklich interessiert. Juli rechnete mit einigen Minuten, in denen sowohl die drei Frauen am Fenster als auch sie selbst zu absoluter Gesprächslosigkeit verdammt waren.

Doch dann, nach exakt sieben Rufen, verschwand der Kuckuck wieder in seiner Uhr und blieb dort auch. Nur ein leiser Nachhall seines Geschreis hing noch über dem Raum, aber irgendwie hatte er Juli dennoch den Wind aus den Segeln genommen. Sie hatte Mühe, ihren Blick von der Uhr zu lösen.

»Möchtest du dich setzen?« Martha wies auf den vierten Stuhl am Tisch.

»Danke, aber nein danke.« Für das, was sie zu sagen hatte, wollte sie lieber stehen. »Ich muss mit euch reden.«

Aufmerksam sahen die drei sie an. Pauline lächelte ihr aufmunternd zu.

»Das hättest du auch gestern schon tun können«, entgegnete Martha ein wenig schnippisch.

»Martha!« Pauline legte ihr sofort die Hand auf den Arm.

Danke, Mama. Juli lächelte zurück.

»Was denn? Du musst deine Tochter nicht verteidigen. Sie ist alt genug, um selbst Verantwortung für ihr Verhalten zu übernehmen. Das heißt …« Martha funkelte Pauline an. »Wenn sie natürlich einen gewissen Genpool geerbt hat, ist das vermutlich nicht in ihr angelegt.« Pauline zog ihre Hand zurück, als hätte sie sich verbrannt.

»Martha!« Nun ließ sich Juli doch auf dem Stuhl nieder, vor allem, um Martha besser ins Gesicht sehen zu können. »Es ist eine Sache, dass du sauer auf mich bist, und das verstehe ich sogar. Aber das gibt dir noch lange nicht das Recht, gemein zu meiner Mutter zu sein! Sie hat dir doch gar nichts getan!«

»Nein, das hat sie nicht«, gab Martha zurück. »Wenn man mal davon absieht, dass sie dich immer verteidigt.«

»Stimmt doch gar nicht!«, sagten Juli und Pauline gleichzeitig, und das Lächeln, das Polly ihrer Tochter daraufhin zuwarf, wärmte Julis Herz.

»Bitte schön, Martha: Es tut mir leid, dass ich gestern so unhöflich zu dir war. Ich war wütend und überrumpelt, weil Nic ... aber das wissen wir ja alles bereits. Du hast recht, ich hätte weder so laut sein noch weglaufen dürfen. Auch, wenn ich nicht finde, dass es in Ordnung war, mir ... gewisse Informationen vorzuenthalten, oder schlimmer noch, irgendwelche Pläne hinter meinem Rücken zu schmieden, so hätte ich euch alle mit mehr Respekt behandeln müssen. Aber in diesem Moment konnte ich einfach nicht anders.«

Ein kurzer Schauer lief Juli über den Rücken, als sie das Gefühl von gestern Abend wieder spürte. Alleingelassen, belogen, überrumpelt von den Menschen, die sie für ihre Familie hielt und denen sie vertraute. Gefolgt von ihrer Flucht und dem Beinahe-Einbruch, Nics Rettung und dem Gefühl, dass sich doch noch alles zum Guten gewendet hatte. Aber auch das war letztlich eine Illusion gewesen.

»Eigentlich wollte ich mich dafür heute entschuldigen, Martha, das kannst du mir glauben. Aber nachdem, was ich jetzt herausgefunden habe, bin ich mehr denn je davon überzeugt, dass Nic verschwinden muss!«

Sie verschränkte die Arme vor der Brust und sah eine nach der anderen an. Fassungslosigkeit stand in allen drei Gesichtern.

»Nic?«

»Verschwinden?«

»Aber warum denn?«

»Ganz genau. Nic muss weg. Er und sein heuchlerischer Hund.«

Heiße Wut durchströmte Julis ganzen Körper, als sie daran dachte, wie schnell sie auch auf Miles hereingefallen war. Das hatten die beiden bestimmt trainiert.

»Und zwar besser heute als morgen!«, setzte sie nach.

»Aber …!«

»Wie?!«

»Nein, das …«

Die Bridge-Ladies schienen völlig geschockt und absolut einig. Aber sie würden noch mehr geschockt sein, wenn sie gleich erfahren würden, was Juli herausgefunden hatte.

34

Samstag, 21. Mai 2022, Stuttgart

Als er mühsam mit dem Ellenbogen die Außentür der Küche aufschob, hörte Nic Julis Stimme. Er konnte an den pink- und zartrosafarbenen Blüten zwar kaum vorbeisehen, aber er freute sich schon jetzt auf Julis Blick, wenn er ihr diese Pracht überreichen würde. Offensichtlich saß sie mit Martha und den anderen im Wohnzimmer. Umso besser. Dann konnte er vielleicht gleich das komplette Chaos beseitigen, das er verursacht hatte. Er hatte sich vorgenommen, sich noch einmal so richtig und offiziell bei Juli dafür zu entschuldigen, dass er sie – wenn auch unabsichtlich – so sehr in die Irre geführt hatte. Er war bei Willi gewesen, um ihm ein paar Handgriffe im Haus abzunehmen, wofür man Kraft brauchte. Gerührt hatte er den Zwanzig-Euro-Schein entgegengenommen, den Willi ihm aufgenötigt hatte. Nicht, weil er wirklich auf das Geld angewiesen war, aber weil er einfach spürte, dass es Willi wichtig war, die Arbeit von anderen gebührend zu würdigen. Er hatte diese Diskussion schon mit Willi gehabt, als er ihm geholfen hatte, seinen Oldtimer zu polieren, und da hatte Nic sich vehement gewehrt. Aber Willi ließ nicht locker und schließlich hatte Nic nachgegeben. Demnächst würde er ein Sparschwein aufstellen und Willis Geld sammeln. Irgendwann, wenn er genug zusammenhatte, würde er davon zwei Tribünen-Karten für ein Spiel der Stuttgarter Kickers kaufen, weil Willi ein großer Fan war, aber keine der drei Bridge-Ladies sich je bereit erklärt hatte, mit ihm zum Fußball zu gehen, oder er würde das Geld spenden.

Zusätzlich zu den zwanzig Euro hatte Willi Nic noch gebeten, für Pauline einen Strauß Pfingstrosen zu schneiden und ihr von einem geheimen Verehrer zu bringen und weil sie in Willis Garten wirklich ausgesprochen üppig blühten, hatte er beschlossen, für Juli auch ein paar der prächtigen Blüten abzuschneiden. Mit Blumen war eine Entschuldigung doch ganz sicher doppelt so wirksam.

»Hallo!«, rief Nic gut gelaunt ins Wohnzimmer hinein. »Ich habe ein bisschen Farbe mitgebracht!«

Er schwenkte lächelnd den Strauß. Aber die Freude an den Blumen verging ihm sofort, als er in Julis wütendes Gesicht sah. Auch Martha, Lissi und sogar Pauline waren blass. Irgendetwas Furchtbares war geschehen.

»Ist was passiert?«

Sofort ging Nic in Gedanken alle Katastrophen durch, die sich ereignet haben könnten. Krankheiten, Unfälle, Elvis, Willi …

»Max?«, setzte er vorsichtig nach.

Entsetzt sah er, wie Martha schwer schluckte.

»Ernsthaft? Max war hier? Wann? Wie?«

Fieberhaft überlegte er, wann er Juli eingesammelt hatte. Max musste sie beobachtet und dann, als Nic mit Juli hineingegangen war, den Garten betreten haben. Verdammt! Wie hatte er ihn nur übersehen, vielmehr überhören können? Und Miles? Schnell legte er die Pfingstrosen auf dem Esstisch ab und tastete nach seinem Handy.

»Habt ihr schon die Polizei gerufen?« Kopfschüttelnd sah er die vier an, die nichts weiter taten, als ihn zu beobachten.

»Was? Was ist?«

»Es ist aus, Nic.« Juli. Was meinte sie damit?

»Wie, aus?«, fragte er. Welche Nummer rief man in so einem Fall an? Die 112? Eine Wache?

»Wir haben dich durchschaut.«

»Ihr habt …?«

Ratlos sah Nic von Juli zu Martha, die ihren Blick gesenkt hatte und auf ihre Finger starrte. Auch Pauline sah überall hin, nur nicht zu ihm, und Lissi war so blass, dass er Sorge hatte, sie würde gleich in Ohnmacht fallen. Schnell holte er die Wasserkaraffe und ein paar Gläser vom Esstisch und schenkte jeder der vier ein Glas ein, bevor er sich den Klavierhocker von Marthas Flügel heranzog. Es war ihm immer noch nicht gelungen, seine Gedanken so weit zu sortieren, dass er verstehen konnte, was Juli meinte.

»Also noch mal von vorne: Wobei habt ihr mich durchschaut? Bei was? Um was geht es denn überhaupt?«

Wenigstens sah Juli ihn an. Sie räusperte sich, bevor sie zu sprechen begann. Ihre Stimme hatte jegliche Wärme verloren.

»Seit wann planst du das Ganze schon?«, fragte sie eisig.

Ihr Blick war durchdringend und kalt und wenn Nic nicht heute Morgen erst gesehen hätte, wie fröhlich ihre grauen Augen funkeln konnten, so hätte er es niemals für möglich gehalten.

»Plane ich … was?«

War das versteckte Kamera hier? Etwas, worauf Nic wirklich stolz war, war seine rasche Auffassungsgabe, die er definitiv von seiner Mutter geerbt und die ihn schon sehr oft aus schwierigen Situationen gerettet hatte, aber sosehr er sich auch bemühte, er konnte Juli nicht folgen.

»Jetzt tu doch nicht so!«, antwortete sie böse. »Oder willst du mir etwa weismachen, dass du nichts von dem Cannabis hinten im Garten weißt? Ich muss schon sagen: Einen besseren Platz dafür hättest du vermutlich nicht finden können.« Sie verschränkte die Arme vor der Brust und lehnte sich zurück.

»Das Canna …?« Wie bitte?

»Schätzchen, das war nicht …!«, versuchte Pauline, sich ins Gespräch einzuklinken, aber ohne Erfolg.

»Nein, Mutter, lass mich ausreden, du hast ja keine Ahnung, was hier los ist! Und ganz clever, Nicola Kramer, das hast du großartig eingefädelt. Zuerst das mit Elvis und dann meine Mutter, die nicht mehr so ganz … bei der Sache ist …«

»Also, erlaube mal!«, fiel ihr Martha ins Wort, während Pauline Juli nur mit aufgerissenen Augen anstarrte. »Wie redest du denn von deiner Mutter? Und Nic hat nicht …«

»Sorry, Martha, und sorry, Mom, aber auf so was kann ich jetzt keine Rücksicht nehmen!« Sie hob ihre Hände, bevor sie weitersprach. »Meine Anzeige kam dir doch wahrscheinlich gerade recht, oder?« Sie schüttelte den Kopf und verzog ihre Lippen zu einem abfälligen Grinsen. »Da hattest du ja echt die perfekte Location für eine klitzekleine Haschischplantage, nicht wahr? Und eine Tarnung für deine kriminellen Machenschaften noch dazu, was?«

Nic war froh, dass er den Hocker hatte, auf dem er sitzen konnte. Er verstand nichts. Absolut nichts.

»Juli, ich habe keine Ahnung, von was du sprichst. Cannabis? Wie bitte? Ich habe weder irgendetwas geplant, noch brauche ich eine Tarnung! Ich wüsste nicht, für was?« Ganz hinten in seinen Gedanken leuchtete die Erkenntnis auf. Wie ein Puzzlestück fügte sie sich an dieses diffuse Gefühl, dass mit Marthas Garten etwas nicht stimmte. Ihr merkwürdiges Verhalten neulich beim Abendessen, als er Estragon holen wollte. Das hintere Beet. Aber allein die Vorstellung von Martha als Cannabiszüchterin war absurd. Er schüttelte den Kopf. Das alles konnte doch nicht wahr sein. Oder etwa doch?

»Ach ja? Ganz ehrlich, dieses Theater mit Nicola und Nic – das hab ich dir ja noch abgekauft. Wahrscheinlich bin ich einfach zu naiv, jemanden wie dich zu durchschauen. Aber es wundert mich, dass Willi dir nicht auf die Schliche gekommen ist, der überprüft normalerweise nämlich auch ganz gern mal den einen oder anderen. Wie man sehen kann, auch zu Recht!«

Martha holte Luft, als wollte sie etwas sagen, aber aus welchen Gründen auch immer ließ sie es dann doch sein. Pauline schüttelte einfach nur fassungslos den Kopf, und Lissi hatte ihn sowieso die ganze Zeit nur mit aufgerissenen Augen angestarrt. Nic war geduldig, er hasste Streit und er hatte in all den Jahren in der Gastronomie gelernt, auch mal nachzugeben, selbst, wenn er davon überzeugt war, im Recht zu sein. Es war nicht leicht, ihn aus der Fassung zu bringen, aber das hier war nicht die Gastronomie und es ging auch nicht um ein angeblich verbranntes Stück Fleisch, sondern es ging um seine

Integrität. Nic spürte, wie der Ärger, den er am Anfang empfunden hatte, sich zu einer massiven Wut auswuchs, die in seinem Magen zu köcheln angefangen hatte und im Begriff war überzukochen.

»Was soll das, Juli? Ich habe weder irgendwelche kriminellen Machenschaften zu verbergen noch sonst irgendwas. Mein Name ist nach wie vor Nicola Kramer, ich bin immer noch Koch. Das Einzige, womit du vielleicht recht hast, ist, dass deine Anzeige perfekt gepasst hat. Und es stimmt. Ich war auf der Suche nach etwas Neuem.« Er stand auf. »Aber das, was du mir hier unterstellst, hat nichts mit mir zu tun. Ich bin kein Lügner! Das habe ich dir gestern schon gesagt! Und mit Cannabis habe ich absolut nichts am Hut. Was für eine absurde Anschuldigung! Wie kommst du denn überhaupt darauf? Ich rauche noch nicht mal. Deine Mutter und deine Tanten können das sicherlich bestätigen, oder etwa nicht?«

»Also nein, das … ist …«, stammelte Pauline und gab Martha einen Schubs mit dem Ellbogen.

Aber die alte Dame, die sonst nie um eine klare Ansage verlegen war, schüttelte nur den Kopf. Nic versuchte, ihren Blick aufzufangen.

»Martha?«

»Also, Juli, es ist alles ganz anders. Lass dir doch erklären …«, setzte sie an, verstummte aber sofort, als Juli sie unterbrach.

»Nein«, sagte sie kalt.

Martha verstummte und senkte sofort wieder den Blick. Nic konnte seine Wut und seine Enttäuschung darüber beinahe körperlich spüren. Was war das hier? Opferte Martha ihn, um ihre Geheimnisse zu vertuschen? Wollten sie ihn wieder loshaben und hatten nur auf eine Gelegenheit gewartet, um ihn aus der Villa zu werfen? Es tat weh, sich selbst einzugestehen, dass all das, was er hier gefunden zu haben glaubte, ein Irrtum gewesen war. Klar, er gehörte nicht zu dieser außergewöhnlichen Familie, aber er hatte sich so angenommen gefühlt und auch gespürt, wie froh und dankbar die drei – vier, inklusive Willi – über seine Anwesenheit waren. Er hatte sogar das Gefühl gehabt, dass Martha ihn richtig mochte. Und nicht nur sie. Auch Juli. Juli vor allem. Beinahe war es ihm so vorgekommen, als wäre da etwas zwischen ihnen gewesen. Etwas Besonderes. Hatte er sich das womöglich alles nur eingebildet, weil er es sich so sehr gewünscht hatte? Nein. Das konnte einfach nicht sein.

Es tat weh, in Julis Augen zu blicken und zu hoffen, dass all das nur ein absurder Scherz war, den sie gleich auflösen würde, aber nichts darin zu entdecken, was diese Hoffnung stärken würde. Ihm war übel, als er diese vier Frauen der Reihe nach ansah. All das Vertraute, Liebgewonnene war aus ihren Gesichtern verschwunden. Sie waren wieder zu Fremden geworden. Schlimmer noch, er war sich wieder selbst fremd. Die Sekunden, in denen niemand etwas sagte und das einzige Geräusch das Ticken dieser verrückten Uhr war, schienen sich unendlich aneinanderzureihen.

Das hier war alles falsch. Er musste weg. Sofort. Das Jobangebot aus der Schweiz fiel ihm in diesem Moment wieder ein.

»Gut«, sagte er stockend. »Wenn das so ist, dann …« Er nickte sich selbst zu. »… dann gibt es ja wohl kaum noch etwas hinzuzufügen. Ich glaube kaum, dass ihr mit einem *Drogen-*

dealer unter einem Dach wohnen wollt«, schob er verächtlich hinterher, während er seinen Blick auf Martha gerichtet hielt, und dennoch blieb die alte Dame stumm. Sie blinzelte noch nicht einmal.

Er konnte sich nicht erinnern, je so enttäuscht gewesen zu sein. Wieder dachte er an Julis Lächeln von heute Morgen. Es schien Lichtjahre her zu sein und in einer anderen Welt, einer anderen Galaxie stattgefunden zu haben. In einer, in der solche Dinge jedenfalls nicht passierten. Wieder einmal wurde ihm bewusst, wie zerbrechlich und vergänglich Momente des Glücks waren und wie wenig Einfluss er darauf hatte, ob diese Augenblicke blieben – oder implodierten und nichts als Leere übrig ließen. Heute Morgen hatte es sich so angefühlt, als hätte sein Leben wieder so etwas wie einen Sinn bekommen, allein dadurch, dass er mit Juli zusammen sein konnte. Es gab noch so unendlich viel zu sagen. Zu viel. Und gleichzeitig gar nichts. Er schluckte den Schmerz hinunter.

»Ich packe. Spätestens heute Abend bin ich weg.«

Nic wandte sich um. Die Stille war beinahe mit den Händen greifbar. Sein Blick fiel auf den Wildschweinkopf über dem Kamin. Beinahe hätte er laut aufgelacht. Dieses Ding war so unfassbar hässlich. Auch wenn alles sich ganz furchtbar falsch entwickelt hatte, wäre er geblieben, hätte auch nur eine der vier ihn darum gebeten.

Er hatte sich in jeder Einzelnen der drei Bridge-Ladies getäuscht. Genauso wie in Juli. Aber er hatte hier sein Herz verloren. So lebendig und echt wie in den letzten Wochen hatte er sich vermutlich noch nie in seinem Leben gefühlt. Er hatte hier etwas gefunden, von dem er gar nicht gewusst hatte, dass er es suchte: eine Familie. Einen echten Sinn. Und einen Menschen, der ein Flämmchen in ihm entzündet hatte, das zu einem großen Feuer hätte werden können. Er spürte Julis Blick im Rücken, als er nach der Klinke griff. Er konnte nicht anders. Er musste sich umdrehen und sie noch einmal ansehen. Er hatte Genugtuung oder wenigstens Erleichterung in ihrem Blick erwartet, aber die Traurigkeit, die er stattdessen darin entdeckte, brachte ihn völlig aus der Fassung.

Nic sagte das Erstbeste, was ihm einfiel: »Ich glaube, Elvis lebt«, sagte er.

Wenn es nicht so traurig wäre, hätte er laut gelacht.

35

Samstag, 21. Mai 2022, Stuttgart

»Was?« Juli lehnte sich nach vorne und funkelte Martha wütend an.

»Das heißt ›wie bitte‹!«,erwiderte die alte Dame stoisch und bemühte sich um einen unschuldigen Gesichtsausdruck, was ihr allerdings nicht so recht gelang.

Juli durchschaute sie sofort. »Lenk nicht ab, Martha!« Sie kniff die Augen zusammen. »Ich will sofort alles hören, was es dazu zu sagen gibt. Und ihr beiden«, sie zeigte auf ihre Mutter und Lissi, »ihr müsst gar nicht so unbeteiligt tun. Wenn ich das richtig verstanden habe, steckt ihr alle unter einer Decke.«

Nicht, dass Juli darüber verwundert war. Schließlich kannte sie die drei ihr Leben lang, und selbst, wenn sie sich immer wieder in den Haaren hatten, sobald es darauf ankam, hielten sie zusammen wie Pech und Schwefel. Die heiße Wut, die sich seit der Entdeckung der kreativen Gartenbegrünung in ihrem Bauch gesammelt hatte, sorgte dafür, dass Juli sehr viel klarer und strenger war als sonst und keinerlei Bedürfnis hatte, irgendwelche Wogen zu glätten oder sich Gedanken darüber zu machen, ob nun wirklich jeder in ihrem Umfeld glücklich und zufrieden war, nur damit sie es auch sein konnte. Das hatte sie lang genug getan – und man sah ja, wohin das führte.

O ja, Juli war wütend. Sie wollte auch wütend sein. Es verlieh ihr ungeahnte Kräfte und eine Klarheit, die ihr gefiel.

»Also, wer von euch spricht jetzt mal Klartext?«

Alle drei rutschten unbehaglich auf ihren Stühlen herum, und Juli begann, innerlich zu zählen. Eine sehr erfolgreiche Taktik, um die Nerven zu behalten, die sie immer wieder dann anwandte, wenn Alexander im Begriff war, sie in den Wahnsinn zu treiben. Also oft.

Eins.

Zwei.

Drei.

Vie …

»Nic hat damit nichts zu tun!« Martha saß sehr aufrecht auf ihrem Stuhl und sah Juli fest in die Augen. »Das ist alles meine Schuld.« *Na also, geht doch.* Das heißt …

»Wie bitte? Nic hat nichts …?« Juli schüttelte den Kopf, in der Hoffnung, das Gehörte in ihrem Kopf irgendwie zurechtrütteln zu können. Leider ohne Erfolg.

Julis Handy brummte im vermutlich ungeeignetsten Moment aller Zeiten in ihrer Hosentasche. Sie hatte es zwar auf lautlos gestellt, aber bedauerlicherweise versäumt, es ganz auszumachen. Es gab nur einen, der dieses unvergleichlich gute Gespür für schlechtes Timing besaß. Alexander. Sie drückte ihn weg.

»Noch mal von vorne: Nic hat nichts …?«

Es klingelte wieder. Juli zögerte. Sie wusste, dass Alexander so lange anrufen würde, bis sie dranging, und sollte er sie nicht auf ihrem Smartphone erreichen, würde er es auf dem Festnetzapparat in der Villa versuchen, den man definitiv nicht stumm schalten konnte. Wenn er sie dort nicht erreichte, würde er innerhalb der nächsten zwanzig Minuten auf der Matte stehen. Und das konnte sie jetzt absolut nicht brauchen.

Sie ging ran, während sie den drei Damen einen bösen Blick zuwarf. »Wenn ich hiermit fertig bin, will ich alles wissen. Glaubt ja nicht, dass ich mich mit irgendwelchen Ausreden abspeisen lasse!«, sagte sie genervt. »Guten Morgen.« Letzteres galt Alexander.

»Guten Morgen, Julitschka, warum klingst du denn so genervt, und was für Ausreden meinst du? Ich habe nichts zu verbergen.«

Er hörte sich noch ziemlich verschlafen an. Juli sah auf die Uhr. Halb eins. Typisch für Alexander.

»Nein, nicht du!« Wobei sie durchaus fand, dass er etwas zu verbergen hatte. Allein der Gedanke an Sarah reichte aus, um ihre Stimmung noch weiter zu verschlechtern. Soweit das eben ging. »Warte bitte einen Moment«, fuhr Juli fort und wandte sich noch einmal an die drei. »Ich gehe jetzt nach draußen und telefoniere mit Alexander. Und wenn ich wiederkomme, erzählt ihr mir die Wahrheit. Die ganze Wahrheit. Alles. Und wagt es ja nicht zu verschwinden.«

Sie drehte sich um und humpelte, so schnell ihr Knöchel es eben zuließ, durchs Esszimmer in die Küche, wo sie die schmale Glastür nach draußen nahm und sich auf den Holzstufen davor niederließ.

Ihr Blick fiel auf die blühende Jasmin- und Fliederhecke.

Sofort sah sie sich selbst, wie sie versuchte, unauffällig ins Haus zu gelangen – und grandios scheiterte.

Ein Lächeln zupfte an ihren Mundwinkeln. War das wirklich kaum mehr als wundervolle zwölf Stunden her?

»Julitschka, bist du noch da?«

»Ja«, antwortete sie kurz angebunden. *Englaender, meldet sich zum Dienst, zumindest körperlich anwesend.*

»Alles in Ordnung?«

Sie wusste, dass Alexander weniger fragte, weil er es wirklich wissen wollte, sondern weil er es nicht leiden konnte, wenn sie mit ihren eigenen Sachen beschäftigt war, aber das war Juli in diesem Fall völlig gleichgültig.

»Nein.«

»Oh. Tja.«

Aus dem Augenwinkel sah Juli, wie Nic unter dem hellgrünen Blätterdach der Linde für Miles einen Stock warf. Vermutlich, um ihn so lange bei Laune zu halten, bis er zu Ende gepackt hatte. *Bis er gepackt hatte.*

Der Gedanke versetzte ihrem Herzen einen Stich. Nic würde gehen.

Weil sie es so wollte.

Falsch.

Weil er es vermasselt hatte.

Miles rannte laut kläffend dem Stock hinterher und brachte ihn schließlich zu Nic zurück. Barfuß stand er da, in Jeans und weißem T-Shirt. Juli spürte, wie sie allein beim Anblick rot wurde. Nic lachte, als Miles den Stock vor seinen Füßen niederlegte und ihn mit einem lauten »Wuff« dazu aufforderte, ihn noch einmal zu werfen. Der warme Ton seiner Stimme, als er mit seinem Hund sprach, und die Leichtigkeit darin ließen Juli die Augen schließen. Plötzlich überrollte sie die Erkenntnis: Sie wollte nicht, dass er ging.

»… und deshalb musst du sofort kommen!« Oh.

»Entschuldige, Alexander, aber was hast du gesagt?« Sie verkniff sich ein Kichern, als Miles beinahe mit der Hecke kollidiert wäre, und senkte schnell den Blick, als Nic zu ihr hinübersah.

»Juli! Hörst du mir überhaupt zu?«, fragte er empört.

»Nein. Äh, doch! Ja, klar, natürlich.« Wenn sie nicht noch eine Eskalation provozieren wollte, dann hörte sie wohl besser zu. »Um was geht's?«

»Es kommt mir aber nicht so vor!«, beharrte Alexander vorwurfsvoll.

»Gut, du hast recht. Entschuldige, Alexander. Aber jetzt. Jetzt höre ich zu.« Juli zwang sich, in die andere Richtung zu schauen. Weg von Miles. Weg von Nic.

»Ich habe nichts gefrühstückt, habe ich gesagt.«

Juli wartete darauf, dass er weitersprach, aber es kam nichts.

»Okay, Alexander, du hast nichts gefrühstückt. Warum nicht?«

»Es gab nichts«, antwortete er prompt.

Eins.

Zwei.

Drei …

»Na ja, es ist beinahe ein Uhr, Alexander. Da kann das Frühstücksbüfett schon mal abgeräumt sein.« *Echt jetzt?* »Bestell dir doch einfach was, oder geh ins Café! Wir treffen uns dann später in der Oper.«

Alexander ging nicht auf das ein, was sie gesagt hatte. Seine Stimme klang ein wenig weinerlich, als er fortfuhr: »Mein Massagetermin im Spa wurde auch abgesagt, und ich weiß nicht mehr genau, wo dieses Café mit diesen unglaublich köstlichen Macarons ist, wo ich letztes Mal für das Team welche bestellt habe. Du musst kommen, Julitschka, und das alles in Ordnung bringen.«

Vier.

Fünf …

Juli hörte, wie jemand hinter sie trat und gegen die offene Glastür klopfte.

»Juli, Schätzchen, können wir reden?« Martha. »Ich muss dir unbedingt was sagen, bevor es zu spät ist.«

Juli drehte sich zu ihr um und schüttelte den Kopf. »Ich komme gleich wieder rein«, formte sie tonlos mit ihren Lippen.

Am liebsten wäre sie sofort aufgestanden. Dass Alexander sie mit einer solchen Lappalie behelligte, während hier kriminelle Machenschaften vor sich gingen und sie die Welt, wie sie ihr bis vor ein paar Stunden bekannt war, retten musste, schürte ihre Ungeduld. Gelinde gesagt. Dass er einfach immer weitersprach, machte es nicht besser.

»Sarah hat das auch gesagt, dass du …«

»Sarah?« Juli spürte, wie ihr nun auch noch zusätzlich heiß wurde. Es war eine Sache, dass Alexander sie für albernen Kram anrief, aber dafür wurde sie bezahlt. Für Sarah galt das allerdings absolut nicht. Und überhaupt. »Dann soll doch Sarah sich darum kümmern, wenn sie so genau Bescheid weiß!«, unterbrach sie ihn wütend. »Einen Telefonhörer kann ja wohl selbst sie in die Hand nehmen!«

Für einen Moment war Stille auf der anderen Seite.

»Julitschka! Sarah hat gesagt, dass du sicher Besseres zu tun hast, als wegen so etwas hierherzukommen! Warum bist du denn so gemein?«

»Ich bin nicht …«

»Bist du etwa eifersüchtig?«

Logisch, dass Alexander wieder einmal alles auf sich bezog.

»Nein, ich …«

»Weißt du, Julitschka, du musst deine Emotionen besser in den Griff bekommen! Diese Gefühlsausbrüche sind eine große Belastung für …«

Da tat Juli etwas, das sie schon längst hätte tun sollen. Sie legte einfach auf. Sie stellte ihr Telefon aus und atmete tief durch, wobei sie den intensiven Jasminduft in ihre Lungen sog, als wäre sie zu lang unter Wasser gewesen und gerade noch rechtzeitig wieder aufgetaucht.

Kurz schloss sie die Augen und wappnete sich für alles, was da nun kommen sollte, bevor sie aufstand, um wieder hineinzugehen.

Aus dem Augenwinkel sah sie, wie Nic einen Koffer auf den Weg zum Haus abstellte. Er ging also wirklich.

Auch wenn sie erkannt hatte, dass ein Teil von ihr nicht wollte, dass Nic abreiste, so hatte Juli dennoch mit einer großen Erleichterung gerechnet, weil endlich wenigstens ein Chaosfaktor aus ihrem Leben verschwand, aber was sie stattdessen fühlte, war ein Schmerz, als würde sie etwas sehr Kostbares verlieren. Etwas, das sie sich absolut nicht erklären und auch nicht zulassen konnte.

36

Samstag, 21. Mai 2022, Stuttgart

Endlich kam Juli wieder zurück. Martha hatte es herbeigesehnt und sich zugleich gewünscht, dass es nie passieren würde. So oder so hatte sie es kaum ausgehalten, jetzt, da endlich der Zeitpunkt für die große Beichte gekommen war.

»Los, sagen wir es ihr!«

Auffordernd sah sie zu ihren Freundinnen, aber die schauten wieder einmal nur auf die Tischdecke. Juli war näher gekommen.

»Was wollt ihr mir denn sagen, Martha?«

Das war eine äußerst merkwürdige Frage, fand Martha, wenn man bedachte, wie intelligent Juli im Grunde war.

»Alles natürlich, mein Kind!« Sie zuckte mit den Schultern. »Und zwar von Anfang an.«

Martha wies auf den Stuhl neben sich, als Juli keine Anstalten machte, sich zu setzen, wie es sich für ein respektvolles Gespräch unter Erwachsenen gehörte. Stattdessen sah Juli auf die Uhr. Meine Güte, die jungen Leute von heute hatten einfach für überhaupt nichts mehr Zeit. Dafür hatten sie immer recht und im Grunde keine Ahnung. Doch Martha wusste, dass sie sich zusammenreißen musste.

Martha hob demonstrativ die Augenbrauen, als Juli sich ebenso demonstrativ langsam auf den Stuhl sinken ließ, während sie Martha dabei die ganze Zeit fixierte.

»Gut. Also.« Sie faltete die Hände. Martha war kein Feigling, ganz sicher nicht, dennoch war beichten auch nicht unbedingt ihre Lieblingsbeschäftigung. Und dass es eine Beichte werden würde, war ihr klar.

»Ich höre zu«, sagte Juli ungeduldig.

Schon wieder sah sie auf die Uhr. Martha bereute beinahe, sie ihr zum bestandenen Abitur geschenkt zu haben.

»Jetzt hetz mich doch nicht so!« Sie räusperte sich.

»Martha!«

»Was denn?«

»Erzähl schon!«

»Mach ich doch!«, antwortete Martha.

Und dann erzählte sie Juli tatsächlich von den merkwürdigen Kräutern, die sie zuerst für irgendein Gewächs gehalten hatte, das Juli angebaut hatte. Da war Max noch da gewesen. Zunächst hatte sie keine Verbindung zu ihm hergestellt, aber nachdem er verschwunden war, war dann plötzlich dieses stinkende Kraut in die Höhe geschossen, das sie zwar auf den ersten Blick ganz hübsch, aber auf den zweiten vor allem zu groß fand. Sie hätte es beinahe rausgerissen und wollte eigentlich Juli immer danach fragen, aber dann waren so viele andere Dinge passiert: Elvis war verschwunden, Polly hatte die Maria bemalt, Willi hatte nicht aufgehört, ständig mit Pauline zu flirten, und alle waren in die Villa gezogen. Dann hatte sich auch noch Nic vorgestellt und Martha wollte die Wohnung vorbereiten. Dabei hatte sie die getrockneten Blüten in

Max' Garderobenschrank gefunden und sie in den Tee getan. Sie hatte die Wohnung streichen lassen und nun benutzte sie eine dieser Aromalampen, die die Luft reinigten, und den Geruch …

Bis hierhin hatte Juli durchgehalten. Jetzt aber schnellte ihr Kopf nach vorne und sie starrte Martha mit aufgerissenen Augen an.

»Was willst du damit sagen, dass du jetzt eine Aromalampe benutzt? Wobei? Und wieso?«

»Na, beim Trocknenlassen?«

»Beim …?« Martha sah Juli an, wie es in ihrem Gehirn arbeitete, dabei war es doch wirklich nicht so schwierig.

»Beim Trocknen der Cannabis-Blüten? Frisch kann man sie wohl kaum verwenden.« Die jungen Leute heutzutage waren ziemlich schwer von Begriff. »Das heißt, kann man natürlich schon, aber da wirken sie eben nicht so richtig, habe wir festgestellt.« Martha kicherte bei der Erinnerung daran, wie sie einen Teil der frischen Blüten schließlich sogar im Backofen getrocknet hatte. Aber das war vor Nic gewesen. Die restlichen Blüten trockneten langsam an der Wäscheleine auf dem Dachboden, wo sowieso kaum jemand hinkam unter idealen Bedingungen. Und eben unter Zuhilfenahme einer – vielmehr dreier – sehr effektiver Aromalampen. Es war schließlich nicht ihre Schuld, dass das Zeug wie Unkraut wuchs.

»Das heißt, du *weißt*, was das im Garten ist?« Juli war sichtlich entsetzt.

»Natürlich weiß ich, was das ist!«, antwortete Martha entrüstet. »Glaubst du, ich bin zu alt zum Googeln?«

»Nein, natürlich … nicht. Ich … aber … das … das ist … illegal?«

Nun lag ein eher hilfloser Ausdruck auf Julis Gesicht. So leicht sollte man sich definitiv nicht aus der Fassung bringen lassen, fand Martha.

»Illegal?« Also wirklich. »Ich bin eine Dame, und Damen machen nie irgendetwas Illegales. Absichtlich. Das unterstellst du mir doch nicht, oder? Ich trockne Tee, dessen Kräuter ich in meinem Garten gefunden habe.«

Sie setzte sich aufrecht hin. Würdevoll nahm sie ihre Teetasse auf, wobei sie ganz bewusst den kleinen Finger abspreizte und Juli über den Tassenrand ein wenig herablassend ansah. Eines hatte sie im Laufe ihres langen Lebens gelernt: Die Ausstrahlung war das Allerwichtigste. Und ihre Ausstrahlung war so glänzend hell und glatt, dass jeder Vorwurf daran abprallte. »Ich habe keine Ahnung, wie sie dorthin gekommen sind.« Sie lächelte schmallippig und zwinkerte Juli zu. »Wenn Sie meinen *Tee* gerne mal sehen möchten, zeige ich ihn Ihnen natürlich, *Officer*.« Sie stand auf und schob den Stuhl nach hinten.

Juli schnaubte. Aber auch sie stand kopfschüttelnd auf und folgte der besten Freundin ihrer Mutter wortlos in den zweiten Stock, von wo aus eine schmale Holztreppe nach oben auf den Dachboden führte.

Martha war hier schon so viele Male nach oben und wieder nach unten gestiegen, dass sie jedes Knarzen und Quietschen, das das alte Holz von sich gab, kannte. Natürlich war sie leise gewesen, als sie hier oben den »Tee« zum Trocknen hochgebracht hatte, schließlich hatte sich Lissi für ein Zimmer im zweiten Stock entschieden und sie wollte sie nicht wecken.

Das – und sie wollte auch keine weiteren Fragen provozieren. Denn es war eine Sache, dass ihre Freundinnen wussten, was da in dem Tee war und Martha wusste, was sie da tat, aber sie wollte niemanden mehr als nötig in irgendetwas mit hineinziehen. Schon gleich gar nicht in etwas Illegales. Und dass es illegal war, wusste sie spätestens, seitdem sie die Blüte gegoogelt hatte.

Also, warum hatte sie es getan? Sie wollte ja wirklich kein Drogenbaron werden und auch keine Drogenbaroness. Sie wollte niemanden gefährden oder gesundheitlich schädigen. Im Gegenteil.

Aber sie hatte gelesen, dass sich irgendein Stoff in diesem Zeug positiv auf Menschen mit Demenz auswirkte. Und auf die mit Ängsten. Und auf die, die sich einsam fühlen. Die nicht schlafen können. Und die plötzlich das Gefühl haben, ein einziges Mal ausbrechen, etwas Verrücktes tun zu müssen. Sich einmal noch so richtig lebendig zu fühlen. Ja, Martha hatte vermutlich einen Fehler gemacht. Und es war einer, selbst, wenn sie ihn aus den besten Gründen begangen hatte.

Aber jetzt, da Juli ihr auf die Schliche gekommen war, war sie längst nicht mehr so überzeugt, fühlte sich nicht mehr halb so selbstsicher. Plötzlich war die Treppe doch ganz schön steil.

Sie blieb stehen und drehte sich zu Juli um. Gerne hätte sie ihr gesagt, wie viel Juli ihr bedeutete, wie wichtig ihr Julis Meinung, ihre Nähe und überhaupt alles an ihr war. Wie sehr sie sich schämte, dass sie Juli enttäuscht hatte, und dass sie es wiedergutmachen wollte. Aber die Worte wollten einfach nicht über ihre Lippen. Und auch Juli sagte nichts. Sie sah Martha nur abwartend an.

Älter werden war verdammt kompliziert. Und was sie selbst betraf, sie wurde kein bisschen weiser. Nur eigensinniger. Und diese Selbsterkenntnissache war auch ziemlich anstrengend. Früher hätte es das nicht gegeben.

»Gut.« Sie räusperte sich, als sie vor der kleinen hölzernen Tür stand, durch die man auf den Dachboden gelangen konnte.

Sie waren nur noch einen Riegel von ihrer Ernte entfernt. Und Martha spürte, dass ihre Argumente für … all das … bei Juli nicht wirklich fruchteten. Ihr war ein wenig mulmig zumute. Ja, um genau zu sein, hatte Martha ziemlich Schiss vor Julis Reaktion, als sie den Riegel zurückschob und die Tür nach innen aufdrückte, auch wenn sie dieses Wort selbstverständlich nie in den Mund genommen hätte. Aber es passte eben nun mal ausnahmsweise sehr genau zu ihrem Gefühl.

Hier oben auf dem Dachboden hatte Juli ihre halbe Kindheit verbracht. Zu Zeiten, als es noch Sonja Hofmann, die ehemalige Haushälterin der von Hellbachs gegeben hatte, wurden hier oben zumindest im Winter noch die Leintücher getrocknet. Juli hatte gern zwischen den frisch gewaschenen, duftenden Tüchern gespielt und sich vorgestellt, sie würde zwischen den Wolken wohnen. Ganz hinten in der Ecke hatte sie sich eine kleine Ecke mit einem Teppich, einem alten Ohrensessel, einer Leselampe und vielen Büchern eingerichtet. Sie hatte hier oben *Pippi Langstrumpf*, *Die geheimnisvolle Insel* und viele andere Bücher gelesen, die ihre Neugier und Abenteuerlust befeuert hatten und auf diesem Dachboden völlig fremde und neue Welten entstehen ließen. Und Martha war glücklich gewesen, dass diese von Pauline geliehene Tochter hier oben, neben dem Garten, ihr zweites kleines Paradies gefunden hatte.

Dass sich ein paar Jahrzehnte später ausgerechnet hier das größte Abenteuer abspielen würde, das die alte Villa je erlebt hatte, und zwar eines, das sich Juli mitnichten ausgedacht hatte, damit hätte sie damals sicher nicht gerechnet. Und Martha auch nicht.

Juli schnappte nach Luft, als sie das ganze Ausmaß von Marthas Ernte erfasste. Vier der insgesamt zehn Wäscheleinen, die von Dachseite zu Dachseite gespannt waren, hingen mit Blüten und Blättern voll. Marthas Aussage, dass das Beet an der Mauer wohl ein sehr guter Standort für Cannabis war, war die Untertreibung des Jahres. Juli hatte keine Ahnung, was das hier wert war, und es war ihr auch egal, aber eines wusste sie bestimmt: Es konnte weder hierbleiben, noch durfte irgendjemand irgendetwas davon erfahren. Niemand. Am allerwenigsten Max.

Die Aromalampen hatten zum Glück ganze Arbeit geleistet und die Luft war einigermaßen klar hier oben. Glücklicherweise war Juli mehr als erprobt im Beheben von großen und kleinen Katastrophen und würde auch hierfür eine Lösung finden, selbst wenn Alexander es erstaunlicherweise immer geschafft hatte, nicht mit dem Gesetz in Konflikt zu geraten.

Alexander! Verdammt! Siedend heiß fiel ihr ein, wie sie ihn vorhin abserviert hatte. Beinahe war sie nun erleichtert, dass er Sarah gestern abgeschleppt hatte und sie immer noch bei ihm war. Hoffentlich war sie in der Lage, Alexanders Bedürfnisse so weit zu erfüllen, dass er nicht doch noch auf die Idee kam, hier aufzukreuzen. Er hätte ihr wirklich gerade noch gefehlt.

Sie tastete nach ihrem Handy, bis ihr einfiel, dass sie es ausgeschaltet und unten auf dem Tisch liegen gelassen hatte.

Martha war zur Wäscheleine hinübergegangen und strich vorsichtig mit dem Zeigefinger über die zerbrechlichen Blüten. Zu ihrer Verteidigung musste gesagt werden, dass sie auch die anderen Teekräuter hier oben trocknete. Es waren im Verhältnis nicht wirklich viele, aber sie waren da. Man musste nur genau hinsehen. Sehr genau.

Juli räusperte sich. »Weiß jemand davon?«

»Nein«, sagte Martha. »Das heißt … nun ja: Polly weiß davon.« Sie zuckte mit den Schultern. »Und … natürlich Lissi.«

»Lissi weiß davon und hat nichts gesagt?« Juli schüttelte fassungslos den Kopf.

»Ja, Liebes. Beide wissen Bescheid.« Martha versuchte ein Lächeln, das ihr aber gründlich misslang. Vor allem, als sie sah, mit welch brennender Dringlichkeit sie die nächste Frage stellte.

»Und Nic?«

Martha schüttelte betreten den Kopf. »Er hatte absolut keine Ahnung.«

Zuerst spiegelte sich die Erleichterung über Marthas Antwort in Julis Gesicht, aber dann wurde sie weiß wie die frisch gestrichene Wand in Nics Wohnung.

»Es tut mir leid, Kind.«

»Es tut dir leid?«, brauste Juli auf. Blitze schossen aus ihren grauen Augen. So wütend hatte Martha sie noch nie gesehen. »Es tut dir leid?«, wiederholte sie. »Nic geht, weil ich ihn völlig zu Unrecht beschuldigt habe! Und weil du es zugelassen hast! Nein, schlimmer noch: Du hast mich all diese fürchterlichen

Dinge über ihn sagen lassen, ohne mit der Wimper zu zucken? Wie konntest du nur, Martha von Hellbach? Warum hast du nichts gesagt?«

Tränen schossen in Julis Augen. Martha hätte sich gern erklärt oder zumindest Juli berührt, aber sie traute sich beides nicht, aus Angst, dass Juli dann komplett ausflippen würde. Zu Recht vermutlich. Martha schämte sich unendlich.

»Aber weißt du, was?« fuhr Juli wütend fort. »Ihr wolltet Nic ja unbedingt behalten. Nein, eigentlich wolltet ihr uns beide verkuppeln, richtig? Dazu war euch jedes Mittel recht. Ich finde, ihr habt es absolut verdient, dass er jetzt geht. Und am besten ist wohl, ich gehe auch!«

Martha sah den Schmerz in Julis Augen, gerade, als sie sich umdrehte, um den Dachboden zu verlassen. Beschämt wandte sie sich ab und blickte stattdessen aus dem winzigen Giebelfenster hin zum Gartenweg, wo Nics Koffer stand. Auf der Straße dahinter entdeckte sie seinen Lieferwagen mit der geöffneten Kofferraumklappe und Miles, der aufgeregt um Nic herumsprang, während der gerade versuchte, irgendwas im Inneren des Fahrzeuges zur Seite zu räumen.

»Warte, Juli! Bitte bleib! Nic …« Sie musste sie unbedingt aufhalten. Wenigstens war sie noch hier oben und nicht schon längst davongestürmt, um ihre Wohnung, Stuttgart und nicht zuletzt Martha zu verlassen. Noch war es nicht zu spät.

»Nein, Martha, sag einfach gar nichts mehr. Ich will nichts hören«, sagte sie ruhig. Nur ihre Augen zeigten, wie verletzt und wütend sie war.

Martha musste das alles in Ordnung bringen. Sie durfte nicht zulassen, dass so viele Menschen unglücklich waren, nur weil sie … weil sie sich für den falschen Weg entschieden hatte. Und weil ihr Schweigen schlimmer war als jede Lüge. Sie griff nach Julis Arm und sah sie eindringlich an.

»Doch, Juli, das willst du. Das musst du sogar. Nic ist schon fast weg. Ich finde, du solltest ihn aufhalten.«

»Verdammt, Martha!«, antwortete Juli laut und schob Marthas Arm beiseite.

»Juli, bitte. Lass ihn nicht gehen, ohne es wenigstens zu versuchen. Vertrau mir. Am Ende bereuen wir nicht die Dinge, die wir getan, sondern die, die wir versäumt haben. Ich weiß das aus Erfahrung.« Sie lächelte bitter.

»Ich? Nein, wenn ihn jemand aufhalten sollte, dann du!« Juli schob Marthas Hand von ihrem Arm.

Sie war blass, hatte Ringe unter den Augen und sah so erschöpft aus, dass Martha plötzlich Sorge hatte, ihr Kreislauf würde schlapp machen.

Martha hatte in letzter Zeit viele Fehler gemacht. Nic einfach ziehen zu lassen wäre vermutlich der größte von allen.

»Du hast recht, eigentlich sollte ich ihn aufhalten. Aber glaubst du im Ernst, er würde wegen mir hierbleiben?«

»Wegen mir bestimmt nicht!« konterte Juli sofort. »Denk doch nur mal daran, was ich ihm alles an den Kopf geworfen habe!«

»Nein, ich denke lieber daran, wie er dich dabei angesehen hat, Liebes.« Als Martha nun mit beiden Händen nach Julis Oberarmen griff, wehrte sie sich nicht. Eindringlich sah sie sie an. »Geh schon! Du kannst auch später noch auf mich wütend sein. Oder ist Aufgeben etwa eine Option?«

Sie drehte die Tochter ihrer besten Freundin, die Frau, das

Kind, das sich anfühlte wie ihr eigenes, zu sich, sodass sie ihr direkt in die Augen schauen konnte. Wie oft hatte sie Juli schon diese Frage gestellt? Bei den schweren Mathe-Klassenarbeiten, an denen sie beinahe verzweifelt wäre, im Abitur, als sie die erste Prüfung verhauen hatte, als sie nach der Trennung von Erik plötzlich nicht mehr wusste, was sie mit ihrem Leben anfangen sollte – und jetzt. Es war ihr persönlicher Geheimcode, mit dem sie Juli motivierte, wenn ihre eigene Kraft nicht mehr dafür ausreichte. Bisher hatte es jedesmal funktioniert. Jetzt allerdings sah Juli sie nur zweifelnd an.

»Willst du, dass er bleibt?«, fragte Martha leise.

Juli sagte gar nichts. Sie nickte nur.

»Gut. Dann möchte ich dich etwas fragen.« Sie lächelte. »Was machst du überhaupt noch hier?«

Aus dem Augenwinkel sah sie, wie Alexander neben Nic auftauchte. Sie konnte zwar nicht hören, was die beiden miteinander redeten, aber Alexanders überhebliche Miene und Nics wütender Gesichtsausdruck sprachen Bände. O weh. Das sah nicht gut aus. Gar nicht gut.

Verdammt, verdammt, verdammt.

»Ach ja, und Juli? Am besten, du beeilst dich!«, setzte sie nach.

Ob Juli sie gehört hatte, konnte sie nicht sagen. Die alte Holztreppe knarzte zu laut unter Julis schnellen Schritten.

37

Samstag, 21. Mai 2022, Stuttgart

Nic hatte lange auf seinem Sofa gesessen und nach draußen in diesen wunderschönen Garten gesehen, den er bis gestern noch beinahe als sein Zuhause bezeichnet hätte. Er hatte diesen einen Koffer sehr langsam gepackt und immer wieder nach draußen gelauscht, ob nicht vielleicht doch Martha oder Juli an seiner Tür klopften, um alles in Ordnung zu bringen. Er hatte gehört, wie sie diskutierten und schließlich ganz nach oben gegangen waren. Diese alte Villa machte Geräusche, als wolle sie jede Bewegung hier drinnen kommentieren.

Irgendwann waren Lissi und Pauline aufgebrochen, um etwas in der Stadt zu erledigen. Ausnahmsweise hatte Nic nicht aufgepasst, obwohl er unter normalen Umständen seine Begleitung oder zumindest seine Fahrdienste angeboten hätte. Aber was war das schon: normale Umstände. Wenn er ehrlich war, hatte es die hier keinen einzigen Tag gegeben. Einer der Gründe, warum es ihm so gut gefallen hatte.

Bis heute.

Er hatte sogar begonnen, sein Auto aufzuräumen, immer in der Hoffnung, dass doch jemand kam, um ihn davon abzuhalten, wirklich zu gehen. Nicht jemand. Dass Juli kam, verbesserte er sich. Wenigstens hatte er dabei endlich den Stadtplan von Stuttgart gefunden, den er sich noch in München gekauft und in den ersten Tagen hier so dringend gebraucht hätte. Wieder überlegte er kurz, ob er sich ein letztes Bier aufmachen oder ob er endlich einsehen sollte, dass Juli nicht kommen würde, als er draußen eine Bewegung wahrnahm.

Auf dem Weg zur Villa stand Sascha Jakov.

Der hatte ihm gerade noch gefehlt. Nicht, dass sie je irgendwelche Berührungspunkte gehabt hätten, dass er ihm je persönlich begegnet wäre, aber er konnte ihn einfach nicht leiden. Schon allein, weil er so viel Zeit mit Juli verbrachte, aber ganz besonders auch, weil er absolut nicht zu schätzen wusste, dass er die spannendste, tollste und außergewöhnlichste Frau der Welt an seiner Seite hatte. Andererseits … wie gut, dass er das noch nicht bemerkt hatte.

Am liebsten hätte sich Nic versteckt. Für den Auftritt eines völlig überspannten Opernsängers hatte er gerade absolut keinen Nerv. Aber er war hier und er hatte Nic gesehen, da konnte er wohl kaum so tun, als wäre Sascha Jakov nicht da.

»Kann ich Ihnen helfen?«, fragte Nic und bemühte sich erst recht darum, freundlich zu sein, als er vor ihm stand.

Jakov musterte ihn von oben bis unten, bevor er die Stirn runzelte. »Und Sie sind?«, fragte er kühl.

Feindschaft auf den ersten Blick, dachte Nic. Solche arroganten Typen konnte er einfach nicht ausstehen. Wie hielt es Juli nur mit ihm aus?

Zum Glück konnte Nic dank der harten Schule im Restaurant mit unberechtigter Überheblichkeit sehr gut umgehen. Er atmete tief ein und ließ sein Lächeln noch ein wenig breiter werden. Immerhin war er beinahe einen Kopf größer als Jakov, und jemand wie er brachte ihn sowieso nicht aus der Fassung. Im Gegensatz zu einer gewissen … Frau mit wilden blonden Haaren und glänzenden grauen Augen. Aber an Juli wollte er jetzt gerade nicht denken. Wenn man es so betrachtete, war Jakov sogar eine willkommene Abwechslung.

»Mein Name ist Nic Kramer. Ich wohne hier.« Nun ja, vielleicht nur noch für kurze Zeit, aber im Moment war es definitiv die Wahrheit. »… und ich bin hier für die Küche und die Betreuung der Damen zuständig. Aber sehr gerne helfe ich auch Ihnen weiter, wenn Sie etwas – oder jemanden – suchen.«

»Danke, aber nein danke«, erwiderte der Opernsänger. »Ich kenne mich hier sehr gut aus und ich suche niemanden. Ich hole jemanden ab. Meine Assistentin. Juli Englaender?« Er lächelte arrogant. »Für Julitschka dürften Sie ja dann auch schon mal gekocht haben.«

Tief ein- und wieder ausatmen, ermahnte sich Nic selbst, und am besten das Ganze als absurdes Comedy-Theater abspeichern, bevor er wirklich zu kochen anfing. Wenn auch nicht am Herd. Dieser überhebliche eingebildete Opernschnösel war wirklich eine Nummer. Er spielte sich auf, als gehörte ihm das Haus und, noch schlimmer, als gehörte ihm auch Juli.

Er war zwar immer noch entspannt, aber der Typ ging ihm trotzdem ziemlich auf die Nerven.

»Hören Sie, soweit ich weiß, ist Juli beschäftigt, und wenn Ihnen niemand die Tür aufmacht, hat das vermutlich seine Gründe.« Arrogant sein konnte Nic auch.

»Nun, ich *bezahle* Juli dafür, dass sie mein Leben organisiert. Ich denke also durchaus, dass sie Zeit für mich hat.« Jakov kniff die Augen zusammen. »Außerdem wollte ich nur mal schauen, ob hier alles in Ordnung ist. Nachdem sie gestern so … aufgebracht war und plötzlich verschwunden ist.«

Als er das gesagt hatte, wurde Nic alles klar. Jakov brauchte Juli nicht wirklich. Er war auch nicht besorgt. Er war schlicht eifersüchtig. *Na warte, Jakov!* Nic grinste. »Ach, das ist ja lustig.« Höchste Zeit, das Gespräch in die richtige Richtung zu lenken.

»Was? Was ist lustig?«, fragte Jakov irritiert.

»Nun, natürlich nicht, dass Juli gestern plötzlich weg war. Aber …« Nic beugte sich ein wenig näher zu dem Opernsänger. »… ich weiß zufälligerweise, wo sie war.« Er zwinkerte Jakov verschwörerisch zu. »Sie war nämlich genau hier. Mit mir.« Kurz sah Nic zu der Jasminhecke hinüber, vor der er Juli heute Nacht aufgelesen hatte.

»Ach ja, und übrigens: Ich habe sie nicht dafür bezahlt, denn sie ist nicht meine Assistentin.« Er machte eine Kunstpause. »Ganz im Gegenteil.« Vor allem, wenn man bedachte, wer wem assistiert hatte. »Sie ist total freiwillig hier gewesen.« Es stimmte. Nun ja, fast.

Je gelassener Nic wurde, umso mehr regte sich Jakov auf. »Wie sprechen Sie denn eigentlich mit mir, Sie … Sie bessere Küchenhilfe! Natürlich ist Juli auch freiwillig bei mir! Wir kennen uns schon ewig! Sie ist ein wesentlicher Bestandteil meiner Karriere! Ach, was sage ich, meine Lebens!«

In seinem Gesicht breiteten sich rote Flecken aus, je mehr er sich aufregte. Und je mehr das geschah, desto gelassener wurde Nic. Es war vielleicht nicht besonders nett, aber es erfüllte ihn auch mit einer gewissen Befriedigung. Um ihn herum herrschte Chaos, er war enttäuscht und vielleicht im

Begriff, einen Fehler zu machen, wenn er ging, oder auch nicht. Aber hier, auf dem Gartenweg der Villa, befand er sich zumindest für diesen einen Moment im Auge des Sturms. Noch einmal beugte er sich zu Jakov hinunter. Es gefiel ihm einfach so gut.

»Wenn das natürlich so ist …« Er grinste. »Dann würde ich vorschlagen, Sie warten für einen Augenblick. Ich schaue gern, ob ich Juli für Sie finden kann.«

»Gut. Das ist gut.« Misstrauisch beobachtete Jakov Nic, der keine Anstalten machte zu gehen. »Sehr gut sogar. Ist noch was?«

»Ach ja, und was ich Ihnen noch unbedingt sagen wollte, ist, wie großartige Ihre Stimme ist. Sie erinnert mich einfach unglaublich an Pavarotti.« Er legte seinen Finger an die Unterlippe, als müsse er darüber nachdenken. »Oder nein, ich glaube eher, das, was mir so gut gefallen hat, *war* Pavarottis Stimme. Oder war es vielleicht doch Caruso?«

Ja, Nic war ein gutmütiger Mensch. Aber so gutmütig, dass er sich so von oben herab behandeln ließ, ohne sich zu wehren, dann auch wieder nicht. Wie hilfreich, dass ihm Juli von Jakovs Pavarotti-Phobie erzählt hatte.

38

Samstag, 21. Mai 2022, Stuttgart

»Vergleichen Sie mich nicht mit Caruso! Und mit Pavarotti schon gleich gar nicht!«

Juli beobachtete fassungslos, wie Alexander erbost auf Nics Brust tippte.

»Als ob ich vergleichbar wäre! Was sind Sie nur für ein Banause! Ich bin einzigartig!«

Er schüttelte den Kopf und schnaufte aufgeregt, während Nic einfach nur dastand und Alexanders Zorn über sich ergehen ließ.

Es war schlimmer, als Juli erwartet hatte. Dass Alexander hier auftauchen würde, nachdem sie ihr Telefon ausgeschaltet hatte, damit war zu rechnen gewesen. Aber dass er sich gleich auf Nic stürzen würde, hatte sie nun wirklich nicht erwartet. Zum Glück sah Nic einigermaßen gefasst aus, was ein kleines Wunder war, wenn man bedachte, was er heute schon alles über sich hatte ergehen lassen müssen. Vermutlich kam es jetzt auf einen weiteren Verrückten in seinem Leben auch nicht mehr an. Was auch immer er gesagt hatte, er hatte jedenfalls ziemlich zielsicher Alexanders wunden Punkt getroffen. Juli schmunzelte, als sie sah, wie Alexander sich verunsichert durch seine nach hinten gekämmten Locken fuhr, nachdem es ihm nicht gelungen war, Nic zu irgendeiner Reaktion zu bewegen. Eine Geste, die sie nur zu gut kannte.

»Nic! Alexander!«, rief sie, noch bevor sie die beiden erreichte. »Alles okay?«

Sie beobachtete das schnelle Lächeln, das sich auf Nics Gesicht stahl, als er kurz zu ihr aufsah, und genauso schnell wieder verschwand, als sie näher kam.

Glücklicherweise ersparte ihr Miles einen peinlichen Moment, indem er laut kläffend um die Ecke der Villa auf sie zugeschossen kam. Sofort ging Nic in die Knie, um Miles zu begrüßen, während sich Alexander hinter Juli versteckte. *Feigling.*

»Nehmen sie den Köter weg!«, rief er über Julis Schulter hinweg.

Er behauptete zwar gern, mit Hunden aufgewachsen zu sein und am liebsten einen eigenen Jagdhund zu besitzen, aber Juli wusste, dass er das nur tat, weil er glaubte, seine Fans würden ihn mehr lieben, wenn sein Zuhause und seine Umgebung Sascha-Jakov-mäßig adelig und großspurig war wie er selbst. Ein Jagdhund passte da ins Bild. In ein Hotelzimmer passte er natürlich nicht, weshalb er auch keinen besaß. Außerdem hatte er in Wirklichkeit Angst vor allem, was er nicht kontrollieren konnte.

Nic nahm Miles tatsächlich am Halsband und sorgte dafür, dass er sich neben ihn auf den Weg legte. Juli streifte Alexanders Hände von ihren Schultern und drehte sich zu ihm um.

»Was machst du hier?«, fragte sie ihn vorwurfsvoll.

»Ich hole dich ab«, antwortete er. Seine Stimme klang längst nicht mehr so überlegen, wie gerade noch, sondern eher ein wenig verlegen. *Zu Recht.*

»Ich arbeite heute erst ab fünf, Alexander, weißt du noch?«

Juli bemühte sich, ruhig zu bleiben, obwohl es ihr nicht leichtfiel. Schließlich hatten sie diese Abmachung, dass sie in Stuttgart erst abends für ihn da sein musste, und dennoch hatte Juli nie auf die Uhr gesehen. Wenn Alexander sie brauchte, war sie für ihn da. Sie hatte äußerst selten etwas anderes, Wichtigeres oder auch Besseres zu tun gehabt. Bisher. Nun hatte sich das allerdings geändert.

»Ich habe dir vorhin schon gesagt, dass ich später ins Theater komme, aber bis dahin habe ich hier noch einiges zu tun. Ich muss zum Beispiel mit Nic noch etwas Wichtiges klären.«

Und bitte, lieber Gott, lass es dafür nicht zu spät sein! Sie warf ihm einen flehenden Blick zu, den er ignorierte.

»Ach, weißt du, Juli, ich glaube, du hast schon alles gesagt, was du sagen wolltest.« Nic schenkte ihr ein schiefes Lächeln, das ihr ein schmerzhaftes Ziehen in ihrem Herzen bescherte. »Kümmere dich ruhig um deinen Superstar, ich habe den Eindruck, er hat es nötig.«

Nein! Nicht! Auf keinen Fall!

»O nein, bitte, ich meinte eigentlich …«, versuchte sie ihr Glück, aber Nic hatte sich schon umgedreht und Miles am Halsband genommen.

»Lass uns gehen, alter Junge. Wir sind hier fertig. Weißt du, was? Ich habe eine super Playlist von dem großartigen Pavarotti fürs Auto heruntergeladen. Ein wirklich begnadeter Sänger. Im Gegensatz zu …«

Er warf Alexander einen bedeutungsschweren Blick zu,

und Juli konnte beobachten, wie dessen Gesicht erneut rot anlief. O ja, Nicola Kramer hatte es echt drauf, Alexander auf die Palme zu bringen.

»Das wird eine tolle Fahrt. Wissen Sie, ich bin ein echter Fan von ihm. Von Ihnen ja eher nicht so«, setzte er noch nach, bevor er endgültig ging.

Juli sah ihm nach, wie er durch die Terrassentür in seiner Wohnung verschwand. Neben ihr sog Alexander scharf die Luft ein, und Juli musste sich auf die Lippe beißen, um nicht laut loszuprusten.

»Was erlaubt er sich, dieser … dieser … Küchenjunge!«, rief er Nic hinterher und reckte die Faust in den Himmel.

Er liebte seine dramatischen Posen einfach über alles, und unter normalen Umständen wäre Juli sofort darauf eingegangen. Aber Nic war im Begriff zu gehen, während Alexander hier eigentlich nichts zu suchen hatte. Oben auf dem Dachboden trocknete eine ganze Wagenladung Gras fröhlich vor sich hin, und Julis Knöchel schmerzte. Nein, eigentlich war ihr überhaupt nicht zum Lachen zumute.

»Was hast du denn für ein Problem mit Nic?«, zischte sie Alexander zu und humpelte ein paar Schritte in Richtung Haus. »Warte doch, Nic!«, rief sie und wäre ihm sehr gern sehr viel schneller hinterhergelaufen, aber Alexander hatte sie am Arm gefasst und drehte sie wieder zu sich um.

»Sei doch froh, dass du ihn los bist, Julitschka. Er ist ungebildet und grob. Und du bist … viel zu gut für ihn.« Er zuckte mit den Schultern. »Und wenn er weg ist, hast du jetzt ja doch Zeit für mich«, sagte er und grinste zufrieden. »Ist das nicht eine glückliche Fügung des Schicksals?«

Juli zwang sich, ruhig ein- und wieder auszuatmen, bevor sie sprach, während sie Alexander in die Augen sah.

»Nein, es ist keine Fügung des Schicksals, sondern ein ganz großes, dummes Missverständnis. Und ich bin auch nicht froh, dass ich ihn los bin, Alexander. Ganz im Gegenteil. Ich will ihn nämlich nicht loswerden!«

Kurz hielt sie inne, weil es eine Sache war, das zu denken – und eine ganz andere, es auszusprechen. Aber jetzt, da sie es einmal gesagt hatte, fühlte es sich sehr richtig und außerdem noch unglaublich befreiend an. Nic musste einfach bleiben. Davor musste er sich allerdings anhören, was Juli ihm zu sagen hatte, und wenn sie nicht bald zu ihm kam, dann wäre er weg und ihre Chance vertan.

»Ich muss etwas sehr Wichtiges mit ihm klären und dabei kann ich dich absolut nicht brauchen.«

Alexander riss empört die Augen auf, aber obwohl er offensichtlich Einwände hatte, ließ sie ihn gar nicht erst zu Wort kommen.

»Moment, ich bin noch nicht fertig. Ich komme wie vereinbart um fünf zu dir. Bis dahin kannst du tun und lassen, was du willst.« *Und vor allem auch mit wem du es tun willst*, setzte sie in Gedanken hinterher. »Aber ich auch. Also, wenn du mich jetzt bitte entschuldigen würdest?«

Sie war im Recht, dass wusste Juli, und genau deshalb ließ sie ihn stehen, obwohl sie das einiges an Überwindung kostete. All die Jahre, in denen er die Regeln gemacht und immer wieder selbst gebrochen hatte, hatten Juli einfach geprägt.

Während sie nun mit langen Schritten in Richtung Haus eilte, fühlte sie, wie ein unsichtbares Gummiband sie an

Alexanders Seite zurückziehen wollte, aber sie ging trotzdem weiter.

Vielleicht fiel es ihr deshalb so schwer, weil es bisher nichts und niemanden gegeben hatte, der ihr mehr bedeutet hatte als Alexander. Wenn man mal von den Bridge-Ladies absah, die sich aber Alexanders Ansprüchen und Wünschen ebenfalls immer zwangsläufig untergeordnet hatten.

Vielleicht, weil der Gedanke daran, in ein paar Tagen schon wieder weiterziehen zu müssen, sie dieses Mal nicht mit Vorfreude und Ungeduld erfüllte, sondern einfach müde machte und sie sehr viel lieber hierbleiben wollte. Nicht nur wegen des Gartens und nicht aus Pflichtgefühl den Bridge-Ladies gegenüber, obwohl das ganze Chaos hier sicher auch eine Rolle spielte, sondern weil sie gern ein Teil von dieser verrückten Familie sein wollte. Sie wollte Elvis suchen, mit Miles herumtoben, durch den Garten spazieren, Bridge spielen und Nic besser kennenlernen. Sie wollte seine Omeletts essen, mit ihm ein Bier vor ihrer Terrasse trinken, die Sterne über Stuttgart betrachten und vielleicht sogar eine Tasse Schlummertee trinken. Sie wollte all die Dinge sagen, die noch nicht den Weg in ihre E-Mails gefunden hatten, und sich daran freuen, dass Nic sie genauso gut verstand wie sie ihn. Möglicherweise wollte sie sich sogar einmal gemeinsam mit ihm langweilen. Denn plötzlich gab es ihn. Hier. Einfach so. Diesen Mann, der Gefühle in ihr geweckt hatte, von denen sie gar nicht erwartet hatte, sie in ihrem eigenen Herzen zu finden. Das erste Mal in ihrem Leben wollte Juli bleiben.

»Julitschka!«

Genervt drehte sie sich zu Alexander um. »Was?«

Er stand immer noch am gleichen Fleck, aber von seiner überheblichen Pose war rein gar nichts mehr übrig. Für einen Moment konnte Juli den echten, wahren und tief in seinem Innersten extrem unselbstständigen und unsicheren Alexander sehen.

»Ich … habe extra einen Fahrer gemietet, weil ich … dich unbedingt sehen wollte. Ich muss dir dringend etwas sagen.« Er ließ seine Schultern fallen und atmete tief aus, bevor er ein zaghaftes »Bitte« ergänzte.

Er war ein großartiger Schauspieler, so viel stand fest, und er hatte Juli schon sehr oft mit irgendeiner Masche dazu bekommen, irgendetwas für ihn zu tun, obwohl sie sich fest vorgenommen hatte, standhaft zu bleiben. Aber in all den Jahren, in denen sie für ihn gearbeitet hatte, war eines extrem selten vorgekommen: dass er sie um etwas bat.

Wenn das hier also ein Trick war, dann war es ein guter. Oder aber er brauchte wirklich ihre Hilfe. Resigniert sah sie ein letztes Mal zu Nics Terrassentür hinüber, hinter der sie ihn und Miles schemenhaft erkennen konnte, bevor sie sich wieder ihrem divenhaften Arbeitgeber zuwandte. Was auch immer er von ihr wollte, Nic würde hier nicht weggehen, bevor sie nicht mit ihm geredet hatte. Besser Alexander Jakov Wassiljew beeilte sich.

»Also, was gibt's, Alexander?« Sie verschränkte die Arme vor der Brust.

»Julitschka. Ich habe nachgedacht.«

Dass er ihre Aufmerksamkeit zurückerobert hatte, schien ihm ein wenig Auftrieb zu geben. Er sah sie Beifall heischend an, als wäre es schon eine Meisterleistung, allein nachzudenken, dachte sie und verkniff sich ein Grinsen, weil das ja vielleicht für Alexander tatsächlich galt.

»Es ist so: Ich weiß, ich brauche dich eigentlich nicht. Nicht böse gemeint, Julitschka.«

Er zwinkerte ihr zu, als sie sich irritiert räusperte. Es wäre kein Fehler gewesen, wenn er mit dem Nachdenken nicht gleich wieder aufgehört hätte, fand sie. »Was denn? Ich habe doch gesagt, es ist nicht böse gemeint.« Er zuckte mit den Schultern. »Was ich sagen will ist, ich brauche dich natürlich schon. Irgendwie. Vor allem natürlich als diejenige, die für mich diese Dinge organisiert und … na ja, das, was du eben den ganzen Tag so machst.« Er wedelte mit der Hand. Ihm selbst schien jedenfalls nicht wirklich klar zu sein, was es bedeutete, Sascha Jakovs Assistentin zu sein.

Juli setzte an, um ihm ihren Job zu erklären und all die Dinge aufzulisten, die zu ihrer Zuständigkeit gehörten und dafür sorgten, dass ihr Arbeitstag selten weniger als elf Stunden dauerte. Aber dieses Mal ließ Alexander sie ebenfalls nicht zu Wort kommen.

»Was ich dir sagen will, Juli Englaender, ist: Ich brauche dich nicht, weil es all diese Dinge zu erledigen gibt, sondern weil ich das Gefühl habe, dass ich mich absolut auf dich verlassen kann. Weil du mich nie im Stich lässt und immer an meiner Seite bist. Du kannst meine Gedanken lesen. Selbst, wenn ich nichts von dir will, bist du immer irgendwie in meiner Nähe. Du weißt schon vorher, was ich brauche, was ich denke. Du räumst Schwierigkeiten aus dem Weg, bevor ich mit ihnen in Berührung komme.« Er hielt inne und sah sie eindringlich an. »Du … bist … weißt du, du bist der wichtigste Mensch auf dieser Welt für mich«, schloss er leise.

Im ersten Moment wusste Juli nicht, wie sie auf dieses Geständnis reagieren sollte. Sie war davon überzeugt gewesen, alle von Alexanders Facetten zu kennen – und nicht eine davon hinterfragte überhaupt irgendetwas. Aber diese hier war emotional und zerbrechlich und zeigte Juli das Gesicht und die Seele eines Mannes, der so viele Jahre damit verbracht hatte, ein ganz bestimmtes Bild von sich zu malen, dass er zumindest Juli davon überzeugt hatte. Selbst wenn Juli ihn Alexander nannte, so war er doch im Grunde immer Sascha Jakov gewesen. Und wenn Juli ehrlich war, mochte sie Sascha nicht besonders. Da war sie ganz bei Nic. Für einen winzigen Moment fiel ihr wieder ein, wie sie ihn damals vor so vielen Jahren kennengelernt hatte. Er war schon damals dieser aufstrebende Tenor gewesen, dessen Karriere so strahlend und vielversprechend vor ihm lag, aber er war gleichzeitig ein sensibler junger Mann gewesen, dessen Einsamkeit sie gerührt und dessen Überzeugungskraft sie schließlich dazu bewogen hatte, alles hier aufzugeben, ihm zu vertrauen und mit ihm die Welt zu bereisen. Sie hatte sich getäuscht. Diese Facette von ihm hatte es schon immer gegeben, sie hatte sie nur vergessen.

Sie räusperte sich, um den Kloß im Hals beiseitezuschieben.

»Bevor du etwas sagst, Julitschka: Ich habe dich gestern im Hotel gesehen.«

Oh, das … war mehr als peinlich.

»Ich habe dir nicht hinterherspioniert, wenn du das meinst«, sagte Juli schnell. Wenn Alexander das dachte, würde es zumindest seine emotional aufgeladene Ansprache erklären.

»Hast du nicht?« Verwirrt sah er sie an. »Aber was hast du dann dort gemacht? Warum hast du dich versteckt? Und dein eifersüchtiger Auftritt in der Garderobe davor: Julitschka, das war doch mehr als eindeutig!«

Klar, wenn man so egozentrisch war wie Sascha Jakov, dann schon. Juli verdrehte die Augen.

»Sag nichts, Juli«, bat Alexander, bevor sie überhaupt den Mund aufmachen konnte. »Denn jetzt muss ich es dir sagen: Ich habe dich hinter der Säule gesehen und den ganzen Weg in meine Suite darüber nachgedacht, warum du wohl dort warst.«

»Ernsthaft? Ich dachte, du hättest vor allem an Sarah gedacht«, warf Juli ein. »Oder auch an gar nichts.« Sie grinste. »Das, was ihr da getan habt, sah nicht wirklich nach etwas aus, wobei man so wahnsinnig viel denkt.«

»Juli!« Alexander blieb ernst. »Mach dich nicht lustig! Denn endlich weiß ich, warum du dort gewesen bist. Und ich weiß noch viel mehr!« Er nickte heftig mit dem Kopf. »Dass du da warst, hat sich gut angefühlt, denn wenn du da bist, fühle ich mich sicher. Dann weiß ich, dass mein Leben jenseits der Bühne nicht im Begriff ist, wie ein Feuerwerk am dunkeln Himmel zu verglühen!«

Mit weit gespreizten Fingern deutete er nach oben. Juli hatte nach wie vor keine Ahnung, worauf er hinauswollte.

»Juli, ich brauche dich, weil du mir die Sicherheit gibst, dass alles gut ist und gut wird. Und ich entschuldige mich dafür, dass ich heute Morgen wegen dem Frühstück angerufen habe. Das ... war nicht wirklich wichtig, ich weiß. Und Sarah ...« Er unterbrach sich, um zu überprüfen, wie Juli auf den Namen reagieren würde, aber das Einzige, was Juli fühlte, war nach wie vor eine ziemlich große Verwirrung und der dringende Wunsch, mit Nic zu reden. »… Sarah ist nicht wichtig.«

»Alexander, bitte komm auf den Punkt!« Sehr dringend.

»Okay. Gut, dann … sage ich es jetzt.«

»Prima. Sag es.« Ihre Geduld war ziemlich am Ende.

»Vielleicht denkst du, dass du nicht eifersüchtig bist, Julitschka. Vielleicht täuscht du dich aber auch. Ich bin es jedenfalls. Auf jeden Blick, der dir folgt, auf jedes Lachen, das dir gilt.«

Was sollte das alles? Juli hätte ihm am liebsten gegen das Schienbein getreten. Drehte er jetzt völlig durch?

»Ich … Was soll ich sagen? Als ich dich im Hotel hinter der Säule gesehen habe, habe ich plötzlich alles um mich herum vergessen. Sarah. Ich habe Sarah vergessen. Nur für einen Augenblick. Und ich habe gehofft, du kommst raus. Ich hätte sie weggeschickt. Ich wäre mit dir …«

»Bitte, Alexander!«, unterbrach sie ihn.

Sie hätte sich beinahe geschüttelt. Sie kannte seine Zuneigungsbekundungen ja schon eine ganze Weile, aber bisher war er dabei nie nüchtern oder zumindest sehr einsam gewesen. Weder das eine noch das andere traf ja wohl heute zu.

»Juli.« Er nahm ihre beiden Hände in seine und versuchte, ihren Blick einzufangen und festzuhalten. »Das, was ich dir neulich in Singapur gesagt habe, stimmt. Ich bin in dich verliebt. Nein.« Er schloss die Augen und schüttelte wieder kaum merklich den Kopf, bevor er sie wieder öffnete und sie flehend ansah. »Ich liebe dich, Juli. Julitschka. Bitte komm mit mir!«

Bitte was?

»Ich verspreche, es wird keine Sarah mehr geben.« Er nahm seine rechte Hand aus ihrer und legte sie ihr auf die Schulter, bevor er sie ein wenig näher zu sich zog. »Ich bin so froh, dass ich hergekommen bin, Julitschka, denn hier ist es mir noch einmal bewusst geworden. Dieser ungehobelte Küchenjunge mit seinem unverschämt guten Aussehen hat mir die Augen geöffnet. Wie er von dir gesprochen hat und sein Blick plötzlich so … glänzend wurde, da war mir klar, dass er auch in dich verliebt ist. Aber …« Er winkte ab und legte ihr nun auch die andere Hand auf die Schulter. »… ich bin glücklich, dass wir es uns gesagt haben. Ab jetzt wird das Leben noch viel großartiger werden, Julitschka, ich weiß es genau!«

Wie in Zeitlupe beugte er sich mit geschlossenen Augen und leicht geöffneten Lippen nach vorne. Und Juli begriff. Mit aller Kraft schob sie Alexander von sich.

»Hör auf, Alexander! *Wir* haben uns gar nichts gesagt. Und es tut mir schrecklich leid, wenn du da irgendetwas falsch verstanden hast. Ich war nicht im Hotel, weil ich Gefühle für dich habe, sondern weil … ich bei dir schlafen wollte, weil …«

Hör auf mit dem Gestammel, Englaender! Das hier hörte sich keinesfalls so an, als würde es zur Klärung der Situation beitragen. Ganz im Gegenteil. Sie atmete tief durch und begann von vorne.

»Was ich sagen wollte, ist: Ich mag dich, Alexander. Du bist mir wichtig. Aber das hier ist ein großes Missverständnis. Ich wollte gestern nicht zu dir, weil ich … weil ich dich liebe.« Sie schüttelte den Kopf, um ihre Worte zu unterstreichen, während sie einen winzigen Schritt zurücktrat. Sie wollte Alexander nicht vor den Kopf stoßen, aber sie musste ihm klarmachen, dass dies hier kein Manöver war, um ihn doch noch rumzukriegen, sondern ihr absoluter Ernst. »Und so leid es mir tut, aber ich möchte dich auf keinen Fall küssen!« Jetzt war es raus.

»Nicht?«

Ratlos sah Juli zu, wie Alexander in sich zusammenfiel. Auf seine merkwürdige Art und Weise liebte er sie vermutlich wirklich, aber das beruhte definitiv nicht auf Gegenseitigkeit. Trotzdem tat es ihr weh, ihn so verletzt zu sehen. Vorsichtig trat sie wieder einen Schritt näher, aber er sah noch nicht einmal auf.

»Alexander?«

Nun war es Juli, die ihn an den Schultern fasste und ihn zwang, ihr in die Augen zu schauen. Der Blick, den er ihr schließlich schenkte, war traurig und schwer.

»Hey, das heißt doch nicht, dass ich dich nicht mag. Aber ich kann doch auch mein Herz nicht zu irgendetwas zwingen, oder?«, sagte Juli und bemühte sich, ihrer Stimme einen aufmunternden Klang zu geben.

Dennoch seufzte Alexander tief. »Nein, das kannst du wohl nicht. Ich habe einfach immer gedacht, du tust nur so desinteressiert, weil du denkst, dass es dich interessanter macht.«

»Nein.« Juli lächelte. »Ich habe nicht nur so getan. Aber außer mir gibt es viele andere da draußen, die schon stolz darauf sind, wenn sie nur mit dir zusammen fotografiert werden.« Sie strich ihm ermutigend über die Schulter. »Die perfekte Frau Wassiljew läuft bestimmt irgendwo da draußen herum und sucht dich längst.«

»Wassiljewa heißt das«, antwortete er, dabei lächelte er schon wieder ein wenig. »Bist du dir auch ganz sicher, Julitschka?«

Sie nickte. »Ganz sicher.«

»Kommst du trotzdem mit in die Stadt und leistest mir Gesellschaft? Ich könnte einen guten Freund gebrauchen. Weil … Juli, ich fühle mich wirklich furchtbar einsam.« Er schüttelte den Kopf. »Außerdem ist mir total heiß.« Er legte die Hand auf seine Stirn und stöhnte leise. »Ich befürchte, ich werde krank. Ich habe sicher Fieber! Nein, so kann ich auf gar keinen Fall auftreten.« Sein leidender Gesichtsausdruck war beeindruckend, täuschte Juli aber kein bisschen.

Kurz überlegte sie, ob sie ihm nicht vorschlagen sollte, Sarah um deren Gesellschaft zu bitten, aber dann entschied sie sich dagegen. Sie war vielleicht nicht in ihn verliebt, aber seine Einsamkeit verstand sie dennoch wie niemand anders. Und wenn Alexander mal seine Allüren abgelegt hatte, war er ein netter Kerl, den sie nicht im Stich lassen wollte.

»Geh schon mal vor zum Wagen, ich komme gleich nach.« Sie lächelte. »Lass uns im Kunstgebäude einen Kaffee trinken. Ich bin mir sicher, dass dich das aufheitert.« Juli wusste, dass sich dort auch gerne mal ein paar junge Schauspieler und Schauspielerinnen vom Ensemble trafen, deren Bewunderung Alexander sicher war.

Aber was hatte Alexander da noch gleich gesagt? Dass Nic in sie verliebt war? Er war eindeutig verrückt geworden. Trotzdem konnte sie es nicht verhindern, dass sich ein Lächeln auf ihr Gesicht stahl. So oder so: Bevor sie in die Stadt fuhr, musste sie dafür sorgen, dass Nic blieb und wartete, bis sie mit ihm sprechen konnte. Er durfte auf keinen Fall gehen, bevor er nicht die Wahrheit erfahren hatte.

39

Samstag, 21. Mai 2022, Stuttgart

Martha stand immer noch auf dem Dachboden. Bis gerade eben hatte sie das Schauspiel da draußen in ihrem Garten fasziniert beobachtet. Es war wirklich lustig, wie genau sie wusste, was auf dem Weg vor ihrer Villa ablief – und das, obwohl sie kein Wort von dem hören konnte, was die drei dort draußen sprachen.

Es wunderte sie überhaupt nicht, dass Alexander, der alte Platzhirsch, aufgetaucht war. Er konnte es einfach nicht ertragen, wenn sich nicht alles um ihn drehte – und mit alles war vor allem Juli gemeint. Martha hatte Alexander längst durchschaut. Vermutlich schon lange, bevor er selbst gewusst hatte, dass er in Juli verliebt war, hatte sie es an seinen Augen bemerkt. An seinem Blick, der ihr überallhin folgte, und daran, dass er alles daransetzte, sie komplett für sich zu beanspruchen. Dass Juli das so lange mitgemacht hatte, hatte Martha ohnehin gewundert. Aber vielleicht hatte es auch einen ganz bestimmten Koch gebraucht, der dafür sorgte, dass Juli mal zur Abwechslung weder an ihre Mutter, an Lissi oder sie selbst denken konnte – und schon gleich gar nicht an einen großartigen, aber komplett verwöhnten Opernsänger.

Martha grinste. Ihr Plan, Nic und Juli zu verkuppeln, war zwar nicht ganz so harmonisch verlaufen, wie sie sich das vorgestellt hatte, aber schließlich kam es auf das Ergebnis an. Nur das zählte. Und auch, wenn sowohl Juli als auch Nic es womöglich weit von sich weisen würden, aneinander interessiert zu sein – auch hier hatte sie bereits die Gelegenheit, die Blick- und Verhaltensanalyse durchzuführen, mit der sie bisher immer schon äußerst gut gefahren war. Und wenn die beiden zueinanderfanden, würde vielleicht auch Juli Martha irgendwann einmal verzeihen. Das hoffte Martha sehr.

Von hier oben fühlte es sich beinahe so an, als wäre sie die einzige Zuschauerin in einer exklusiven und völlig absurden Vorabendserie. Aber so was dachte sich bestimmt niemand aus.

Und selbst wenn, Martha von Hellbach würde es sich niemals ansehen. Schließlich hatte sie einen Ruf als Intellektuelle zu verlieren.

Sie drehte sich um und betrachtete die Schnüre mit den getrockneten Blättern und Blüten. Tatsächlich hatte sie sehr viel mehr zu verlieren als nur ihren Ruf.

Nun gut, sie würde das wieder in Ordnung bringen. Vielleicht war ihre Idee, hier oben die Zutaten für ihren Tee zu trocknen, doch ein wenig naiv gewesen. Leichtsinnig. Oder, wie Juli behaupten würde, dumm. Wehmütig strich sie mit dem Zeigefinger erneut über die Blüten. Es war vielleicht dumm, aber trotzdem ein Jammer.

Sie sah sich nach einem Müllsack oder Ähnlichem um und wurde in der hintersten und dunkelsten Ecke fündig, wo mehrere fein säuberlich zusammengefaltete Kartoffelsäcke aus Jute lagen. Für einen kurzen wunderbaren Moment hatte Martha gedacht, Elvis darauf liegen zu sehen, aber es war nur ein großes Knäuel schwarzer Schnur, das jemand zum Zusammenbinden dazugelegt hatte. Sie vermisste diesen Kater immer noch so schrecklich. Lissi hatte vorgeschlagen, im Tierheim nach einem anderen Kater zu suchen, aber Martha wollte keinen anderen. Sie wollte Elvis wiederhaben. Sie mochte Katzen noch nicht einmal. Wie Elvis es in ihr Herz geschafft hatte, war ihr selbst völlig schleierhaft. Vermutlich nur, weil er sich keinen Deut um Martha scherte.

»Noch drei Tage gebe ich dir«, sagte sie zu dem Knäuel. »Wenn du bis dahin nicht zurück bist, dann … dann vergesse ich dich! Dann brauchst du auch nicht mehr zurückkommen, dummer Kater!«

Gleich fühlte sie sich ein bisschen besser.

Sie schaltete das kleine Radio ein, das Juli ebenfalls eines Tages hier hochgebracht hatte, und begann, die bunten Wäscheklammern von den Blüten zu lösen. Während sie sie vorne in die Tasche ihrer Schürze steckte, summte sie »Spiel noch einmal für mich, Habanero« mit, ein Lied von Caterina Valente, das sie schon immer gern gemocht hatte. Summen und Dinge in Ordnung bringen war beides sehr nach ihrem Geschmack, und je länger sie arbeitete, desto zuversichtlicher wurde sie.

Die getrockneten Blüten abzunehmen und dann in den Sack zu stecken ging erstaunlich schnell. Weil es außerdem Spaß machte und sie nichts Besseres zu tun hatte, kehrte Martha danach auch noch die Brösel vom Boden.

Ja, es war Zeit aufzuräumen. Im Haus. Und in ihr selbst.

Sie sah auf die Uhr. Noch ungefähr zwei Stunden, bis Lissi und Polly wieder aus der Stadt zurück sein würden.

Juli war mit Alexander unterwegs und wie sie ihn kannte, würde er sie sicherlich ein paar Stunden beschäftigen. Von Miles und Nic fehlte jede Spur. Nachdem er ja nun Bescheid darüber wusste, dass sie ihm den ganzen Ärger eingebrockt hatte, würde er sicherlich nicht unbedingt Marthas Gesellschaft suchen. Wenn das alles hier vorbei war – und das war, wenn alles gut lief, in ungefähr einer Stunde –, dann würde sie nach ihm suchen und ihm alles erklären. Selbstverständlich würde sie ihn um Verzeihung bitten und hoffen, dass er ihr auch wirklich verzieh. Sie wollte auf keinen Fall, dass er ging. Nicht nur, weil er fantastisch kochte, sondern auch, weil sie ihn wirklich gernhatte. Sehr gern sogar. So gern, dass sie ihn am liebsten an Julis Seite sehen würde. Aber vorher musste sie noch ihren Plan in die Wirklichkeit umsetzen.

Das Wetter war wunderbar, und außerdem war es windstill. Perfekt. Es würde klappen. Es war zwar immer noch schade um ihren wirkungsvollen Tee, aber dafür konnte Ruhe und Frieden einkehren. Das war auch nicht so schlecht.

Auf einmal konnte sie es kaum erwarten.

Sie kam sich ein bisschen vor wie der Weihnachtsmann, als sie mit dem prall gefüllten Jutesack die Treppe hinuntereilte. Zum Glück wog er nicht allzu schwer, sodass sie ihn allein tragen konnte.

In der Küche schnappte sie sich eine große Packung Streichhölzer sowie die Blumenschere und ihre geblümten Gartenhandschuhe, die hier immer an einem Haken hingen, damit Martha jederzeit Gartenblumen oder Flieder- und Jasminzweige für den Esstisch abschneiden konnte, und verließ damit durch die Glastür nach draußen die Küche – nur, um sofort noch einmal zurückzukehren und die angebrochene Flasche Champagner aus dem Kühlschrank und eine dazu passende Sektflöte zu holen. Außergewöhnliche Ereignisse erforderten eben ein wenig … emotionale Unterstützung. Und das hier war so eines.

Sie seufzte erneut bei der Erkenntnis, dass die getrockneten Blüten und Blätter sehr viel schneller brennen würden als die, die noch an der Mauer entlang wuchsen. Es war wirklich eine Schande, die ganze Pracht zu vernichten. Aber Martha hatte sich nun mal dazu entschlossen und sie war nicht der Typ, der Entscheidungen tausendmal hinterfragte. Einmal war genug. Und außerdem: Wenn die Pflanzen weg waren, würde auch Max hier niemals wieder auftauchen, so viel war gewiss. Und das war bestimmt kein Fehler.

Sie ging systematisch vor. Zuerst schüttete sie eine Bodendecke des trockenen Cannabis in die Feuerschale, die im hinteren Beet vor der Holzbank stand. Dann beugte sie eine Schicht der frischen Pflanzen darauf. So fuhr sie fort, bis sie alle Pflanzen abgeschnitten und ihren Jutesack vollständig geleert hatte. Stolz blickte sie auf ihr Werk. Ein berauschend eindrucksvoller Scheiterhaufen war da zusammengekommen. Martha kicherte über ihr eigenes Wortspiel.

Sie zog die Handschuhe aus und wischte sich die Hände an der Schürze ab, bevor sie sie abnahm, als Tischtuch auf der Holzbank ausbreitete und die Champagnerflasche sowie das Glas darauf abstellte, die sie zuvor hinter der Bank in Sicherheit gebracht hatte.

Es war schade, ja, aber es war auch die richtig Entscheidung.

Und doch war es gar nicht so leicht, dieses ganz besondere Feuerchen zu entfachen. Sie war so aufgeregt, dass das erste Streichholz abbrach. Das zweite fiel ihr hinunter, gerade als sie es zum Brennen gebracht hatte, und das dritte warf sie so schnell in die Feuerschale, dass es unterwegs ausging.

Erst beim vierten Versuch hatte sie Glück, dafür wurde aus dem kleinen Flämmchen sehr schnell eine ziemlich große Flamme.

Sehr gut. Sie schenkte sich ein Glas ein und prostete der Feuerschale zu. Eines ihrer Lieblingslieder von den Everly Brothers kam ihr in den Sinn, und sie begann erneut zu summen.

Bye bye Love,
bye by happiness,
hello loneliness,
I think, I'm gonna cry …

Martha schüttelte über sich selbst den Kopf. Wenn man Abschiedslieder für Pflanzen sang, war man wirklich sehr tief gesunken.

Aber das Zweitbeste, gleich nach dem perfekten Verhältnis von Sonnenwärme und Windstille an diesem wunderschönen Plätzchen war ja schließlich, dass man hier völlig ungestört war und sie keiner hören konnte.

Sie nahm einen großen Schluck und lächelte, während sie dem Feuerchen beim Brennen zusah.

Alles richtig gemacht, Martha von Hellbach.

Wenn das weiterhin so gut klappte, war sie innerhalb der nächsten halben Stunde alle Probleme los. Oder … vielleicht würde es doch noch ein bisschen länger dauern, denn nachdem die trockenen Blüten und Blätter abgebrannt waren, war nur noch das frische und dementsprechend feuchte Grünzeug übrig. Es brannte nicht nur sehr viel schlechter, sondern entwickelte leider auch einen gewissen Rauch. Einhergehend mit einem sehr intensiven Geruch. Wenn man genau hinsah, war die Feuerschale nichts anderes als ein riesenhafter Cannabisdiffusor. Besorgt beobachtete sie den Rauch, der oberhalb der Mauer eindeutig die falsche Richtung nahm. Er wehte direkt hinüber zu Willis Haus, und zwar geradewegs in Richtung seines Arbeitszimmers im zweiten Stock, wo das Fenster weit offen stand und sie ihn telefonieren hörte.

Was nun, verdammt?

Martha hatte keine Zeit, sich für ihren Fluch zu schämen. Sie musste das Feuer löschen, wenn sie nicht wollte, dass Willi ihr auf die Schliche kam. Sie standen sich nahe, das schon, aber so nahe, dass er ihr so etwas durchgehen lassen würde, vermutlich auch wieder nicht. Er war immerhin Richter gewesen, und dank Max und dessen Eskapaden kannte sie Willis Einstellung zu Drogen durchaus.

Er war diesbezüglich nicht entspannt, was Martha nachvollziehen konnte – was aber in diesem speziellen Fall äußerst unpraktisch war. Auch Nic stand vermutlich eher nicht zur Verfügung, dabei hätte sie jetzt wirklich gut die Hilfe eines Freundes gebrauchen können.

Der dichte Qualm breitete sich immer weiter aus. Gießkannen und Gartenschlauch waren zu weit weg. Sie würde wertvolle Minuten verlieren, wenn sie die jetzt erst holen und vor allem füllen musste. Ihr Blick fiel auf die Champagnerflasche. Schnell schenkte sie sich noch einen winzigen Schluck nach, bevor sie den restlichen Inhalt über die rauchende Glut in der Schale kippte.

Besondere Ereignisse erforderten einfach besondere Maßnahmen. Sie zuckte mit den Schultern. Es war ein würdiges Ende für ein außergewöhnliches Feuer, das nicht gewillt war, einfach so den Geist aufzugeben. Genauer betrachtet schwelte es immer noch. Wenigstens war kaum noch erkennbar, welche Pflanzen hier ihr Leben lassen mussten (wenn man mal vom Geruch absah), aber mit Sorge stellte Martha fest, dass sich die Qualmwolke noch nicht wirklich aufgelöst hatte und nach wie vor hartnäckig in Richtung Willi schwebte.

Da half nur eines: Sie musste Willi weglocken.

Kurzerhand ließ sie Champagnerflasche, Schürze, Streichhölzer, Handschuhe und Gartenschere liegen und nahm den weiteren Weg durch den vorderen Teil des Gartens zu Willis schmiedeeisernem Eingangstor, an dem sich die rettende Klingel befand, die Willi hoffentlich ins Erdgeschoss und dann ganz aus dem Haus locken würde. Dummerweise war sie vorhin so nachlässig gewesen, ihre weinroten Seidenpantoffeln anzulassen, die ihr Juli vor ein paar Jahren aus Istanbul mitgebracht hatte, aber das konnte sie jetzt auch nicht mehr ändern.

»Ja bitte?« Willi meldete sich sofort.

»Willi, ich bin's!«

»Martha?« selbst durch die knarzende Gegensprechanlage konnte Martha hören, wie erstaunt Willi war.

»Wer denn sonst?« Sie ging noch näher ran. *Komm schon runter, Willi!*, beschwor sie ihn in Gedanken.

»Seit wann gehen Sie außenrum?«, fragte er. »Ich kann mich nicht erinnern, dass Sie je …«

»Es war mir eben danach«, unterbrach sie ihn schnell. »Ich wollte mal sehen, wie Ihr Haus von hier aussieht.« Gott, was redete sie da für einen Blödsinn?

»Ah, ja? Und wie gefällt es Ihnen?«, fragte er belustigt.

Martha konnte Willis Schmunzeln förmlich hören. Der Mann hatte echt Nerven. Sie begann, ungeduldig von einem Fuß auf den anderen zu treten.

»Es gefällt mir gut, Willi. Aber ich bin nicht hier, um mit Ihnen über Ihr Haus zu sprechen, sondern um Sie zu einem Spaziergang abzuholen«, antwortete sie ungeduldig.

»Warum sagen Sie das nicht gleich?«, erwiderte Willi fröhlich. »Ich komme sehr gern mit. Ich ziehe mir nur schnell …«

»Willi?«

»Ja, Martha?«

»Nicht reden. Machen.«

Tatsächlich war Willi schneller, als Martha es erwartet hatte. In den wenigen Minuten, die er gebraucht hatte, um sich anzuziehen, hatte sich die Rauchwolke beinahe verzogen. Zumindest, wenn man nicht so genau hinsah. Und Martha würde alles tun, um Willis Blick in eine andere Richtung zu lotsen.

»Ich freue mich, dass Sie mich abholen, Martha!«, rief er schon vom Eingang aus. »Sonst musste ich immer wachsam sein, damit ich Sie nicht verpasse!« Er lachte.

Martha konnte sich ein Grinsen nicht verkneifen, als er näher kam. Seine Kleiderwahl war wie immer exakt passend zum Anlass. Er trug eine helle Bundfaltenhose aus Baumwolle und dazu ein weißes kurzärmeliges Hemd. Die hellbraunen und sehr edlen Halbschuhe waren exakt auf den Gürtel abgestimmt, und der helle Hut, den er trug, hatte einen schmalen Streifen in derselben Farbe im Hutband. Sein weißes buschiges Haar, das darunter hervorsah, war akkurat geschnitten, und selbstverständlich war er frisch rasiert.

Martha musste zugeben, dass sie die Konsequenz seiner Garderobe beeindruckte, und dass er immer auf alles vorbereitet schien, selbst, wenn sie vielleicht andere Schuhe für einen Spaziergang gewählt hätte. Aber über sein Schuhwerk musste sie sich wirklich nicht den Kopf zerbrechen, zumal sie sich diesbezüglich eigentlich kein Urteil erlauben durfte.

Als er das Tor hinter sich geschlossen hatte und zu ihr auf den Gehweg getreten war, nahm er ihre linke Hand und legte sie in seinen rechten Ellbogen. Ganz sicher hatte er ihre Hausschuhe bemerkt, aber er würde sich eher die Zunge abbeißen, bevor er dazu etwas sagen würde.

Er war ein Gentleman durch und durch. Niemals würde er eine Dame außen gehen lassen, um sie davor zu bewahren, von einem vorbeifahrenden Auto beschmutzt zu werden oder Gefahr zu laufen, über die Bordsteinkante zu stolpern. Martha sah lächelnd zu ihm hinauf. Solche Männer waren heutzutage doch ganz bestimmt nahezu ausgestorben.

»Also, liebe Nachbarin, wohin entführen Sie mich?«

Er zwinkerte ihr zu. Darüber hatte sie sich zwar noch keine Gedanken gemacht, aber das war auch nicht so wichtig. Hauptsache, weg von hier. Am besten in den Wald auf der anderen Seite der Straße und wenn möglich so lange, bis sich diese vermaledeite Wolke endlich in Wohlgefallen aufgelöst hatte. Was für ein Glück, dass Willi nicht nur gut aussah, sondern auch fit genug für einen Gewaltmarsch à la Martha war.

Sie selbst würde sich selbstverständlich eher die Zunge abbeißen, als zuzugeben, dass ein Waldspaziergang in zarten Seidenpantoffeln das Verrückteste war, was sie je getan hatte. Wenn man mal von … ein paar anderen Dingen absah, die sie gerade eben erst … Aber egal. Hauptsache, Willi hatte nichts bemerkt. Und das hatte er doch nicht. Oder etwa doch? Plötzlich wurde Martha nervös.

»Sagen Sie, Willi, haben Sie heute etwas Merkwürdiges erlebt?«, fragte sie vorsichtig und hielt ihren Blick streng auf den Waldweg gerichtet.

Willi musste ja nicht unbedingt sehen, dass man auch im fortgeschrittenen Alter noch rot werden konnte.

»Was meinen Sie? Noch merkwürdiger als Martha von Hellbach an meinem Gartentor?« Er lachte und gab ihr einen sanften Stups mit dem Ellbogen.

»Das war nicht merkwürdig. Das war … einfach mal was anderes.«

»Da haben Sie allerdings recht. Aber nein, um Ihre Frage zu beantworten, ich habe nichts Merkwürdiges erlebt.«

Martha atmete auf. Zu früh, wie sich herausstellte, denn Willi war noch nicht fertig mit seinem Satz. »… wenn man mal davon absieht, dass irgendein Vollidiot in unserer Nachbarschaft irgendwas verbrannt hat, das verdächtig nach Gras gerochen hat.« Er schüttelte den Kopf. »Und dass es mir direkt ins Arbeitszimmer geflogen ist. Es kam aus Ihrer Richtung, Martha. Haben Sie es nicht gerochen?«

»Ich?«

Jegliches Blut wich aus ihrem Kopf und plötzlich gab es auch nicht mehr genug Sauerstoff in Marthas Lungen. Am äußersten Rand ihres Sichtfeldes begannen verdächtige schwarze Pünktchen zu tanzen. Sie blieb stehen und rang nach Atem.

»Alles in Ordnung mit dir?« Besorgt nahm Willi sie am Arm.

Vor lauter Schreck hatte er sogar vergessen, sie zu siezen, aber er korrigierte sich sofort. »Es tut mir leid, Martha, ich wollte Sie nicht erschrecken. Sie hätten den Geruch wahrscheinlich gar nicht identifizieren können. Woher sollten Sie ihn denn auch kennen?« Er schüttelte wieder den Kopf. »Aber machen Sie sich keine Gedanken. Sie werden denjenigen schon finden.«

»Sie?«

Sie musste dringend atmen, wenn sie nicht hier und jetzt ohnmächtig werden wollte, aber wie ging das noch mal?

»Na, die Polizei, Martha.« Aufmunternd drückte er ihre Schultern. »Ich habe natürlich sofort auf der Wache angerufen. Sie sind bestimmt schon unterwegs und bis wir wieder zu Hause sind, haben sie ganz sicher eine heiße Spur. Ich hoffe nur, dass Nic nichts damit zu tun hat.« Willi schüttelte den Kopf. »Ich mochte den Kerl. Und sauber war er auch, aber … man weiß ja nie, was die Jungs hinter unserem Rücken so treiben, nicht wahr?«

Er tätschelte fröhlich ihre Hand, während Martha das Herz in die Kniekehlen rutschte. *Nein. Nein. O nein.*

In ihren Ohren rauschte es, und ihr Kopf fühlte sich an, als hätte ihn jemand mit Helium gefüllt. Ihr Blick fiel auf eine Bank, die ein paar Meter entfernt stand.

»Ich muss mich kurz hinsetzen, Willi.« Sie schluckte, bevor sie zu ihm aufsah. »Und dann muss ich Ihnen etwas erzählen.«

Sie würde einen guten Anwalt brauchen. Ein freundlicher Richter war vermutlich auch kein Fehler. Am liebsten wäre ihr ein Freund gewesen. Aber ob sie darauf hoffen konnte?

40

Samstag, 21. Mai 2022, Stuttgart

Nic rieb sich die Augen, bevor er sich irritiert umsah. Er musste auf der Couch eingeschlafen sein, dabei war es – er sah auf sein Handy – gerade mal halb drei.

Miles stand an der Wohnungstür und wedelte mit dem Schwanz.

So langsam kehrte Nic in die Realität zurück. Juli, ihre merkwürdige Anschuldigung, sein Entschluss auszuziehen, Alexander und immer wieder Juli, die dann, als der Operntyp endlich abgezogen war, einfach so durch seine Terrassentür spaziert kam und sich vor ihm aufgebaut hatte, um ihm zu sagen, dass es ihr leidtat (was auch immer), sie ihm alles erklären könne (dito) und er bitte auf sie warten solle, bis sie wieder aus der Stadt zurück war.

Sie hatte ihm keine Gelegenheit gegeben, irgendetwas dazu zu sagen, aber fairerweise musste er zugeben, dass er auch nicht gewusst hätte, was das hätte sein können. Er war viel zu überrumpelt von ihrem Auftritt, um zu reagieren. Aber nachdem sie ebenso schnell verschwunden war, wie sie aufgetaucht war, hatte er beschlossen, seinen Aufbruch tatsächlich nicht zu überstürzen. Er schob es auf die Neugier, die er empfand, weil er wissen wollte, was wirklich geschehen war. Damit ließ sich einiges erklären – nur nicht die Freude und die Aufregung, die sich in seinem kompletten Körper ausgebreitet hatte, als sie plötzlich vor ihm stand.

Was für eine Achterbahnfahrt das alles! Kein Wunder, dass Nic total platt gewesen war. Er fühlte sich, als könnte er immer weiterschlafen. Vermutlich wäre er gar nicht aufgewacht, wenn nicht ein Klingeln oben an der Haustür zur Villa ihn geweckt hätte, was ihm jetzt klar wurde, als es erneut zu hören war.

Seufzend schob er sich in die Senkrechte. Sein Plan für heute war gewesen, dem Kräuterbeet einen Besuch abzustatten und später als Vorspeise mit Ricotta und Parmesan gefüllte Zucchiniblüten und danach selbst gemachte Gnocchi mit gebratenem Salbei und einem Gartensalat mit essbaren Blüten für alle zuzubereiten. Er wusste, dass Polly völlig aus dem Häuschen gewesen wäre, weil sein farbenfrohes Essen sie einfach nur glücklich machte, Lissi sich darüber gefreut hätte, dass es vegetarisch war, und Martha sowieso jedes Gemüse, das er zubereitet hatte, komplett aufaß – und später regelmäßig in die Küche kam, um sich noch einen kleinen Nachschlag zu holen. Er hatte nicht nur die drei Damen, sondern seit heute Morgen auch Juli mit seinem Essen glücklich gemacht – und es würde ihm fehlen, diese Wertschätzung und Anerkennung, die sie ihm entgegenbrachten. Wenn er ehrlich war, machte es ihn einfach selbst glücklich, jeden Tag für sie ein besonderes Gericht zu zaubern und all die Dinge auszuprobieren, für die es im La Cucina so wenig Zeit gegeben hatte. Ob er einfach trotzdem kochen sollte, überlegte er, als er anstatt zum Haupteingang durch seine Balkontür trat und den Garten durchquerte, um das große weiße Tor von Hand zu öffnen. Natürlich wäre Martha davon nicht begeistert, denn in ihren Augen war jeder, der dort davorstand, ein potenzieller Axtmörder, und sie war der Meinung, dass es die beste Investition ihres Lebens war, eine Gegensprechanlage mit Videofunktion zu installieren. Aber Nic konnte mit dem Ding nicht viel anfangen, und außerdem war Martha nicht da, um sich zu beschweren. Seine Befürchtungen hinsichtlich eines Axtmörders waren außerdem auch relativ gering. Das Gartentor war allerdings so hoch, dass er nicht darüber hinwegsehen konnte.

»Hallo? Kann ich helfen?«, fragte er freundlich über das Tor hinweg.

»Guten Tag, mein Name ist Mayer, und hier neben mir ist meine Kollegin Frau Esslinger«, antworte eine Männerstimme von der anderen Seite. »Wir kommen vom Polizeirevier in der Gutenbergstraße, dürfen wir reinkommen?«

Polizei? Sofort ging Nic in Gedanken alle Möglichkeiten durch, die einen Polizeibesuch rechtfertigen würde. Hoffentlich war nichts mit Polly und Lissi. Hoffentlich waren sie nicht auf die Idee gekommen, das Auto zu nehmen! Und hoffentlich waren die da draußen auch wirklich Polizisten … Marthas Einfluss war eben doch unverkennbar, dachte er und kramte den Schlüssel aus seiner Hosentasche.

»Natürlich! Moment ich …« Er öffnete für die beiden Beamten das Tor. »… lasse Sie rein.«

Sie waren in Zivil, aber unter ihren Jacken konnte Nic die Schutzweste mit dem Polizei-Aufnäher erkennen. Sobald sie im Garten standen, schloss er das Tor wieder. Für einen Moment sah sich der Polizist, der sich als Herr Mayer vorgestellt hatte, um, bevor er den Ausweis aus der Innentasche seiner Jacke zückte.

»Bitte entschuldigen Sie die Störung, Herr …?«

»Kramer«, antwortete Nic automatisch, während er sich den Ausweis ansah.

Er hatte keine Ahnung, warum die beiden hier waren, aber dass es etwas mit Lissi und Polly zu tun haben könnte, glaubte er mittlerweile nicht mehr. Nur so ein Gefühl. Andererseits …

»Herr Kramer«, wiederholte Herr Mayer und nickte seiner Kollegin zu.

Sie hatte noch kein Wort mit ihm gesprochen, aber auch sie sah sich neugierig um. Nic folgte ihrem Blick, und wieder einmal wurde ihm bewusst, wie schön die Villa und der von Juli angelegte Garten waren. *Und dass er absolut nicht wegwollte.*

Wenn die Beamten endlich wieder verschwunden waren, würde er die Gunst der Stunde nutzen, sich ein bisschen auf den Liegestuhl unter die große Linde legen und in das Blätterdach schauen.

»Wohnen Sie hier?«, unterbrach Herr Mayer seine Gedanken.

»Ja, nun, das kann man sehen, wie man will …« Noch stimmte es zumindest. »Aber ich werde vermutlich demnächst ausziehen.«

»Ach ja?« Offensichtlich hatte er Frau Esslingers Neugier geweckt. »Warum denn, wenn ich fragen darf?«

»Nun, das ist ziemlich kompliziert«, antwortete er und zuckte mit den Schultern.

»Ist es das nicht immer?«, fragte Frau Esslinger zurück.

»Ja, das ist möglich.« *Und weiter?*

»Frau von Hellbach ist nicht zufällig zu Hause?«, schaltete sich Herr Mayer wieder ein.

»Ich glaube nicht«, sagte Nic. »Allerdings bin ich mir nicht sicher. Aber wenn Sie auf Frau von Hellbach warten wollen, können Sie sich gern hier drüben hinsetzen.« Er zeigte auf die Bank unter der Linde. »Ich bin sicher, dass sie nicht allzu lange fort sein wird. Ich kann ihnen auch etwas zu trinken bringen, wenn Sie mögen. Selbst gemachte Limonade vielleicht?«

Er hatte keine Ahnung, wo Martha war und wann sie wiederkam, aber er hoffte, dass es bald sein würde und sie sich dann selbst um die beiden Polizisten kümmerte.

»Danke, das ist sehr freundlich, Herr Kramer, aber wir sind nicht durstig. Vielleicht können Sie uns trotzdem weiterhelfen.«

Selbst schuld, wenn sie seine Limonade verschmähten. Aber gut. Dann war mehr für heute Abend übrig.

»Um was geht es denn, wenn ich fragen darf? Ist irgendetwas passiert? Ein Unfall? Hat Polly, also Pauline Englaender wieder …?«

Er folgte den beiden Polzisten, als sie sich tatsächlich in Richtung Linde bewegten und sich schließlich dort auf der Bank niederließen. Miles kam ebenfalls angetrottet und legte sich zu Nics Füßen nieder. Er schien zu spüren, dass etwas Merkwürdiges im Gange war, denn er ließ die beiden Polizisten nicht aus den Augen.

»Ihrer?«, fragte Herr Mayer und schielte vorsichtig zu Miles hinunter.

Nic konnte sich lebhaft vorstellen, dass Polizisten nicht unbedingt immer nur freundliche Begegnungen mit Hunden hatten, aber das war nun wirklich nicht sein Problem. Er nickte.

Frau Esslinger schien Hunde zu mögen. Sie ging vor Miles auf die Knie.

»Darf ich?«, fragte sie und warte, bis Miles an ihrer Hand geschnuppert hatte, bevor sie ihn hinter den Ohren kraulte. Sofort drehte sich Miles auf den Rücken. »Der ist ja niedlich!« Sie lächelte zu Nic hinauf, bevor sie wieder ernst wurde. Hunde öffneten Herzen, so viel war schon mal klar. »Zurück zu Ihnen: Es ist nichts passiert und natürlich dürfen Sie fragen, Herr Kramer. Aber vielleicht dürfen wir zuerst Ihnen ein paar Fragen stellen?«

»Ja, natürlich.«

Da ging sie hin, seine Mittagspause unter dem Baum. Egal. Jetzt wollte er schon wissen, was hier los war.

»Haben Sie das Grundstück heute irgendwann verlassen?«, fragte die Polizistin, wobei sie eher Miles als Nic ansah.

Hatte er nicht, wenn man mal von der ausgedehnten Gassirunde heute Morgen um halb acht absah. Mayer bemerkte sein Zögern.

»Nach zehn Uhr vielleicht?«

»Nein, ab neun Uhr war ich immer da.«

Nic spürte Herr Mayers Zweifel und nahm sich vor, extrakorrekt zu antworten, weil es ihm beinahe schon leidtat, wie misstrauisch Herr Mayer war. Polizisten hatten es auch nicht leicht. Und außerdem war er die beiden vielleicht so schneller los.

»Gut. Ist Ihnen hier und heute irgendetwas Verdächtiges aufgefallen?«

Nic dachte an Juli, wie sie heute Nacht im Gebüsch gehangen hatte, und an ihr merkwürdiges Verhalten heute Morgen, aber das war wohl eher nicht das, was die Beamten hören wollten. Er musste sich trotzdem ein Grinsen verkneifen, als ihm wieder einfiel, wie sie dagesessen und geschimpft hatte. Herr Mayer warf seiner Kollegin einen bedeutsamen Blick zu.

»Haben Sie vielleicht ein Feuer bemerkt? Oder … auch einfach nur Qualm? Hat es hier im Garten gebrannt?«

What? Was waren denn das für absurde Fragen?

»Gebrannt? Nein, absolut nicht!« Es wurde immer besser. »Sagen Sie mal, sind Sie sicher, dass Sie im richtigen Haus sind?«

Herr Mayer ging nicht auf Nics Frage ein.

»Herr Kramer, konsumieren Sie Marihuana?«, erkundigte er sich barsch.

»Bitte?«

»Rauchen Sie ab und zu einen Joint?«, setzte er erklärend hinzu und zwinkerte ein paarmal mit den Augen.

Er war gestresst, das konnte man ihm ansehen. Aber das war Nic so langsam auch.

»Nein, ich rauche nicht ab und zu einen Joint«, sagte er kurz angebunden. »Ich rauche überhaupt nicht. Und ich weiß auch absolut nicht, wie Sie darauf kommen?«

Er spürte, wie sich der Ärger von heute Morgen wieder in seinem Magen breitmachte. Waren denn alle hier verrückt geworden? Kaum hatte Juli sich für ihre Unterstellung entschuldigt, oder wenigstens angekündigt, dass sie das tun wollte, kamen die Nächsten und bezichtigten ihn. Kurz überlegte Nic, ob er sich nicht den Ausweis hätte genauer ansehen sollen, aber dazu war es wohl zu spät.

»Also, zusammengefasst: Sie rauchen nicht und Sie wissen auch nichts von einem Brand, richtig?«, fuhr Mayer fort.

»Richtig.«

»Dann haben Sie doch sicher nichts dagegen, wenn wir uns einmal umsehen.«

»Bitte, bitte, sehen Sie sich um.«

Nic breitete die Arme aus und wies auf das komplette Grundstück. Er hatte ganz bestimmt nichts zu verbergen. Aber er würde ihnen auch nicht hinterhertrotten wie ein Hund. Er würde hier sitzen bleiben. Wenn sie unbedingt die große Tour wollten, konnten sie das sicher auch sehr gut ohne ihn.

Die beiden Polizisten begingen den Garten systematisch, was vermutlich Sinn machte, wenn man wirklich etwas suchte. Aber es sah auch ziemlich lustig aus, wie sie Reihe um Reihe über den Rasen marschierten. Man hätte ihnen eigentlich den Rasenmäher in die Hand drücken sollen, dachte Nic für einen Moment belustigt. Er ging nicht davon aus, dass sie hier etwas finden würden, und machte es sich auf der Bank bequem. Vielleicht brauchten sie ja wenigstens so lange, dass es sich wie eine Mittagspause anfühlte. Er legte ein Sitzkissen unter den Kopf und schaute für einen Augenblick in das hellgrüne Blätterdach der Linde. Wie friedlich alles war. Und wie plötzlich sich das ändern konnte …

Vermutlich wäre er irgendwann eingeschlafen, wenn ihm nicht eingefallen wäre, dass Martha sicher nicht einverstanden gewesen wäre, wenn Nic die beiden einfach so über ihr

Grundstück wandern ließ, ohne ein Auge auf sie zu haben. Man wusste ja nie …

Immer wieder tauchte entweder Herr Mayer oder Frau Esslinger oder auch beide irgendwo in seinem Blickfeld auf und zumindest Frau Esslinger schenkte ihm jedesmal ein Lächeln. Oder vielleicht galt es auch Miles. Auch das wusste man nie so genau. Vorsichtshalber lächelte Nic zurück.

Sie betrachteten interessiert den großen überdachten Eingang und die beiden nebeneinanderliegenden Terrassen von Julis und seiner Wohnung. Er hörte sie miteinander sprechen, verstand aber kein Wort von dem, was sie sagten.

Schließlich erreichten sie die Hecke und den Durchgang zum Kräuterbeet.

»Oh, da …« Nun stand er doch auf und folgte ihnen. Die beiden blieben stehen. »… da … würde ich nicht unbedingt hinein.« Er lächelte entschuldigend. »Es tut mir leid, aber das ist Frau von Hellbachs Kräutergarten und sie …« Er zuckte mit den Schultern. »… sie mag es nicht besonders, wenn man einfach so …«

Herr Mayer nickte Frau Esslinger bedeutungsvoll zu und machte den ersten Schritt hinein in Marthas schwer umkämpftes Refugium.

»… um genau zu sein, hasst sie es sogar!«, versuchte Nic sein Glück erneut. Endlich hatte er die beiden erreicht. »Es wäre ihr sicher nicht recht, wenn ich Ihnen erlauben würde, da reinzugehen, nachdem ich noch nicht einmal Estragon …«

»Riechst du das, Ingrid?«, unterbrach Herr Mayer Nic und nickte Frau Esslinger erneut zu. »Danke, Herr Kramer. Aber ich denke, wir haben gefunden, was wir suchen«, sagte er knapp und verschwand im schmalen Heckendurchgang, direkt gefolgt von seiner Kollegin.

Als sich Nic ebenfalls hindurchgequetscht hatte, entdeckte auch er, was sie meinten. Und er roch es.

»Das ist …« Nic wusste nicht wirklich, was er sagen sollte. Er verstand ja noch nicht einmal, was er da vor sich hatte. Das heißt, er verstand sehr wohl. Der kleine Garten war perfekt, um Kräuter zu ziehen, das sah er mit einem einzigen Blick. Jetzt bereute er, dass er in den letzten beiden Tagen nicht auf sein Bauchgefühl gehört und den hinteren Garten angesehen hatte, aber seitdem Martha ihn davon abgehalten hatte, dorthin zu gehen, um Estragon zu holen, hatten sich die Ereignisse überschlagen und er war schlicht nicht dazu gekommen nachzusehen, was hier vor sich ging. Und davor hatte das, was vor der Küche an Petersilie, Liebstöckel und Schnittlauch wuchs, für seinen Kochkünste gereicht.

Juli hatte die Beete hier hinten nicht nur so angelegt, dass sie ausreichend Platz und Sonne zum Wachsen hatten, es war einfach auch ein unglaublich hübscher und einladender Platz. Nur an der Mauer sah es so aus, als hatte jemand alles, was dort gewachsen war, inklusive der Wurzeln komplett rausgerissen. In einer Feuerschale vor der Bank schwelte es noch ein wenig, aber ein Großteil von dem, was auch immer hier gebrannt hatte, war zu einem ansehnlichen Haufen Asche zerfallen. Es musste ein ziemlich großes Feuer gewesen sein, der Menge der Asche nach. »Das ist …« *Unfassbar.*

»… ziemlich unglaubwürdig, dass Sie dieses Feuer übersehen haben wollen, nicht wahr?« Jegliches Lächeln war aus Frau

Esslingers Gesicht verschwunden und hatte einem äußerst ablehnenden Ausdruck Platz gemacht.

»Aber ich …« *Was zur Hölle ging hier vor?*

Vor der Bank standen eine leere Champagnerflasche und ein Glas. Selbst wenn er es bis dahin noch nicht begriffen hätte, so wusste er es spätestens, als er Marthas Gartenschere und die Handschuhe sah. Das hier war ihr Werk. Und als er tief einatmete, setzte sich in seinem Hirn endlich jedes Puzzleteil an die richtige Stelle. Wie dumm er gewesen war. Und wie durchtrieben Martha.

»Herr Kramer?«

»Ja?« Immer noch fassungslos starrte Nic auf die lange Reihe mit tiefen Löchern, die Marthas Aufräumaktion hervorgebracht hatte.

»Ich muss Sie bitten, mit uns mitzukommen.«

»Aber ich …«

Verdammt. Er konnte doch Martha hier nicht anschwärzen? Abgesehen davon: Würden die beiden ihm das überhaupt glauben? Eine ehrwürdige alte Dame, Stütze der Gesellschaft, neben ihm, dem Koch aus München, der noch nicht einmal zwei Wochen hier war und niemanden in Stuttgart kannte, der für ihn die Hand ins Feuer legen würde?

Er brauchte vielleicht einen Anwalt. Ziemlich sicher sogar. Vor allem aber brauchte er jemanden, der auf Miles aufpasste. Hoffentlich nicht zu lange. Kurz dachte er an Willi, verwarf den Gedanken aber sofort wieder. Willi war Marthas Freund und würde zu ihr halten, selbst wenn er Nic bestenfalls glaubte. Schlimmstenfalls tat er das nicht. Dann war er allerdings Nic auch keine Hilfe. Ganz im Gegenteil vermutlich.

Es fiel ihm nur eine einzige Person ein, die er anrufen konnte, die kapieren würde, um was es ging, und mittlerweile zum Glück auch wusste, dass er nichts damit zu tun hatte. Die ihm half, obwohl zwischen ihnen nichts geklärt war. Oder gerade deshalb. Er zog das Handy aus seiner hinteren Hosentasche und wählte Julis Nummer.

41

Samstag, 21. Mai 2022, Stuttgart

»Was?« Juli brüllte beinahe ins Telefon. »Die Polizei?«

Sie war wütend, aber nicht auf Nic. Wenigstens stand Martha nicht neben ihr, die die Nase rümpfen und ihr ein gemäßigtes und völlig unpassendes Verhalten attestieren würde. Überhaupt, nach dieser Geschichte hier würde sie sich sowieso besser nie wieder ein Urteil über irgendjemanden oder irgendetwas erlauben. Dafür sah Alexander sie mit aufgerissenen Augen an.

»Julitschka! Schrei doch nicht so!« Demonstrativ legte er Zeige- und Mittelfinger seiner rechten Hand auf sein Ohr und rieb es vorsichtig. »Da platzt einem ja das Trommelfell!«

Es war so typisch für ihn, selbst einen solchen Anruf auf sich zu beziehen. Am liebsten wäre sie sofort davongestürmt, um Martha höchstselbst anzubrüllen, aber laut Nic war sie unauffindbar und hatte ihn somit der Polizei ausgeliefert. Fieberhaft überlegte Juli, wie sie diese Situation entschärfen konnte, aber es wollte ihr so schnell nichts einfallen.

Ruhig bleiben, Juli, ermahnte sie sich selbst. Sie drehte sich von Alexander weg und legte ihre Hand über das Telefon. Das hier ging ihn absolut nichts an.

Fieberhaft suchte sie nach einer Lösung für das ganze Chaos und überschlug gleichzeitig, wie lange sie brauchen würde, bis sie in der Villa war. Egal. Miles würde ein paar Minuten ohne sie sicher sehr gut zurechtkommen. Lissi und ihre Mutter waren bestimmt auch bald wieder zu Hause, hatten aber keine Ahnung und waren vermutlich auch nicht unbedingt die beste Wahl, wenn es darum ging, *hierfür* eine Strategie zu entwickeln. Sinnvoll. Besonnen. Erfolgreich.

Da gab es nur einen, mit dem sie sprechen konnte: Willi. Ein weiterer Grund, warum sie so schnell wie möglich nach Hause musste.

»Ich bin gleich da, Nic, okay? Ich helfe dir.« Versprochen. Sie hatte da mehr als nur eine Kleinigkeit gutzumachen.

Als sie auflegte, bemerkte sie, wie Alexander sie anstarrte.

»Was?«

»Du bist in ihn verliebt!«, stellte er fest und verschränkte die Arme vor der Brust.

»Bin ich nicht!«, erwiderte sie automatisch. »Außerdem tut das hier überhaupt nichts zur Sache!«

»Das tut es wohl! Sonst würdest du mich ja wohl kaum hier sitzen lassen und davonrennen, nur weil dieser Koch angerufen hat.« Beleidigt presste er die Lippen aufeinander.

»Ich lasse dich nicht sitzen und ich renne auch nicht davon!«, erwiderte Juli, wobei sie zugeben musste, dass Alexander mit Letzterem durchaus recht hatte. »Es ist ein Notfall, Alexander. Und du brauchst mich ja nicht wirklich hier, oder?« Besänftigend legte sie ihre Hand auf seinen Arm.

»Das hier ist auch ein Notfall.« Er seufzte tief. »Ich habe Gefühle für dich, die du nicht erwiderst, ich weiß nicht, was ich heute Abend zu dieser Party anziehen soll, auf die du nicht einmal mitwillst, ich fühle mich schwach, und deshalb brauche ich dich sehr wohl!« Er schluckte.

»Aber du hast schon gehört, was ich zu Nic gesagt habe, oder?«

»Dass du ihn liebst, hast du gesagt.«

»Nein, das habe ich nicht!«

»Musstest du auch nicht, denn das hat man auch so gehört.«

»Alexander!«

»Was?«

»Nic hat Probleme mit der Polizei, und ich muss ihm helfen.«

Empört riss Alexander die Augen auf. »Du liebst einen Kriminellen?«

»Ich …« Ach, es war egal. Er hörte sowieso immer, was er hören wollte.

»Julitschka! Wenn er Probleme mit der Polizei hat, musst du unbedingt die Finger von ihm lassen! Das ist mein Ernst!«

»Er hat keine Probleme mit der Polizei. Zumindest nicht so, wie du denkst.«

Plötzlich vollzog sich eine Wandlung in Alexanders Gesicht. Aus dem bedürftigen und sensiblen Opernsänger wurde ein Mann, der klare Vorstellungen hatte. Juli hatte das schon ein paarmal erlebt. Unter anderem vor ein paar Wochen, als er ihr gesagt hatte, dass er eine Assistentin an seiner Seite brauchte, die sich ausschließlich auf ihn konzentrierte. Daran hatte sich wohl nichts geändert, und das war auch sein gutes Recht. Immerhin hatte sie deshalb auch die Entscheidung getroffen, eine Haushaltshilfe für die drei Bridge-Ladies einzustellen, und sie war ihm deshalb mehr als dankbar. Wenn er nicht gewesen wäre, hätte sie Nic niemals kennengelernt. Aber damit hatte das hier nichts zu tun, das wusste Juli, als sie in seine Augen sah.

»Was auch immer es ist, ich möchte nicht damit in Verbindung gebracht werden, Juli«, sagte er streng. Alles Weiche war aus seinem Blick verschwunden.

Juli spürte, wie ein diffuser Ärger in ihr aufstieg, als ihr klar wurde, dass er nicht eine Sekunde daran gedacht hatte, was in ihrem Leben wohl passierte, sondern wieder mal nur sich selbst im Blick hatte. Von wegen, er liebte sie. Er liebte ausschließlich sich selbst. Wie immer. Es hatte sich nichts geändert – vielleicht bis auf die Tatsache, dass sein Auftritt hier in dieser Sekunde Julis persönliches Fass zum Überlaufen brachte. Wie konnte er nur so tun, als sei nichts gewesen?

Sie atmete einmal tief durch. Sammelte sich. Und sprach dann das aus, was sie längst hätte sagen sollen.

»Ich kündige«, sagte sie sehr ruhig. »Und ich gehe jetzt, Alexander. Ich helfe Nic, weil er meine Hilfe braucht. Und ja, ich mag ihn sehr, aber das spielt dabei keine Rolle. Ich hätte auch dir immer geholfen, wenn du in Schwierigkeiten geraten wärst, und tatsächlich habe ich das oft genug getan. Es tut mir leid, wenn du andere Vorstellungen von uns beiden hattest, aber mit einem Menschen zusammenzuarbeiten oder gar befreundet zu sein, der immer zuerst an sich selbst denkt, und jemanden im Stich lassen würde, wenn er ihn am nötigsten hat, ist für mich nicht mehr das Richtige.«

Sie fühlte sich leicht, fast beschwingt, als sie die Hotelzimmertür öffnete. Noch einmal sah sie zurück auf Alexander und auf ihr altes Leben, das im Grunde schon sehr viel länger als nur ein paar Sekunden hinter ihr lag.

»Und der richtige Freund auch nicht mehr«, ergänzte sie noch, bevor sie auf den Gang trat und die Tür hinter sich schloss.

Juli wusste, mit welchen drei Menschen sie sprechen musste. Der erste war Bruno, der sofort abnahm und versprach, sie abzuholen. Das war einfach gewesen. Das zweite Gespräch würde nicht so leicht werden. Eigentlich hatte sie gehofft, dass sie Erik Neumann nie wieder begegnen würde, denn ihr war bewusst, wie sehr sie ihn damals verletzt hatte, und dass er ihr das nie verziehen hatte. Sie hatte Angst, sich ihm und dem, was damals geschehen war, zu stellen. Er war der Grund, warum sie sich nie wieder auf eine Beziehung mit jemandem eingelassen hatte, aus lauter Sorge, dass sie doch wieder kneifen würde, wenn es ernst wurde. An ihn hatte sie in den letzten Tagen ein paarmal gedacht. Jedesmal, wenn sie spürte, dass sich Nic wieder ein Stückchen weiter in ihr Herz geschlichen hatte. Aber das war nicht der Grund dafür, warum sie nun durch ihr Adressbuch scrollte. Seit ihrem letzten Anruf bei Erik waren achtzehn Jahre vergangen. Sie erinnerte sich noch ganz genau an seinen Stolz, als einer der ersten ein Siemens SX1 zu besitzen. Vermutlich hatte er das Gerät gewechselt, dachte sie mit einem Lächeln, hoffte aber umso mehr, dass er seine Nummer behalten hatte.

Juli atmete tief durch und versuchte die Scham zu ignorieren, die sich sofort in ihrem Magen breitmachte, als das Freizeichen ertönte.

42

Samstag, 21. Mai 2022, Stuttgart

Herr Mayer hatte Nic nicht unfreundlich behandelt. Nein, freundlich nun auch nicht gerade, aber letztendlich konnte Nic das durchaus nachvollziehen. Die Geschichte war absurd genug, um aus der Feder eines überdrehten Serienautors zu stammen, aber vermutlich selbst für jemanden mit sehr viel Fantasie und mindestens ebenso viel Humor ein wenig zu dick aufgetragen. Und jemand wie Mayer schien sich seine Uniform nicht ausgerechnet durch seinen herausragenden Humor verdient zu haben. Fantasie war für Polizisten vielleicht auch nicht unbedingt eine Einstellungsvoraussetzung. Obwohl, wenn man es genau betrachtete, erleichterte es einem zumindest vieles.

Zum Glück hatte er nach dem Telefonat mit Juli auch noch Willi erreicht, der ihm versprochen hatte, sofort zu kommen.

Während ihm Herr Mayer tausend Fragen stellte und ihm zwischendurch immerhin sowohl ein Wasser als auch einen Kaffee angeboten hatte, wanderten Nics Gedanken immer wieder zu Juli. Ihr Blick, als sie begriffen hatte, wer er war. Die Verzweiflung, als er sie vom Rasen vor dem Haus geklaubt hatte, wie sie ihn angelächelt hatte, als er ihr das Omelett gebracht hatte, und schließlich, wie sie ihn fertiggemacht hatte, weil sie dachte, er hätte was mit dem Cannabis im Garten zu tun. Da war sie anscheinend nicht die Einzige … Er schnaubte. Für den Cannabis-Anbau empfahl es sich eindeutig, eine alte Dame zu sein.

»Alles klar, Herr Kramer?« Herr Mayer warf ihm einen fragenden Blick zu. »Ist Ihnen jetzt vielleicht gerade eingefallen, dass sie dieses kleine Feuerchen doch gesehen haben?«

»Nein, das ist es leider nicht.« Er zuckte mit den Schultern und beobachtete Mayer, der begonnen hatte, irgendein Formular auszufüllen. Dabei ließ er seine Gedanken wieder zu Juli wandern und ertappte sich dabei, wie er lächelte.

Juli war bereit, sich so bedingungslos auf alle Abenteuer dieses Lebens einzulassen, für ihre Familie und nicht zuletzt für ihre Werte zu kämpfen, auch wenn sie sich – ziemlich heftig sogar – zumindest in den letzten Tagen darin verstrickt hatte. Sie hatte nicht nur für die Bridge-Ladies sondern auch für Alexander alles gegeben und sich dabei völlig verausgabt.

Je mehr Zeit er mit Juli verbracht hatte, umso mehr hatte er sich in ihr wiedererkannt. Was brachte Menschen dazu, sich selbst komplett zu vergessen, von der eigenen Prioritätenliste zu streichen und sich nicht zuzugestehen, ebenfalls ein Recht auf Glück zu haben? Bei Juli wusste er es nicht. Bei ihm hatte es sich über die Jahre einfach so entwickelt. Das La Cucina war für ihn kein Opfer gewesen und auch, dass seine Mutter im Grunde sein einziger sozialer Kontakt gewesen war, hatte er nie als Last empfunden. Aber seit sie in Italien und er in Stuttgart angekommen war, hatte er sie nur ein einziges Mal angerufen. Er fühlte sich frei. Und obwohl er sich in dieser Sekunde in einer etwas prekären Situation befand, wollte er nirgendwo anders sein. Nicht in München, nicht in der Schweiz, nicht in Italien. Was er wollte, war Zeit mit Juli. Von vorne anfangen. Vor lauter Zukunftsgedanken hatte er die Gegenwart total vergessen. Und die war im Moment alles, was zählte.

Durch die halb geöffneten Jalousien von Herrn Mayers verglastem Büro konnte Nic auf den Gang sehen und nahm mit großer Erleichterung wahr, wie Willi um die Ecke bog. An seiner Seite trat eine ziemlich zerknirscht aussehende Martha durch die Tür.

»Guten Tag, Herr …« Willi kniff die Augen zusammen und las das Metallschild, dass auf Mayers Schreibtisch stand. »Herr Mayer, das hier ist Martha von Hellbach, meine Mandantin und die Besitzerin der Villa. Mein Name ist Doktor Wenzelsberger. Ich bin Richter und trete hier als Vertrauensperson aller im Raum Anwesenden auf … außer Ihnen natürlich, Herr Mayer.« Er nickte Nic kurz und beruhigend zu, und sofort fühlte er sich sicher.

Willi mochte alt sein und vielleicht auch im lockeren Umgang mit Menschen ein wenig unbeholfen, aber er strahlte die Souveränität und Gelassenheit einer absoluten Respektsperson aus, die sich sofort auf Nic übertrug. Willi stand sehr aufrecht, und seine Erscheinung war wie immer tadellos. Nur Martha trug ihre Hauspantoffeln, was sie etwas exzentrischer wirken ließ, als sie eigentlich war, aber nachdem Herr Mayer nicht wusste, wie viel Wert Martha ansonsten auf ihr Äußeres legte, konnte er wohl kaum Schlüsse daraus ziehen. Im Gegensatz zu Nic.

Herr Mayer nickte den beiden zu. »Setzen Sie sich doch.«

»Danke.« Willi schob Martha auf den einzigen Stuhl neben Nic und bedeutete ihm, sitzen zu bleiben.

»Hallo Nic«, flüsterte Martha, wobei sie ihre Pantoffeln fixierte.

Es schien, als hätte die alte, grundsätzlich fehlerfreie Martha ein schrecklich schlechtes Gewissen.

»Danke, sehr freundlich. Nun, Herr Mayer, Frau von Hellbach …« Willi wies auf Martha, die betreten zu Boden sah. »… würde gerne Licht ins Dunkel bringen.«

»Oh, das wäre mir sehr recht«, erwiderte Herr Mayer. »Einen Moment bitte.«

Gerade als er aufstand, um im Nebenzimmer noch einen weiteren Stuhl zu holen, öffnete sich die Tür erneut, und Nics Herz machte einen freudigen Sprung. Juli!

Er konnte nicht verhindern, dass er strahlte. Sie war hier! Sein Blick suchte ihren und ein erleichtertes Lächeln breitete sich auf ihrem Gesicht aus, als sie ihn erwiderte.

Alles wird gut, sagten ihre Augen. Der Polizeibeamte, der hinter ihr stand, sah ihn ebenfalls an.

»Ziemlich voll hier, würde ich sagen. Juli, ich denke, du kommst allein zurecht«, brummte er und ließ ihren Unterarm los, den er bis gerade eben noch festgehalten hatte.

Juli? Die beiden kannten sich? Er sah gut aus, soweit Nic das aus männlicher Sicht beurteilen konnte. Sein Haar war dunkel und akkurat geschnitten, der Blick aus seinen strahlend blauen Augen war klar, und das Lächeln, das sich auf seinem Gesicht ausbreitete, als er Martha sah, war offen und voll ehrlicher Freude.

»Frau von Hellbach!«, sagte er, als Martha geradezu von ihrem Stuhl aufsprang und zu ihm an die Tür trat.

»Bist du das, Erik?« Martha hatte ihn an den Oberarmen gepackt und strahlte, wie Nic sie nur in der Oper bei Don Giovannis Champagner-Arie hatte strahlen sehen. »Meine Güte, Erik! Bist du aber groß geworden! Und so stark!«

Er lachte, während Juli zusammenzuckte. »Martha!«, rief sie laut aus.

»Lass sie doch, Juli, es ist ja auch schon viele Jahre her.«

Dieser Erik schenkte zuerst Martha und dann Juli ein warmes Lächeln, das bestimmt jeden einzelnen Eisberg zum Schmelzen bringen konnte, nur nicht die eisigen Spitzen der Eifersucht, die sich in Nics Magen breitmachten.

»Um genau zu sein«, er legte seine Hand auf Marthas Arm, »achtzehn Jahre, seitdem Juli mich … seitdem wir uns getrennt haben.«

Ein schmerzhafter Zug schlich sich in sein markantes Gesicht. Sie hatten also eine gemeinsame Geschichte.

»Umso mehr freue ich mich, dass sie hier so unverhofft aufgetaucht ist, auch wenn die Umstände vielleicht … ein wenig unglücklich sind. Und dann auch noch in so netter Gesellschaft! Aber nehmen Sie doch wieder Platz, Frau von Hellbach, nehmen Sie Platz!«

Er rückte ihr den Stuhl zurecht, als wären sie in einem Drei-Sterne-Restaurant und nicht auf der Polizeiwache, bevor er auch Willi mit Namen, Handschlag und ebenfalls großer Freude begrüßte.

Das Lächeln verschwand allerdings wieder, als er sich an Nic wandte, und sofort sank die Temperatur im Raum um mehrere Grad Celsius. Nic versuchte, sich davon nicht aus der Fassung bringen zu lassen. Er hatte nach wie vor nichts verbrochen, und alles würde sich aufklären. Wenn die drei diesen Polizisten kannten, umso besser.

Nic rang seine Eifersucht nieder, stand auf und streckte ihm die Hand entgegen. »Hallo, mein Name ist Nic Kramer, ich …«

»Ah, ja,« antwortete Erik knapp und ließ sich auf Herrn Mayers Stuhl fallen. Nics Hand ignorierte er geflissentlich. »Erik Neumann, Polizeihauptkommissar. Herr Kramer, Sie sind also der Grund, warum sich Juli wieder bei mir gemeldet hat.«

Herr Neumann kramte in den Papieren, die auf Mayers Schreibtisch lagen, bis er gefunden hatte, was er suchte.

»Erzählen Sie doch mal: Wieviel Cannabis konsumieren Sie denn so täglich?«

Nun. Das Gespräch war nicht angenehm, aber hilfreich. Mit Willis Unterstützung ließ sich das ganze Drama schließlich auf eine Anekdote reduzieren, die sicher noch viele Jahre irgendwann irgendwo irgendwem erzählt werden konnte, nur nicht auf dieser Wache.

Fakt war: Nic hatte sich nichts zuschulden kommen lassen. Und nachdem weder Juli noch Martha selbst ihren Tee, die Konservierungsaktion auf dem Dachboden oder die Tatsache erwähnt hatten, dass sie sehr genau wusste, was da in ihrem Garten wuchs, war auch Martha nicht in Gefahr. Denn, laut ihrer eigenen Aussage, wollte sie schließlich nur das illegale Gras vernichten, nachdem sie es als solches identifiziert hatte.

Selbstverständlich wusste Polizeihauptkommissar Neumann ihr Engagement zu schätzen.

Der Einzige, für den es ungemütlich werden würde, war Max, der das Kraut schließlich mit unlauteren Absichten angebaut hatte, wobei er sich vielleicht auch damit herauszureden versuchen würde, dass er schließlich weder wusste, wie sich die Pflanzen entwickeln, noch dass irgendjemand sie finden würde. Aber das war eine völlig andere Geschichte. Martha hatte sehr vorausschauend seine nicht geöffneten Briefe mitgebracht, die sie nun sehr gerne Erik Neumann übergab, der sich darum kümmern wollte.

Nic sah Martha an, wie erleichtert sie war. Und Willis Augen funkelten so unternehmungslustig, dass man fast glauben konnte, er hätte Spaß an der Sache gehabt.

Natürlich war auch Nic froh, dass das Chaos beseitig war, aber noch viel mehr, weil er endlich den engen Raum mit diesem Polizeihauptkommissar verlassen konnte. Natürlich war er nett. Natürlich war er kompetent. Und natürlich hatte er dafür gesorgt, dass diese Angelegenheit schnell und unkompliziert geregelt werden konnte. Aber dabei hatte er die ganze Zeit Juli dermaßen schmachtend angesehen, dass es Nic beinahe schon schlecht geworden war.

Als sie endlich wieder draußen vor dem Polizeigebäude standen, rieb Willi sich die Hände.

»Ich schlage vor, wir gehen irgendwo was Leckeres essen. Nachdem jetzt keiner ins Gefängnis muss, habe ich Hunger wie ein Bär.« Unternehmungslustig schaute er in die Runde. »Ich kenne da ein nettes schwäbisches Restaurant ganz in der

Nähe, und ich finde, es wird höchste Zeit, Nic einmal in den hohen Genuss des Spätzleessens einzuführen. Was meint ihr?« Er legte seine Hand auf Nics Arm und sah Martha beschwörend an.

»Und außerdem finde ich, es gibt da einiges wiedergutzumachen, Martha von Hellbach!« Er wies mit dem Kopf auf Nic.

Bevor Martha zusagen konnte, ergriff Juli das Wort. »Ich … Es tut mir leid, aber ich komme nicht mit. Erik hat mich zum Abendessen eingeladen.« Entschuldigend sah sie Nic an. »Ich weiß, wir beide sollten dringend miteinander reden, und glaube mir, das will ich mehr als alles andere, aber … das bin ich Erik einfach schuldig. Es tut mir leid.«

Nics Eifersucht bohrte sich mit einem Schlag wieder in sein Herz. Bei dem Abendessen handelte es sich eindeutig um mehr als ein Dankeschön, weil Erik ihnen geholfen hatte. Dazu waren ihre Wangen zu rot, glänzten ihre Augen zu sehr und strahlte die ganze Frau zu deutlich etwas aus, das er gestern schon an ihr gesehen hatte: Neugier, Freude und Lebenslust. Und mehr noch als gestern wünschte er, dieser Blick würde ihm gelten. Wenn Nic ihr wichtig gewesen wäre, hätte sie dafür gesorgt, dass ihr Gespräch stattfinden würde. Dann würde sie jetzt Zeit mit ihm und nicht mit Erik Neumann verbringen, aber sie hatte sich so und nicht anders entschieden. Vielleicht war es für Nic nun ja doch an der Zeit, Entscheidungen zu treffen.

43

Samstag, 21. Mai 2022, Stuttgart

Etwas, das Juli an der wärmeren Jahreszeit in diesen Breiten ganz besonders liebte, war, dass es auch am Abend so lange hell blieb. Es war kurz nach neun, als Bruno Juli endlich wieder in der Leibnizstraße absetzte. Sie hatte es genau zwei Stunden mit Erik ausgehalten und sich sofort verabschiedet, als sie das Gefühl hatte, nicht mehr allzu unhöflich zu sein, wenn sie ging.

Einerseits war es wirklich schön mit ihm gewesen. Er war immer noch aufmerksam, interessant und nett und erinnerte sich sogar noch daran, was sie gerne aß. Sie hatten sich für ein Restaurant in den Weinbergen bei Untertürkheim entschieden und sich gegenseitig aus ihren jeweiligen Leben erzählt.

Juli gestand ihm ihre Scham über ihr damaliges Verhalten, und Erik gab zu, dass es einige Jahre gedauert hatte, bis er ihr verzeihen konnte. So lange jedenfalls, bis er eingesehen hatte, dass er sie zwar geliebt hatte, aber dass ihre Vorstellungen vom Leben einfach zu unterschiedlich gewesen waren. Und dann hatte er auch seine jetzige Frau kennengelernt, von der er Juli ein paar Schnappschüsse auf dem Handy zeigte.

Juli gönnte ihm sein Glück von Herzen. Er hatte es wirklich mehr als verdient. Erstaunlich war nur der kurze Schmerz, den sie bei seinen Erzählungen fühlte. Ein Sehnen nach demselben Glück. Und das Wissen, dass sie viel zu lange vor ihrem eigenen davongelaufen war.

Plötzlich fühlte sich die Bilanz ihres Lebens ernüchternd an. Einsam. Angefüllt nur mit einer Sehnsucht nach einem ganz bestimmten Menschen. Wie hatte sie ihn vorhin nur gehen lassen können?

Die Fahrt mit Bruno verlief beinahe wortlos, aber das machte weder ihr noch ihm etwas aus. Als er vor der Villa zum Stehen kam, verabschiedete sich Juli rasch, stieg hastig aus und schlug die Tür hinter sich zu.

Beinahe wäre ihr zu allem Überfluss der Schlüssel runtergefallen, als sie hektisch versuchte, das weiße Tor aufzuschließen. *Nic! Bitte sei noch da!*

In seiner Wohnung war alles dunkel, und die Terrassentür war geschlossen. Juli versuchte zu erkennen, ob seine Sachen noch da waren, aber das ließ sich von draußen nicht ausmachen.

Verdammt.

Vielleicht hatte sie ja oben mehr Glück.

Schnell öffnete sie die Haustür. Schon im Flur hörte sie die Stimmen und das Gelächter von Lissi und ihrer Mutter, die aus dem Wohnzimmer zu ihr drangen. *Kein Nic.*

Schnell zog sich Juli die Schuhe aus und eilte ins Wohnzimmer.

»Habt ihr Nic gesehen?«, fragte sie atemlos.

»Nic?« Ihr Mutter sah von der Streitpatience auf, die sie immer spielten, wenn sie nur zu zweit waren.

»Genau, Nic«, antwortete Juli ungeduldig. »Nicola Kramer? Euer Koch? Die Haushaltshilfe?«

Pauline runzelte die Stirn. »Ich weiß doch, wen du meinst, Juli!«, antwortete sie empört. »Ich bin nicht plemplem!« Sie schüttelte den Kopf und wandte sich an Lissi. »Stimmt doch, oder?«

Lissi kratze sich ein wenig verlegen am Kopf und sagte vorsichtshalber gar nichts.

Pauline schnaubte. »Jedenfalls ist Nic nicht mehr hier.«

Juli spürte, wie ihr heiß und kalt zugleich wurde.

»Was meinst du damit? Er ist nicht mehr hier?«

»Also ehrlich, Kind, du kannst Fragen stellen! Er ist eben nicht mehr hier!« Sie schüttelte den Kopf.

Juli war fassungslos. Wie konnten die zwei da so gemütlich sitzen und lachen, wenn Nic gegangen war! Der Nic, den sie auf keinen Fall ziehen lassen wollten?

»Mutter! Wo ist er?« Aufgebracht fuhr sie sich durch die Haare.

»Ich habe keine Ahnung, Juli. Ich weiß nur, dass er sich sehr ausführlich von uns verabschiedet hat, nicht wahr, Lissi? Wir haben ja nicht viel mitbekommen, aber er hat gesagt, er bräuchte jetzt erst mal Zeit für sich, stimmt's?«

Er bräuchte Zeit für sich? O nein. Nein, nein, nein! Das durfte doch nicht wahr sein!

»Also ist er weg«, sagte Julie leise und mehr zu sich selbst.

»Ich fürchte ja, Süße«, bekräftigte ihre Mutter.

Nic war gegangen. Für immer.

»Aber warum ist das denn so furchtbar? Er kann doch machen, was er will, oder …?« Irritiert sah ihre Mutter sie an. »Habt ihr euch vielleicht gestritten? Ich bin sicher, er …«

Juli spürte, wie die Verzweiflung von ihr Besitz ergriff. Warum verstand denn hier niemand, um was es ging?

Ohne ein weiteres Wort verließ sie das Wohnzimmer.

Juli rannte auf die Straße, um zu überprüfen, ob sein Auto noch da war. Aber sie hätte es sich denken können. Es war fort. Sie war zu spät gekommen.

Langsam schleppte sich Juli in ihre Wohnung. Sie sollte sich einfach ins Bett legen, drei bis vier Tage schlafen und dann damit beginnen, ihr Leben zu sortieren. Ob sie dazu psychologische Hilfe oder einfach nur ein paar Fahrten mit Bruno brauchte, konnte sie jetzt noch nicht beurteilen. Möglicherweise beides. Vielleicht reichte aber auch erst einmal ein eiskaltes Glas Rosé und ein bisschen Zeit allein in der Küche.

Es war vielleicht zu spät für Zimtschnecken, aber Backen konnte man schließlich immer. Außerdem war das Juli sowieso egal. Sie wollte die Dinger ja nicht essen.

Die Vorräte an Hefe ließen zu wünschen übrig. Dafür gab es reichlich Quark und Eier, weshalb sie kurzerhand beschloss, auf Käsekuchen umzusteigen. Ihre Erfahrungen damit waren gering, aber laut Martha konnte jeder kochen und backen, der lesen konnte, was auf Juli zutraf, also würde sie vermutlich auch einen Käsekuchen zustande bringen. Sich auf das Rezept zu konzentrieren, erfüllte jedenfalls schon den einen Zweck: Es beruhigte ihre überreizten Nerven.

Während sie den Mürbteig knetete, wurde ihre Atmung ruhiger, und ihr Blick glitt nicht ständig zur Tür oder nach draußen, in der Hoffnung, Nic oder Miles dort zu sehen. In diesem wunderbaren Moment war sie nur für den Käsekuchen zuständig.

Während sie wartete, bis die Küchenmaschine das Eiweiß zu einer festen Masse geschlagen hatte, redete sie mit der Backofentür und sagte ihr alles, was sie Nic so gern gesagt hätte. Erzählte noch mal, was für ein Schock es gewesen war, ihn in der Oper zu sehen und festzustellen, dass er ein Mann war, aber … hatte sie es wirklich nicht gewusst? Hatte sie es vielleicht sogar geahnt, den Gedanken dann aber rasch beiseitegeschoben, weil sie einfach bisher nicht zulassen konnte und wollte, dass ein Mann ihr so nahekam? Weil sie bisher nicht bereit gewesen war, es darauf ankommen zu lassen? Auf eine Beziehung? Auf jemanden, der vielleicht mehr von ihr sah als nur die Oberfläche und den kurzen Einblick, den sie zuließ, bevor sie wieder verschwand? Weil sie Angst hatte, die Erwartungen nicht erfüllen zu können? Alexander war ihr Freifahrtschein gewesen. Ihre Rückversicherung dafür, dass sie sich nicht entscheiden musste. Mit Nicola war es anders gewesen, sie hatte sich geöffnet, hatte ihr gezeigt, wer sie war, weil sie gedacht hatte, Nicola sei eine Frau, eine Freundin – und für Juli insofern nicht bedrohlich. Sie hatte ihre Sorgen, Gedanken und Selbstzweifel mit ihr geteilt und sich mehr als einmal selbst vorgestellt, wie schön es wäre, einen Partner zu haben, mit dem sie genau das teilen konnte, nur um sich dann selbst zu sagen, dass es ja wohl sehr unwahrscheinlich war, einen Mann zu finden, der so war wie sie.

Einem Mann hätte sie nichts davon erzählt. Einem Mann hätte sie vorgemacht, die Allerstärkste auf der Welt zu sein.

Sie wollte in ihrem Leben niemanden brauchen. Unabhängigkeit war ihr höchstes Gut. Man sah ja, wohin Beziehungen führten: Entweder wurde man zu einer alleinstehenden Frau, die immer am Existenzminimum herumkratzte und ihr Leben wie ein Hippie führte. Oder die Beziehung war – wie bei Lissi und Richard – so eng, dass man keinen Schritt ohne den anderen tun konnte, und dann, wenn einer starb, völlig hilflos mit einem räudigen Eberkopf und einer altersschwachen verrückten Kuckucksuhr seinen Lebensabend in einem Ehemann-Gedächtnisschrein verbringen musste. Oder man lebte wie Martha in einer finanziell abgesicherten, aber völlig lieblosen Zweckgemeinschaft, die keinen von beiden glücklich machte.

Juli – und vor allem ihr ständig arbeitender Kopf – wollte nichts von alldem. Aber ihr Herz sehnte sich danach. Es war völlig verrückt.

Die Backofentür hatte großes Verständnis und widersprach nicht.

Als Juli alles gesagt hatte, fühlte sie sich, als sei sie einen Marathon gelaufen. Emotional gesehen. Sie war leer geredet und befreit, aber die Sehnsucht war geblieben.

Sie schenkte sich ein großes Glas Rosé ein, bevor sie an der Küchenzeile entlang nach unten rutschte und auf dem Boden sitzen blieb, während die Küchenmaschine weiter die Eier bearbeitete. Am liebsten hätte sich hingelegt, um wie Dornröschen hundert Jahre zu schlafen.

Sie schloss die Augen, lehnte sich an die Ofentür und sagte laut: »Das hast du ja wohl echt komplett vermasselt, Englaender. Dabei hätte es etwas Großes werden können.« Sie spürte, wie ihr eine dicke Träne über die Wange rollte. »Etwas ganz Großes«, wiederholte sie.

Das war gut. Weinen war gut. Sie würde hier sitzen bleiben, bis sie zu Ende geweint hatte. Aber das würde noch lange, sehr lange dauern.

Da spürte sie, wie jemand sanft seinen Finger unter ihr Kinn legte und ihren Kopf anhob. Als sie die Augen öffnete, sah sie Nics lächelndes Gesicht vor sich.

»Juli?« Sein Lächeln fächerte die vielen winzigen Lachfältchen um seine Augen auf und brachte sie zum Strahlen. »Hörst du mich?«

Vielleicht träumte sie das alles, dachte sie, als er sich neben sie auf den Boden sinken ließ, ihren Kopf sanft zu sich drehte und ihr tief in die Augen sah. Oder … vermutlich eher doch nicht.

44

Samstag, 21. Mai 2022, Stuttgart

»Ich dachte … ich dachte, du bist weg? Wo warst du? Und wie lange hörst du mir schon zu?«, fragte sie, nachdem sich Nic, ebenfalls mit einem großen Glas Rosé bewaffnet, erneut neben sie gesetzt hatte.

»Die Antwort auf deine erste Frage ist, ich war am Bärensee. Und auf die zweite: noch nicht allzu lange«, antwortete er lächelnd. »Höchstens eine Viertelstunde. Aber es war wirklich sehr spannend. Ich wollte dich auch nicht unterbrechen. Immerhin bestand ja eine reelle Chance, dass du dem Backofen irgendwann noch einen Antrag machen würdest.« Er lachte laut auf, als sie ihn in die Seite knuffte.

»Spinner. Aber im Ernst, was hast du gehört?«, fragte sie.

»Ich sage dir, was ich gehört habe. Das heißt aber nicht, dass du das auch genauso gesagt hast. Okay?«

Juli war verwirrt. »Wie?«

Nic grinste. »Ich sage dir einfach, was ich verstanden habe. Du kannst mir ja nachher verraten, ob du es auch so gemeint hast. Mal ganz abgesehen davon, dass ich kein Backofen bin und dementsprechend nicht ganz deinem Beuteschema entspreche. Deal?«

»Deal«, antwortete Juli langsam. So ganz hatte sie es immer noch nicht kapiert.

»Manche Menschen brauchen vielleicht wirklich keinen Partner«, begann er. »Und womöglich kommst du auch allein gut durchs Leben.« Er legte seine Hand auf ihre und drückte sacht ihre Finger. »Aber wenn einem die Person begegnet, die einem zeigt, wie schön es ist zu teilen, die einen stärker macht und … auf eine ungewöhnliche Art auch komplett, dann ist es das allergrößte Glück überhaupt. Und das findet man nicht allzu oft im Leben. Man darf es nicht achtlos hergeben. Man darf nicht davonlaufen. Im Gegenteil.«

Juli wusste genau, was er meinte. Nein, sie wollte nicht mehr davonlaufen. »Aber …« begann sie vorsichtig. »Du kennst mich doch gar nicht. Woher weißt du denn, dass ich nicht die langweiligste Person auf Erden bin? Ich hatte bisher ja noch nicht mal ein eigenes Leben!«

»Das denkst du wirklich, Juli?« Belustigt sah Nic sie an. »Wenn es dich beruhigt: Ich hatte in den letzten beiden Tagen so viel Spaß und Aufregung, dass es ganz sicher für zwei Leben reicht.«

»Wirklich?«

»Wirklich.«

In diesem wunderbaren Augenblick wurde Juli klar, dass das Einzige, was man Nicola Kramer vielleicht vorwerfen konnte, war, dass sie ihm nicht völlig frei und unbeschwert ihr Herz geschenkt hatte. Sondern, dass er es sich einfach genommen hatte.

Juli stand auf und goss die Eimischung auf den Teig, bevor sie den Kuchen in den Ofen schob. Als die ersten Hitzestrahlen seine Oberfläche berührten, erfüllte sofort ein süßer Duft die Küche. Fasziniert beobachtete sie, wie die Füllung ganz langsam in der Form nach oben stieg.

»Wow, das riecht ja köstlich«, sagte Nic und trat hinter sie. »Ich wusste gar nicht, dass du backen kannst!«

Er schob sein Gesicht neben ihres und sah ebenfalls in den Ofen. Sofort vermischte sich der Käsekuchenduft mit seiner ganz persönlichen Note, einer Mischung aus frisch gewaschenem T-Shirt, Gras, Frühlingsluft und Sonne auf der Haut. Für einen Augenblick schloss Juli die Augen und hielt den Geruch, das Gefühl von Nics Nähe und die Leichtigkeit, die sie erfüllte, in ihrer Seele fest. *So roch Glück.*

»Vielleicht solltest du eine Karriere als Bäckerin in Betracht ziehen?« Er lächelte sein unglaublich warmherziges Nic-Lächeln »Nein, im Ernst: Hast du darüber nachgedacht, was du als Nächstes machen willst?«

»Du meinst, außer monatelang Urlaub?«, fragte sie zurück.

Am liebsten würde sie einfach hier stehen bleiben und sich jede Einzelheit seines Gesichts ganz genau ansehen. Seinen Mund, den winzigen Leberfleck unter seinem linken Auge, das liebevolle Funkeln darin, die langen Wimpern und … wieder seinen Mund.

»Ganz ehrlich: Keine Ahnung.«

Was sie allerdings sicher wusste: Was auch immer die Zukunft für sie bereithielt, sie wollte auf keinen Fall mehr von Hotelzimmer zu Hotelzimmer ziehen. Sie wollte nicht ständig Heimweh haben. Nun würde sie vielleicht Fernweh aushalten müssen. Aber vielleicht auch nicht. Außerdem wollte sie endlich nicht mehr nur Städte mit großen Opernhäusern sehen, sondern in die Natur. In die Berge. An Seen, ans Meer. Sie wollte Stille und Bewegung.

Und sie wollte Nic.

»Darf ich dich was fragen, Nic?«

»Alles«, raunte er in ihr Ohr.

»Hast du dir deinen Job so vorgestellt?«, fragte sie leise.

»Meinen Job? Nein«, antwortete er. Er schob eine ganz besonders wilde Locke zur Seite. »... aber mein Leben«, flüsterte er ebenfalls. »Und ... dich«, ergänzte er, bevor er sie erneut küsste und Juli sich an ihm festhielt, aus lauter Sorge, sich vor Glück nicht mehr halten zu können.

Lange standen sie einfach nur in einer innigen Umarmung da, und Juli sog das unglaubliche Glücksgefühl in sich auf, zur richtigen Zeit mit dem richtigen Menschen am richtigen Ort zu sein.

Irgendwann setzten sie sich wieder auf den Fußboden. Nic malte zärtlich Kreise mit dem Zeigefinger auf Julis Handgelenk, die ihr einen Schauer nach dem anderen durch den Körper jagten.

»Unsere Zeit ist jetzt. Meine. Deine. Und wenn du magst, auch unsere gemeinsame.«

Juli sah einen Anflug von Unsicherheit in seinen Augen, und sofort fühlte sie ein sanftes Ziehen in ihrem Herzen. Auch, wenn sie noch nicht viel Zeit im wirklichen Leben miteinander verbracht hatten, so hatte sich Nic ihr doch genauso geöffnet wie sie sich ihm. Und sie wusste, was er fühlte. Sie musste nicht vorausdenken und vorsichtig sein. Sie konnte sich das erste Mal in ihrem Leben fallen lassen, genauso wie Nic auch. Er hatte recht. Das Leben und die Liebe erforderten eine gehörige Portion Mut. Aber das war es definitiv wert.

»Machst du mir gerade etwa einen Heiratsantrag?«, fragte sie übermütig und zwinkerte ihm zu.

»Nein, für Heiratsanträge falle ich für gewöhnlich vor meiner Angebeteten auf die Knie.« Er grinste. »Und ich warte damit …« Er sah hinaus zur Linde. »Bis Mitternacht. Ist romantischer. Und wenn ich es mir recht überlege doch auch eher deine Zeit.«

Er lachte, als sie ihn in die Seite knuffte.

»Nein, aber ich möchte dich wirklich etwas fragen.«

»Was denn?«, fragte sie ein wenig atemlos, als er sich ihr gegenüber in den Schneidersitz setzte und ihre Hände in seine nahm.

»Juliane Englaender«, begann er und sah ihr dabei tief in die Augen.

Juli war froh, dass sie saß, denn sie spürte, wie ihre Knie zu zittern begannen.

»Möchtest du mit mir gemeinsam herausfinden, wie schön das Leben sein kann?«, fuhr er lächelnd fort. »Willst du mich kennenlernen, neben mir in der Villa wohnen, mit mir Omelett essen und mit Miles spielen, bis … wir … noch bessere Ideen haben? Und könntest du dir vorstellen, eventuell auch mal morgens neben mir aufzuwachen, ohne zu erschrecken, weil ich ein Mann bin? Ich wäre auch durchaus dazu in der Lage, dir die Vorzüge dieser Tatsache vor Augen zu führen.« Er atmete tief durch, bevor er weitersprach. »Wenn du all das möchtest, Juli, dann antworte mit: Ja, ich will.«

»Ja, ich will«, antwortete Juli ohne zu zögern.

Es war ganz leicht gewesen. Ihre Haut kribbelte, und ihr Herz wollte überquellen vor Glück.

»Unbedingt«, konnte sie gerade noch hinterherschieben, bevor sich Nics Lippen endlich wieder sanft auf ihre legten.

Epilog

Sonntag, 22. Mai 2022, Stuttgart

»Hey, Elvis!«

Miles sah nur kurz von seinem Futternapf auf, als der Kater in die Küche stolziert kam und sich interessiert umsah.

»Da bist du ja«, stellte der Hund fest, bevor er sich wieder seinem Futter widmete.

»Ich brauchte eben eine Auszeit. Diese Menschen …« Miles machte einen beeindruckenden Buckel, bevor er sich theatralisch auf den Boden fallen ließ. »… sind manchmal nicht zum Aushalten kompliziert.«

»Da sagst du was.« Miles wollte nicht unhöflich sein, andererseits störte ihn der Kater beim Fressen, das war auch nicht unbedingt rücksichtsvoll.

Elvis leckte hingebungsvoll seine Pfote, bevor er wieder aufstand und neugierig um Miles' Beine strich.

»Sag mal, Kumpel, habe ich eigentlich was verpasst? Haben die Menschen sich denn wieder alle beruhigt?«

Warum waren Katzen nur so furchtbar penetrant? Wenn Elvis unbedingt wissen wollte, was hier so los war, dann hätte er ja einfach dableiben können. Konnte man nicht einmal in Ruhe …

»Erzähl schon! Was war denn so los?«

Resigniert schluckte Miles seinen letzten Bissen hinunter. »Nichts Wichtiges. Menschen denken doch sowieso immer, dass sich alles um sie dreht«, antwortete Miles und stellte fest, dass sie das wohl mit den Katzen gemeinsam hatten.

»Sie sind einfach unglaublich beschränkt, nicht wahr?«, setzte Elvis nach und stupste mit seiner Schnauze auf die von Miles.

Jetzt nur keinen Fehler machten, dachte der Hund und schielte auf seine Nase. So ganz geheuer war ihm dieser Kater nicht.

»Da sagst du was. Weiß doch jeder, dass es im Leben ums Fressen, Schlafen, Kraulen und Spielen geht. Und um Treue«, schob er schnell hinterher, als er sah, wie Elvis die Augen verdrehte.

»Das kann auch nur ein Hund behaupten«, sagte er über die Schulter und stolzierte provokativ langsam und mit erhobenem Schwanz davon.

Sofort hatte Miles das Bedürfnis hinterherzulaufen. »Wieso? Um was geht es denn deiner Meinung nach dann?«

»Na, und um mich natürlich!«, antwortet Elvis und begann, die Krallen an dem Sofa mit der exklusiven Bespannung aus Rohseide zu wetzen, das Martha so liebte und auf dem Nic gerade die Zeitung las. »Um was denn sonst?«

»Das kann auch nur eine Katze behaupten!« Miles lachte, hörte aber sofort wieder damit auf, als er Elvis' Blick bemerkte.

»Gut«, gab Elvis beleidigt zurück, »wenn du es genau wissen willst: Ich denke, es geht darum, absolut im Moment zu leben. Um Hingabe. Und natürlich um die Liebe.«

Wow, dachte Miles und wünschte, er hätte das gesagt. Katzen waren eben nicht nur nervig, sondern auch sehr klug.

»Na gut, dann ist es das«, antwortete er gutmütig. Ein Streit mit einer Katze hatte sich schließlich noch nie gelohnt.

In diesem Moment beugte sich Nic zu Miles hinunter und kraulte ihn hinter dem Ohr.

Klar, Katzen waren schlau, aber sein Herrchen war der Allerschlaueste. Er konnte Liebe, Hingabe und die Fähigkeit, im Moment zu leben, in einem einzigen Wort sagen:

»Ballwerfen?«, raunte er Miles nämlich zu und ließ ein Leckerli aus seiner magischen Hosentasche erscheinen.

Danksagung

Vielleicht ist der einen oder anderen Leserin aufgefallen, dass es den Sternsingerweg in Stuttgart nicht gibt. Also, es gibt ihn natürlich schon, er heißt nur anders 😊 Die Leibnizstraße existiert allerdings wirklich. Dort ist mein Vater aufgewachsen, und ein Besuch seines Elternhauses und die Begegnung mit einer kleinen schwarzen Katze dort haben mich zu diesem Buch inspiriert. Aber nicht nur diesem Ort und der Katze habe ich die Idee der Geschichte rund um Juli und die Bridge-Ladies zu verdanken, sondern auch meiner Mutter – in allen der drei Damen steckt ein bisschen was von ihr – und meiner Freundin Tita, die ich schon mein Leben lang kenne und mit der ich mir auch vorstellen könnte, später mal in einer WG zu leben. Natürlich mit großem Garten! 😊

Danke auch Verena Roskos für unser Date am St.-Anna-Platz – das machen wir wieder!

Dieses Buch zu schreiben hat mir unglaublich viel Spaß gemacht. Aber das bewahrt einen nicht davor, manchmal trotzdem zu zweifeln. Und ganz selten – in diesen winzigen Momenten, in denen man als Autorin plötzlich das Gefühl hat, dass die Geschichte stehen bleibt oder sie so, wie man sie geplant hat, nicht funktioniert – braucht man Kolleginnen und Freundinnen, die einen bestärken und ohne sich zu beschweren stundenlang wesentliche Fragen wälzen wie: »Wie viel Cannabis kommt in einen Joint?« oder: »Gibt es das Verb wuffen?«

Danke also an die weltbeste Hasengang: Jana Lukas, Leonie Lastella und Kris Günak – eure Anmerkungen und Hinweise im Kampf gegen jegliche Textzweifel, Charakterverwirrungen und vor allem auch gegen den gemeinen Bandwurmsatz haben einen Riesenunterschied gemacht. ICH LIEBE EUCH! Mein Lieblingskommentar von Kris: »Hier wäre ein Punkt gut.« Hasen: We rock!

Danke allerbeste und tollste Lisa Wolf: Dein Lektorat, die klugen Fragen, die du stellst, und die Überprüfung von den einen oder anderen Fakten, dein Verständnis für meine Protagonisten (und für MICH!) haben Julis und Nics Geschichte und die der Bridge-Ladies so viel besser gemacht! Mit dir zu arbeiten ist für mich immer wieder eine riesige Freude und ich hoffe sehr, dass wir noch viele Bücher zusammen machen können!

Danke an Anna Mezger, Penguin, die sich schon zum dritten Mal für eine Geschichte von mir begeistert und sie vorangetrieben hat, die mich so großartig bei Penguin betreut (und damit meine ich nicht nur lustige Selfies in Fotoautomaten bei der lit.Love 😊) und auf die ich mich absolut verlassen kann.

Danke Laura Austen für deine Pressearbeit und dafür, dass ich immer wieder ein Teil von spannenden Events und Presseereignissen sein darf.

Britta Claus und Eva Schubert, dass ich dank euch schon so viele Jahre zur Penguin-Familie gehöre!

Danke, liebste Steffi Leimsner, ebenfalls Penguin, dafür, dass du auch schon an anderer Stelle dein Talent als Adlerauge bewiesen hast und wunderbare Lesungen organisierst.

All denen im Vertrieb, die diesen Roman in die Buchhandlungen bringen, und allen anderen, die an der Entstehung beteiligt sind.

Und natürlich Ihnen/euch – allerliebste Leserinnen! Ihr motiviert mich, mir immer neue Geschichten auszudenken und sie euch zu erzählen. Euer Feedback und eure Freude an meinen Büchern machen mich glücklich, und ich hoffe sehr, dass ich euch noch viele erzählen darf!

Ich danke außerdem Rosalie, Yuki und Bowie, meinen verrückten Katzen und allerbesten Schreibhilfen, die man sich nur vorstellen kann. Ihr habt meine Ausdrucke angenagt, mein Manuskript eingefroren, euch ständig quer über meine Tastatur gelegt und mich durch massives Einfordern von Streicheleinheiten erfolgreich vom Arbeiten abgehalten. Manchmal frage ich mich, was ihr denkt. Ihr seid eine wahre Inspiration. Auf jeden Fall für Nachwörter 😊

Alles Liebe, eure Lucinde

PS: Für alle, die gerne mal Saschas Arien oder auch die komplette Musik des Buches hören wollen – auf Spotify findet ihr unter folgendem Link den Soundtrack zum Buch:

https://open.spotify.com/playlist/4SoCSpoU325Olgyu5woQdi?si=gvMFFBxIRM2F4Xs6vVoNgQ